上海市教委科创重点项目《上海俄侨文学研究》（13ZS013）

复旦大学外文学院出版基金（2019年）

资助出版

上海俄侨文学研究

李新梅 著

SHANG HAI E QIAO

WEN XUE YAN JIU

上海三联书店

序

　　李新梅老师的又一部著作即将付梓，值得祝贺。新梅嘱我为她的这部新著写几句话，谢谢她的信任。

　　新梅的书稿谈到上海侨民和侨民文化，这勾起了我的回忆。上海开埠以来，大量外侨来此生活。1940 年代末至 1950 年代初侨民陆续离去，但外侨留下的印记仍十分鲜明。淮海中路、茂名南路、长乐路一带是我青少年时代生活和就学的地方，走上街头，随处可见由欧美商人建起的西洋风格的建筑。我上小学时的教学楼以及与我同桌的外侨孩子所住的峻岭公寓 ① 都是昔日侨商所建，上中学时就读的向明主楼震旦楼则是匈籍侨民邬达克所设计，离家不远的国泰电影院 ②、兰心大戏院 ③ 和周边的公寓楼，也多出自欧美侨商的手笔。同样，俄侨在上海的遗存也比比皆是。俄侨主要居住在霞飞路（现为淮海中路）周边的法租界，霞飞路一度被称为上海的"涅瓦大街"，沿路不少商店的前身都与俄侨相关，"罗宋面包"和"罗宋汤"上海人不陌生；俄侨集资建造的襄阳公园旁的东正教堂和不远处的普希金铜像 ④ 已成为上海文化的组成部分，俄侨演员在兰心大戏院里曾上演过《天鹅湖》等不少名剧；俄侨与我熟悉的翻译家也有关，草婴先生的俄语启蒙老师是俄侨，他买第一本俄语教材的地方是霞飞路的俄侨书店，夏仲翼先生在复旦读书时也有一位水准很高的"白俄"老师。如新梅所言："俄侨在上海近半个世纪的生活和创作，给上海这座城市注入了新的文化和活力。他们在音乐、绘画、舞蹈、建筑、教育等各个方面都对上海产生过重要影响，且这种影响至今还有留存。"

---

① 该楼建于 1930 年代，俗称"十八层楼"，现为锦江北楼。
② 国泰大戏院位于淮海中路和茂名南路拐角处，后改名为国泰电影院。
③ 兰心大戏院位于长乐路和茂名南路拐角处，后改名为上海艺术剧场。
④ 这座普希金铜像位于汾阳路、岳阳路和桃江路的街心花园，曾多次被毁与重建，我当年的老师与同事余振先生是这段历史的见证人之一。

不过，对于上海俄侨的文学活动和文学成就，我知晓甚晚，直到在俄国访学时读到一本在华俄侨的诗歌集，才对这一领域有些许了解。国内对在华俄侨文学的介绍始于 1990 年代，新世纪后形成气候，北方地区的学者首先在这方面做出了贡献。刁绍华先生编辑的在华俄侨作家文献、李延龄先生主编的在华俄侨文学丛书、荣洁和王亚民等学者关于在华俄侨文学的著述，在学界产生了影响。李萌的专著《缺失的一环——在华俄国侨民文学》有代表性，该书写得很扎实，第一手资料丰富。书中有在华俄侨文学概貌的展示，有两位俄侨作家的介绍，其中谈瓦列里·别列列申生平与诗歌的部分几乎占全书的一半，不过对于上海俄侨文学涉及不多。早期著述重点探讨的是哈尔滨地区的俄侨文学。在新梅书稿出现之前，虽有人也关注过上海俄侨文学，但尚未有研究专著问世。新梅认为："上海俄侨文学与哈尔滨俄侨文学两者之间有着不可分割的关系，因为大部分哈尔滨俄侨后来都流落到上海"；俄侨"在沪上不仅形成了自己独特的文化圈，而且产生了众多文学家。他们的创作不仅记录下了俄侨对祖国俄罗斯的集体记忆，而且展现了对流亡地上海的多元化印象，同时反映了他们对中国文化的态度和认知"。上海俄侨文学研究理应成为在华俄侨文学研究的重要部分。

新梅这部书稿的价值除了填补这一领域中相对薄弱的一环外，还在于出色地将相关研究向前推进了一步。前一阶段的在华俄侨文学研究是有成绩的，不过，前期成果除少数著述外描述性的偏多。接下来的研究要向前走，无疑需要有所拓展，期待更开阔的视野、更精准的切口和更到位的论述。新梅的这部书稿呼应了这一要求，努力有所突破。书稿的切口放在以往评价偏少的上海俄侨文学的研究上，并力求做到既有上海俄侨文学活动的整体展现，又有重点作家多文体作品的深入研究；既关注上海俄侨作家作品的主题，也探讨不同的文体风格；既以俄侨上海期间的创作为主要研究对象，也关注到他们此后的文学活动；既恰到好处地在论证中运用文化记忆、身份认同等新理论和新方法，也不排斥传统的研究方法。这部书稿体现了新的研究阶段史论结合、以论为主的特点。

史与论的结合很重要，特别是对于这部书稿而言。书稿面对的是一段特殊的文学史实，而这段史实距今已有一个世纪左右，史料历时久远且散失严重，上海俄侨文学的研究推进不易，史料问题是原因之一。在研究实践中，理论研究的地位往往高于史料研究。多年前我有位博士生做学人研究，对在史料发掘和研究方面有突出贡献的专家兴趣不大，怕影响研究的档次。其实这是误区。文学研究中必须做好史料工作，"原典性"的史料能还原历史语境的丰富和复杂。可以看得出，新梅为此花了很大的工夫，尽了最大的努力。开篇部分对上海俄侨的来源与生存的历史、文学与文化生活的状况、主要文学家的生卒年份与简历等问题的介绍，详实、细致。书稿上篇论述上海俄侨文学中的相关专题时，以及下篇阐释巴维尔·谢维尔内等作家的创作历程和作品特质等内容时，也充分依托所掌握的史料，展开有分量的探讨。这种踏实的作风保证了书稿的成功。理论与史料在文学研究中都不可或缺。尽管我们反对误用乃至滥用外来理论话语的现象，但是"对于文学研究而言，理论的重要性不言而喻。改革开放以来，我国学界大力引进国外的文学理论，其初衷也在于此。将外来的有创见的理论有机地运用到中国的文学研究中，不仅可以拓宽原有的视野和开拓研究的空间，甚至会重构中国文论和文学批评的面貌，这一点已经为我们的研究实践所证明"。[1] 正像强调史料与史识不可分割一样，强调理论的重要和强调论从史出并不矛盾。这部书稿注重发掘上海俄侨文学的史料但不满足于铺陈史料，而把主要篇幅放在研究文学本身，特别是放在对有代表性的精神文化现象和作品的思想性与艺术性的分析上，充分利用理论资源，做到材料充实、论证严谨、史论结合，从而在关于上海俄侨文学中的"俄罗斯记忆""多元化上海形象""中国书写"与"身份认同"，以及作品的文体风格等部分，提出了不少鲜明的和有说服力的观点。书稿并非尽善尽美，但在这方面做

---

① 陈建华：《巴赫金理论的中国本土研究·序》，引自张素玫：《巴赫金理论的中国本土研究》，北京：人民出版社，2019 年版，第 1 页。

得是成功的。

近几十年里，国外已经出版了不少研究流亡海外的俄罗斯作家作品的著述，国内也陆续有《流亡者的乡愁——俄罗斯域外文学与本土文学关系述评》等相关著述问世。前些日子，我又读到一部题为《中国现代文学中的白俄叙事（1928—1937）》的著作，该书在中国现代文学史料中发掘出了丰富的矿藏，论及鲁迅、蒋光慈、阿英、巴金、冯乃超、丁玲、彭家煌、萧红、郑伯奇、张爱玲等一大批中国作家的白俄叙事，颇有新意。由此，我想到了海内外的这些不同学科的相关著述与新梅这部谈上海俄侨文学的书稿之间的联系，也许有兴趣的学者会在此基础上进一步探讨，在跨学科的比较研究中找到新的学术增长点。

新梅是北外张建华教授的高足，国内俄罗斯文学研究界年轻有为的学者。她来复旦大学工作十多年，研究领域不断开拓，成就斐然。新梅较长时间一直致力于俄罗斯当代文学研究，她主持的项目和最初送我的两部专著都与此有关。近年来，她开始关注 19 世纪俄国批评家，正在全力完成国家社科基金项目《别林斯基全集的翻译与研究》。不久前，我在"现代斯拉夫文化的空间流动"的学术会议上遇见新梅，她又发给了我这部研究上海俄侨文学的书稿。新梅在教学（获得过多种教学奖项）、翻译（有多部译著出版）、研究（著述与项目多方向展开）等领域取得的成绩，令人感佩。祝愿她在今后的学术道路上走得更稳更好，给学界带来新的惊喜。

陈建华

2024 年初夏于夏州花园

目　　录

绪　　论

　　1917 年十月革命后，一大批反对布尔什维克政权的旧俄贵族、资本家、文武官员和知识分子纷纷逃离俄罗斯。其中一部分往西流亡至捷克斯洛伐克、法国、德国等国，而另一部分往东流亡至中国、日本、朝鲜等国。据统计，十月革命后总共有 25 万俄罗斯人流亡到中国，在哈尔滨、上海、北京、天津、青岛等地安家落户。流亡俄侨在异国他乡继续进行文学创作，因此形成了俄罗斯文化史上的第一次侨民文学浪潮。如果说流亡西方的俄罗斯侨民形成了以柏林、巴黎、布拉格等城市为中心的西方俄侨文学分支，则流亡东方的俄罗斯侨民形成了以哈尔滨、上海等城市为中心的东方俄侨文学分支。

　　在 20 世纪 80 年代中期之前，苏联国内长期忽视俄侨文学。从改革时期开始，俄侨文学伴随着"回归文学"浪潮开始回归祖国，并引起国内外学界的关注。然而，"回归"的俄侨文学主要来自西方，东方俄侨文学却由于资料失散等各种原因处于边缘地位。幸运的是，20 世纪 90 年代以来，国内外学界都已经意识到东方俄侨文学的重要性，一部分学者开始执着地发掘、搜集和研究东方俄侨文学遗产，尤其是中国俄侨文学遗产。所谓的中国俄侨文学，主要由哈尔滨和上海两地的俄侨文学构成。但上海俄侨文学与哈尔滨俄侨文学两者之间有着不可分割的关系，因为大部分哈尔滨俄侨后来都流落到上海。从这个意义上讲，研究上海俄侨文学，也是研究哈尔滨俄侨文学和中国俄侨文学。

　　目前，国内外学界对中国俄侨文学的关注和研究主要分为三大类：文学资料的挖掘、整理和出版；文学遗产的整体综合研究；具体作家作品的研究。

一、中国俄侨文学资料的挖掘、整理和出版

　　俄罗斯学界从 20 世纪 80 年代中期开始关注中国俄侨文学。当时

随着"流亡"不再成为被禁话题，伊里因娜、彼特罗夫、别列列申、沃林等曾经流亡中国的俄侨作家和诗人开始纷纷发表回忆录，使得众多中国俄侨文学家及其作品从90年代陆续浮出"地面"。比如，1991年，谢利金娜与塔斯金娜搜集出版首部中国俄侨小说和诗歌集《哈尔滨——俄罗斯大树的枝权》（Харбин: ветка русского дерева）。1993年，俄罗斯科学院出版的名录《俄罗斯侨民作家（1918—1940）》（Писатели русского зарубежья（1918—1940）），首次包含较为完整的中国俄侨文学家名单及生平。1995年，克赖德搜集出版的俄侨诗集《让诗送我们回俄罗斯：200位侨民诗人》（Вернуться в Россию-стихами: 200 поэтов эмиграции）纳入一部分中国俄侨诗歌。90年代末，涅斯梅洛夫、伊万诺夫、扬科夫斯卡娅、黑多克等知名中国俄侨文学家的个人文集陆续出版。21世纪，越来越多的中国俄侨文学家的作品被挖掘出版，不仅涌现出哈因德罗娃、斯洛博奇科夫、叶欣、安黛森、巴依科夫、谢尔巴科夫、谢戈廖夫等大批中国俄侨文学家的个人文集，还陆续出版了多部俄侨群体文集，比如克赖德与巴基奇合作搜集出版的《中国的俄语诗歌》（Русская поэзия Китая, 2001），塔斯金娜搜集出版的中国俄侨文学家回忆录和批评文集《俄罗斯的哈尔滨》（Русский Харбин，2005），扎比亚科与埃芬季耶娃合作搜集出版的四卷本文集《俄罗斯域外文学——东方分支》（Литература русского зарубежья. Восточная ветвь, 2013）等。

中国学界从20世纪80年代末随着俄罗斯学界的关注而开始挖掘整理俄侨文献。2001年，刁绍华主编出版的《中国哈尔滨—上海俄侨作家文献存目》，在中国首次提供了包含240位中国俄侨文学家作品名称及出处的名录。2002年，李延龄等人编译出版的五卷汉译本《中国俄罗斯侨民文学丛书》，在中国首次提供了中国俄侨文学作品汉译文集。2005年，该系列丛书扩充为十卷俄文本出版，是截至目前中国出版的最全面的中国俄侨文学作品集。

总之，从20世纪90年代初至今，关于中国俄侨文学资料的挖掘和出版工作越来越规模化、系统化。但由于中国俄侨文学家人数众多，后来又流散世界各地，因此这项工作到今天也没有完结，有待于继续挖掘、整理和研究。

二、中国俄侨文学的整体研究

俄罗斯学界关于中国俄侨文学真正意义上的学术研究始于20世纪90年代初，但那时的研究大都集中于介绍中国俄罗斯侨民的历史成因、发展脉络、构成内容、代表性作家作品等。比如，梅里霍夫的《既远又近的满洲》（Маньчжурия далекая и близкая, 1991），塔斯金娜的《不为人知的哈尔滨》（Неизвестный Харбин, 1994）等专著。随后，个别重要作家的生平和创作出现在梅沙洛娃的《俄罗斯侨民文学概况》（Очерки по литературе русского зарубежья, 1995），阿格诺索夫的《俄罗斯侨民文学史》（Русская литература XX века, 1998）等文学史书中，以及俄罗斯科学院集体编撰的《俄罗斯域外文学百科》（Литературная энциклопедия Русского Зарубежья, 1997）中。

从21世纪开始，俄罗斯学界的研究越来越深入、细化，出现了对中国俄侨作家群体的创作主题、创作形象或诗学特征的整体研究成果。其中，扎比亚科是该领域研究的集大成者，她与埃芬季耶娃的第一本合著《四分之一世纪的逃难命运》（Четверть века беженской судьбы, 2008），对多位中国俄侨诗人的创作主题进行了研究；第二本合著《两个世界之间：满洲的俄罗斯作家》（Меж двух миров: Русские писатели в Маньчжурии, 2009），增添了中国俄侨小说研究；她的个人专著《远东边疆的精神思维》（Ментальность дальневосточного фронтира, 2016），对中国俄侨诗歌、小说、回忆录和书信各种体裁进行了全面研究，多维度考察了其中的文学形象（满洲和哈尔滨）、主题（中国生死观、俄国革命、一战、国内战争、宗教、思乡、西伯利亚、日本法西斯、俄侨间谍、俄侨儿童）、文体风格（神秘主义、民族志）等，成为目前俄罗斯学界最全面、最深入、最系统的一部学术专著。除此之外，布祖耶夫的专著《远东地区俄罗斯侨民文学史概述》（Очерки по

истории литературы русского зарубежья Дальнего Востока，2000），
对远东俄侨从主题到艺术特色进行了阐述。基里洛娃的专著《俄罗斯
未来主义的远东港湾》（Дальневосточная гавань русского футуризма，
2011），研究了俄罗斯未来主义对远东俄侨文学的影响；另一部专著《远
东俄侨文学中的东方题材、形象和主题》（Ориентальные темы, образы,
мотивы в литературе русского зарубежья дальнего востока，2015），以
尤里斯基、巴依科夫、谢尔巴科夫、亚什诺夫的作品为例研究了远东俄
侨文学中的主题和形象。佳布金的副博士学位论文《作为远东俄侨文
化中的种族宗教的新神话主义》（Неомифологизм как этнорелигиозный
феномен культуры дальневосточного зарубежья，2015），对俄侨文学
和文化中塑造的高尔察克、列宁等新神话现象进行了研究。沙克列因
的专著《俄罗斯远东侨民文学作品中的中国和俄罗斯语言文化形象》
（Лингвокультурные образы России и Китая в художественных произведениях
представителей русской дальневосточной эмиграции，2017），阐释了远
东俄侨文学作品中的中国和俄罗斯语言文化形象。除了以上专著，还有
大量的学术论文。

　　中国学界也经历了与俄罗斯学界相似的研究历程，20世纪90年代
多从历史文化角度介绍中国俄侨文学的形成背景、位置分布、发展过程、
现实意义等。比如：汪之成的《上海俄侨史》（1993）、纪凤辉的《哈
尔滨寻根》（1996）、李兴耕的《风雨浮萍：俄国侨民在中国》（1997）、
石方的《哈尔滨俄侨史》（1998）等专著，以及刁绍华的《二十年代哈
尔滨俄侨诗坛一瞥》（1992）和《重放异彩的哈尔滨俄侨文学》（1992）、
李仁年的《俄侨文学在中国》（1995）等文章。

　　从21世开始，越来越多的中国学者从各种视角深入研究文学作品
本身。第一是对俄侨文学作品中的主题研究。比如，谷羽的《在漂泊中
吟唱》（2002）一文，分析了别列列申、沃林等诗人的诗歌主题和风格。
石国雄的《值得关注的文学》（2002）一文，介绍了俄侨文集《兴安岭
奏鸣曲》的主要内容和思想主题。苗慧的《论中国俄罗斯侨民诗歌题材》

（2002）一文，分析了俄侨诗歌中的中国古老文明、风俗、自然景观、
与俄罗斯人的友谊等"中国诗"。刘冬梅的《哈尔滨俄侨小说中的思想
意蕴》（2009）一文，通过巴依科夫和黑多克在中国期间的创作，分析
了俄侨文学创作中的人与自然、反思历史和思乡、生存的艰辛和对命运
的思考、爱情等主题。李艳菊的《中国俄罗斯侨民文学中儒释道文化研
究》（2021）一文，通过别列列申的诗歌、巴依科夫的小说、斯维特洛
夫的诗歌，论证了俄侨文学对中国的儒家、佛家和道家思想的阐释和理
解。第二是对中国俄侨文学的美学属性和流派归属的研究。比如，李延
龄的《再论哈尔滨批判现实主义》（2012）一文。第三是探讨中国俄侨
文学在中俄文学和文化史上的地位及其与本土文学的关系。比如：刘文
飞的《俄侨文学四人谈》（2003），汪介之的《20世纪俄罗斯侨民文学
的文化观照》（2004），苗慧的《是俄罗斯的，也是中国的——论中国俄
罗斯侨民文学也是中国文学》（2003），王亚民的《中国现代文学中的
俄罗斯侨民文学》（2010），郑永旺的《试论俄侨在"满洲"地区的精
神遗产》（2013）等文章。第四是介绍中外学界关于中国俄侨文学的资
料整理出版。比如，李延龄的《世界文学园地里的一簇奇葩——〈中国
俄罗斯侨民文学丛书〉总序》（2002）、苗慧的《〈中国俄罗斯侨民文学〉
（俄文版10卷本）出版的历史意义》（2005）等文章，分别介绍了《中
国俄罗斯侨民文学丛书》5卷本中文译著和10卷本俄文版的编排主题
和内容、出版过程、发行意义等。第五是对中国俄侨文学的对比研究。
比如，杨建军的《论中亚华裔东干文学与中国俄裔侨民文学》（2014）
一文，比较了中亚华裔东干文学和中国俄裔侨民文学的形成、发展和生
存环境，以及其中反映的中俄文化影响、中俄文化碰撞与交融等。王亚
民的《中国现代文学与俄侨文学中的上海》（2015）一文，把中国现代
文学与俄侨文学关于20世纪20、30年代的上海形象书写进行了对比。
李延龄的《中国俄罗斯侨民文学与苏维埃文学的比较研究》（2016）一
文，对比了俄侨文学与苏联文学两大群体的不同创作语境和对苏维埃政
权的不同态度。

值得一提的是，21 世纪的中国学界还出现了几部系统研究中国俄侨文学的学术著作。其一是李萌的《缺失的一环：在华俄国侨民文学》（2007），首次完整勾勒了中国俄侨的历史成因、文学创作概貌，并首次详细研究了涅斯梅洛夫和别列列申的生平与创作。其二是王亚民的博士学位论文《20 世纪中国俄罗斯侨民文学研究》（2007），首次从回忆录、诗歌、小说多种体裁全面探讨旅华俄侨文学，并对巴依科夫、黑多克的生平与创作进行专章研究，同时另辟专章论述旅华俄侨文学与俄罗斯文学、中国文学的关系。其三是荣洁等人的合著《俄侨与黑龙江文化：俄罗斯侨民对哈尔滨的影响》（2011），对哈尔滨俄侨文化生活进行了详细论述，介绍了涅斯梅洛夫、弗谢·伊万诺夫、黑多克等作家的生平、创作、相关评论，以及叶连娜·塔斯金娜等学者在哈尔滨的生活与文化活动。最近十年，中国高校还出现了多部整体研究中国俄侨文学的硕博论文。

三、具体作家作品研究

国内外学界关于中国俄侨具体作家的专题研究主要涌现于21世纪。其中重点关注别列列申、涅斯梅洛夫、阿恰伊尔、黑多克、巴依科夫、弗谢·伊万诺夫等作家和诗人。关于伊里因娜、谢维尔内、科丘罗夫、哈因德罗娃、西多罗娃、帕尔卡乌、扬科夫斯卡娅、科洛索娃、谢戈廖夫、马尔特、安黛森、什库尔金等作家和诗人有一定研究，但研究程度不一。

俄罗斯学界出现了一些关于具体作家研究的学术专著、副博士学位论文。比如：布祖耶夫的专著《瓦列里·别列列申的创作》（Творчество Валерия Перелешина, 2003），索洛维约娃的副博士论文《瓦列里·别列列申的抒情诗：主题和诗学》（Лирика Валерия Перелешина: проблематика и поэтика, 2002），扎比亚科的专著《阿列克谢·阿恰伊尔的生命之路》（Тропа судьбы Алексея Ачаира, 2003），别洛祖波娃的副博士论文《神话与远东俄侨文学背景下的黑多克小说》（Мифология и литература дальневосточного русского зарубежья первой трети XX в. на материале рассказов А. Хейдока, 2002），亚基莫娃的专著《弗谢沃洛德·尼卡诺罗维奇·伊万诺夫：作家、思想家、新闻记者》(Всеволод Никанорович Иванов: писатель, мыслитель, журналист，2013）。此外，还出现了大量研究具体作家作品的期刊文章。比如，扎比亚科的多篇文章研究了谢戈廖夫创作的文体特色和侨居现实主题。阿尤波夫、佳布金等人的文章研究了谢维尔内的创作主题、对中国文化传统的接受。扎比亚科、列夫琴克等人的文章研究了马尔特创作中的民族认同、中国形象。埃芬季耶娃、卡利别罗娃等人的文章研究了安黛森的生平和诗歌主题。莫斯科维基娜、比比克等人的文章研究了扬科夫斯卡娅的人生命运以及创作中的侨居现实主题。索洛德卡娅的文章研究了哈因德罗娃的生平与创作。

　　中国学界的研究成果主要表现为期刊论文。其中关于别列列申的专题文章最多，有 20 篇左右，涉及生平与创作之路（张永祥、谷羽、古冈等人的文章）、创作中的中国主题（王亚民、刘春富等人的文章）、俄罗斯主题和文化（高春雨、李萌等人的文章）、艺术特色和创作风格（李延龄、李萌等人的文章）、中国古代诗词翻译（苏晓棠、郑丽颖、宫新宇等人的文章）等。关于黑多克的专题文章至少有 6 篇，但大都集中在对小说集《满洲之星》的研究，其中徐振亚、王亚民研究了该文集中的俄罗斯历史与道路、俄侨生存现实、中国情节、佛教思想等主题，吴彦秋分析了其中反映的中俄两种文化融合和碰撞主题，杨玉波探析了梦境叙事，万红阐释了"诡秘"风格。关于涅斯梅洛夫的专题文章有 4 篇，主要是荣洁、李畅等人关于作家的生平与创作介绍、创作主题和风格的阐释。关于伊里因娜、谢维尔内、科丘罗夫、哈因德罗娃、西多罗娃、帕尔卡乌等作家和诗人的专题文章 1—2 篇左右，且主要以生平与创作介绍为主。此外，出现了专题研究扬科夫斯卡娅、科洛索娃、科丘罗夫等作家和诗人的硕士论文，但深度有限。

　　总体来说，俄罗斯学界对具体作家作品的专题研究较多，既有专著又有大量文章，考察的文本不仅包括作家们侨居中国时创作的诗歌和小说，还包括他们离开中国后的回忆录、札记、书信。而中国学界对具体作家作品的专题研究较少，只有文章没有专著，且很少涉及作家们离开中国后的文学作品以及书信、回忆录、传记等边缘性文学体裁。

从国内外相关研究成果可以看出，目前学界的研究存在以下五个特点。第一，研究热点集中在少量作家和诗人，大部分作家和诗人还没得到深入研究，一些作家甚至还没得到任何研究。第二，在综合性研究中，描述性和概况性成果偏多，深入具体的学术研究偏少。第三，在具体作家作品研究中，主题研究较多，思想性和艺术性研究偏少。第四，中国学界较少关注作家们离开中国后的创作，而俄罗斯学界囿于对中国文化的认知而无力深入其中的精髓和本质。第五，研究方法大都局限于传统的社会历史批评和文化批评，缺少新视角、新理论、新方法。

本书运用文化记忆、身份认同等新理论和新方法，聚焦于曾经侨居过上海的俄罗斯作家和诗人，对他们的创作既进行整体上的把握，又进行具体的个案研究；考察的文本既包括他们侨居中国时的创作，也关注他们离开中国后的创作；研究对象既包括小说、诗歌这类主流文学体裁，也包括书信、回忆录、传记等边缘性体裁；研究内容既包括创作主题，也包括文体风格。

上篇　综合研究

第一章　上海俄侨文学发展史

上海俄侨文学不是一种孤立的现象，它与哈尔滨、青岛等中国其他城市的俄侨文学有着交叉与重合，也与法国、德国、美国、巴西、巴拉圭等世界其他国家的俄侨文学有着千丝万缕的联系，还与苏联文学有着割不断的延续关系。因为从来源上讲，上海俄侨文学家一部分是十月革命后直接从俄罗斯境内而来，另一部分是 20 世纪 20 世纪 20、30 年代陆续从中国其他城市辗转而来。他们在原本没有俄罗斯租界的上海开辟出新的栖息地，并从无到有创建了俄侨期刊报纸、出版机构、文艺社团，形成了庞大的文学群体。从去向上讲，上海俄侨文学家近乎一半最终回归苏联，成为苏联文学的一部分，还有一半继续流亡他国，成为他国俄侨文学的构成部分。不同年龄、不同来源、不同去向的上海俄侨文学家，在文学创作中传承 19 世纪俄罗斯文学传统，借鉴 20 世纪初俄罗斯国内白银时代文学手法，以此保持着与祖国的精神和文化联系；他们的创作甚至受到中国文化和文学的影响，带有鲜明的流亡印记。

第一节　上海俄侨的来源和生存史

据统计，十月革命后共有 25 万俄罗斯人流亡至中国，在哈尔滨、上海、北京、天津、青岛、沈阳等地安家落户。其中，哈尔滨和上海是俄罗斯侨民最多的两大聚集地，因此也成为俄罗斯侨民文学成就最突出的两大城市。

上海俄侨主要有两种来源。第一种是十月革命后陆续直接从俄国境内而来。早从 1918 年 1 月开始，就有大批俄罗斯难民直接从俄罗斯境内来到上海。根据英国《大陆报》（China Press）报道，仅 1918 年 1 月至 4 月间，陆续有一千余名俄国难民到达上海。而 1918 年来沪最多的一批俄国难民，是 12 月 4 日由英国公司邮船所载的一千余名难民。

1922 年 10 月，随着海参崴的白俄临时政府彻底失败，一批白俄在格奥尔基·斯塔尔克将军的率领下，乘坐舰船于 1922 年 12 月 5 日到达上海。从海参崴出发时共有大小船只 30 艘，而抵达上海时只剩 14 艘，共计 1800 名俄国难民。当这 14 艘舰船抵达黄浦江入口处时，成为上海当时的一大轰动事件。

上海俄侨的第二种来源是 20 世纪 20、30 年代陆续从哈尔滨、沈阳等中国其他城市辗转而来。20 世纪初的哈尔滨有"亚洲的俄罗斯首都"之称。那里原本就有 19 世纪末建造中东铁路时涌现的俄罗斯工程师、建筑工人、商人、企业家，俄国十月革命和国内战争后又涌入不接受新政权的旧俄知识分子、白军军官及其家属。聚集在哈尔滨的俄侨开办自己的学校，创办自己的俄文杂志和报纸，竭力构建旧俄生活环境与文化氛围。因此，20 年代的哈尔滨对于俄侨来说，是一个不错的栖息之地。但 1931 年"九一八事变"后，日军于次年占领哈尔滨，并扶持满清末代皇帝溥仪成立傀儡政权"满洲国"。俄侨在日本人的"满洲国"境内受到严格管控，他们需要登记注册，没有"俄国侨民事务局"的推荐无法找到工作，在"满洲国"境内旅游或出境旅游也要凭事务局签发的路条。面对日益艰难的生存环境，很多俄侨纷纷离开哈尔滨，到上海、天津、北京等地寻求新的出路。其中，南下上海的最多，导致 30 年代上海俄侨数量剧增。据统计，1929 年抵沪俄侨人数为 1382 人，1930 年为 1699 人，1931 年为 2025 人，1934 年为 3172 人，1936 年为 2285 人。到 30 年代中期时，上海俄侨总数达到 18000 人左右。而 1919 年至 1947 年间陆续到上海的俄侨总数达 20000 名左右。[①]

上海从 19 世纪中叶到新中国成立之前虽然是一个半殖民地城市，这里有英、法、美、德、日等列强的租界，却始终没有俄国租界。由于历史上俄国同法国关系密切，因此流亡上海的俄侨大都选择居住在上海法租界的霞飞路（今淮海中路）。

---

① 汪之成：《近代上海俄国侨民生活》，上海：上海辞书出版社，2008 年，第 36 页。

　　刚来上海的俄侨，经历了颠沛流离之苦和扎根立足之艰难。尽管大多数俄侨在旧俄时期有过美好的过去，甚至不少在旧俄时期还是显赫一时的贵族，但来到异国他乡，生活的变故使他们穷困潦倒。过去的贵夫人沦落为夜总会的歌女，显赫的伯爵成了看门人、搬运工、车夫等底层劳动者。一些人因为生活的不如意而酗酒、抽烟、赌博，还有一些流落街头成为乞丐。因此，上海俄侨有"上海滩的洋乞丐""无国籍公民""二等白俄"等各种称号。尤其是20年代，通常被认为是俄侨在上海为生存而搏斗的艰难时期，是他们初步站稳脚跟的关键时期。俄侨在租界内的各行各业就职，其中不少就职于各中外企业、机关、文化教育机构；也有不少独资或合资开办各种小店，比如小百货店、食品店、糖果店、糕点铺、咖啡馆、服装店、皮鞋店、首饰店、钟表店、玩具店、花店、照相馆、理发店、自行车租赁铺、报亭等。除了以上职业，俄侨还在上海的医疗、建筑等行业崭露头角。

　　经过几年的打拼后，俄侨中的很多人凭着自身的知识技能和吃苦耐劳精神，逐渐走出困境，在上海有了自己的立足之地。因此30年代初，上海俄侨界日趋繁荣，大部分俄侨均有固定职业和收入，经济状况较20年代大为改观。俄侨集聚中心霞飞路，在上海变成了仅次于南京路的第二条繁华大街，甚至有"涅瓦街"之称，而该路段及周围地区被称为"东方的圣彼得堡"。围绕霞飞路形成了浓郁的俄罗斯文化。其中，俄罗斯音乐、芭蕾舞、建筑、美术等文化，对上海形成巨大影响。不少俄侨音乐家受聘在上海国立音乐专科学校任教或担任家庭音乐教师，其中包括著名的俄侨声乐家舒什林。而当时地处法租界的兰心大戏院成了俄侨芭蕾舞演出的重要场所，不少一流的俄侨舞蹈家在兰心大戏院演出了轰动一时的《天鹅湖》《巴黎圣母院》《睡美人》《堂吉诃德》等经典芭蕾舞剧。上海俄侨中还有许多才华横溢的建筑师和美术家，比如1922年来上海的著名建筑设计师亚龙，他创办了"协隆"设计事务所，设计了上海的圣尼古拉斯教堂、大华饭店和南京交通部大楼等。1923年来上海的俄侨美术家兼建筑师利霍诺斯，曾为上海各外商建筑公司承担雕塑和艺术装饰，其最出色的建筑设计作品——亨利路（今新乐路）上的东正教圣母教堂，如今作为上海的优秀历史建筑受到保护。俄侨画家中最著名的则是1920年来沪的波德古尔斯基，他于1926年、1928年、1930年先后在上海举办的几次画展都取得极大的成功。许多俄侨艺术家还创办和主持一流的广告美术设计公司。许多大型外商企业，如英美烟草公司等广告部，都聘用俄侨美术家做设计。因此可以毫不夸张地说，在30年代上海租界的世界各族文化中，俄侨文化几乎占据半壁江山。

然而，上海俄侨文化的鼎盛状况在30年代后期因日本侵华战争而打破。1937年8月13日，日军对上海发起进攻，从此上海各国租界"孤岛"局面结束，俄侨同上海本地居民一样，经历了艰苦黑暗的时期。

从40年代第二次世界大战前后开始，上海俄侨内部逐渐分成两大阵营。一大阵营为苏联30年代在经济建设中的成就和40年代抗击法西斯德国的胜利所鼓舞，因此向往祖国；加上1943年1月苏联政府宣布给旅居中国的俄侨苏联公民权，苏联驻沪领馆也从1946年1月开始受理俄侨的苏联公民权申请，因此近一半上海俄侨申请苏联国籍，并于1947年夏开始分批回国。另一大阵营则对苏联政府的侨民政策持怀疑和观望态度，但随着1945年8月—1949年9月中国国内战争的蔓延，留居上海的俄侨既不相信苏联政府又担心中国国内局势影响自己的生存，因此向国际难民组织申请庇护。这部分俄侨在1949年春中国人民解放军解放上海前夕，被送往菲律宾的图巴波岛（Tubabao），等待其他国家的收留。到1950年底，上海俄侨只剩数百人。1954年，随着最后一批俄侨离开上海，上海俄侨社区基本消失。

第二节　上海俄侨的文学和文化生活

尽管起初俄侨在上海的物质生活条件十分艰苦，但他们依靠自己的力量和沪上其他国家侨民的帮助，逐渐形成了自己的文化生活。他们创建俄侨学校和教育机构，创办俄文报纸、杂志、出版社，组建文艺小组，经常举办社交活动。

上海俄侨文学的形成与发展，与俄侨新闻出版业密切相关。大部分俄侨文学家在上海做过编辑工作，或在俄侨报纸或杂志供职，借此机会发表自己的作品。还有不少文学家在上海各级学校任教，或在上海中外企业和机构服务。可以说，几乎所有的上海俄侨文学家的创作都是在工作之余进行的。

据统计，俄侨在上海共创办 64 种俄文报。其中创刊最早的三家报纸是：《上海俄文生活日报》(Шанхайская Жизнь，1919—1926)，《罗西亚回声》(Русское Эхо，1920—1922)，《上海新时报》(Шанхайское Новое Время，1920—1930)。规模最大、持续时间最长、影响力最大则是《上海柴拉报》(Шанхайская Заря，1925—1945) 和《斯洛沃日报》(Слово，1929—1941)。《上海柴拉报》于 1925 年 10 月 25 日在沪创刊，创办人兼总主笔为远东俄侨报业巨头连比奇。该报是远东唯一一份早、晚两版发行的俄文报纸，且在巴黎、东京、哈尔滨、北京、沈阳、大连、天津、青岛等地均派有驻外记者，撰稿人也包括世界各地的俄侨。在当时上海各主要外文报纸中，它与《上海泰晤士报》(Shanghai Times) 并列第三，仅次于英文报纸《字林西报》(North China Daily News) 和《大美晚报》(Shanghai Evening Post and Mercury)。《斯洛沃日报》于 1929 年创刊，业主为阿尔塔杜科夫，该报是上海唯一可与《上海柴拉报》匹敌的俄文大报，在上海各主要外文日报中销量位居第五。在上海持续到最晚的报纸是《新生活报》(Новая Жизнь, 1941—1953)，该报于法西斯德国入侵苏联后的第二天（1941 年 6 月 23 日）在上海创办，主办者为上海苏侨协会，战争期间主要向上海人报道苏联卫国战争进程，战后详细报道中国境内发生的事件，一直持续到 1953 年。

俄侨在上海创办 121 种期刊。其中发表文学作品较多的期刊有：《在国外》(За Рубежом，1920—1922)，《边界》(Рубеж，1927—1945)，《俄国评论》(Русское Обозрение，1920—1921)，《田地》(Нива，1922—

1925），《戏剧新闻》（Новости Театра，1922），《军旗》（Штандарт，1924—1940)，《蓝宝石》（Голубой Бриллиант，1925—1934)，《探照灯》（Прожёктор, 1928—1937)，《星期日》（Воскресенье，1929)，《白光》（Белый Луч, 1929—1930)，《星期一》（Понедельник, 1930—1935)，《帆》（Парус，1931—1937)，《门》（Врата，1934—1935)，《凤凰》（Феникс，1935—1936)，《缪斯》（Муза，1939）等。

从 20 世纪 20 年代起，上海俄侨的图书出版业也开始逐渐发展起来。1919 年，上海出现第一家俄侨出版社"露西报社"（Русь）。至 30 年代中期，上海俄侨的图书出版业可以与巴黎俄侨出版业相媲美。上海的一些主要报刊，均附设出版社和印刷所。俄侨总共在上海创办过 50 余家出版社，其中存在时间最长、出版量最多的出版社是"斯洛沃"（Слово）。其他影响较大的还有"马雷克—卡姆金"出版社（Издательство А. П. Малык и В. П. Камкина），"时代"出版社（Издательство "Эра"），"贡格"出版社（Издательство "Гонг"），"龙"出版社（Издательство "Драгон"），"犹太图书"出版社（Издательство "Еврейская Книга"）等。

1919—1948 年的三十年间，上海俄侨出版机构共出版了 189 位俄侨作者的 305 部作品。[①] 此外，上海俄侨出版社还出版了普希金、莱蒙托夫、果戈理、屠格涅夫、契诃夫等俄国经典作家作品，甚至出版了世界其他国家文学名著的俄译本，比如赛珍珠、乔治、约翰、佩列茨、华莱士等欧美作家以及中国作家鲁迅等。

俄侨还在上海组建了几十个文学艺术小组、俱乐部和社会团体，他们经常在这里举办各种文学艺术交流活动。其中比较著名的是："星期一"联谊会（Понедельник，1929 年成立)，"星期二"联谊会（Вторник，1936 年成立)，"赫拉姆"联谊会（ХЛАМ），即"星期三"联谊会（Среда，1933 年成立)，犹太总会文艺小组（Литературно-художественный

---

① 汪之成：《近代上海俄国侨民生活》，上海：上海辞书出版社，2008 年，第 356 页。

Клужок при Еврейском Клубе），即"星期四"联谊会（Четверг，1933
年成立），上海"丘拉耶夫卡"（Шанхайская Чураевка），即"星期五"
联谊会（Пятница，1933 年成立），"艺术与创造"联合会（Общество
"Искусство и Творчество"，1929 年成立）。另外还有"俄国职业戏
剧协会"（Профессиональный «Русский Театр»）、"普希金委员会"
（Пушкинский Комитет）等各种文学艺术协会。

第三节　上海俄侨文学家概述

从年龄上讲，十月革命后流亡到中国的俄侨作家，可分为年长一代
（或称第一代）和年轻一代（或称第二代）。

年长一代大都是 20 世纪之前出生，流亡中国前已是成年人，有的
甚至在俄罗斯已是作家、诗人，到中国后立刻显露文学才华并对后代产
生直接影响。比如：

叶甫盖尼·叶甫盖尼耶维奇·亚什诺夫（1881 年生于雅罗斯拉夫
尔附近，1943 年卒于上海）；

亚历山德拉·彼特罗夫娜·帕尔卡乌（1887 年生于新切尔卡斯克，
1954 年卒于哈萨克斯坦）；

弗谢沃洛德·尼卡诺罗维奇·伊万诺夫（1888 年生于沃尔科维斯克，
1971 年卒于哈巴罗夫斯克）；

阿尔谢尼·涅斯梅洛夫（1889 年生于莫斯科，1945 年卒于苏联流
放地监狱）；

尼古拉·迪奥尼希耶维奇·希洛夫（生年不详，1936 年卒于上海）；

鲍里斯·雅科夫列维奇·伊利沃夫（1889 年生于巴库，1945 年卒
于上海）。

米哈伊尔·瓦西里耶维奇·谢尔巴科夫（1890 年生于莫斯科，
1956 年卒于法国布洛涅）；

阿里夫列德·彼特罗维奇·黑多克（1892 年生于拉脱维亚，1990

17

年卒于苏联兹梅伊诺戈尔斯克）；

鲍里斯·贝塔（1895 年生于乌菲姆斯基，1931 年卒于法国马赛）；

鲍里斯·格里戈里耶维奇·乌瓦罗夫（1896 年生于莫斯科，卒年不详）；

玛丽娅·帕夫洛夫娜·克罗斯托维茨（1899 年生于北京，1975 卒于澳大利亚）。

年轻一代基本是 20 世纪以后出生，童年或少年时代跟随父母来到中国，有些甚至在中国出生。他们大都在俄侨环境中长大，在中国接受了俄式初级和中等教育，有些甚至在中国本地高校接受了高等教育。但他们没有忘记自己的母语，而且熟悉母国文化传统。但与侨居欧美的第二代俄侨不同的是，侨居中国的第二代俄侨大都没有学习侨居国的语言——中文，因此对中国文化未能深入了解，这也从另一个方面成全了他们对母国文化传统的忠诚。比如：

瓦尔瓦拉·尼古拉耶夫娜·伊叶芙列娃（1900 年生于喀山，1960 年卒于苏联）；

巴维尔·亚历山德罗维奇·谢维尔内（1900 年生于上乌法列伊，1981 年卒于苏联波多利斯克）；

米哈伊尔·采扎列维奇·斯普尔戈特（1901 年生于白俄罗斯格罗德诺，1993 年卒于俄罗斯加里宁格勒州苏维埃茨克）；

玛利安娜·伊万诺夫娜·科洛索娃（1903 年生于阿尔泰，1964 年卒于智利）；

瓦连京·谢尔盖耶维奇·瓦尔（1903 年生于托木斯克，1970 年卒于苏联哈里科夫）；

基里尔·维克托罗维奇·巴图林（1903 年生于莫斯科，1971 年卒于美国纽约）；

尤斯京娜·弗拉基米罗夫娜·克鲁森施藤—彼得列茨（1903 年生于符拉迪沃斯托克，1983 年卒于美国加利福尼亚州圣马特奥市）；

伊丽莎白·尼古拉耶夫娜·拉琴斯卡娅（1904 年生于芬兰，1993

年卒于伦敦）；

　　玛丽娅·薇姿（1904 年生于纽约，1994 年卒于旧金山）；

　　尼古拉·尼古拉耶维奇·亚济科夫（1904 年生于喀山，1962 年卒于喀山）；

　　列夫·维克托罗维奇·格罗谢（1906 年生于日本，1950 年卒于苏联劳改营）；

　　尼古拉·弗拉基米罗维奇·彼得列茨（1907 年生于意大利罗马，1944 年卒于上海）；

　　维克托·波尔菲列维奇·彼特罗夫（1907 年生于哈尔滨，2000 年卒于美国马里兰州）；

　　奥尔嘉·阿列克谢耶夫娜·斯科皮琴科（1908 年生于塞兹兰，1997 年卒于美国加利福尼亚）；

　　尼古拉·斯维特洛夫（1908 年生于西伯利亚，1970 年代初卒于苏联）；

　　维克托利娅·尤里耶夫娜·扬科夫斯卡娅（1909 年生于符拉基沃斯托克，1996 年卒于美国加利福尼亚）；

　　丽吉娅·尤里安诺夫娜·哈因德罗娃（1910 年生于乌克兰敖德萨，1986 年卒于苏联克拉斯诺达尔）；

　　尼古拉·亚历山德罗维奇·谢戈廖夫（1910 年生于哈尔滨，1975 年卒于苏联斯维尔德洛夫斯克）；

　　拉里萨·尼古拉耶夫娜·安黛森（1911 年生于哈巴罗夫斯克，2012 年卒于法国伊桑若）；

　　娜塔利娅·谢苗诺夫娜·列兹尼克娃（1911 年生于伊尔库茨克，1994 年卒于美国纽约）；

　　叶连娜·尼古拉耶夫娜·涅捷利茨卡娅（1912 年生于雅罗斯拉夫尔，1980 年卒于澳大利亚悉尼）；

　　弗拉基米尔·亚历山德罗维奇·斯洛博奇科夫（1913 年生于萨马拉，2007 年卒于莫斯科）；

伊琳娜·列斯娜娅（1913 年生于海拉尔，1997 年卒于巴拉圭）；

瓦列里·弗兰采维奇·别列列申 (1913 年生于伊尔库茨克，1992 年卒于巴西里约热内卢)；

娜塔利娅·约瑟福夫娜·伊里因娜（1914 年生于彼得堡，1994 年卒于莫斯科）；

弗拉基米尔·尼古拉耶维奇·波麦兰采夫（1914 年生于立陶宛，1985 年卒于苏联克麦罗沃）；

米哈伊尔·尼古拉耶维奇·沃林（1914 年生于哈尔滨中东铁路站，1997 年卒于澳大利亚阿德莱德）；

诺拉·克鲁克（1920 年生于哈尔滨，2021 年卒于澳大利亚悉尼）。

从来源上讲，上海俄侨作家主要分为两大类。第一类是十月革命后直接从俄罗斯流亡到上海的。比如，叶连娜·格德罗伊茨（1920 年来沪），阿尔卡吉·阿维尔琴科（1921 年来沪），鲍里斯·伊利沃夫（1922 年来沪），米哈伊尔·谢尔巴科夫（1922 年来沪），瓦连京·瓦尔（1922 年来沪），尼古拉·格罗津（1922 年来沪），鲍里斯·菲利莫诺夫（1923 年来沪）等。

第二类是原先侨居在哈尔滨等其他中国城市，后来陆续移居上海，这类作家占大多数。比如：米哈伊尔·阿诺尔多夫（1925 年移居上海），米哈伊尔·斯普尔戈特 (1929 年移居上海)，奥尔嘉·斯科皮琴科（1929 年移居上海），玛丽娅·薇姿（30 年代初移居上海），阿列克谢·彼特罗夫（1930 年移居上海），鲍里斯·阿普列列夫（1931 年移居上海），尼古拉·希洛夫（1932 年移居上海），拉里萨·安黛森（1933 年移居上海），巴维尔·谢维尔内（1933 年移居上海），玛利安娜·科洛索娃（1934 年移居上海），尼古拉·彼得列茨（1934 年移居上海），瓦列里·别列列申（1943 年移居上海）等。

从上海俄侨最终的去向上讲，也可以分为两大类。第一类是从上海回到苏联，这类作家数量几乎占一半。比如：弗谢沃洛德·伊万诺夫（1946 年回苏），弗拉基米尔·波麦兰采夫（1946 年回苏），瓦连京·瓦尔（1947年回苏），米哈伊尔·斯普尔戈特（1947年回苏），娜塔利娅·伊里因娜（1947年回苏），丽吉娅·哈因德罗娃(1947年回苏)，尼古拉·谢戈廖夫（1947年回苏），瓦尔瓦拉·伊叶芙列娃（1947年回苏），列夫·格罗谢（1948年回苏），弗拉基米尔·斯洛博奇科夫（1953年回苏），巴维尔·谢维尔内（1954年回苏）等。

第二类是从上海移居其他国家，这类作家也几乎占了一半。比如：最终定居美国的玛丽娅·薇姿，维克托·彼特罗夫，基里尔·巴图林，奥尔嘉·斯科皮琴科，维克托利娅·扬科夫斯卡娅，娜塔利娅·列兹尼克娃,尤斯京娜·克鲁森施腾—彼得列茨。最终定居澳大利亚的叶连娜·涅捷利茨卡娅，玛丽娅·克罗斯托维茨，米哈伊尔·沃林，诺拉·克鲁克。最终定居法国的拉里萨·安黛森，米哈伊尔·谢尔巴科夫，鲍里斯·贝塔等。最终定居英国的伊丽莎白·拉琴斯卡娅。最终定居巴西的瓦列里·别列列申。最终定居南美洲的玛利安娜·科洛索娃（智利），伊琳娜·列斯娜娅（巴拉圭），伊兹达·奥尔洛娃（阿根廷）。

值得一提的是，还有少数俄侨因为疾病在中国或辗转他国的过程中去世。比如，尼古拉·希洛夫因结核病1936年病逝上海，尼古拉·彼得列茨因肺炎1944年病逝上海，叶甫盖尼·亚什诺夫1943年病逝上海，鲍里斯·伊利沃夫1945年病逝上海，伊万·米勒于40年代中期在上海去世，鲍里斯·菲利莫诺夫1952年病逝图巴波岛。

由于大多数上海俄侨文学家是20世纪30年代从哈尔滨等其他中国城市移居而来，因此在研究上海俄侨文学时，不能将它与整个中国侨民文学尤其是哈尔滨俄侨文学截然分开。但是，也不能忽视俄侨文学家在上海的创作阶段，因为从哈尔滨来到上海的大都是年轻一代俄侨。如果说哈尔滨是他们到中国的第一个生命小站和开启文学活动的试笔场，则上海是他们到中国的第二个栖息地和施展文学才华的历练场，有些作家和诗人的才华完全是在上海期间发展起来的。目前，国内外的研究者较多关注哈尔滨的俄侨文学创作，甚至将哈尔滨俄侨文学等同于中国俄侨文学，这是一种偏颇的认识。实际上，俄侨在上海的生活时间和创作数量完全不少于他们在哈尔滨的阶段，而且很多俄侨文学家从上海回到苏联或移居第三国后的创作都与上海生活有关。因此，关于上海俄侨文学的研究工作急需深入地、持续地展开。

第四节 上海俄侨文学的文体风格

上海俄侨文学体裁丰富多样，包括诗歌、小说、特写、戏剧、传记、回忆录、书信、札记等，但这些体裁并非同时呈现，而是按照俄侨在中国和离开中国两个阶段经历了大致的流变。在中国时，俄侨创作主要以诗歌、小说、特写、戏剧体裁为主。饱经生活风霜的俄侨文学家们，不仅在创作中书写过去和流亡现实，而且将艺术关注点转向永恒主题，比如人生奥秘、宗教信仰、爱情、死亡等，从而把历史的追问、流亡的历程与宗教沉思、哲理探寻结合在一起，诗化了他们对人生的思考，带有浓厚的形而上思辨色彩。离开中国后，俄侨创作主要以传记、回忆录、书信、札记等为主，这些体裁的创作不仅出于俄侨文学家的怀旧情绪，更是保存精神文化遗产的意识使然，其中的叙事具有片段化特点，因为很多记忆都无力从细节上再现过去的现实。

上海俄侨文学的创作风格与俄罗斯 19 世纪现实主义、20 世纪白银时代现代主义，以及中国古典文学和民族文学之间都有着千丝万缕的联系。这不仅显示在作家和诗人们的文学素养和审美情趣上，也表现在其作品的题材选择、叙事方式和艺术风格上。

上海俄侨文学在美学体系上最接近 19 世纪俄罗斯经典文学，且在创作实践上体现出向现实主义传统靠拢的倾向。这首先体现在，上海俄侨文学家们将自己的创作献给普希金、莱蒙托夫、果戈理、陀思妥耶夫斯基、契诃夫等经典作家。比如，丽吉娅·哈因德罗娃的诗歌《普希金》（Пушкин，1947）和《契诃夫》（А.П. Чехов，1940），尼古拉·谢戈廖夫的诗歌《陀思妥耶夫斯基》（Достоевский，1946），巴维尔·谢维尔内书写普希金的系列小说《生活的花边》（Кружева жизни，1937）、

《圣彼得堡的白夜》(В Санкт-петербурге белой ночью, 1937) 等。其次体现在,上海俄侨文学家在创作中传承 19 世纪俄罗斯文学的人道主义精神、批判现实主义话语、自然主义乃至纪实主义手法。比如,娜塔利娅·伊里因娜的特写集《另一种视角——上海生活特写》(Иными глазами:Очерки шанхайской жизни, 1946) 运用自然主义和纪实主义的手法,描写生活在上海的各色人种和阶层的丑陋面。米哈伊尔·斯普尔戈特的长诗《上海》(Шанхай, 1930) 通过抒情主人公在黄浦江畔的所见所闻,将上海被现代工业文明浸染后的喧闹、浮华、拥挤、忙碌和功利用近乎自然主义的手法呈现出来。俄侨诗歌同样以现实主义笔法记载了流亡俄侨在中国的日常生活和情感心绪。诗人奥尔嘉·斯科皮琴科就曾这样评价自己的现实主义诗歌:"我在自己的创作中从来不幻想。不管是我写的事,抑或是别人讲给我的事(即被我称为'偷听到的故事'),抑或是我在童年、青年以及漫长一生中经历的事。"[1]

上海俄侨文学也受到俄罗斯白银时代现代主义文学的影响。这种影响主要以巴黎、柏林等欧美俄侨文学家为介质,因为"上海俄侨文学家,为了克服与俄罗斯和同胞读者的脱离关系,以及与其他俄罗斯侨民中心的隔绝关系,努力与全世界的同胞广泛联系"。[2] 比如,20 世纪 20 年代柏林俄侨文学家们与俄罗斯国内作家交往相当频繁,霍达谢维奇、列米佐夫、别雷、什克洛夫斯基、马雅可夫斯基、皮利尼亚克、帕斯捷尔纳克等俄罗斯国内的现代主义作家和诗人都曾到过柏林,索洛古勃、古米廖夫、叶赛宁、曼德尔施塔姆、布尔加科夫、克留耶夫、库兹明及"谢拉皮翁兄弟"的作品也曾在柏林出版。汇聚在柏林的俄侨文学家将这种影响传播至中国俄侨界。正如上海俄侨诗人尼古拉·谢戈廖夫 1934 年在《纪念安德烈·别雷》(Памяти Андрея Белого, 1934) 一文中写自己如何通过一位德国俄侨了解到别雷:"刚刚不久前,一位从德国来的

---

[1] Скопиченко Ольга. Рассказы и стихи. США: Сан-франциско, 1994. С.2.

[2] Якимова С.И. Всеволод Никанорович Иванов: писатель, мыслитель, журналист. Хабаровск : Изд-во Тихоокеан. гос. ун-та, 2013. С.203.

先生，给我讲述了他与别雷在疗养院相逢的事，那时别雷住在德国。"[1]
除了柏林，巴黎、布拉格等欧洲俄侨中心也发挥了相似的作用。

除了欧洲俄侨的介质作用，老一辈中国俄侨文学家自带的白银时代
文学传统也对小一辈中国俄侨文学家产生影响。关于这一点，俄侨诗人
别列列申在晚年曾说："他们（即老一辈俄侨文学家）从俄罗斯带来了
象征主义、阿克梅主义，还有马雅可夫斯基、叶赛宁、帕斯捷尔纳克，
甚至谢维里亚宁的影响，然后各自对这些影响进行发展。"

在俄罗斯现代主义的各种流派中，象征主义和阿克梅主义对中国俄
侨文学家的影响最大。俄侨诗人尼古拉·谢戈廖夫在《纪念安德烈·别
雷》一文中，就谈到安德烈·别雷、列昂尼德·安德烈耶夫等俄罗斯象
征主义作家和诗人对自己的影响。而他在 1946 年在上海出版中国俄侨
文集《岛》（Остров）的前言中也写道："在所有的文学影响中（尽管它
们花里胡哨），象征主义和阿克梅主义占据了主导地位。"[2] 正是受现
代主义文学的影响，谢戈廖夫诗歌创作贯穿始终无法穿透的孤独主题。

未来主义对中国俄侨文学家也有不小的影响。比如，涅斯梅洛夫就
深受现代主义尤其是未来主义的影响。他本人将俄罗斯国内与他同龄的
帕斯捷尔纳克、马雅可夫斯基视为导师，还与流亡布拉格的茨维塔耶娃
保持多年通信。在他的诗歌中，可以明显感受到马雅可夫斯基、叶赛宁、
谢里文斯基等人的影响，比如：《女资本家》（Буржуазка，1921）、
《形象》（Образ，1921）与马雅可夫斯基《穿裤子的云》（Облако в
штанах，1915）中的抒情主人公在另类穿着打扮和戏谑上帝方面相
仿。涅斯梅洛夫还像未来主义诗人一样喜欢在诗歌中自创新词，使用
现代科技词汇，甚至直接借用古米廖夫创造的词汇。拉里萨·安黛森
也受到现代主义尤其是未来主义的深刻影响。她的诗歌《致我的马儿》

---

[1] Щеголев Н. А. Памяти Андрея Белого // Чураевка. 1934. № 11 (5), февр. С. 4.

[2] Щеголев Н.А. Предисловие к сборнику «ОСТРОВ»/ Щеголев Н.А. Победное
отчаянье:Собрание сочинений / Сост. А.А. Забияко и В.А. Резвого. М.: Водолей,
2014. С.232.

（Moemy коню）中一系列以"谢谢"开头的排比句，与茨维塔耶娃的《我喜欢》（Мне нравится..., 1915）那首诗具有高度的相似性。而《大地变红了》（Земля порыжела...）中的诗句"我们将幸福和太阳饮至杯底"（Мы выпили счастье и солнце до дна），颇具马雅可夫斯基的风格。她于1969年给身在美国的中国俄侨诗人尤斯京娜·克鲁森施藤—彼得列茨的信中，还表达了对帕斯捷尔纳克小说的赞美："您写道，帕斯捷尔纳克小说写得不好，而且很多俄罗斯人都这么说，包括奥多耶夫采娃，而我却根本不这么看，我认为是不错的小说。"①

　　总之，正如中国学者李延龄在论及中国俄侨文学与俄罗斯白银时代文学的关系时正确地指出："作为俄罗斯文学，它基本上属于'白银时代'。即是说，它从时间上是'白银时代'的延长，从文学思潮上是'白银时代'的延续，例如创作手法，很多诗人也有象征主义、未来主义、阿克梅主义等的特点。"②但与巴黎俄侨文学不同的是，中国俄侨文学摒弃了白银时代现实主义文学中的忧郁和颓废精神。比如，"丘拉耶夫卡"小组的诗人们最推崇的是马雅可夫斯基的激昂风格、帕斯捷尔纳克与布留索夫。因此，他们的创作整体呈现出不屈服于艰难的流亡生活和命运、不背叛祖国和信仰的乐观精神与爱国情怀。

　　上海俄侨文学还受到中国文学尤其是中国古代诗词和文化的影响。中国古代诗词中的意象、意境、构思、用词、寓情于景的写作手法等，对深入了解汉语和中国文学的俄侨文学家的创作最具影响力。比如，翻译过李白、王维、屈原等中国古代诗人作品的别列列申，经常在诗歌创作中借用中国诗歌中的茶叶、丝绸、扇子、荷花等意象，甚至模仿中国作诗法。翻译过中国古典诗歌的米哈伊尔·谢尔巴科夫，在诗歌创作中反映出东方世界观和对东方文化的深刻认识。对中国文化颇为感兴趣的米哈伊尔·沃林，在描写友人们分别前的告别诗《朋友们的相见》

---

① Скопиченко Ольга. Рассказы и стихи. США: Сан-франциско, 1994. C.336.
② 李延龄：《世界文学园地里的一簇奇葩——〈中国俄罗斯侨民文学丛书〉总序》，《俄罗斯文艺》，2002年第6期，第9页。

（Свидание друзей），让人想起中国诗歌传统中李白的《送友人》等诗歌。而更多的上海俄侨文学作品中，时不时地闪现一些中国特有的词汇（比如麻将、乒乓、苦力等），中国各地的方言（比如上海方言中的囡囡），中国人名和地名等，充满流亡生活的印迹。

第二章　上海俄侨文学中的俄罗斯记忆

十月革命后的流亡俄侨是磨难重重的一个群体。他们中的很多人，尤其是年长一代，在异国他乡仍旧不能接受甚至仇视苏维埃政权，但都对旧俄时代的俄罗斯祖国怀有无限痴情。尤其是那些昔日在旧俄有过美好过去的俄侨文学家，在异国他乡坚守俄罗斯记忆，恪守俄国文化传统，渴望以沙俄时代的伟大文化遗产为盾牌，抵御流亡者精神无所寄托的悲哀。因此，他们的创作中不仅有关于过去的俄国革命与战争、逃亡之路的创伤记忆，也有对旧俄生活的美好记忆，还有对俄国精神文化的永恒记忆。正是这一群体关于俄罗斯的个体记忆和集体记忆，使这些异国他乡的流亡群体构建出类似于诺亚方舟的一片精神绿洲，为这些无国籍的流亡者们维系身份认同和精神文化提供了有力保障，使之在多年的流散岁月中"流而不散、流而不灭"。本章将使用文化记忆理论来阐释上海俄侨文学中的俄罗斯记忆。因为"记忆"不仅是一种心理活动，更是一种文化现象。作为一种文化现象的"记忆"，不仅是个体官能反映，而且是具有群体性、民族性的社会实践活动。

在西方传统的理论研究视域中，对于人类记忆的研究主要可分为"记忆"的心理学研究、"集体记忆"研究、"社会记忆"研究、"文化记忆"研究等四个维度。"记忆"的心理学研究早从古希腊罗马时期就开始了，柏拉图、苏格拉底、亚里士多德等都对人类的记忆有过形象性描述，并在19世纪末德国著名心理学家艾宾浩斯那里得到延续。"记忆"的心理学研究主要是将"记忆"作为人类个体或社会的一种心智活动来考察研究，但它仅仅是对"个体记忆"的研究，忽视了记忆与社会、记忆与历史、记忆与文化等之间的内在关联，无法揭示出人类记忆与人类历史实践活动之间的复杂关系，更无法揭示"社会记忆""历史记忆""文化记忆"的深刻内涵。①

20世纪初，法国社会学家莫里斯·哈布瓦赫"集体记忆"概念的提出，标志着学术界对"记忆"研究从心理学转向社会学。哈布瓦赫将"集体记忆"定义为"一个特定社会群体之成员共享往事的过程和结果，保证集体记忆传承的条件是社会交往及群体意识需要提取该记忆的延续性"②。在他看来，"集体记忆不是一个既定的概念，而是一个社会建构的过程"③，"这种社会建构，如果不是全部，那么也是主要由现在的关注所形塑的"④，而且"集体记忆具有双重性质——既是一种物质客体、物质现实，比如一尊塑像、一座纪念碑、空间中的一个地点，又是一种象征符号，或某种具有精神含义的东西、某种附着于并被强加在这种物质现实之上的为群体共享的东西"⑤。哈布瓦赫还将历史和集体记忆做了严格的区别，他认为"集体记忆是一种连续的思潮，具有非人为的连续性"，而历史则把过去分成若干个时期，并试图中立客观地记录已经发生的事件。

美国学者保罗·康纳顿在哈布瓦赫"集体记忆"的基础上提出了"社会记忆"，并在《社会如何记忆》一书中具体阐述了人类如何实现社会记忆。在他看来，社会记忆在"纪念仪式上才能找到，但是，纪念仪式只有在它们是操演的时候，它们才能被证明是纪念性的。没有一个有关习惯的概念，操演作用是不可思议的；没有一个有关身体自动化的观念，习惯是不可思议的"⑥。保罗·康纳顿同时指出，社会记忆与权力之间

---

① 雷文彪、陈翔：西方"记忆理论"研究及其对我国少数民族记忆研究的启示，《广西科技师范学院学报》，2020年第2期，第35—36页。

② ［法］莫里斯·哈布瓦赫：《论集体记忆》，毕然、郭金华译，上海：上海人民出版社，2002年，第335页。

③ 同上书，第93页。

④ 同上书，第106页。

⑤ 同上书，第335页。

⑥ ［法］保罗·康纳顿：《社会如何记忆》，纳日碧力戈译，上海：上海人民出版社，2000年，第15页。

存在着密切的关系：一方面，"控制一个社会的记忆，在很大程度上决定了权力的等级"；另一方面，社会记忆支持着社会秩序的合法化存在，无论是社会记忆还是社会遗忘都是权力关系的选择结果。

20世纪80年代，德国埃及学学者扬·阿斯曼在哈布瓦赫的"集体记忆"基础上，首创"文化记忆"理论。该理论主要探讨记忆、身份认同和文化延续三者之间的关系。在扬·阿斯曼看来，哈布瓦赫"集体记忆"概念模糊不清，而真正意义上的"集体记忆"可分为两种类型，即"交际记忆"与"文化记忆"。他在《文化记忆——早期发达文化的文字、回忆和政治认同》一书中，阐释了"交际记忆"与"文化记忆"的区别与内在联系，以及人类文化记忆在回忆历史、想象自我和建构身份上的重要作用和意义。根据阿斯曼的观点，"交际记忆"主要生成于人类社会的日常生活中，是在社会群体的言语交流中展开，具有日常性、口头性、流动性、短暂性等特点；而"文化记忆"则与日常生活保持着一定的距离，依靠仪式、节日、符号、纪念碑、文字等记忆媒介得到保存，通过牧师、教师、艺术家、诗人、学者、官员等"知识阶层"的表现、演示得到传承，具有稳定性、长久性等特征。

扬·阿斯曼的妻子阿莱达·阿斯曼进一步从"神经的""社会的"和"文化的"三个维度进行记忆研究，从而将记忆分为个人记忆、社会记忆和文化记忆三大类别。在她看来，个人记忆属于个体性的经验记忆，社会记忆属于"家族记忆"和"代际记忆"，文化记忆则是由个人记忆和社会记忆共同凝聚而成的"具有象征性经验和知识"。个人记忆、社会记忆和文化记忆三者之间存在着相互互动和转化的内在关系。[①] 同时，她还阐述了记忆与遗忘之间的辩证关系，揭示了文化记忆的历史性与建构性："记忆与遗忘之间并不是绝然对立的两极。遗忘与记忆都会有破坏和治愈的作用，到底两者孰优孰劣，取决于具体的历史语境，尤其是具

---

① 时晓：当代德国记忆理论流变，《上海理工大学学报》（社会科学版），2016年第2期，第156页。

体语境中居于支配地位的文化价值观和总体形势。"①

阿斯曼夫妇的"文化记忆"理论，为我们研究俄侨文学中的俄罗斯记忆提供了崭新的视角，因为"文化记忆"研究能够将社会学、人类学、历史学、考古学、文学、美学等各学科连接和融汇。有别于传统的史学研究，"文化记忆"揭示出的记忆不同于历史，呈现的过去也并非完全符合客观真实，而是被记忆建构和重新阐释的过去。

第一节　关于革命、战争与逃亡的创伤记忆

"'创伤'，源自希腊语，原意为伤口。创伤分为生理和心理两个层面。"②文学中的创伤叙事更侧重于心理创伤。所谓心理创伤，按照弗洛伊德的说法就是："一种经验如果在一个很短暂的时期内，使心灵受一种最高度的刺激，以致不能用正常的方法谋求适应，从而使心灵的有效能力的分配受到永久的扰乱，我们便称这种经验为创伤的。"③

十月革命和国内战争在所有流亡俄侨的集体记忆中都是巨大的灾难性事件，给他们带来了巨大的心理创伤。因为革命和战争不仅颠覆了他们无比信仰和忠诚的沙俄体制，而且让他们这些曾经有过宁静和幸福生活的人踏上了背井离乡的艰难流亡之路。因此，大部分俄侨尤其是第一代俄侨，即使在流亡地也仍旧不理解革命和战争的社会意义，更无法接受革命和战争给他们带来的个人变故。他们关于俄国革命和战争的记忆和书写，通常充满血腥与暴力；关于自己和同胞的逃亡之旅的记忆和书写，也通常充满眼泪与痛苦。

鲍里斯·乌瓦罗夫、巴维尔·谢维尔内、奥尔嘉·斯科皮琴科、马

---

① ［德］阿莱达·阿斯曼：《记忆还是遗忘：如何走出共同的暴力历史？》，王小米译，《国外理论动态》，2016年第6期，第30页。

② 王霞：《西方文学中的创伤书写研究》，北京：中国社会科学出版社，2023年，第1页。

③ 弗洛伊德：《精神分析引论》，高觉敷译，北京：商务印书馆，2015年，第218页。

利安娜·科洛索娃等作家和诗人，都在文学创作中以创伤叙事的手法，书写了俄侨群体关于革命、战争和流亡的集体创伤记忆。

鲍里斯·乌瓦罗夫作为第一代俄侨代表，其关于革命与战争的创伤书写与他本人的军旅生涯直接相关。乌瓦罗夫 1896 年出生于莫斯科市一个伯爵家庭。他本人曾是沙俄军队里的一名军官，军衔至上尉。后来担任 1917—1920 年间在贝加尔湖的白俄将军谢苗诺夫的副官，并跟随其部队逃亡至中国，在蒙古、东三省一带继续对抗苏联红军。20 年代末他从哈尔滨转居上海，并在上海担任过俄侨小学校长，也是上海俄侨界保皇派杂志《军旗》的主编和主笔。苏联卫国战争爆发后，乌瓦罗夫非常关注祖国的命运，他曾在 1941 年 6 月战争爆发初期就向俄侨同胞大声疾呼救国主张："敌人入侵我们的祖国、俄罗斯母亲了。我们应当为俄罗斯的救赎而祷告！无论她是什么样的政权！"① 日本战败后，他作为中国俄侨界的领导人，用面包和盐在哈尔滨迎接苏联军队。但不久后的 1945 年 10 月 22 日他遭到逮捕并被遣返苏联。经过长时间的审讯，他于 1946 年 4 月 22 日作为"人民的敌人"被判处十五年牢狱徒刑。他非常忠实地服满了牢狱期限，而且即使在服刑期间也继续为祖国的救赎而祈祷。刑满后他定居雅尔塔，曾在苏联杂志《日常生活服务》(Служба быта) 担任过画家。

乌瓦罗夫留下来的文学创作主要是两卷本长篇小说《灾难年代》(Лихолетье，1933) 和长篇小说《在蒙古密林深处》(В дебрях Монголии，1936)。两部小说都于 20 世纪 30 年代在上海出版。其中，《在蒙古密林深处》以作家本人跟随谢苗诺夫麾下的白军转战东西、撤往中国，后又穿越中国边境三次进军俄罗斯的军旅经历为基础，回忆性书写了俄国革命和战争。小说叙事视角转换频繁，穿越多重时间线，从多方面展现了红、白两军不同身份的人物在历史洪流中的命运和遭遇。

---

① У варов Борис Григорьевич <http://russianemigrant.ru/book-author/uvarov-boris-grigorevich>

　　小说主要以士兵莫斯克文的经历为线索叙事。莫斯克文跟随一支白军在与布尔什维克的抗争中失败后流亡至中国，并加入另一支白军远征军，与边境上的苏维埃红军继续斗争。途中，他在蒙古与俄罗斯接壤的边境村子遇到俄罗斯姑娘加利娅，几次出手相救后与她成为命运的眷侣。经历了一系列艰苦卓绝的斗争后，这对伴侣在沿途的一个部落旁发现了一座金矿。借助这笔资源，他们自己组建游击队，几经周折后终于回到莫斯科。

　　乌瓦罗夫的战争叙事充满了深刻的人道主义情怀。整部小说不将红军和白军任何一方视作绝对正义的化身，也不认为坚持信仰、宁死不屈是绝对高尚的精神。相反，作者力图从多个侧面和角度，展现个人在战争和历史的洪流中往往被动选择自己生活和命运的无奈。

　　作家的人道主义精神首先体现在对男女主人公莫斯克文和加利娅的塑造上。在跟随白军部队的三次远征中，他们始终以受难者的身份出现。期间他们经历种种磨难，但最终依靠个人强大的意志力、高尚的品格以及神秘命运的指引脱离险境。在此过程中，他们二人作为彼此的精神力量而相互支撑和拯救。莫斯克文以一名英勇的白军骑士形象出现，他在远征途中对漫长的征途感到绝望，甚至想要自尽，此时偶遇加利娅。而加利娅是一位俄罗斯族的蒙古移民，身上散发着野性、自然性和母性的光辉。她不仅阻止了莫斯克文的自尽企图，还使他再次燃起生活的勇气和希望。从此两人患难与共，莫斯克文曾屡次冲破红军追杀的重围，拯救陷于困境的加利娅。尽管深陷残酷的战争之中，两位主人公身上都闪现出崇高的人道主义光辉：他们没有失去同情心和爱的能力，保持着俄罗斯东正教徒的信仰和良知，显现出俄罗斯民族的宽大胸怀。

　　尽管作家并不以绝对的对错来评判红军与白军，但正是出于高度的人道主义精神，对布尔什维克总体上持揭露和批判态度，尤其对部分布尔什维克进行了严厉的批判。这也表达了作家对丧失宗教信仰的个人主义和残害无辜的暴力革命的否定态度。例如，小说中描写了布尔什维克在蒙古部落中的屠杀场面。蒙古族除夕前夜，在红色政权的授意下，屠杀的枪声打破了宁静的夜晚，将白军暂居的村落居民枪决殆尽，连妇女和儿童都不放过，整个城市被洗劫一空。屠杀的暴虐行径，暴露出布尔什维克行为的非法性和非人性，暴露出他们为了革命的胜利不惜消灭一切敌人的本质，而且在这样的暴力中还夹带烧杀抢掠的利己主义私欲。

小说中还以讽刺的手法塑造了两个比较完整的红军形象。第一个是加利娅的哥哥库兹涅佐夫，这是一个坚定的无神论者和利己的投机主义者。他将功利价值作为选择支持红军或白军的主要原则，而他最终选择加入红军，是长时间衡量红军和白军的实力之后得出的理性决定。他甚至为进入红军而不惜出卖自己的妹妹，将她送入红军手中。第二位是红军长官列多戈罗夫。这本是一个极其严酷无情的人，但在加利娅被俘后，他被其坚韧的眼神所打动，决心对她宽大处理。他甚至开始向她吐露心声、回忆往事，并爱上她、向她求婚。然而，他对加利娅的爱仅仅是为了满足自己的私欲，远未达到精神层面。他对加利娅的爱情诺言和行为，都展现了他为达到私欲而不择手段的本质。比如，为了俘获加利娅的芳心，他假装表现出皈依东正教的愿望，但内心深处根本不信仰上帝。他的求婚行为，更凸显出其为了达成目的不择手段的本质：在一次与白军的交战中，他抓获一名白军妇女，然后以该妇女及其儿子的性命要挟加利娅嫁给他。

值得注意的是，作家在塑造上面两位红军人物形象时，并非扁平化地描述其恶劣行径，而依然从人道主义的角度对他们进行了立体化的塑造，真实地还原了他们作为一个普通人所面临的道德压力和精神困境。库兹涅佐夫在出卖妹妹、投靠红军后，良心备受折磨，而且红军也未能兑现给他的承诺。因此，他对布尔什维克的信仰开始动摇，并出现了一连串的内心冲突。而从红军长官列多戈罗夫的自白中也能看出，他之所以成为一个冷酷无情的人，是革命和战争所造成的，而非本性如此。

作家的人道主义情怀还表现在，他十分珍视俄罗斯传统文化尤其是东正教带给俄罗斯人民的精神价值和信仰力量。小说中的人物身份设置、心理描写、情节展开等，无不体现出东正教的信仰力量对白军及其拥护者们的精神支撑和感召，它甚至也无形地感染着红军。比如，男主人公莫斯克文是一个虔诚的基督徒，他在思考红军和白军的斗争时，总是从上帝和东正教的角度去思考。本质上他是一个反战主义者，认为理智的人不应当拿起武器。但基督教却认为，恶的存在是为了证明善的存在，而作为基督徒应当与恶抗争。因此，他最终遵循基督教义而拿起了武器。而他的几次死里逃生，仿佛都在冥冥之中依靠基督的指引。同样，女主人公加利娅也是一个虔诚的基督徒。在第二卷中，当她被捕入狱后，她在狱中吟唱基督祷文，而另一边则是红军齐唱《国际歌》的歌声。这一幕强烈暗示和隐喻了红、白两军截然不同的信仰和救世理念，是全书中最具戏剧性和张力的一节。

东正教信仰的力量在小说第三卷所描写的白军第三次远征中集中爆发。第三卷第一章首先通过对一个僧侣的心理描写，提出人应当为了理想而战，俄罗斯只能是东正教的俄罗斯，上帝会指引白军获胜等思想。而在小说最后一章，当游击队返回莫斯科时第一眼看到的也是东正教教堂的庄严场面。

作家在小说中将白军塑造成俄罗斯和东正教精神的化身。正是因为这一点，白军能够感召世界各地的俄罗斯人联合起来与红军战斗。甚至那些想反对红军的蒙古人，从阿尔泰、东西伯利亚等地沿路加入的俄罗斯侨民，都自愿放弃了平静生活，佩戴绣着十字架的袖标，加入反对红军的白军队伍。

总之，在这部小说中，作家将战争、逃亡和东正教因素结合起来，展现了自己的人道主义战争观：战争中的任何一方都没有绝对的对和错，个人永远都是战争的牺牲品和受害者，只有上帝信仰才能救赎世界，教会人善良、友爱、和睦。

巴维尔·谢维尔内同样有过军旅生涯。但与乌瓦罗夫相比，这是一个介于第一代和第二代俄侨之间的作家。谢维尔内于1900年出生于乌拉尔地区一个男爵家庭。第一次世界大战期间，他自愿加入沙皇军队上了前线。在政治信仰上，谢维尔内属于君主主义者，因此他既不接受1917年的二月革命，也不接受随后爆发的十月革命。1919年，当父母和两个姐妹被新政权枪毙后，十九岁的谢维尔内加入白军将领高尔察克部队，并跟随部队沿西伯利亚向东撤退。经历了从贝加尔湖至中国东北的冰上大穿越后，谢维尔内于1920年抵达东三省，并于1921年开始侨居哈尔滨十一年。30年代初，随着日军入侵东三省，俄侨生存境遇每况愈下，谢维尔内徒步十个月于1932年来到上海，在这里侨居到1954年回归苏联。

谢维尔内的军旅生涯和逃亡经历，使他的很多创作都以革命、战争和逃亡为主题。但作为旧俄末期一名年轻的、尚未完全成熟的军官，他对革命和战争的记忆书写更多充满迷惑与不解。因此，他的短篇小说《黑天鹅》(Черные лебеди，1941) 和《国歌》(Гимн，1941)，都展现了他对暴力革命的反思与困惑。

《黑天鹅》以1917年历史变革为背景，描写为躲避革命悲剧而逃到西伯利亚原始森林的末代沙皇尼古拉一家在圣诞夜的凄凉场景。经历过这些日子里朋友的背叛和谎言的皇后亚历山德拉·费德罗夫娜在卧室里为自己的丈夫和唯一的儿子祈祷，她尤其担心儿子未来的生死。而此时此刻，皇太子阿列克谢也在自己的房间无法入眠，陷入了沉思。不谙世事的他还不明白目前发生的一切。他回忆往昔全家在宫廷里无忧无虑的幸福生活，回忆俄罗斯士兵在奔赴一战前线阅兵式上的威武和雄姿，回忆战争期间士兵们的死亡，回忆革命的突然爆发及暴动的人流冲进皇宫的可怕场景，回忆全家被迫离开皇宫后在火车上开始的漂泊人生。最后，他在回忆的疲倦中逐渐入睡。在梦中，阿列克谢梦见了奢侈豪华的皇村公园，在公园的桥上他悠闲地喂着一只长长的喙被染成红黄色的黑天鹅，这只美丽的天鹅仿佛来自俄罗斯的童话故事。小说以皇太子童话般的梦境结束，反衬出现实的凄凉与悲惨，由此可以看出作家对末代沙皇一家在暴力革命中的悲剧命运的同情。

短篇小说《国歌》则运用陌生化手法，通过一群流亡男俄侨关于俄罗斯女性在革命和战争年代命运的讨论，书写了革命和战争带给女性的生理和心理创伤。时间发生在圣诞夜前夕，地点在满洲原始森林的一座房子里，那里聚集着很多远离城市而到蛮荒自然中迎接圣诞节的俄罗斯侨民。来参加这次聚会的大都是没有爱情、没有家庭的单身男性。他们在言谈中表现出对俄侨女同胞的抱怨，抱怨她们精明现实，为了钱和物质、生存，宁愿外嫁他国男性也不愿把自己的爱情和温柔留给俄侨男同胞。但男主人公却为俄侨女性辩护，认为这是她们为生活所迫不得已而为之。为了证明这一观点，男主人公回忆讲述了自己在革命期间目睹的一位俄罗斯女音乐家为了维护自己的尊严而牺牲的故事：圣诞前夜，这位女音乐家原本想与自己的家人一起度过，却被苏维埃当局强行要求演出。女音乐家被迫出现在舞台上后，当着所有人的面演奏起沙俄时代的国歌。她还没演奏完，就被开枪射击，但她仍旧骄傲地仰起头、忍住疼痛将国歌演奏完，然后走出大厅，倒在暴风雪中。男主人公在回忆讲述中对这位女性的行为充满了敬意。接下来，他讲述了俄罗斯女性在国内战争大屠杀时代，为平复俄罗斯男性的心灵创伤而做出的肉体牺牲和精神鼓励。他说："回忆回忆战争吧。回忆回忆我们在大屠杀期间给女性带来了什么吧。难道我们忘记了，那些饱受痛苦的女性如何与我们一起为我们减轻生理上的痛苦。回忆回忆，那些理解我们痛苦的女性如何温顺地、自愿地将自己心灵和肉体中最美好的东西奉献给我们吧。她们做这一切是为了让我们宁静，为了掩饰残忍无情的生活。"[①] 男主人公的下一个讲述延伸到白军在穿越西伯利亚的大撤退中俄罗斯女性做出的精神和肉体牺牲：她们与男性一起渡过难关，平息男性身上兽性的本能。男主人公反问男同胞："除了她们，还有谁在冰天雪地中英雄般地在横穿西伯利亚的大撤退中使我们的兽性本能得以平静？如果不是她们和我们走在一起，难道我们中的很多人今天还能坐在这里评判俄罗斯女性当

---

① 李英男编：《黄浦江涛声》（中国俄罗斯侨民文学丛书俄文版 10 卷本·第五卷 / 李延龄主编），北京：中国青年出版社，2005 年，第 21 页。

前的生活是否正确？"①最后，男主人公评价战争过后的和平年代，在流亡中颠沛流离的俄罗斯女性为家庭和生活付出的精神和肉体牺牲。他说："难道可以忘记那些曾是我们的妻子、未婚妻、情人的悲剧女性，她们为了养活留在她们怀中的孩子，有时甚至为了养活孩子那无助的、残疾的、疾病缠身的父亲而被迫向全世界兜售自己的身体？"②总之，谢维尔内通篇以男主人公的讲述为叙事形式，以自然主义式的笔法直白地呈现了俄罗斯女性在革命、战争、逃亡和流亡生活中的各种精神和肉体伤害。这部小说不管在其讲述的女性悲剧内容，还是本身的讲述体叙事风格，抑或是小说中的男性视角上，都极具创新性。

与乌瓦罗夫和谢维尔内相比，女诗人奥尔嘉·斯科皮琴科和马利安娜·科洛索娃是真正的第二代侨民。革命爆发时，她们都还是不谙世事的孩童，跟随家人经历了逃生和流亡，之后在流亡地长大。因此，她们对革命和战争的书写，既有自己作为孩童的感受，也有从父辈们口中听说的内容，但同样充满血腥、暴力、悲伤和眼泪。

对于女诗人奥尔嘉·斯科皮琴科来说，革命和战争的创伤记忆尤为深刻。尽管十月革命爆发时她才八岁，但她终身记得那场可怕的革命。从其诗歌《那时灵魂也会燃烧和愤怒！》（Когда горят и негодуют души！）的标题就能感觉到，女诗人时隔多年后回忆起在祖国经历的革命和战争时仍旧感到愤怒和悲伤：

Бывают дни разгневанных стихий,　　总有愤怒自然爆发的日子，
Когда горят и негодуют души!　　那时灵魂也会燃烧和愤怒！
Всплывают старые забытые грехи,　　被遗忘的旧罪突然涌现，
И пишутся безумные стихи,　　疯狂的诗歌流淌而出，
И голос Родины придавленней и глуше.　　祖国的声音也越来越压抑、低沉。

---

① 李英男编：《黄浦江涛声》（中国俄罗斯侨民文学丛书俄文版10卷本·第五卷／李延龄主编），北京：中国青年出版社，2005年，第21页。
② 同上。

Неотвратимый, бешенный Амок 　不可避免的极度疯狂

Овладевает целым поколеньем, 　攫住了整整一代人，

Такие годы вписывает Рок, 　命运记载下那些疯狂的岁月，

В такие годы задыхаясь Блок 　那些年勃洛克喘着气，

Писал больные, страшные творенья. 　写下了病态的、可怕的作品。

И, если сердцем тянешься к простым 　如果你的心向往简单、

И мирным дням спокойного раздумья... 　平和、静思的日子……

Как пережить военной бури дым, 　怎么能够扛过战争的风暴和硝烟，

Не помешаться и не стать седым 　而不会因为这致命的疯狂

От этого смертельного безумья? 　而发疯或白头？

Дай, Господи, нам недостойным знать, 　主啊，让我们这些卑微的人知道，

Мы разве невозможного просили, 　我们难道请求的是不可能的东西？

Дай меру гнева Твоего понять... 　让我们明白你有多愤怒……

Но только кто, кто может угадать 　只是，不幸的俄罗斯呀，

Твои пути, несчастная Россия?[①] 　谁能猜出你的未来之路呢？

在这首诗中，十月革命在抒情主人公的回忆中是充满暴力和恐怖的罪恶性和灾难性事件。"疯狂"控制着整个国家和生活在其中的人们，即使那些在革命中幸存下来的人，也在后来变得疯狂、焦虑和白头。抒情主人公认为，这是来自愤怒的上帝的惩罚。同时，她为深陷灾难和不幸的祖国之未来充满担忧。诗歌中使用人称代词"我们"叙事，表示整整一代人对革命的消极态度。从这首诗不难看出，女诗人和许许多多同时代人都不理解革命的意义，对俄罗斯祖国的未来之路充满悲观和绝望之情。

斯科皮琴科在诗歌中还提到了亚历山大·勃洛克的名字。众所周知，勃洛克是 19、20 世纪之交白银时代的重要诗人。他的《十二个》《斯基泰人》等系列作品，多多少少对十月革命表达了欢迎之情，因而

---

① Скопиченко Ольга. Стихи и Рассказы. США: Сан-Фрациско, 1993. С.95. 本书中所有诗歌均为笔者自译，后面不再说明。

他的诗歌曾在布尔什维克分子中广为流传。然而，斯科皮琴科在自己的诗歌中认为，勃洛克的诗作是"病态的""可怕的"。由此对照可以看出，斯科皮琴科不喜欢摧毁一切的革命，而渴望简单平和的生活。对比斯科皮琴科与勃洛克的革命书写不难看出，两位诗人对待布尔什维克革命的态度完全不同。斯科皮琴科认定自己是沙俄文化的后继者，追求人与自然、人与人之间的和谐共处关系，因而其诗歌完全否定革命、批判暴力和战争。而勃洛克及其拥护者们想在旧秩序的废墟上创建一个新社会，因此其作品在批判血腥和暴力的同时，又隐含着摧毁过去一切旧事物的狂热。

　　十月革命后，新生的布尔什维克政权与保皇派之间出现了不可调和的矛盾。红军和白军因为对立的政治信念而导致了可怕的内战。白军在1922年彻底失败后，军人们及其家属别无选择，不得不逃到国外。在另一首诗歌《金色的童年》（Золотое детство）中，斯科皮琴科描写了不得不跟随父母逃亡的孩子们的辛酸：

Золотое детство, золотое:	金色的童年啊，的确是金色:
Взлет качелей в солнечном саду,	阳光明媚的花园里荡起的秋千,
Аромат сирени и левкоев,	丁香和紫罗兰的芳香,
Бег коньков на ярком, зимнем льду…	明晃晃严冬之冰上的溜冰追逐……
Пасха, под ликующие звоны,	欢快叮当声中的复活节,
Дни, как голубые мотыльки.	像蓝色飞蛾般飞逝的日子。
Свет лампадки в детской, у иконы,	儿童室圣像旁的油灯光芒,
Ласка нежной, маминой руки…	母亲温柔双手的抚摸……
Наше детство с золотым не схоже —	但我们的童年并非金色——
Нам досталось «выжить», а не жить.	我们只能"苟且偷生"，而非生活。
Наше детство незабвенно тоже,	我们的童年也难以忘怀,
Нам его в тома не уложить.	用几卷本也写不完。
…Отголосок орудийных громов,	……武器隆隆的回声,
Тени отступающих солдат,	撤退士兵的影子,

Рев толпы на площади за домом,　　屋后空地上人群的吼叫声，

Грабящих разбитый винный склад…　强盗们那被打碎的酒窖……

Так открылась первая страница　　金色童年的第一页

Золотого детства…а за ней　　就这样翻开……在这之后

Потекли кровавой вереницей　　就是充满血腥、

Годы отступлений и смертей.　　败退和死亡的日子，

Ласку мамину мы тоже знали,　　我们也体验过母亲的爱抚，

Жались к ней. Но сколько, сколько раз　紧贴着她。但有多少次

Детскими сердцами отмечали　　我们用孩子的心灵发现

Слезы в глубине любимых глаз.　　那双最爱的眼睛深处充满泪水。

Были и у нас свои игрушки,　　我们也有过自己的玩具，

Свой мирок — немножечко другой　自己的小世界——但稍稍不同

В те года, когда в окне теплушки　那些年，当暖箱车窗外

Степь сменялась темною тайгой…　草原不断被幽黑的原始森林替代……

У оставшихся иное детство было…　幸存的孩子们有了另一种童年……

Сколько их прошло сквозь лагеря,　他们中有多少人经历过劳改营，

Скольких расстреляли, погубило　又有多少人被枪决，

Грозное дыханье Октября.[①]　被十月的可怕气息杀害。

　　这首诗采用对比手法，通过描写儿童在革命前和革命后的不同生活，展现了国内战争给普通人带来的灾难。在抒情主人公的记忆中，曾经在俄罗斯的童年充满幸福与快乐。那里有阳光明媚时在芳香美丽的花园中悠然荡起的秋千，冰冻时节时的滑冰嬉戏，春天万物复苏时迎春送冬的复活节，夜晚来临时在微弱的油灯下和慈爱的圣像画前体验母亲的爱抚。这所有的一切仿佛天堂般美好，以至于抒情主人公感觉日子像"蓝色的飞蛾"般飞逝。然而，革命和战争夺走了她快乐的童年。残酷无情的武装冲突造成家园被毁，家人流离失所。而当她与家人逃亡到异国他乡时，昔日的快乐被恐惧取代，母亲的爱抚被眼泪

---

① Скопиченко Ольга. Стихи и Рассказы. США: Сан-Фрациско, 1993.C.125-126.

取代，无忧无虑的生活被劳改营取代，生命随时面临被剥夺的危险。因此，抒情主人公说，这样的生活是"苟且偷生"，这样的童年已是全然不同的另一种。

《金色的童年》这首诗完全是斯科皮琴科本人经历的写照。她的父亲是一名林学家，1917年十月革命后作为军官参加白军运动，后来带着全家跟随白军撤退到远东地区。斯科皮琴科后来在中篇小说《骆驼背上》（На спинах верблюдов）中，回忆性书写了全家跟随一支白军小分队穿越干旱无水的盐碱地草原来到中国的悲惨经历。当她全家于1923年定居哈尔滨时，她还是一个不到十五岁的少女。她在哈尔滨的俄侨中学完成中等教育，之后进入大学法律系学习，同时进行诗歌创作，积极参加哈尔滨"丘拉耶夫卡"等文学小组的活动。1926年她在哈尔滨出版第一部诗集《迸发的祖国情感》（Родные порывы）。在哈尔滨生活期间，她曾与当时定居哈尔滨的俄侨女诗人玛利安娜·科洛索娃关系亲近，后者对她的诗歌产生过重要影响，这些在她的短篇小说《出乎意料的早餐》（Неожиданный завтрак）中描写过。此外，她与当时侨居哈尔滨的阿尔谢尼·涅斯梅洛夫、弗谢沃洛德·伊万诺夫等作家的关系也比较好，这些都被她写进了短篇小说《牡蛎》（Устрицы）中。1928年斯科皮琴科移居天津，并在那里出版了第二本诗集《致未来领袖》(Будущему вождю)，这部诗集的主题与玛利安娜·科洛索娃非常接近。1929年她转居上海，在当地烟草厂工作的同时继续文学创作，经常与上海的俄侨报纸《斯洛沃日报》《上海柴拉报》和杂志《帆》，以及哈尔滨俄侨杂志《边界》进行合作，并于1932年在上海出版了容量极大的第三部诗集《流亡者之路》（Путь изгнанника）。40年代末，斯科皮琴科追随俄侨离开中国的热潮，流落到菲律宾的图巴波岛上，在那里的俄罗斯难民营生活了两年。但她仍旧没有放弃写作，并在那里出版了胶印版的几本小诗集。1950年11月她转居旧金山，在那里与旧金山俄侨报刊《俄罗斯生活》（Русская жизнь）合作多年，偶尔也在《边界》（Грани）、《复兴》（Возрождение）、《在金色大门旁》（У Золотых Ворот）等俄侨杂志上发表作品。还在美国先后出版了《无法泯灭的东西》(Неугасимое，1954)、《备忘录》(Памятка，1960 年代)、《诗集》(Стихотворения)等作品。1990 年女诗人双目失明。1994 年她的总结性著作《短篇小说和诗歌集》(Рассказы и стихи)出版，其中包含 43 部短篇小说和不同年代创作的诗歌。①

斯科皮琴科的经历不仅仅是她一个人的经历，也是千千万万流亡俄侨的经历。他们到处辗转漂泊的日子完全不是生活，而是斯科皮琴科在诗中所写的"苟且偷生"。这种经历和痛苦既是斯科皮琴科个人的记忆，也是所有俄侨共同的、普遍的集体记忆，因此悲剧意味更加浓烈。

革命和战争使这些不接受新政权的人背井离乡，踏上通往异国他乡的流亡之路。然而，这并非坦途或光明大道，其中充满难以想象的艰辛和困苦，甚至随时有丧失生命的危险。在中国俄侨的逃难路上，发生在西伯利亚的冰上大穿越(Великий Сибирский Ледяной поход)就是极其悲壮的苦难经历。根据资料记载，高尔察克麾下的一支白军部队在往东撤退过程中，于 1920 年严冬腊月在弗拉基米尔·卡佩尔将军的率领下穿越了从俄罗斯西伯利亚到赤塔的近 2000 公里的路程。其中穿越结了冰的贝加尔湖区成为跋涉中最艰难的一段，不少人在这次穿越中丧生，最终只有 3 万—3.5 万人通过贝加尔湖区，于 1920 年 3 月初抵达赤塔。②这场悲剧性的冰上大穿越给俄罗斯侨民留下了不可磨灭的印迹。无论是那些亲身经历过这次穿越的人，还是后来听说过这次穿越的人，无不心有余悸。

与斯科皮琴科曾经特别亲近的女诗人玛利安娜·科洛索娃，就在诗歌《还是关于那件事》(Всё о том же) 中复现了西伯利亚冰上大穿越的悲剧画面：

Сижу, облокотясь на шаткий стол,　　我坐着，把手肘靠在摇摇晃晃的桌子上，

---

① 参见俄文版维基百科词条 "Ольга Алексеевна Скопиченко"。

② 参见俄文版维基百科词条 "Великий Сибирский Ледяной поход"。

И слушаю рассказ неторопливый:	听着悠缓绵长的故事：
Про Петропавловск, про Тобол…	关于彼得罗巴甫洛夫斯克，关于托博尔……
И чудятся разметанные гривы	疾驰战马散乱的鬃毛
Во тьме несущихся коней.	在黑暗中飞扬。
Я вижу берег синей Ангары,	我看见蓝色安加拉的河岸，
Где рыцарскою кровью Адмирала	那里石山的斜坡上，
На склоне каменной горы —	流淌着海军上将的壮烈鲜血——
Россия отреченье начертала	俄罗斯记载下
От прошлых незабвенных дней.	他从过去永志不忘日子的退位。
Потом глухие улицы Читы…	之后是赤塔荒凉的街道……
И в мареве кровавого тумана	在血腥的雾霭中
Сверкают золотом погоны и кресты	闪耀着阿塔曼大本营的军官们
У офицеров ставки Атамана.	身上的肩章和十字架。
И смерть с серебряной косой…	还有波涛汹涌的海浪上……
На волнах дней кипели гребни пены!	带着银光闪闪的镰刀的死亡！
А вот они, Даурские казармы,	但他们，达斡尔人的兵营，
Где за намек малейший на измену —	哪怕出现最轻微的叛逆暗示 ——
Расстреливали по приказу Командарма!	就按照指挥官的命令枪杀人！
Чужим оказывался свой…	自己人变成了异端……
Владивосток… Но ослабели крылья,	符拉迪沃斯托克……但部队的侧翼削弱了，
И рушилась, пошатываясь, крепость…	堡垒也倒塌了，摇摇欲坠……
У моря грань надрыва и бессилья…	海边出现了分裂和无力的边界……
И стала исторической нелепость!	它成了历史的荒谬！
И был убийственный откат.	也造成了一次致命的反击。
И дальше слезные и бледные страницы:	之后是满含眼泪和疲惫的苍白页章：
Гензан…Гирин…Сумбурность Харбина.	元山……吉林……哈尔滨的混乱。
Молчащие измученные лица.	沉默而疲惫的脸庞。
Спокойствия! забвения! вина!	冷静！遗忘！罪责！
Возврата больше нет назад…	再也回不到过去……
И проблесками в мрачной эпопее —	幽暗的史诗中——

У порство, жертвенность и героизм.　　闪现着坚持不懈、牺牲和英雄精神。

О них я рассказать здесь не успею.　　关于它们我在这里来不及讲述。

Тебе, водитель сильных, Фанатизм,　　你，强力与狂热的引领者，

Нужны нечеловеческие песни!　　需要非凡的赞歌！

Прошли года. И чувствуем мы снова:　　几年过去了。我们依旧觉得：

Близка эпоха крови и борьбы,　　鲜血与战斗的时代很近，

Из труб герольдов огненное слово!　　从报信者的喇叭中传来炽热的言语！

Приказ Ее Величества Судьбы —　　这是伟大命运的敕令——

И Родина великая воскреснет![①]　　伟大的祖国将复兴！

　　诗歌以抒情主人公听故事的形式，讲述了她听到的白军流亡途中的故事。首先是 1919 年 8 月 20 日至 11 月 3 日的托博尔斯克—彼得罗巴甫洛夫斯克战役，这是白军在其首领高尔察克上将的指挥下对红军部队的最后一次进攻行动。在这场白军与红军的殊死搏斗中，"疾驰战马的散乱鬃毛"显示出白军的英勇无畏。但这并没有帮助他们获胜，反而使他们丧失了一半武力，残余部队被迫撤退到西伯利亚东部。在此期间，高尔察克按照布尔什维克的命令被逮捕和枪决。抒情主人公十分遗憾骑士般的海军上将在安加拉湖岸的惨死，并认为俄罗斯帝国从此出现了真正的"退位"，因为白军中再也没有像高尔察克那样有影响力的强大领袖。在此之后，白军内部出现分歧和背叛，最终导致白军部队完全输给红军并一路向东撤退。虽然逃亡事件已过去多年，但当抒情主人公听到他人再次讲起逃亡历程，仍旧能感受到昔日白军的英勇和大无畏精神，仿佛还能听到战场上的厮杀和战斗，还似乎听到了来自信使的复兴祖国的呼唤。

　　总之，流亡俄侨诗人和作家关于革命、战争和逃亡的记忆，成为他们的俄罗斯记忆中最重要的一种集体记忆。这种记忆充满辛酸和眼

---

① Колосова Марианна. Вспомнить, нельзя забыть. Барнаул: Алтайский дом печати, 2011. C.68.

泪，充满悲剧和苦难，因此在文学创作中，"他们对革命和国内战争进行了个性化的思考，作出了个性化的评价"①。革命、战争和逃亡不仅直接给第一代俄侨的心灵上留下无法磨灭的悲剧印迹，而且间接给第二代俄侨造成负面的心理影响，使他们中的很多人很长时间都难以接受苏维埃政权，宁愿保持无国籍的身份也不愿接受苏联公民的身份认同。

第二节　关于昔日旧俄生活的美好记忆

十月革命后流亡中国的俄罗斯侨民在流亡地的生存极其艰难，这种艰难既是物质上的也是心理上的。尤其是刚来上海的第一代俄侨，他们大多一贫如洗，甚至有"上海滩的洋乞丐""无国籍公民""二等白俄"等称号。这些昔日的贵族、军官、知识分子，对比昔日旧俄时代的美好过去和今日穷困潦倒的流亡生活，难免心生幽怨和惋惜之情。然而，面对"回不去"的过去，他们只能在内心深处保留美好记忆，在残酷的现实中重新建构作为整体的自我认同，就像哈布瓦赫所言："我们保存着对自己生活的各个时期的记忆，这些记忆不停地再现；通过它们，就像是通过一种连续的关系，我们的认同感得以终生长存。"②因此，对昔日旧俄美好生活的记忆，也成为俄侨作家和诗人的一种集体记忆和共性书写主题。

作家巴维尔·谢维尔内作为男爵家庭的后代和忠诚的君主主义者，其小说中就常常流露出对昔日贵族生活的美好记忆。而且他的小说主人公对过去富裕安定生活的回忆，常常是由现在流亡地的悲惨生存状况引发的，因此充满了深深的哀怨感和悲剧氛围。比如，在短篇小说《雨锤的旋律》(Мелодии водяных молоточков，1941) 中，上海的秋天雨夜

---

① 荣洁：俄罗斯侨民文学，《中国俄语教学》，2004 年第 1 期，第 45 页。
② ［法］莫里斯·哈布瓦赫：《论集体记忆》，毕然、郭金华译，上海：上海人民出版社，2002 年，第 82 页。

勾起流亡沪上的男主人公对俄罗斯之秋及往事的回忆。回忆中的俄罗斯秋天是那么美好，曾经出现在无数作曲家、画家、作家、诗人的作品中。而他的离去仿佛发生在昨天。雨水让主人公在回忆起美好生活时充满幸福和快乐，却又将他拉回令人悲痛的现实，往他内心深处的伤口撒上一把盐。但在小说的结尾处，男主人公仍旧以独白形式满怀深情地表达了对祖国的怀念与忠诚："现在我们明白，无论生活将我们抛向何方，无论我们的腿迈向何处，我们处处都会带上钻石般的勇敢思维、艺术和对基督永不动摇的信念。"[1] 短篇小说《思绪》（Мысли，1941）则通过一位流亡中国十八载的七旬老者在平安夜对一位年轻同胞倾诉的形式，抒发对祖国和往事的怀念之情。在老人的讲述中，以前在俄罗斯的圣诞节白雪皑皑、美丽动人，如今在流亡地的圣诞节阴雨连绵、忧思难断；以前的圣诞节他与朋友们欢聚一堂，如今在流亡地孑然一身独坐孤灯前；以前他在祖国是人人尊敬和爱戴的省长，如今在异邦是为英国友人照料古董的苟且偷生者。总之，老人过去在祖国欢乐、美好、体面、充满尊严的生活，与如今在流亡地孤独、无望、艰难、毫无尊严的生存形成了鲜明对比，充满忧伤悲凉的氛围。小说表面采取了对话形式，但有听者出场却无听者的声音，主要是老人的独白讲述，凸显了听者无力表达任何安慰的言语，而只陷入深深的忧虑和思索。

革命前美好的旧俄生活也成为流亡俄侨诗人的集体记忆，这一记忆因为俄侨群体被新生苏维埃国家抛弃而显得弥足珍贵。正如女诗人奥尔嘉·斯科皮琴科在诗歌《当青春飞逝》（Когда юность летит стремительно）中写道：

Когда юность летит стремительно	当青春飞逝
Мимо горя, забот, тревог,	穿过悲伤、操劳、焦虑，
Шелестит любовно страницами	细心的上帝带着爱怜

---

[1] 李英男编：《黄浦江涛声》（中国俄罗斯侨民文学丛书俄文版10卷本·第五卷/李延龄主编），北京：中国青年出版社，2005年，第12页。

Книги юной внимательный Бог,	哗啦啦地翻动着青春之书。
В годы те, без конца счастливые	在那些幸福无边的年代里
Безгранично дни хороши,	日子无限美好,
все слова томительно милые	所有的话儿对追求幸福的心儿来说
Для взлетевшей к счастью души.	都极其可爱。
А потом умирают тревогою	之后它们因焦虑而亡,
Затушенные скоростью шаги	被快速的步伐碾死。
И становятся лица строгими	一张张面孔也因为
От житейской, снежной пурги[①]	生活中的暴风雪而变得严厉

在这首诗中，斯科皮琴科借抒情主人公之口，表达她在旧俄时代度过的青春时代是她生命中最快乐的时期。诗人用"无边"和"无限"两个程度副词来修饰"幸福"和"美好"，强调这种愉快感达到了无法表达的程度。然而，革命和战争如同暴风雪一般，摧毁了过去的美好生活，青春的面孔也因为残酷的生活而变得严厉起来。

许多俄侨诗人和作家非常怀念旧俄时代的庄园生活，因为这不仅仅是一种俄式生活方式，更是一种俄式传统文化。庄园文化早在普希金、托尔斯泰、契诃夫和布宁等经典作家的创作中逐渐形成，并构成俄罗斯传统文化中重要的一部分。与都市繁忙喧嚣的生活不同，乡下庄园的生活简单静谧。大部分俄侨作为曾经的贵族，在庄园和领地上安然享受大自然馈赠的宁静与美好，遵循人与自然的和谐相处模式，恪守着俄国贵族的生活习俗和人伦道德，守候着祖祖辈辈流传下来的文化遗产。而如今他们在流亡地过着浮萍一样飘摇不定的生活，这让他们更加怀念昔日宁静快乐的庄园生活，因此出现了大量书写俄罗斯庄园的文学作品，展示出一种关于庄园文化的集体记忆。

诗人尼古拉·尼古拉耶维奇·亚济科夫在流亡上海期间，就书写了一系列关于回忆俄罗斯庄园美好时光的诗歌。其曾祖父是俄罗斯黄

---

① Скопиченко Ольга. Стихи и Рассказы. США: Сан-Фрациско, 1993.C. 98-99.

金时代著名浪漫主义诗人尼古拉·米哈伊洛维奇·亚济科夫（1803—1846），曾自称为"快乐和狂醉诗人"（поэт радости и хмеля）和"狂欢与自由诗人"（поэт разгула и свободы），由此不难看出亚济科夫家族的富贵与奢靡。尼古拉·尼古拉耶维奇·亚济科夫曾经在伏尔加河一带参加过国内战争，1926年侨居上海，在《斯洛沃日报》报社工作过。其《在故乡的庄园》（В родной усадьбе）一诗，就展示了十月革命前自己在故乡的庄园里度过的安静祥和生活画面：

Дом родной, родные хаты,　故乡的房子，故乡的小屋，

церковь белая и пруд,　白色的教堂和池塘，

шум валька летит крылатый,　捣衣杵的声音飞扬，

камыши цветут.　芦苇盛开。

Пыль дороги под каретой, взлет коренника.　马路上的灰尘在车轮下扬起，辕马出发。

Из беседки машет где-то　凉亭深处

Белая рука.　一只白皙的手在挥舞。

Палисадник старый, клумбы.　古老的花园和花圃。

Блики у окна.　窗户附近的眩光。

Дверь широкая, «не ждали»…　宽阔的大门，"不期而至"的来客……

Барыня, наш свет…　贵妇，我们的光芒……

И смеется тень рояля.　钢琴的影子在笑。

И дрожит паркет.　镶木地板在颤抖。

Снова дома, полны вазы　再次回到小屋，依旧是

Синих васильков.　插满蓝色矢车菊的花瓶。

Капель светлые алмазы.　像钻石般闪亮的屋檐滴水。

Медный шум жуков.　金龟子铜铃般的噪声。

…　……

Дом родной, родные хаты,　故乡的房子，故乡的小屋

Церковь белая и пруд.　白色的教堂和池塘，

Шум валька летит крылатый.　捣衣杵的声音飞扬，

Камыши цветут.[①]　芦苇盛开。

　　小屋，白色的教堂，古老的小花园和花圃，池塘及盛开的芦苇，捣衣杵的声音——它们共同组成了庄园风光宜人、富有生活气息的夏日风景。"不期而至"的客人，尤其是其中的贵族女客，给庄园又增添了幸福快乐之光，连钢琴和地板也似乎被人们欢聚的快乐所感染。当抒情主人公梦回小屋，不仅房屋外面的景色依旧，内部的陈设也如往常。可见抒情主人公对昔日小屋和庄园生活永不衰退的美好记忆。

　　在另一首诗歌《故乡的田界》（Межа родная）中，亚济科夫不仅回忆了自己生于斯长于斯的"古老的地主庄园"，还回忆了庄园里的农民：

Я вырос в усадьбе помещичьей, старой,	我出生在一个古老的地主庄园，
Где светится солнцем подсолнечный жмых,	那里的向日葵灿烂如阳，
Где прячется вдаль за лиловым амбаром	那里整片如绿色披肩的冬季作物
Зеленая шаль озимых…	躲在淡紫色谷仓的后方……
И ветер полей, пробегая нежданно,	田野的风，沿着明亮的艾草地界，
По светлым, полынным межам.	突然呼啸而过。
Ребенку внушал свою грусть несказанную.	引起孩子无法言说的悲伤。
И звал меня к тихим слезам.	也引发我无言的眼泪。
Кругом меня лапти бродили убогие,	我的周围到处是穿着草鞋的农民，
И серая ткань домотканных рубах,	他们穿着朴素的灰布衬衫，
И лики, с икон убежавшие, строгие,	面孔严肃，仿佛从圣像画中逃出，
С махоркой на черных зубах.	满是黑齿的嘴里叼着黄花烟。
И слушая речи простыя и мудрыя,	听着他们简单而富有智慧的讲话，
Где смех точно грохот тяжелых цепов,	其中笑声也如同沉重的连枷，
И косы давно заплелись златокудрый,	金色的辫子缠绕，
С колосьями тучных, пшеничных снопов.	背着一捆捆饱满的金麦穗。

---

① Языков Николай. Стихи о самоваре. Москва: Эксмо-Пресс, 1998. С.3.

Я понял их песни, на ветер похожия…   我明白了他们那像风一样的歌声……

Их смех несмеющихся губ,   他们那嘴唇不笑的笑声，

Юродивых старцев толпу перехожую,   一群穿行而过的圣愚般的老者，

И, правдой подбитый тулуп!   还有，用真理缝制的皮袄！

С тех пор меня песня пленила народная,   从那以后，我迷上了民谣，

Иду я, и вижу, куда ни гляжу —   我信步而走，信步而看——

Широкую волю, без края свободную,   广阔的自由，无尽的自由，

И ростом по плечи родную межу…[①]   以及齐肩高的故乡田界……

  诗人开篇描绘了他的出生地庄园的富裕美好，那里有完全绽放的向日葵，整片绿油油的冬季农作物，装满谷物的谷仓。然而，沿着田界突然吹来的风，使诗人的笔锋陡转，因为他看到了周围穿着草鞋、辛苦劳作、生活窘迫的农民。尽管诗人对农民贫穷的生存状态充满同情和悲伤，但他同样被农民的乐观、豁达和圣愚般的智慧感染，因而喜欢上了俄罗斯农民文化，尤其喜欢上了农民那种无拘无束、喜欢自由的性格特征。尽管诗人创作这首诗时，他已经从俄罗斯的乡下庄园流亡到欧洲都市贝尔格莱德，但俄罗斯庄园里的农民形象及其文化传统给他留下了难以忘怀的记忆。这首诗歌中所出现的俄罗斯乡下庄园景象、农民形象、抒情主人公形象，与托尔斯泰笔下的庄园和农民形象颇有几分相似，由此不难看出诗人的人道主义关怀和立场。

  生活在异国他乡的俄侨，任何一景、一物、一人，都可能勾起他们对往昔美好的旧俄生活的回忆。一次，尼古拉·亚济科夫在朋友拉甫罗夫家做客时见到了俄式茶炊。这件来自故国的茶具勾起了诗人浓浓的思乡之情，让他激动地写下了《茶炊之歌》（Стихи о самоваре）：

У летели боевые стаи,   战斗者群体离去，

И исчезло прошлое-кошмар…   噩梦般的过去也随之消逝……

---

① Языков Николай. Стихи о самоваре. Москва: Эксмо-Пресс, 1998. C.46.

Я сегодня счастлив, что в Шанхае	今天在上海，我很幸运地
У Лавровых видел – самовар…	在拉甫罗夫家看到了——茶炊……
Скучен быт шаблонного Шанхая,	上海千篇一律的日常生活让人无聊，
Горек белый, иностранный хлеб.	外国的白面包有些苦涩。
За стаканом байхового чая	凭着一杯白毫茶
Я мечтой о Родине окреп.	我愈加坚定了对故国的向往。
Там устав от "мировых пожаров",	厌倦了"席卷世界的大火"，
Сохранив устоев русских дар,	铜制的图拉——茶炊之乡，
Тула Медная – обитель самоваров,	保留了俄罗斯的馈赠，
Все по-прежнему чеканит самовар.	依然铸造着旧式茶炊。
И сорвав кумач хвастливых разговоров,	而白石城莫斯科，我们的母亲城，
Неповерив в новые слова,	撕毁了写着空话大话的红布，
По старинному, стоит среди соборов	不相信标新立异的语言，
Белокаменная, Матушка-Москва…	如同过去一般矗立在教堂之间……
…	……
И клубится пар недопитого чая…	还未饮尽的茶水散发着团团热气……
И в трубе мелькает раскаленный жар…	烧红的炭块在管道中若隐若现……
Сколько радости в безсмысленном Шанхае	俄罗斯茶炊在无聊的上海
Доставляет русский самовар.[1]	带来了多少欢乐啊。

　　茶炊是俄罗斯人最喜欢的饮茶用具。无论是贵族还是平民，家中都会至少备有一个茶炊。俄罗斯甚至有这样一条谚语："无炊不能饮茶。"（Какой же чай без самовара）甚至连 18 世纪初的普希金，也曾在自己的叙事诗《叶甫盖尼·奥涅金》中描写主人公们使用茶炊喝下午茶的场景。而莫斯科附近的小城图拉，是全俄最负盛名的茶炊之乡，其高超的制茶工艺甚至让全世界感叹"不要带着茶炊去图拉"（В Тулу со своим самоваром не ездят）。由此不难看出，茶炊不仅是俄罗斯人必不可少的生活用具，也早已成为俄罗斯传统文化的一部分。流亡上海的诗人虽然

---

① Языков Николай. Стихи о самоваре. Москва: Эксмо-Пресс, 1998. С.1.

拥有一份较为平静的生活，但他眼中的上海生活苍白无聊、没有意义。因此，当他在朋友家中看到俄罗斯茶炊时，不禁产生了浓浓的思乡情，回忆起依旧保留着茶炊工艺的古城图拉，以及距离图拉几十公里的母亲城莫斯科。尽管十月革命之后，莫斯科成了首都，成了红色政权的中心，但诗人乐观地认定，具有悠久东正教文化历史的莫斯科无法适应标新立异的红色意识形态，最终将再度变成"白石"城。

在另一首诗歌《异乡的网……灰色的网》（Паутинки на чужбине… Паутинки седины，1930）中，诗人用"网"这一富含隐喻含义的抽象之物，将侨居地上海与他的俄罗斯故乡联系起来：

Паутинки, паутинки	*网啊，网啊*
Золотых, осенних дней	*金色秋日织就的网*
Точно локоны блондинки	*仿佛许门*
Поразвеял Гименей…	*散落的一绺绺金色鬈发……*
Поупали на платаны,	*洒落在梧桐树上，*
На бамбуковый плетень…	*洒落在竹篱笆上……*
Косы осени нежданной –	*出乎意料的秋色发辫——*
-Нитки русских деревень.	*——很像俄罗斯的林带。*
И в тропическом Шанхае	*在地处热带的上海*
Паутинок золотых	*我心痛地想起*
С болью сердца вспоминаю	*许多金色的网，*
Прелесть локонов родных…	*故乡优美的鬈发……*
Паутинки строгих линий,	*命运三女神，*
-Парков, сгинувшие сны…	*——严整线条勾勒出的网，消失的梦*
Паутинки на чужбине.-	*异乡的网，*
-Паутинки седины…[①]	*——灰色的网……*

这首诗写于 1930 年秋的上海。上海的秋日在诗人的笔下仿佛是一

---

① Языков Николай. Стихи о самоваре. Москва: Эксмо-Пресс, 1998. C.65.

张张"金色的网",将竹篱笆、梧桐树都染成金黄色。这亮丽的金色让抒情主人公情不自禁想起俄罗斯故乡的秋色——美丽的金发少女,俄罗斯的广袤树林,甚至联想到与俄罗斯文化同源的古希腊罗马神话中的命运三女神。然而,当梦幻般的感觉消失时,清醒过来的抒情主人公更加痛苦,因为两相对比,上海的金秋之网在俄罗斯故乡金秋之网的映衬下瞬间失去了光彩,变得黯然失色。"网"不仅是亚济科夫这首诗的主要意象和隐喻,它还贯穿诗人的整个诗篇,遍布抒情主人公生活的各个角落,将过去与现在串联起来。这里诗人采用了他惯用的对比手法:虽然诗歌标题被冠以"异乡的网……灰色的网",诗人开篇却花了大量笔墨描写异乡"金色的网",目的是引出祖国俄罗斯的"金色的网"。诗歌最后一行通过与标题呼应的形式,突显出异国他乡苍白无趣的秋日与俄罗斯靓丽美好的秋日的对比。

同样,一张来自祖国的明信片也曾引起诗人尼古拉·斯维特洛夫的感慨,勾起他对"久久被遗忘"的俄罗斯生活的记忆。斯维特洛夫的真姓为斯维尼因,他1908年出生于西伯利亚,因此曾使用过假名万尼亚—西比利亚克。他童年时代跟随家庭流亡哈尔滨,在那里读完中学并考入哈尔滨东方学院（Ориентальный институт）,学习了三年汉语。翻译过中国和日本诗人的诗歌,也于30年代参加"青年丘拉耶夫卡"（后改名为"丘拉耶夫卡"）并担任协会主席。创作包括诗歌、小说和报刊文章。作品曾在俄侨报纸《青年丘拉耶夫卡》和杂志《帆》上发表过,也被选入俄侨文集《云中的梯子》（Лестница в облака, 1929）、《七人文集》（Семеро, 1931）、《星期一》（Понедельник, 1930—1932）等。1930年在东北俄罗斯侨民诗人竞赛中获得第一名。1931年从哈尔滨南下上海。1934年秋在上海出版个人诗集《千手观音》（Сторукая）。1946年回归苏联。他在诗歌《来自祖国的明信片》（Открытка с Родины）中写道:

Открытка с родины. На ней　　来自家乡的明信片。上面印有

Поленовский «Московский дворик».　　波列诺夫的"莫斯科庭院"。

И, как в бинокле, в зорком взоре   顿时，就像透过望远镜一样，敏锐的眼前

Встают виденья давних дней.   呈现出关于遥远过去的幻像。

Зажженные полдневным солнцем,   在正午焦阳的照射下，

Церквей пылают купола.   教堂圆顶闪闪发光。

Над ними даль из грез сплела   在它们的上方，远离幻境的地方

Прозрачных тучек волоконца.   纤细透明的云朵交错相织。

А дворик — яркий изумруд!   而庭院——是明亮的祖母绿！

Конюшня, дом с зеленой крышей…   马厩是绿顶小屋……

И тихо так, что ухо слышит,   四处静谧，甚至可以听见，

Как дети возятся, поют.   孩子们在嬉戏，唱歌。

Там, за колодцем, мирный садик   水井的后面，宁静的小花园

Зовет под мирный свой уют.   在呼吁和平与安逸。

Листы берез прохладу льют.   白桦树叶倾泻着凉意。

А тополя, как на параде!   而杨树，如在游行一般摇曳！

Далекой, крепкой старины   这是关于遥远的、坚实的过去的

Давно забытые виденья!   早就被遗忘的幻影！

Надолго ли сокрыл вас тенью   革命和战争的硝烟

Дым революций и войны?[①]   是否会长久给您笼罩上阴影？

在诗歌中，印有"莫斯科庭院"的明信片，使身处异国他乡的抒情主人公产生了关于昔日莫斯科家园的幻影。那里闪闪发光的教堂圆顶、祖母绿的庭院、带绿色屋顶的马厩、嬉戏和歌唱的小孩、水井、小花园以及里面的白桦树、杨树等人和物，都成为抒情主人公关于过去美好记忆的组成部分。但同时，斯维特洛夫也像亚济科夫一样，突然笔锋一转，对比了革命前的殷实美好与革命后的灾难。尽管只有诗行最后一句的对比，但这种关于过去与现在、幸福与灾难极其不协调的对比，非常强烈地凸显出了后者的残酷。

在女诗人塔玛拉·安德烈耶娃的《致祖国》（Родине）一诗中，异

---

① Крейд В. П., Бакич О.М. Русская поэзия Китая: Антология. Москва: Время, 2001. C.471.

国的云朵让她想起祖国的云朵。安德烈耶娃也是童年时代流亡哈尔滨的
第二代侨民女诗人。1929年，她的七首诗歌被收入哈尔滨俄侨诗集《云
中的梯子》，由哈尔滨俄侨小组"阿克梅"（Акмэ）出版。该诗集的名
称就来源于安德烈耶娃在该诗集中的开篇诗。如同1912—1913年俄罗
斯阿克梅派创始人古米廖夫周围有六个人一样，当时的哈尔滨俄侨中也
有六个人构成了"阿克梅"小组，其中除了安德烈耶娃之外，还包括阿
利亚比耶夫、科佩托娃、奥布霍夫、列兹尼科娃、斯维特洛夫。

安德烈耶娃在哈尔滨俄侨杂志《帆》《边界》，以及上海俄侨杂志
《星期一》和布拉格俄侨杂志《自由的西伯利亚》（Вольная Сибирь）
上都发表过诗歌。20年代末移居美国的加利福尼亚后，继续在远东期
刊杂志上发表作品，她在《致祖国》一诗中，将俄罗斯祖国天空中的云
与异国的云进行对比：

…	……
Но почему мы все тоской объяты?	但为什么我们所有的人都被忧伤环绕？
Здесь облака такие же, как там,	这里的云朵与那里的一样，
Легки, округлы и крылаты,	轻盈、从容、自由，
Подобно нашим русским облакам…	与我们俄罗斯的云朵相似……
Нет! наши облака-сияющие латы,	不！我们的云朵——是闪闪发光的盔甲，
А здесь они, как жертва под ножом,	而这里的云朵，像刀子下的牺牲品，
И мы - в тоске, за дальним рубежом,	而且我们——非常忧伤，在遥远的异国他乡，
*О том, что в памяти ненарушимо свято…*①	思念着那些在记忆中神圣不可侵犯的
	东西……

在该诗中，虽然抒情主人公认为异国的云与祖国的云彩具有相似性，
都"轻盈，从容，自由"，但这里的云彩"像刀子下的牺牲品"，而祖

---

① Крейд В. П., Бакич О.М. Русская поэзия Китая: Антология. Москва: Время, 2001.
62.

国的云彩却像"闪闪发光的盔甲"那样坚不可摧。两相对比，凸显出诗人心目中的祖国"神圣不可侵犯"。

总之，俄侨作家和诗人在创作中关于昔日旧俄生活的集体记忆都是美好的、幸福的，然而残酷的流亡现实总是让这种美好记忆中夹杂着淡淡的忧伤和哀怨。因此，他们的作品在书写关于往昔美好的回忆时，常常采用对比手法，将故乡和祖国的景、物、人与流亡地进行对照书写，从而凸显出前者的美好和后者的残酷。

第三节　关于俄国精神文化的永恒记忆

在 20 世纪 40 年代中后期苏联政府允许在华俄侨申请恢复苏联国籍之前，大部分俄侨既无法回国了却思乡病，也不可能在异邦再现昔日美好的旧俄生活。而且，由于他们大多不懂汉语，不愿或无力融入流亡地文化，因此大多生活在封闭孤立的俄侨圈里。在这片不大的孤岛上，这些没有合法身份和国籍的人，只能坚守带有被美化的旧俄记忆，以旧俄的伟大文化遗产为盾牌，抵御没有国籍和身份的悲哀，保持自己的民族文化记忆和传承。任何民族记忆都将通过具体的文化表征形态呈现出来，而任何文化表征都蕴涵着一定的社会记忆和民族记忆。在俄侨的文学创作中，民族记忆和身份认同的具体文化表征就是他们对民族语言、民族习俗、民族信仰、民族历史、民族文学等各种形态的精神文化书写。正如俄罗斯语文学家戈列勃娃指出的"俄罗斯民族性"（русскость）的标志性特征包括：与俄罗斯生活方式、文化和历史的联系；与罗斯和俄罗斯的联系；洗礼皈依东正教信仰的基督徒；与俄语的联系；与俄罗斯民族性格的联系；与上帝和信仰的联系等。[①]

[①] Глебова Н.Г. Когнитивные признаки концепта «русскость» в национальной концептосфере и его объективация в русском языке. Дис. канд.филол...наук. Н-Новгород. 2018. С.129-135.

　　按照扬·阿斯曼的文化记忆理论，语言在所有的文化记忆表现形式中占据着首要地位，它决定着一个人的文化记忆结构和身份认同。正因为如此，俄罗斯侨民居住在上海期间，除了个别专门学习汉语和其他语言的人，大部分人保持用俄语交流，从而维系自己的身份认同。不仅如此，在上海俄侨的文学创作中，可以看见很多直接赞美俄语的诗行和以俄语为傲的抒情主人公。正如俄侨诗人阿尔谢尼·涅斯梅洛夫在诗歌《穿越国境》(Переходя границу)中写道：

...	……
Да ваш язык. Не знаю лучшего	正是你们的语言。我不知道有其他更好
Для сквернословий и молитв,	用于辱骂和祈祷的语言，
Он, изумительный, — от Тютчева	它令人惊叹，——从丘特切夫
До Маяковского велик.[①]	到马雅可夫斯基，都是伟大的语言。
...	……

　　涅斯梅洛夫在诗歌中高度概括和赞美了俄语的包容性和实用性。它适用于不同时代、不同领域和不同文体，既可以用于表达对上帝神圣信仰时的祈祷，也可以用于日常生活中最低俗的领域。而且不管时代如何变迁，它在俄罗斯诗人的笔下都被完美地保留和传承，永远都是一种伟大的语言。

　　在流亡环境中，第一代俄侨不仅坚持使用母语，还特意将母语传授给自己的儿女们即第二代俄侨，以此保证关于祖国的文化记忆经过代际传递。俄侨诗人叶连娜·达里（真姓为普拉谢耶娃）就有过类似的经历和感受。她少女时代跟随妈妈一起流亡到哈尔滨。父亲曾是白军军官，在国内战争期间身亡。她在诗歌《非洲来信》(Письмо из Африки, 1941)中书写了俄语和俄罗斯精神如何在俄侨家庭两代人之间得以传承：

---

① Крейд В. П., Бакич О.М. Русская поэзия Китая: Антология. Москва: Время, 2001. С.319.

Из Африки письмо я получила.　　我收到了一封非洲来信。

Знакомый почерк — юношеских лет　　熟悉的笔迹——青年时代的女友

Подруга пишет: «С царственного Нила　　写道:"从雄伟的尼罗河

Я запоздалый шлю тебе привет!　　我给你寄来迟到的问候!

Я — замужем. Живу неплохо с мужем.　　我——结婚了。与丈夫生活不赖。

Четвертый год — в тропической жаре!　　第四年了——在热带的酷暑中!

Но ничего, здоровы и не тужим —　　但没关系,我们健康且不忧伤——

Не вреден климат нашей детворе.　　气候对我们的孩子们也无妨。

Детишек двое — крепыши! Людмиле　　两个孩子——很健壮!柳德米拉

Четвертый год, а Игорю шестой…　　三岁多,而伊戈尔五岁多……

Ах, где мы только с ними ни бродили,　　唉,我们带着他们四处漂泊,

Пока попали в уголок живой!　　直到流落到这个具有生命的角落!

…　　……

И я учу их языку родному　　而且我教他们母语,

И говорю, что мы в гостях пока,　　我说,我们只是过客,

Что мы вернемся к берегу иному,　　我们将回归另一岸,

Где льется Волга, русская река,　　那里流淌着伏尔加河,俄罗斯的河,

Что в ней купаться можно без опаски —　　可以在里面安全地游泳——

Что крокодилов не бывало в ней.　　里面没有鳄鱼。

И, раскрывая удивленно глазки,　　于是,孩子们惊奇地瞪着眼睛,

Внимают дети повести моей.　　认真地看着我。

Отец в отъезде — новую дорогу　　父亲已经出发——开始新的旅途

Проводит там, где бродит только зверь;　　那里到处是野兽;

А я в детей вливаю понемногу　　而我在给孩子们灌输

То, что зовется русскостью теперь.　　现在被称为俄罗斯民族性的东西。

Лишь одного растолковать не в силах,　　只有一点我无力解释，

И ребятишкам не понять вовек,　　孩子们也永远无法明白，

Что с ноября, когда у нас так мило,　　从 11 月开始，我们那里如此美好，

Уже Россию покрывает снег...　　俄罗斯已经冰雪覆盖……

Не видев снега, с сахарною пудрой　　没看见过雪的孩子们，把白砂糖

Наивно дети путают его,　　天真地与雪混为一谈，

Поэтому Людмиле златокудрой　　所以长着金色鬈发的柳德米拉

Все сахарное снится Рождество!　　梦见了像糖一样美好的圣诞节！

Все русское для них я собираю —　　我给他们搜集一切俄罗斯的东西——

По капелькам, по крошечкам коплю!　　一点一滴地慢慢积攒！

Я их сердца верну родному краю —　　我要将他们的心灵还给亲爱的地方——

Моей стране, которую люблю!　　我那深爱的祖国！

Теперь — прощай! Подружкам — по поклону,　　现在——再见！给朋友们——鞠躬，

Целую всех, как целовала встарь.　　吻大家，像很久以前那样。

Пожалуйста, пришли ты мне икону　　请给我寄一个救世主圣像，

Спасителя, а детворе — букварь...»　　给孩子们寄来——识字课本……"

Я плакала, письмо читая. Ожил　　我边哭边读信。整个心灵的世界

Весь мир души, и пела тишина:　　复活，连寂静也在歌唱：

«Мы — слабые, мы — женщины, но все же　　"我们——是弱者，我们是——女性，

России не изменит ни одна!»[①]　　但没有一个会背叛俄罗斯！"

诗人以青春时代女友来信的形式，讲述了第一代流亡俄侨为了在异

---

① Крейд В. П., Бакич О.М. Русская поэзия Китая: Антология. Москва: Время, 2001. С.165.

国文化中保存下一代的俄罗斯精神和心灵，给孩子们传授俄语，讲述俄罗斯祖国的自然景观，为他们搜集俄罗斯民族性的东西，甚至请求在中国流亡的女诗人寄给自己一个圣像，给孩子们寄一些识字课本。显然，在这里，不仅俄语、识字课本、圣像，甚至雪景，都成了俄罗斯民族性的标志。作为两个孩子的母亲和守候家庭的妻子，诗人的女友竭力在困境中维持一家人的俄罗斯文化记忆和身份认同。而收到来信的女诗人，与流亡在非洲的女友一样，同样处于流亡之中，同样面临女友一样的精神需求，因此对她的来信感同身受，不仅心灵受到震撼和打动，而且精神复活，再次坚定了自己对祖国的忠诚信仰。

但值得一提的是，在异国他乡长大的第二代侨民相比于第一代俄侨，对祖国历史知之甚少，他们中的不少人从未真正感受过祖国的文化，而仅从父辈们口中接受的文化传承并不可靠和牢固，这使得老一辈俄侨十分焦虑，他们不得不考虑孩子们的未来。女诗人奥尔嘉·斯科皮琴科在诗歌《我的流亡日子已成为习惯》（Дни мои в изгнании сделались привычкою）中就描写了这种困境和焦虑：

Дни мои в изгнании сделались привычкою,　　我的流亡日子已成为习惯，

Гордое терпение ставлю, как пароль.　　我只能高傲地忍耐着，像暗号一样。

Маленькая девочка с русою косичкою　　扎着褐色小辫的小女儿

Принесла мне, крохотка, сдавленную боль.　　给我带来了压抑的痛楚。

Рассказала девочке сказку позабытую,　　我给她讲述被遗忘的童话，

Сказку нашу русскую, где снега да лес...　　我们俄罗斯的童话，那里有雪和森林……

Было удивление в ротике открытом,　　张开的小嘴里充满惊讶，

Словно рассказала я чудо из чудес.　　好像我讲的是奇迹。

И спросила девочка: «Это что — Россия?　　女儿问："俄罗斯——是什么样的？

Город вроде нашего или так — село?»　　像我们所在的城市还是——乡村？"

Не могла я выслушать те слова простые,　　我无法听完这些单纯的问题，

Горькое отчаянье душу замело.　　苦涩的绝望立刻填满我的内心。

Вырастешь ты, девочка, не увидев Родины,　　你会长大，女儿，但却看不到祖国，

И не зная, крохотка, где страна твоя.	而且一点也不知道，你的国家在哪里。
Часто мимо маленьких, взрослые, проходим мы,	成年的我们经常和孩子们擦肩而过，
Забывая души их средь заботы дня.	在日常琐事中遗忘了灵魂。
Буря революции, наши будни узкие…	革命的风暴，我们琐碎的日常……
Многое потеряно… многое ушло…	许多被遗忘了……许多都远逝了……
Вырастут в изгнании, вырастут нерусскими,	孩子们在流亡中长大，却不再是俄罗斯人，
Думая, что Родина город иль село.	他们想，祖国究竟是城市还是乡村。
Дума неотвязная на душе израненной:	心中萦绕不去的思绪遍体鳞伤：
Как бы в сердце детское Родину вложить.	真想把祖国塞进孩子们的心里。
С детскою молитвою русского изгнания	带着俄罗斯流亡的孩子的祈祷
Будет нам отраднее на чужбине жить.①	我们在异国的生活将会更加愉悦。

抒情主人公作为第一代侨民，想通过给女儿讲俄罗斯童话的方式在女儿身上传承祖国文化，但女儿意料之外的问题表明，她完全不知道俄罗斯是自己的祖国，也压根不知道俄罗斯什么样、在何处。她天真单纯的问题刺痛了抒情主人公，因为她突然意识到，革命使侨民逐渐丢失了与祖国相关的文化记忆，而他们的后代很有可能将完全忘记俄罗斯和俄罗斯文化，成长为"非俄罗斯人"。

实际上，上海俄侨的文学创作，全部以俄语写成，目前尚未发现任何一部用中文写成的作品。正是上海俄侨对俄语母语的忠贞不二，使得这一群体相对于其他国家俄侨更完整地保留了俄罗斯文化，使他们免受流亡地语言文化的侵染。

宗教信仰也是一个国家和民族最重要的认同标志之一，东正教更是俄罗斯民族最具有标志性的精神文化符号。自公元988年弗拉基米尔大公从拜占庭引入这一信仰，一直到十月革命之前，东正教与俄语一样，

① Крейд В. П., Бакич О.М. Русская поэзия Китая: Антология. Москва: Время, 2001. С.498.

成为俄罗斯族群乃至所有俄罗斯人最基本的民族认同标志。[1] 即使流散在异国他乡，俄侨群体也完整地保留了这一宗教信仰。在上海，最显著的标志是一系列东正教教堂的诞生和发展壮大，比如闸北的"俄国礼拜堂"（或曰"主显堂"）、圣尼古拉斯军人小教堂（俗称圣尼古拉礼拜堂）、俄国女子中学圣母堂、提篮桥救主堂、复兴路圣母堂、霍山路圣安德烈教堂（又称圣安德罗斯教堂）、圣尼古拉斯教堂、圣母修道院教堂、衡山路俄国商业提唤堂、新乐路圣母大教堂、北京东正教女修道院上海分院、阿尔汉格洛—加夫里洛夫斯基教堂等。在俄侨涌入上海的 10 余年间，俄国教民迅速发展成拥有 2 万名左右的巨大教会社团。所有的祈祷场所，总是挤满了俄侨，而每逢重大节日，更是连教堂前的场地和邻近的马路都挤得水泄不通。[2] 俄侨作家和诗人在自己的创作中，通过对宗教节日、宗教习俗、宗教仪式、宗教建筑等方方面面的书写，来表达和传递自己关于民族信仰的记忆。

比如，女诗人玛利安娜·伊万诺夫娜·科洛索娃在《异乡的圣诞节》（Рождество на чужбине, 1937）一诗中，不仅赞美了俄语母语，而且表达了忠于俄国宗教习俗的决心：

Во Франции, в Чили, в Китае	法国、智利、中国
Звучит наш певучий язык;	到处都能听见我们悦耳的语言；
Но каждый о Доме мечтает,	但每个人都向往回家，
К чужбине никто не привык.	谁也不习惯异乡。
Никто никогда не решится	谁也不敢
Россию навеки забыть.	将俄罗斯永远遗忘
Нельзя по-чужому молиться	不敢用异族的方式祈祷
И быт неродной полюбить.	也不敢爱上异族的习俗

---

[1] 参见俄罗斯大百科（Большая российская энциклопедия）中的词条"族群"（этнос）和"俄罗斯人"（русские），<https://bigenc.ru>。

[2] 汪之成：《近代上海俄国侨民生活》，上海：上海辞书出版社，2008 年，第172—192 页。

И в церкви в рождественский вечер,　　在圣诞夜的教堂里，

Покорная горю и злу,　　屈服于痛苦与恶的我，

Я, сгорбив усталые плечи,　　将蜷缩着肩膀，

Поплачу тихонько в углу…　　在角落静静地哭泣……

У женщины русской осталось　　俄罗斯女性只剩下

Прибежище тихое — храм!　　一个静静的避风港——教堂！

И я свою боль и усталость　　于是我能将自己的痛苦和疲惫

Сюда принесу и отдам.　　带到这里倾诉。

«Дай, Господи, — сердце звенело, —　　"主啊，"心儿说，

Услыши молитву мою!　　"请听我的祈祷！

Мужчинам — на родине дело,　　希望你赐予男人——故乡的事业，

А женщинам — храм и семью!»　　赐予女人——教堂和家园！"

Горят пред иконами свечи —　　圣像前的蜡烛在燃烧——

Сегодня родился Христос!　　今天是耶稣诞辰日！

Но нам в этот радостный вечер　　但我们在这个愉快的夜晚

Нельзя удержаться от слёз…[①]　　忍不住泪流满面……

　　科洛索娃是第二代俄侨中年龄较大且创作起步较早的一位。她1903 年出生于阿尔泰，离开俄罗斯时已经成年。她的父亲曾经是一名神职人员，内战期间被无神论者杀死。国内战争之后，科洛索娃流亡哈尔滨，且很快在那里出版了一系列将宗教信仰与爱国情怀融为一体的诗歌，比如《歌曲军队》（Армия песен, 1929),《神啊，救救俄罗斯吧！》（Господи, спаси Россию!, 1930),《我不会屈服》（Не покорюсь!, 1932），《向着宝剑的声音》（На звон мечей, 1934）等。其在诗歌中表现出的刚硬性格，使她被称为哈尔滨的玛丽娜·茨维塔耶娃。她在二战后接受了苏联国籍，但听说了安娜·阿赫玛托娃在国内受迫害的消息后，她放弃了回归苏联，最终于 50 年代辗转到智利。

---

① Крейд В. П., Бакич О.М. Русская поэзия Китая: Антология. Москва: Время, 2001. С.236-237.

诗歌《异乡的圣诞节》描写了抒情主人公在异国他乡的圣诞夜独自来到教堂，按照东正教的方式祈祷，对着圣像默默流泪，将内心压抑的痛苦和疲惫宣泄出来。虽然她和其他流亡同胞在异国他乡能听见熟悉的母语，却永远无法适应异国他乡的生活，更不会爱上异族的风俗习惯。她们发誓永远不忘记自己的祖国，也永志不忘祖国的风俗习惯和宗教信仰，因为在她们的内心深处，回归家园是最大的梦想。

有罪和受难意识是东正教教义中的基本内涵。俄侨作家和诗人自觉继承了这种宗教意识，经常认为自己有罪，并把自己在流亡生涯中经历的苦难与耶稣基督受难联系起来。拉里萨·安黛森的诗歌《我在上帝面前有罪》(Я виновата перед Богом...)就是典型例证：

Я виновата перед Богом,	我在上帝面前有罪
Я как растратчик, как банкрот.	我像一个营私舞弊者，像一个破产者。
Я раскидала по дорогам	我将上帝慷慨的馈赠
Дары Божественных щедрот.	沿路抛弃。
Я улыбалась, я страдала,	我微笑着受难，
Я крылья взметывала ввысь —	我把翅膀高高地挥起——
Вот почему теперь так мало	这就是为何现在
Они от счастья поднялись.[①]	它们很少因为幸福而挥起。

诗歌体现了抒情女主人公意识到自己在流亡生涯中渐渐淡忘上帝信仰而有罪的思想，并把现在所遭受的苦难理解为是上帝对她曾经的任性和罪恶而给予的惩罚。因此，她甘愿接受惩罚，微笑着受难，而不愿意仅仅享受幸福。

---

① Андерсен Л.Н. Одна на мосту: Стихотворения. Воспоминания.Письма / Сост., вступ. ст. и примеч. Т.Н. Калиберовой.Москва: Русский путь; Библиотека-фонд «Русское Зарубежье», 2006. С. 93.

　　"在俄罗斯历史中，作家和诗人在传统上扮演着哲学家的角色"[1]，成为民族思想和精神的引领者。而经典文学作为俄罗斯民族精神的典范，能把对民族历史和文化的爱、祖辈们的智慧，以及优秀民族传统传递给后代。因此，普希金、莱蒙托夫、果戈理、陀思妥耶夫斯基、契诃夫等众多经典作家经常出现在俄侨作家和诗人的创作中，成为他们关于俄罗斯的文化记忆的重要组成部分。

　　在俄罗斯经典文学中，普希金拥有独一无二的地位。他是现代俄罗斯标准语的奠基人。他的文学创作彰显出对自由、爱情、友谊的追求，充满俄罗斯的人民性和人道主义精神。普希金的创作不仅像镜子一样反映了他那个时代的俄罗斯现实，而且是俄罗斯民族精神和民族文化的象征。正因为如此，他享有"俄罗斯之魂"（русский дух）和"俄罗斯诗歌的太阳"（солнце русской поэзии）的称呼。而在后代俄罗斯人的心目中，普希金也成了比国旗等官方标志更加重要的民族认同标志[2]。

　　普希金作为民族之魂，自然成为俄侨关于俄罗斯的文化记忆的重要标志。早在 1924 年，上海俄侨就设立与普希金诞辰有关的"俄罗斯文化日"（Дни русской культуры）。《上海柴拉报》后来刊登的一篇评论将这一节日视为俄侨对俄罗斯文化传统的继承："一年一年地过去，我们也越来越感觉到自己与祖国的身体分离。这尤其影响着正在成长的一代。祖国概念本身越来越抽象，对她的感情也越来越弱。而且这种现象随着时间的推移会越来越严重。必须要实行俄罗斯文化日，以保存文化传统，让老一辈将它们传递给青年人。"[3]1937 年，在上海俄侨界的倡

————————

① Лихачёва А., Макаров И. Национальная идентичность и будущее России. Доклад Международного дискуссионного клуба «Валдай». Москва, февраль 2014. С.56.

② Лихачёва А., Макаров И. Национальная идентичность и будущее России. Доклад Международного дискуссионного клуба «Валдай». Москва, февраль 2014. С.64.

③ Шанхайская заря. 9 мая. 1930 г.

议和法国外交官以及上海知识界代表的共同努力下，在上海法租界汾阳路、岳阳路和桃江路的交叉口建成了上海唯一一座纪念伟大诗人普希金的雕像。至今这座雕像仍旧矗立在原来的位置，成为俄罗斯侨民的俄罗斯文化记忆的一种显性证明和丰碑，也成为俄罗斯侨民在上海的永不磨灭的印迹。

普希金作为俄罗斯之魂，也自然成为俄侨作家和诗人的重要书写对象。一系列俄侨作家和诗人，都将自己的作品献给伟大的诗人和民族的代言人，展现了以普希金为代表的俄罗斯民族文化的影响力，也证明了从普希金时代流传而来的俄罗斯民族品格和价值观存留在流亡俄侨心目中的事实。

女诗人丽吉娅·尤里安诺夫娜·哈因德罗娃写于 1937 年的两首同名诗歌直接以"普希金"命名，表达了女诗人对伟大诗人的崇拜和赞礼。哈因德罗娃（真姓：哈因德拉娃）是完全在侨民环境中出生和长大的第二代侨民诗人。她于 1910 年出生于哈尔滨。在哈尔滨读完中学，同时自学了法语和英语。她很早就表现出对俄罗斯和外国诗歌的兴趣，并在中学时代就在学校手绘杂志上发表诗歌试笔之作。之后开始在哈尔滨俄侨杂志《边界》上正式发表作品，同时参加哈尔滨俄侨文学小组"青年丘拉耶夫卡"。1933 年嫁给俄侨同胞阿列克谢·列昂尼多维奇·谢列布罗夫并于 1937 年同丈夫迁居大连，在那里的俄侨报纸《柴拉报》担任记者和主笔，同时继续写诗。1939 年第一本诗集《台阶》（Ступени) 面世，得到读者和批评家的欢迎和认可。1940 年开始担任大连俄侨杂志《边界》的记者，以笔名奥列格·尤扎宁撰写新闻。1941 年出版首部个人文集《翅膀》（Крылья）。1943 年从大连南下上海，出版第三本个人诗集《在十字路口》（На распутьи）。在上海，还与从哈尔滨同赴这里的"青年丘拉耶夫卡"昔日成员们一起创建了新的杂志《星期五》，1946 年共同出版诗集《岛》。1947 年回归苏联，在喀山生活一段时间后，最终在克拉斯诺达尔安顿下来并度过余生。

作为之前完全没有在俄罗斯祖国生活过的第二代侨民，哈因德罗娃关于普希金的创作更多出自个人的想象。在自己的两首诗中，哈因德罗娃设想出普希金人生最后时期的历史场景，展现了普希金与丹特斯决斗后垂死的诗人形象，以及俄罗斯人民得知诗人死讯后的愤怒。其中第一首诗营造了极度悲伤和紧张的氛围。开篇就是几乎已成死人的诗人、车夫歇斯底里的喊声、大汗淋漓疾驰的马儿、惊慌躲闪的路人。随后，当整个俄罗斯大地传遍诗人已死、谄媚获胜的消息后，俄罗斯人民无比震惊和悲痛。为了防止激动的人们发生暴动，载着普希金棺材的马儿只能深夜出殡：

Лежало запрокинутым в возке	马车上仰面躺着
Больное тело. Посинели губы,	一具痛苦的尸体。嘴唇发紫，
И кучер гнал в неистовой тоске	极度忧伤的车夫疯狂地
Своих коней, под свист и окрик грубый,	抽打自己的马匹，粗鲁的口哨声和喊声
Прохожие шарахались от них,	让路人惊慌躲闪，
И плакала вослед им ночь глухая,	寂静的深夜也在他们的后面哭泣，
И боль была в лице, в глазах сухих…	痛苦在脸上，在干枯的双眼中……
Стоустая молва, не затихая,	无数的祈祷声，不绝于耳，
По всей России разносила весть:	整个俄罗斯传遍一个消息：
Была венком торжественная лесть.	谄媚庄严获胜。
И снова дни и ночи напролет,	连续几个日日夜夜，
Как будто бы спасаясь от погони,	仿佛摆脱了追逐，
Чтоб не догнал взволнованный народ.	为了激动的人民不要追上。
Гроб черный мчали взмыленные кони.[①]	大汗淋漓的马儿载着黑色的棺材疾驰。

第二首诗则以更加悲伤和凄凉的氛围，想象了普希金死后人民的愤怒、沙皇的紧张、造物主的严肃、大自然的哀嚎。这里所有有生命的人和无生命的自然界，都因为"荣耀之子"的死亡而悲伤和难过。为了防

---

① Хаиндрова Л.Ю. Сердце поэта. Калуга: Издательство «Полиграф-Информ», 2003.C.40.

止普希金之死激发人民暴动，沙皇甚至下达加强岗哨警戒的勒令：

В ту странную пронзительную ночь　　在那个诡异的、刺痛人心的黑夜

Россия хоронила сына славы　　俄罗斯埋葬了荣誉之子。

И, чтобы гнев народный превозмочь,　　为了压制人民的愤怒，

Приказ был дан усилить все заставы.　　勒令加强所有的岗哨。

И мимо них промчался черный гроб,　　黑色的棺材疾驰而过，

И память вечную пропела вьюга,　　暴风雪低吟永恒的记忆，

И долго был нахмурен царский лоб —　　沙皇的眉头紧锁——

Бессонница, тревожная подруга　　惊慌失眠的女友

Мутила разум. Спящий вид дворца　　失去了理智。皇宫入眠的表情

Был страшен, хмуро темные громады　　无限恐怖，仿佛黑暗阴沉的巨人

Смотрели в небо, прямо в лик Творца,　　盯着天空，直视造物主的面孔，

День наступил холодный, безотрадный.　　冰冷凄凉的一天来临。

Играл зарю лихой горнист　　号兵的声音在噩梦般的清晨

Под ветра вой и бури свист.[①]　　伴着风的哀嚎和暴雪的呼啸吹响。

　　普希金不仅在第二代俄侨心目中是一个永恒的俄罗斯神话和文化标志，而且在第一代俄侨心目中同样如此。他的形象同样出现在第一代侨民女诗人亚历山德拉·彼特罗夫娜·帕尔卡乌的创作中。帕尔卡乌1887年出生于职业军人家庭。早年在格鲁吉亚的第比利斯读完中学。嫁给军人律师叶甫盖尼·尼鲁斯后改随夫姓，并跟随丈夫到了彼得堡。1916年又和儿子跟随丈夫到了其供职地哈尔滨。帕尔卡乌的文学创作始于国内战争期间的反苏诗歌，曾在哈尔滨俄侨报刊杂志上发表。之后给俄侨报纸《俄罗斯文学》（Русское слово）撰写幽默讽刺小品文，同时继续在《边界》《上海柴拉报》等俄侨期刊杂志上发表诗歌，其诗歌才华曾经"惊动哈尔滨缪斯"。她经常在哈尔滨的家中举行"青年丘拉

---

① Хаиндрова Л.Ю. Сердце поэта. Калуга: Издательство «Полиграф-Информ», 2003.С.41.

耶夫卡"成员聚会。按照俄侨文献搜集者瓦吉姆·克赖德的说法，"论时间，她也许算是当时用俄语在中国发表作品的第一位职业诗人"。除了以"亚历山德拉·帕尔卡乌"和"亚历山德拉·尼鲁斯"署名发表俄语诗歌外，她还用法语写诗，并翻译英语和法语诗歌。日本占领东三省后，她和丈夫于 1933 年一起南下上海。1937 年在上海出版首部个人诗集《永不熄灭的火》(Огонь неугасимый)。1942 年在上海出版第二本个人诗集《致亲爱的祖国》(Родной стране)。二战结束后随儿子一家回到苏联，定居哈萨克斯坦，直到 1954 年去世。

帕尔卡乌在诗歌《百年过去了》(Сто лет прошло，1937) 中，歌颂了普希金及其创作蕴含的伟大俄罗斯精神。女诗人认为，这种精神即使百年后仍旧保留在俄罗斯人民的记忆中：

Сто лет прошло с тех пор, как на поляне,	百年过去了，一位幽黑的卷发男子，
У Черной речки на хрустящий снег,	在黑河边的旷野上，
Прижав платок к своей смертельной ране,	倒在咯吱作响的雪地里，
Упал кудрявый, смуглый человек.	用手帕紧压自己致命的伤口。
Сто лет прошло с тех пор, как оросила	百年过去了，神圣的鲜血
Святая кровь пустынный островок,	溅湿了荒岛，
И поднялась печальная могила	悲伤的坟墓矗立在
У церковки вдали от всех дорог.	距离所有道路都很遥远的教堂边。
Но с той поры все русские дороги	但所有俄罗斯道路从那一刻起
Ведут туда, - где Пушкин погребен, -	都通向那里，——埋葬普希金的地方，——
Где скромный крест твердит о русском Боге	朴素十字架证明着俄罗斯上帝的存在
…	……
И слышен тихий колокольный звон…	还能听见静静的钟声……
И верит в мощь великого народа,	它相信伟大人民的力量，
И верит в гордый, светлый идеал	相信那个在残酷时代歌颂自由
Того, кто пел в жестокий век свободу	号召人们仁慈对待堕落之人

И - милость к падшим призывал.[①]　　的那个人的崇高而美好的理想。

　　与前面几位俄侨诗人书写普希金的诗歌不同，亚历山大·帕尔卡乌的这首诗充满了乐观和正义的氛围。她将普希金视为追求自由与理想、对人民充满仁慈和怜悯之情的神圣之人。正因为拥有这样的崇高品质，他得到了人民的崇拜。虽然普希金因决斗而死已有百年，但子孙后代们仍像朝圣者一样不断前往他的墓地，回忆着他那上帝般的精神。诗人怀着深切的敬意描述普希金的墓地及其涵义，认为普希金逝世后"所有俄罗斯道路从那一刻起都通向那里"。这一夸张手法恰恰说明普希金凭借其真正的俄罗斯精神在俄罗斯人民当中享有的极高威望。

　　除了普希金之外，果戈理、陀思妥耶夫斯基、契诃夫等经典作家形象也常出现在俄侨文学家的创作中。比如，尼古拉·亚历山德罗维奇·谢戈廖夫的诗歌不仅直接以"陀思妥耶夫斯基"（Достоевский）命名，还出现了果戈理，甚至出现了两位作家笔下的各种形象和主题：

До боли, до смертной тоски	我痛苦，我极其忧伤
Мне призраки эти близки…	因为这些幽灵离我很近……
Вот Гоголь. Он вышел на Невский	瞧果戈理来了。他走到涅瓦
Проспект, и мелькала шинель,	大街，而且外套若隐若现，
И нос птицеклювый синел,	鹰钩鼻发紫，
А дальше и сам Достоевский	然后陀思妥耶夫斯基本人出现
С портрета Перова, точь-в-точь…	从彼罗夫的肖像画中，丝毫不差……
Россия — то вьюга и ночь,	俄罗斯——时而是暴风雪、黑夜，
То светоч, и счастье, и феникс,	时而是光明、幸福、斯芬克斯之谜，
И вдруг, это все замутив,	突然，这一切混为一体，
Назойливый лезет мотив:	钻出一个纠缠不休的主题：

---

① Паркау А. Огонь неугасимый: Стихи. Москва: Нобель Пресс, 1937. С.67.

Что бедность, что трудно-с, без денег-с.　　贫穷，困难，没钱。

Не верю я в призраки — нет!　　我不相信幽灵——不相信！

Но в этот стремительный бред,　　但这急切的谵语，

Скрепленный всегда словоерсом,　　虽然到处是瞎扯，

Я верю ...Он был, и он есть,　　我却相信……它过去存在，现在也存在，

Не там, не в России, так здесь.　　不在那里，不在俄罗斯，而在这里。

Я сам этим бредом истерзан...　　我自己就因为这谵语受尽折磨……

Ведь это, пропив вицмундир,　　要知道这有悖于文官制服，

Весь мир низвергает, весь мир　　整个世界颠覆了，整个世界

Все тот же, его, Мармеладов　　颠覆了他的，马尔梅拉多夫的世界

(Мне кажется, я с ним знаком)...　　（我恍惚觉得，我和他相识）……

И — пусть это все далеко　　好吧——就让这一切

От нынешнего Ленинграда!　　远离现在的列宁格勒吧！

Но здесь до щемящей тоски　　但这里我如此忧伤

Мне призраки эти близки!...[①]　　因为这些幽灵离我很近！……

　　显然，谢戈廖夫的这首诗不仅与陀思妥耶夫斯基和果戈理两位经典作家形成了互文，而且形成了对话和反思。当他看到两位作家的肖像画，他联想到果戈理的《外套》《鼻子》等作品以及其中描写的涅瓦大街和彼得堡，联想到陀思妥耶夫斯基的《罪与罚》以及其中描写的马尔梅拉多夫。诗人觉得，两位经典作家笔下的小人物形象和贫穷主题，像幽灵一样始终萦绕着他。更重要的是，他竟然相信这些幽灵的谵语，觉得自己与马尔梅拉多夫似乎相识。实际上，诗人用这种混沌的相似，暗示的是自己在流亡生活中令人绝望的贫穷和毫无尊严的地位。谢戈廖夫虽然

---

① Крейд В. П., Бакич О.М. Русская поэзия Китая: Антология. Москва: Время, 2001. С.580-581.

是出生于哈尔滨的中东铁路职工家庭的侨民，不像很多其他俄侨一样是政治侨民，但在整个 20 世纪 20、30 年代流亡地的大环境下，他在中国的侨居生活也并不如意，所以才有了与果戈理、陀思妥耶夫斯基笔下主人公相似的处境和心境。这也导致"孤独——是谢戈廖夫的主要主题，也是其抒情主人公始终不变的状态"①。

而女诗人丽吉娅·哈因德罗娃在诗歌《契诃夫》（А.П. Чехов, 1940）中，想象契诃夫写作剧本《三姐妹》期间重病的形象。诗人笔下的契诃夫，尽管长久受肺痨的折磨，但坚持写完剧本中最后一句著名的台词："去莫斯科，去莫斯科！"而且，契诃夫剧本中三姐妹在外省的艰难生活，使哈因德罗娃联想到自己在上海艰难无望的流亡生涯，俄罗斯祖国对她而言成为一个遥不可及、永远无法实现的梦想，就像契诃夫剧本中的莫斯科对三姐妹而言一样：

Нет никого …Стоит кровать в углу, —	没有任何人……只有一张床在角落里，——
Холодное неласковое ложе.	寒冷不舒服的卧榻。
Пора прилечь. Предгрозовую мглу	该躺躺了。雷雨前的昏暗
Вихрь налетевший стонами тревожит.	被旋风那呼啸而来的呻吟打破。
А за окном …Так страшно за окном	而窗外……窗外如此恐怖地
Раскинуто седое покрывало.	笼罩着一张灰色的罩单。
Что, кажется, и белый тихий дом	以至于寂静的白色房子
Закроют тучи бури небывалой.	似乎要被前所未有的暴雨和乌云笼罩。
Ночь без конца …Лучистые костры	黑夜无边无际……闪光的篝火
Давно заря не зажигала в небе.	早已无法被天上的朝霞点燃。
Как горько плачут три его сестры,	他的姐妹们嚎啕大哭，
Которым выпал безотрадный жребий!	因为不幸的命运降临！
Опять она …Одна из них звала.	又是她……其中的一个在呼唤。
Как грудь взволнованно и тяжко дышит!	好像胸口在激动不安地喘着沉重的气息！

---

① Забияко Анна. Николай Щеголев: харбинский поэт-одиночка // Новый журнал. 2009. № 256.

Склонившись, вновь сидит он у стола　　垂下头，他又坐到桌旁

И шепоты, рыданья жизни слышит.　　又听到了生命的耳语和哭泣。

Не вытравить болезни давней след,　　无法根除久病的印迹，

Нет сил бороться с беспощадным роком...　　无力与无情的命运抗争……

«В Москву, в Москву!» — слова звучат как бред,　　"去莫斯科，去莫斯科！"话儿像谵语响起，

«Хоть кто-нибудь зашел бы ненароком!...»　　"哪怕有人无意中顺路来访也好啊！……"

Молчание незавершенных строк,　　未完成的行文沉默不语，

Молчание, таящее угрозу,　　沉默，能融化危险，

А на полу, у ног его, — платок,　　而在地上，在他的双腿旁，——是一块方巾，

Похожий удивительно на розу.[①]　　极其像玫瑰。

　　不仅普希金、果戈理、陀思妥耶夫斯基、契诃夫这些已经成为历史人物的经典作家被流亡俄侨视为祖国文化记忆中的瑰宝，而且几乎与他们同时代的俄罗斯作家、诗人、文化名人，也被他们视为祖国文化记忆中不可或缺的内容。正如老一辈俄侨诗人阿恰伊尔在俄侨文集《七人文集》出版序言中谈及谢戈廖夫的诗歌偶像时写道："安德烈·别雷，茨维塔耶娃，马雅可夫斯基，帕斯捷尔纳克，形式主义者——都是谢戈廖夫喜爱的诗人。"[②] 显然，流亡在外的俄侨群体在乎的并不是哪位祖国作家和诗人成就更高，他们在乎的是与他们保持精神的联系。不管是对祖国作家和诗人的形象重塑，还是与他们创作跨越时空的对话，都是俄侨文学家们保持俄罗斯记忆、维持俄罗斯身份认同、在流亡孤舟中构建精神家园的一种方式和努力。

　　总之，上海俄侨文学家的创作形成了一个关于俄罗斯祖国的巨大记忆场，其中有革命、战争和逃亡，有昔日旧俄日常生活，也有俄罗斯语言、宗教信仰、经典文学等精神文化。俄侨文学中的革命、战争和逃亡，

---

① Хаиндрова Л.Ю. Сердце поэта. Калуга: Издательство «Полиграф-Информ».С.71.

② Ачаир А. Предисловие к сборнику «Семеро» // Семеро. Лит.-худ. сборник. Харбин : Изд-во ХСМЛ. 1931. С. 8.

是导致流血牺牲、家破人亡、妻离子散的悲剧性事件，充满了暴力、分离、眼泪、悲伤，给流亡者造成了生理和心理的双重创伤。俄侨文学中的昔日旧俄日常生活，由一幅幅静谧祥和、无忧无虑、幸福快乐的美好画面构成，成为身处残酷流亡现实的流亡者们无限缅怀的失乐园。俄侨文学中的俄语、东正教、俄罗斯经典作家等，成为俄罗斯民族认同的基本标志，为无国籍和身份的流亡者们提供了精神支撑和自我认同。

上海俄侨文学中的俄罗斯记忆，一方面客观反映了十月革命后流亡中国的俄侨关于祖国的集体记忆。在异国他乡，这些流亡者始终清醒地记得，他们的根基和血脉在俄罗斯，因此对革命前的俄国和文化充满忠诚。另一方面不得不说，俄侨文学中关于旧俄生活的记忆乃至整个俄国形象都被美化了，多多少少都带有俄侨文学家的想象和虚构。尤其是第二代侨民作家和诗人，"大部分完全无法想象俄罗斯是什么样的，因为他们离开俄罗斯时还是小孩，而祖国形象已是在中国想象出来的。"①

俄侨文学中的俄罗斯记忆，既与历史有关，也有别于历史。文学中的记忆，是基于历史现实的文学书写，带有作家和诗人强烈的主观情感色彩，但这种书写显然比历史书写更鲜活、更多元，既传达出俄侨群体关于历史的集体体验，也体现了作家和诗人关于历史与个人命运的个体思考。

---

① Хисамутдинов А. Ларисса-чайка русской изящной словесности. // Андерсен Л.Н. Одна на мосту: Стихотворения. Воспоминания.Письма / Сост., вступ. ст. и примеч. Т.Н. Калиберовой.Москва: Русский путь; Библиотека-фонд «Русское Зарубежье», 2006. С. 432.

第三章　上海俄侨文学中的多元化上海形象

上海在中国俄侨作家和诗人的创作中，具有特别重要的位置和意义。它与哈尔滨一样，是大部分中国俄侨生命中的小站。俄侨诗人别列列申就曾在自己的回忆录《两个小站》(Два полустанка) 中，把哈尔滨与上海称为自己生命中的两个小站。

然而，南方的上海与北方的哈尔滨，在俄侨文学家的笔下却具有不同的色彩和意义。如果说俄侨在哈尔滨很少能感觉到自己是在国外，则他们一到上海就真正意识到自己的流亡者身份。这个南方港口城市完全不同于哈尔滨，也不同于俄罗斯的任何一个城市。首先，上海之前没有俄国殖民的历史，所以当大批俄侨抵达时，这里没有一个人口众多的讲俄语的俄罗斯社区。相反，这是一个汇集着无数中国人和外国人的国际金融大都市。其拥挤狭窄的街道，遍地林立的银行、商铺，湿热的夏天和阴冷的冬天，让初来乍到的俄侨很不适应。而且，早在俄侨进入上海之前，欧洲列强已经在上海开辟了租界，具备了政治和经济实力。当时上海最多的外籍人口是英国人和法国人，从而使上海带有很强的西欧文化色彩。而俄国人作为后来者，只能接受这个既成事实。他们如果想在外国公司谋职，必须学习英语或法语。到 20 世纪 30 年代中后期，虽然俄侨已占据全上海市欧洲人口的半数以上，但他们始终没有摆脱受雇于外国公司的处境，一直仰仗欧美外国人生活。

正因为如此，很多俄侨文学家初来上海都不适应本地文化。他们在创作中对上海的总体印象可以用几个充满对立的关键词概括：亲切温暖与冷漠疏离交织，繁华喧闹与贫穷落后共存，光鲜亮丽与肮脏邋遢并存，忙碌拥挤与冷漠仇视同在。这些矛盾的印象和感觉在很多俄侨作家和诗人的创作中都有体现。

第一节　俄侨生命中的小站

　　自 20 世纪 30 年代起，随着越来越多的俄侨从哈尔滨涌入上海，俄侨占据了沪上外国侨民总人口的绝对多数。在上海形成了以法租界、尤其是以霞飞路为中心的旅沪俄侨聚居区。尽管霞飞路由法国人设计建造，但随着俄侨居住人口的不断增多，整体上越来越具有浓厚的俄式风情。马路两边到处是俄式建筑、俄语铭文，还有大批俄侨在霞飞路开办的珠宝、时装、餐饮、百货、西药、酒吧、咖啡馆等消费商店。仅 1926—1928 年三年间，霞飞路上新设的俄侨商店就有一百多家。其中西伯利亚皮货行是上海最大俄侨商店，拥有多家分店，也是上海最大的外侨商号之一。霞飞路让身处异乡的俄侨感受到故乡的氛围，他们亲切地把它称为"东方涅瓦大街"。总之，30 年代的霞飞路几乎成为旧俄的代名词。正如 30 年代从哈尔滨辗转到上海生活七年后又流转美国的维克托·彼特罗夫在 80 年代的回忆录中这样描写当时上海俄侨的生活："城市的罪孽生活很少涉及这个革命前俄国的残余部分。就像以前在旧俄一样，这里热热闹闹地庆祝谢肉节，吃各种奢侈的薄饼和相应的凉菜；上海的俄罗斯人在晨祷时伴随着教堂欢快的钟声迎接明亮的基督复活节。"[1] 而 1935 年 12 月来到上海的著名苏联歌唱家韦尔京斯基被这个俄侨聚居区所震撼，他说："俄罗斯人的上海——是旧俄的一块。我在俄罗斯人的上海那里找到了 17 年前失去的东西。"[2]

　　不少俄侨对这个异国他乡的栖息之所充满了感激之情。比如，著名俄侨诗人米哈伊尔·斯普尔戈特在他的诗歌创作中，就多次表达了他对上海的感恩。斯普尔戈特于 20 年代初流亡哈尔滨，并在那里的俄侨文学领域小有成就：1922—1923 年担任哈尔滨讽刺幽默漫画杂志《皮莫利亚》（Пимоля）的主编，1926 年出版文集《断口》（Изломы）、《过

① Петров В. Шанхай на Вампу. США: Вашингтон, 1985. С. 7.

② Слово, 11 декабря 1935 г. С.6.

去的阴影》（Тени прошлого）等。1929 年移居上海，成为俄侨报纸《上海柴拉报》的一名记者，并以"迈克先生"（Сэр Майк）为笔名发表诗作，其中最引人注意的是他 30 年代初在报纸上连载的《上海风情画》（Шанхайская акварея）。该系列诗歌全部以上海作为主题，记叙了他对上海的印象，在上海的生活和所见所闻。从该系列中的《霞飞路》（Жоффра）一诗，可以窥见诗人对沪上俄侨的主要栖息地霞飞路的喜爱与感怀：

О авеню!	啊，大道！
О Жоффр!	啊，霞飞！
Ты нам совсем родная.	你完全就是我们家乡的大道，
Сознаюсь не кривя	我完全忠实于自己的良心
Душой своей	意识到
Из улиц всех	在大上海
Великого Шанхая.	所有的街道中
Ты нам приятный,	你让我们感到最愉快，
Ближе и милый!	最亲近，最可爱！
Придя в Шанхай	初来上海，
Мы на тебя осели	我们在你这里落脚，
Здесь	在这里
Назло врагам	我们故意针对敌人
Такую улицу	建造出
Создать сумели	这条街道
Подстать исконными	按照俄罗斯
Русским городом	古老的城市风格。
Повсюду русские	到处都是俄罗斯人的
Глаза и лица	眼睛与面孔，
По русски надписи –	还有俄语铭文——
Куда не бросишь,	无论你的目光投向

Взгляд, -　　何处——

И всюду – тут, -　　到处都是——

Ну, как не увидишься　　无论你如何诧异，

Преобладающие　　绝大多数人

По русски говорят　　都说俄语。

Какой же год　　我们哪一年

Как мы　　生活在上海

Живём в Шанхае　　过得怎样

Какую здесь　　我们在这里

Встречаем уже весну,-　　遇上了怎样的春天。

По кроме Жоффры　　除了霞飞路，

Знать мы не желаем　　我们不想知道

Другой какой-нибудь　　其他任何东西

Там – род или авеню　　在那里——出生与霞飞大道，

И было б в самом деле　　实际上本来

Справедливым,-　　是一样的——

Я пожелание　　我打算说出

Высказать берусь　　自己的祝福。

Когда бы в вашу честь　　祝愿您

То было бы красиво!-　　漂亮美丽！

Переназвали Жоффру.　　我们已经将霞飞路改名为

В «Авеню де Рюс»　　"通往俄罗斯的大道"。

　　显然，米哈伊尔·斯普尔戈特在这首诗中对上海霞飞路充满依恋和喜爱之情。这个被他喻为"家乡的大道"，是和他一样的千千万万俄侨流落上海后的落脚点和栖息地。对于他们这些像浮萍一样飘摇不定的流亡者来说，霞飞路成了他们感觉最亲近、最可爱、最愉快的地方。与他一样的流亡者，按照祖国故乡城市的风格，建造出了这里的街道，因此这是他心里最珍视的地方。在他的心里，霞飞路不仅仅是一个栖息地，

还是让他们能够活下来并重返祖国和家园的美好纽带，因此他把霞飞路称为"通往俄罗斯的大道"。

但我们不能将俄侨对霞飞路的情感与对整个上海的印象混为一谈。实际上，在斯普尔戈特的这首诗里，一方面我们能明显感受到诗人对霞飞路浓浓的爱意和感激之情，另一方面从诗句"除了霞飞路 \ 我们不想知道 \ 其他任何东西"中能感受到，诗人对上海的美好印象仅仅停留在颇具圣彼得堡风格的霞飞路，而对上海的其他地方和其他生活内容都完全不感兴趣。从这里不难看出，俄侨对整个上海的看法并非全是正面的，因为"通常外国人所说的上海，只包含公共租界和法租界"①，对于生活和交流圈极其狭小封闭的上海俄侨来说更是如此。

第二节　现代工业文明异化的钢铁之城

尽管大部分俄侨对上海能提供暂居之所和赖以生存的工作而充满感激，但"现在很多人将俄侨生活理想化。实际上一切要复杂得多，悲剧得多"。② 不管是 20 年代直接从俄罗斯流落上海的俄侨，还是 30 年代从哈尔滨等中国其他城市辗转到上海的俄侨，他们大都过着颠沛流离的生活。为了生存，他们不得不做最底层的工作，甚至无业流浪，因此在上海有"白俄难民""上海滩上的洋乞丐"等绰号。大部分俄侨作家在上海也经历了极其艰辛的生活，但比起物质生活上的贫穷和寒酸，更让他们难以接受的是精神上的冷漠和文化上的疏离。因此在大部分俄侨作家和诗人的笔下，上海无异于现代工业文明造就的钢铁怪兽。

---

① Слободчиков В.А. О судьбе изгнанников печальной… Харбин. Шанхай. Москва : Центрполиграф, 2005.С.189.

② Хисамутдинов А. Ларисса-чайка русской изящной словесности. // Андерсен Л.Н. Одна на мосту: Стихотворения. Воспоминания.Письма / Сост., вступ. ст. и примеч. Т.Н. Калиберовой.Москва: Русский путь; Библиотека-фонд «Русское Зарубежье», 2006.С. 431-432.

比如，俄侨作家巴维尔·谢维尔内在短篇小说《致妹妹信》（Письмо к сестре，1941）中，通过流亡上海的哥哥给流亡伦敦的妹妹的信这样描写对上海的印象和感触："我居住在大城市里，我的周围汽车轰鸣，电车发着蓝光呼啸而过，人们居住在石头垒砌的箱子里。他们企图光鲜地生活，用各种情感相互折磨，由于仇恨和嫉妒而呲牙咧嘴、相互争吵，有时甚至对骂。但这是他们的生活，是那些我在其中寻找淡紫色梦想的人的生活。这是一种恐怖的双重生活。"① 不难看出，在男主人公的眼里，上海是一个由钢铁和科技铸造的工业化怪兽，人们表面上过着光鲜亮丽的生活，但实际上人情冷漠，甚至充满敌对仇恨情绪。其中的原因在于，他们对物质和金钱的追求，远远吞噬了人与人之间应有的和谐、友好和关爱，甚至剥夺了他们内心的自由与宁静。而在另一篇短篇小说《眼泪》（Слезинка，1941）中，主人公所感受到的八月的上海，是一个由钢筋混凝土铸造而成的潮湿闷热之城："石城上海，骄阳当空，潮湿的蒸汽扼杀一切生物，让其仅仅幻想能够自由呼吸。"②

米哈伊尔·斯普尔戈特的长诗《上海》（Шанхай，1930），则通过抒情主人公在黄浦江畔的所见所闻，对上海进行了一分为二的思考：

(Эскиз поэмы) （长诗草图）

Огромный порт 巨大的港口

Вмещающий десятки 容纳几十条

Десятков 几百条

Покорителей морей, – 被征服的河流

В тиски свои 它将成千上百万

Зажавший 可怜的

Мертвой хваткой 弱小的人们

---

① 李英男编：《黄浦江涛声》（中国俄罗斯侨民文学丛书俄文版 10 卷本·第五卷／李延龄主编），北京：中国青年出版社，2005 年，第 26 页。
② 同上书，第 45 页。

Миллионы жалких　　紧紧抓进

Щупленьких людей.　　自己的虎钳

Визжат сирены　　汽笛轰鸣

Полуисступленно　　歇斯底里

И льется деготь　　沥青在流动

Паровых гудков,　　汽笛

И трубами　　在巨大的烟囱中

Огромными рожденный　　升腾起

Дым поднимается　　烟雾

Почти до облаков.　　几乎直抵云霄

Лебедок шум　　绞盘的噪音

Взрезает　　刺耳

Слух трескуче,　　但其他声音更刺耳，

Им нет　　它们没有

Ни имени, –　　名字，

Ни лика, ни числа, –　　没有面孔，没有数目。

И на шаландах древних　　老旧的驳船上

Жалок　　桨架发出可怜的

Скрип уключин　　咯吱声。

Под взмахами　　疲惫的桨

Усталого весла.　　在挥动。

На пристанях –　　码头上——

И шум, и оживленье,　　喧哗，热闹

Огонь бросает　　如火的骄阳

Солнце на толпу,　　炙烤着人群，

На грохот быстрого　　炙烤着飞速移动的

Машинного движенья,　　汽车，

На всю нелепую   炙烤着所有荒谬的、

И злую суету.   凶狠的忙碌

На сколько   放眼

Глаз хватает,   望去,

Всюду зданий   到处是高楼,

Миллионы крыш   无数的屋顶,

И разных куполов, –   和各种圆顶。

Здесь дерзновенные   这里滋生着各种

Рождаются желанья,   大胆的欲望。

Здесь собирается   这里汇集着

Долларовый улов.   捞捕的美元。

Взойди на самую   你如果爬上

Высокую из башен   最高的一座塔

И посмотри везде   并放眼四望

Из края в край, –   从这个角落到另一个角落——

О, как он   啊,它是多么

Исполинностью   巨大,

Своею страшен   令人恐怖,

Многомиллионный   如同一头

Зверь – Шанхай!   巨兽——上海!

А ночью весь   而深夜的它

Разряженный огнями   灯火通明,

Скрывая тысячи   遮蔽了成千上万

Житейских драм   居民的悲剧。

Он жжет глаза   它让人眼花缭乱,

Неведомыми снами   用那神秘的梦

Каких-то   以及各种

Изумительных реклам.   令人惊喜的广告。

Восток и Запад　　东方和西方

Вместе слившись жарко　全都热烈地融入

Шанхай в своей　上海那巨大的

Огромной силе труб –　管道。

Пылает он　它闪耀着

Волнующе и ярко　熠熠生辉且让人激动,

На берегах Bampy[①]…　在黄浦江畔

上海在这首诗中的形象呈现出两面性。一方面,这是一个喧闹繁华的现代化港口城市,高楼大厦林立,汽车和人群络绎不绝,花花绿绿的广告云集,东西方文化汇集,夜晚繁华如昼。这一切让人充满梦想和希望。另一方面,喧闹、拥挤、忙碌的上海,像一头"巨大的野兽",让人感到恐惧,身在其中的人显得可怜而弱小。而黄浦江畔,轮船烟雾如柱,汽笛歇斯底里,旧驳船发出可怜的咯吱咯吱声。所有的人不顾太阳的炙烤"凶狠地"忙碌着,因为他们的内心深处滋生着各种"大胆的欲望",忙着赚取美金。

拉里萨·安黛森在《焦孔达》(Джиоконда)一诗中,则用隐喻手法描绘了功利化的、金钱化的上海图景:

Джиоконда, Джиоконда,　焦孔达,焦孔达,

В мире гибнет красота.　世上的美正在消失。

Продан мир, торговцу отдан,　世界被兜售给了商贩,

Мир не тот, и ты не та...　世界不再如初,你也不再如初……

Ты фальшива, ты — проста.　你虚伪,也很——简单。

Пусть все та же тень каприза　就保持一切任性的阴影

Иль насмешка в складке рта —　或者嘴角的嘲笑吧——

Джиоконда, Мона Лиза,　焦孔达,蒙娜丽莎,

Ты ли это? ...Нет, не та...　是你吗?……不,不是那个……

---

① Шанхайская заря. № 1343. 06.04.1930.С.13.

Все не та, не та, не та…　不是那个，不是那个，不是那个……

Незнакомец в шляпе черной,　是戴着黑帽的陌生人，

Бледный, странный и упорный　脸色苍白，神态怪异倔强

В Лувре бродит, ищет, ждет…　在卢浮宫踱步、寻找、等待……

Мир, где властвует расчет,　被算计主宰的世界，

Мир, где гибнет красота,　美逐渐消亡的世界，

Вопрошая без ответа:　得不到回应地问：

Джиоконда, ты ли это?　焦孔达，这是你吗？

Ты ли это? Нет, не та…[①]　是你吗？不，不是那个……

焦孔达又名蒙娜丽萨，这个名字在 20 世纪俄罗斯诗歌中具有固定的象征意义，集美貌、金钱和名利于一体。马雅可夫斯基就曾在长诗《穿裤子的云》中使用这个名称及其隐喻意义，拉里萨·安戴森在这里也使用同样的隐喻意义。国际化大都市上海在女诗人的眼里，看起来像焦孔达那样美、充满魅力，但实际上却是充满算计、"被兜售给了商贩"的世界。显然，上海留给女诗人的是非常功利化的印象。

被金钱和功利思想笼罩的商贩形象，也成为娜塔利娅·伊里因娜短篇小说《上海的哀嚎》（Вопль Шанхая）中塑造的上海形象。小说借助一位初来上海的女俄侨的视角，通过她在上海早市上的所见、所闻、所感，展现出人声鼎沸、喧闹拥挤、令人厌恶的上海形象，所有的工程师、教授、化学家、教育家、语言学家都在进行买卖，因为谁也不能靠科学生存。显然，小说中的上海成为被金钱和利益为导向的价值观所异化的商业市场。

商业化的上海使得流落这里的女俄侨比男子更难以生存，因为她们通常难以胜任繁重的体力劳动，只有少数受过良好教育、有一定专长并通晓英语者，才能找到合适的工作。很多俄侨女性由于生活所迫，不得

---

① Андерсен Л.Н. Одна на мосту: Стихотворения. Воспоминания.Письма / Сост., вступ. ст. и примеч. Т.Н. Калиберовой.Москва: Русский путь; Библиотека-фонд «Русское Зарубежье», 2006.С. 117.

不到舞厅作舞伴。据有关数据统计，30年代上海舞厅的外国舞女中，女俄侨数量占首位。与此同时，很多咖啡馆、酒吧和糖果食品店，也流行招聘妙龄白俄女郎，让她们在店里招揽顾客。一些俄侨姑娘甚至干起卖淫的行当。据当时的《申报》报道："自俄国十月革命后来沪之白俄女子，其贡献于沪者，厥为跳舞一事。今后若谈沪上舞史，俄人应占第一页。"[①]而根据当时的俄侨报《上海柴拉报》、英国《民视周刊》（Shanghai Spectator）的一些报道来看，俄侨女性卖淫的活动是30年代上海俄侨最严重的社会问题之一。

俄侨女性的悲惨遭遇，不仅是伊里因娜小说关注的重点，也是谢维尔内多篇小说描写的内容。比如，短篇小说《眼泪》（Слезинка）描写了一个带着五岁女儿的单身俄侨母亲娜嘉在上海的艰辛生活。为了生计，娜嘉没日没夜地在酒吧当舞女，也早已习惯了肉体和金钱交易。一位通情达理、善解人意的美国水兵在酒吧与她精神上的交流和无言的物质帮助，让她体验到了久违的尊严，也使她死去的精神世界复燃。然而，异国他乡美好短暂的邂逅终究不可能使她摆脱生活的泥潭，而女儿的死又摧毁了她最后的精神支柱，娜嘉的命运悲剧变得无以复加。

女性在上海的艰难生存，也在女诗人亚历山德拉·帕尔卡乌的诗作中有所体现。她在《酒馆女招待》（Кельнерше,1938）一诗中，塑造了一位从公爵千金沦落为酒吧女郎的俄侨女性形象：

У ресторанной золоченой стойки,	饭店镀金的吧台旁，
Где блещут вина в замкнутых рядах	整齐排列的美酒熠熠生辉，
И бегают услужливые бойки,	服务员跑来跑去，
Стоите вы весь вечер на часах.	您整晚都在上班，
Так детски чист ваш завитой затылок,	您的后脑勺梳得如同孩童般光洁，
И кожа рук прозрачна и нежна...	手上的皮肤透明而柔软……
На фоне рюмок, стопок и бутылок	在酒杯和酒瓶的映衬下，

---

① 《申报》，1928年3月10日，第17页。

Так мило ваше личико, княжна.　　您的脸庞如此可爱，公爵小姐。

Играли вы когда-то на гитаре　　您曾经弹着吉他

И пели песенки сантиментально в нос…　　哼着感伤主义的歌谣……

Теперь вы кельнершей во второсортном баре　　现在您是二流酒馆的女招待，

И носите с закусками поднос.　　端着放着小吃的托盘。

Вы улыбаетесь загадочно и гордо　　您神秘又骄傲地微笑着，

Вы подаете деловито счет,　　公事公办地递上账单，

И ждете к полночи «очередного лорда»,　　等待那位"排队的爵士"到半夜，

И с третьим мужем начали развод.　　然后与第三位丈夫离婚。

Глаза у вас по-прежнему лучисты,　　您的眼睛仍像从前那样明亮，

И белый фартучек такой же, как тогда,　　您白色的围裙也依旧如故，

Когда влюблялись в вас толпою гимназисты　　在从前那些难忘的岁月里，

В те незабвенные далекие года…　　成群的贵族青年爱慕着您……

Несутся пары в огненном фокстроте…　　如今一对对男女跳着火辣的狐步舞，

За женскую судьбу на ком лежит вина?　　谁应承担女人命运的罪责？

Вы пишете серьезно на блокноте　　您在便条本上认真地记下

Число глотков коктейлей и вина.　　鸡尾酒和葡萄酒的数量。

Вы знаете шанхайской ночи пьяной　　您知道在酒气熏天的夜上海，

Бессмысленный угар и дикий чад…　　都是没有意义的狂热和狂野的宿醉。

Зовут шутя вас Девой Несмеяной　　大家笑称您为不笑的姑娘，

И щедро доллара на чай дарят.　　慷慨地给您小费。

И так же чист ваш завитой затылок,　　您的后脑勺梳得如此光洁，

И кожа рук прозрачна и нежна…　　在酒杯和酒瓶的映衬下，

На фоне рюмок, стопок и бутылок　　您手上的皮肤透明而柔软……

Так мило ваше личико, княжна.[①]　　您的脸庞如此可爱，公爵小姐。

透过诗人的视角，首先映入我们眼帘的是一位美丽的酒吧女招待形

① Андерсен Л.Н. Одна на мосту: Стихотворения. Воспоминания.Письма / Сост., вступ. ст. и примеч. Т.Н. Калиберовой.Москва: Русский путь; Библиотека-фонд «Русское Зарубежье», 2006.С. 378-379.

象。在人群穿梭、纸醉金迷的二流酒吧里，她那可爱的脸庞、光洁的发髻、白嫩的双手显得格格不入。接着，诗人便向我们透露了这位女招待的身份，原来她是曾经的公爵小姐。过去她在俄罗斯过着无忧无虑的生活，根本无需工作，还经常弹奏吉他、哼唱歌谣，无数贵族青年拜倒在她的石榴裙下。如今在上海，曾经的公爵小姐沦落为二流酒馆的女招待，她必须整晚站在吧台前，时而要举着托盘为客人服务。然而，身份上的巨大落差、生活上的不如意，并没有将她击溃，她依旧保持着对生活的热爱和对人格的坚守。正因为如此，在酒气熏天的夜上海，她依旧穿戴整洁干净，保持着"神秘而骄傲的微笑"，从来不受男男女女狂野的宿醉诱惑。尽管经历过三次失败的婚姻，她仍旧有着一双明亮的眼睛。诗人被她坚韧不屈的精神深深吸引，因此在诗歌的最后再次重复描写了她那整洁干净、可爱温柔的外貌。诗中公爵小姐坚韧不拔的精神与女诗人帕尔卡乌本人十分相似。她自 1916 年起便与丈夫孩子来到中国的哈尔滨居住，后于 1933 年移居上海，并在这里一直工作生活到二战结束。帕尔卡乌是一位极其独立、自主、自强的女性，在艰难的流亡岁月里始终坚持工作和写作。

第三节　贫穷与富有交织的市井小城

米哈伊尔·斯普尔戈特、巴维尔·谢维尔内、拉里萨·安黛森、亚历山德拉·帕尔卡乌等俄侨作家和诗人主要从工业化和商业化给上海带来的人性异化、生存竞争来书写上海的矛盾性，而俄侨诗人尼古拉·亚济科夫在同名诗作《上海》（Шанхай, 1931）中，则从上海贫穷与富有交织的矛盾特点来诠释上海的多元性特征：

Шанхай – это город чужого каприза,	*上海——这是一座变幻无常的异乡城市*
Шанхай – это город, виденье, мираж.	*上海——这是一座充满幻想和蜃景的城市。*
Старинная пагода, в дугах карнизы,	*古老的宝塔，拱形的飞檐，*

A рядом – убогий шалаш.　　旁边——却是赤贫的窝棚。

Гранитная пристань, бетон, небоскребы,　　花岗岩堆砌的码头，混凝土，摩天大楼，

Сирены Паккардов, трамваев свистки.　　帕卡德牌汽车的喇叭声，电车的汽笛声。

Раскосые взоры запрятанной злобы　　心怀愤懑的吊梢眼

И желтые кулаки.　　以及瘦黄的拳头。

Богатые виллы...　　奢华的花园洋房……

В щелках демимонда　　穿着绫罗绸缎的"半上流社会"。

Брильянты и золото. Дуги ресниц.　　钻石和黄金。弯弯的睫毛。

Прекрасные женщины, взор Джиоконды　　美丽的女士，焦孔达的双眸

И много сафьянных страниц.　　以及许多的羊皮纸。

Коляска блестящая желтого рикши,　　闪亮黄包车的四轮马车，

Богатым убранством расшит паланкин　　装饰华丽的绣花轿子。

Драконы, чудовища, медные пасти,　　龙，怪物，青铜般的大口。

И красные свечи из талой смолы.　　熔融油脂做成的红色香烛。

У будды заснувшего вечное счастье　　在神秘的黑暗迷雾中，

В тумане мистической мглы.　　沉睡的菩萨拥有永恒的幸福。

В лохмотьях рубища свирепа проказа,　　麻风病在破衣烂衫下肆虐，

И опиум бледность безкровным губам　　鸦片和贫穷流连于没有血色的唇间。

Фарфор изумительный вычурной вазой　　精致奇巧的花瓶，让人惊艳的瓷器，

И нежность нефритовых гамм.　　温润的玉器，

Широкие дали, асфальта панели,　　宽阔的远方，柏油马路，

Бетона немого массивы громад.　　混凝土构成的庞然大物，

И узкие, узкие темные щели　　还有狭窄的、黑洞洞的缝隙，

Лачужек, харчевок и хат...　　茅舍、小饭馆和农房……

Шанхай — это город надуманной сказки,　　上海——这是一座充满童话想象的城市，

Виденье наркоза, обмана и слез.　　麻药、谎言与泪水交融相织的城市。

Линяют в нем быстро все яркие краски　　所有鲜艳的色彩在这里迅速褪色，

В нем желтое горе слилось...　　融汇成黄色的痛苦……

Уедете вдаль от шанхайского сплина　　如果你离开令人痛苦的上海，

На берег Европы веселой, живой　　来到欢快而富有活力的欧洲海岸，

И будут вам милы Китая картины　　那里您还是喜欢

Своей неумолчною синевой...　　绘有永恒中国蓝的中国画……

　　亚济科夫笔下的上海是一个不可思议的矛盾之城。其中，古典与现代神奇地融为一体：既有历史悠久的古老宝塔，又有现代化的柏油马路、豪华汽车与电车。贫穷与富有共存：既有高耸宏伟的混凝土建筑、车水马龙的商业街、衣装光鲜的富人和他们的豪华别墅，也有破旧的贫民窟、杂乱无章的小摊和茅舍、面黄肌瘦且愤懑不平的穷人。辉煌与阴暗同在：既有神秘且迷人的中国文化、漂亮的玉石、瓷器、轿子和龙的传说，也隐藏着鸦片和疾病等不可告人的阴暗面，让这座色彩鲜艳的城市染上一片病态的黄色，让痛苦肆虐在城市的每个角落。上海的这种矛盾性，让诗人对它既厌恶又喜爱。因此，诗人在最后的诗句里说，即使你因为厌恶它而逃离到欧洲，你仍旧会喜欢在那里看到的中国画。这里对上海的矛盾情感凸显无遗。

　　而在另一首《在街上》（На улице）的抒情诗中，亚济科夫由走在上海大街上看到被装在玻璃罐中贩卖的小金鱼，联想到自己在上海的生活犹如被限制在鱼缸里的小金鱼：

На улицах Шанхая китайскими разносчиками　　用玻璃罐装着的小金鱼

продаются золотые рыбки в стеклянных банках　　在上海街头被中国摊贩兜售

...　　……

Средь Безнадежности – улыбки,　　在无望中——微笑

Осколок счастья – среди – зла...　　在恶之中——残留着幸福的碎片

Три золотых, китайских рыбки　　我在清澈的玻璃器皿中，

Я видел в свежести стекла...　　看见了三条中国小金鱼。

...　　……

Мы жизнью тешимся, как в зыбке,　　我们拿生活寻开心，仿佛在摇篮中，

Нам срок короткий жизни дан...　　我们被赋予短暂的生命期限……

Три золотых, китайских рыбки　　三条中国小金鱼

В них счастье, радость и обман…　它们有幸福，有欢乐，也有被欺骗……

在这首诗中，诗人将处于无望的、充满恶的现实中的自己，比作被装在玻璃罐中兜售的小金鱼。这里的比喻建立在两者都不自由、受他人掌控和摆布的命运之上。在残酷的现实中，两者都只能聊以自慰，在苟且偷生中体验着幸福、快乐，也遭遇被欺骗和摆布的不幸。

同样，在女作家娜塔利娅·伊里因娜的短篇小说《异邦的天空》(Чужое небо) 中，上海既是一个热闹非凡的国际化都市，也是一个肮脏、贫穷、居民素质极低的市井小城。这篇小说以一名初来乍到的上海俄侨的视角，描写了对上海的糟糕印象。初来上海的叙事者看到的上海街头景象是：魔术师靠欺骗伎俩卖艺为生，人力车夫大冷天裸露上身拉客，浑身脏兮兮的乡下姑娘对一切露出既好奇又惊恐的表情，骑自行车的人在熙熙攘攘的人群中与人力车夫撞车后吵架、打架，毫无文化修养的小饭馆老板一家把简易肮脏的小饭馆当作自己的家，衣衫褴褛的年轻画家在人行道上卖画为生，街头到处是乞丐、包裹在蒲席里的婴儿尸体、相互推诿责任的电车司机和售票员等。这一切都与叙事者之前对上海的美好想象大相径庭。再加上大街上刺耳的喇叭声、争吵声、吆喝声、叫卖声、哭声、车辆的嘎吱声，让叙事者在心理上无法将贫穷落后、愚昧无知、不讲卫生、缺乏教养的异邦认同为自己的家园："多少次你意识到，这片苍白的天空下的国家，尽管你已经习惯了她，甚至依恋她，但永远都不是家园。你在这些街道上，在这些毫无目的的忙乱和喧闹中，——永远都是陌生的旁人。"[1]对异邦深深的厌恶感和逃离感，让叙事者由夕阳西下的宁静情不自禁联想到祖国："那里是俄罗斯。这个永远无法真正见到的亲爱的国家，无垠的绿地在地图上无穷延伸。"[2]这里不难看出，叙事者的思乡病是目睹上海街头中国底层百姓的悲惨生活状况和

---

① Ильина Н. И. Иными глазами: Очерки шанхайской жизни. Б.м.: Salamandra P.V.V., 2013. C.16.

② Ильина Н. И. Иными глазами: Очерки шанхайской жизни. Б.м.: Salamandra P.V.V., 2013. C.16.

低俗精神面貌后生发的。但是，叙事者的思乡病不仅无法满足，而且因为无法接受祖国大地上的红色政权而引起内心针扎般的痛苦："地图上的田野别满了大头针，它们一直别到俄罗斯的心脏，然后紧跟着红军沿着遍体鳞伤、疲惫不堪的大地开始向西移动。"①

与娜塔利娅·伊里因娜一样，女诗人奥尔嘉·斯科皮琴科在诗作《上海的穷乡僻壤》（Шанхайское захолустье, 1932）中，起初也对上海市井生活充满极端的负面看法。然而，当她明白这才是真正的生活时，她给予了这种不同于自己生活的另一种生活以尊敬和宽容：

Я прошла, озираясь, по улице:	我走在路上，环顾四周：
Ряд лавчонок и грязных домов	一排发黄的、灰暗的小店铺和肮脏的房屋，
Пожелтевших и серых сутулятся	佝偻着
И толпятся у темных углов.	挤在黑暗的角落里。
Китайчата босые раскосые	歪眉斜眼的中国小孩
Копошатся у лужи с водой,	光着脚在水洼边跑来跑去。
А за ящиком грязным с отбросами	而在肮脏的垃圾箱后面
Спит, раскинувшись, нищий больной.	四仰八叉地睡着贫穷的病人。
Китаянки столпились у лавочки —	中国女人聚集在小贩摊位上——
Оживленный ведут разговор,	叽叽喳喳地聊天，
Вместо ног у них тонкие палочки,	她们的细腿如棍子，
И в прическах прилизан пробор.	梳着光亮的分头。
За прилавком купцы полуголые	半裸的商人坐在柜台前，
Бесконечно играют в маджан, —	无休止地搓着麻将，——
И у входа в харчевню грошовую	便宜的小饭馆入口处
Цедят пиво в немытый стакан.	啤酒慢慢流入没有洗过的杯子。
Окна рваной бумагой заклеены,	有窟窿的纸窗糊满了补丁，
И лохмотья торчат из дверей.	门里露出小碎布。

① Ильина Н. И. Иными глазами: Очерки шанхайской жизни. Б.м.: Salamandra P.V.V., 2013. С.16.

Я пройду, озираясь рассеянно, —	我边走边漫不经心地环顾四周
Сквозь толпу, пробираясь скорей.	飞速穿过人群。
Пробирается к носу настойчивый	油烟味，炭火味，豆腥味，
Запах масла, жаровен, бобов.	全都一股脑钻进我的鼻腔。
На прилавке за стенкой решетчатой	在栅栏似的矮墙后面，
Позолота китайских богов.	货摊上兜售着镀金的中国神像。
Боги смотрят на шумную улицу	神灵注视着这个喧嚣的世界，
И на игры раскосых ребят,	注视着歪眉斜眼的小孩们的游戏，
На дома, что окошками хмурятся,	注视着窗户阴沉的房屋，
Смотрят боги и вечно молчат.	神灵注视着，始终缄默不语。
У китайца, насквозь прокопченного,	像被烟熏过似的中国人，
Что лениво следит за толпой,	懒洋洋地看着人群，
Истукана куплю золоченого	我买完镀金的神像，
И пойду, направляясь домой.	就开始往家走。
В своей комнате, где перемешаны	在我自己的房间里
Книги, кипы бумаг и стихи,	有书，一摞纸张，还有诗歌，
Я поставлю божка безутешного	我悲哀地将神像
На столе, где пролиты духи.	放置在充满香水的桌上。
Только Будда невольно нахмурится:	只是佛像不由自主地皱起眉头：
Моя комната будет скучна —	我的房间将会变得无聊——
Без шанхайской запущенной улицы,	假如没有上海无人看管的街道，
Без узорной решетки окна.[①]	没有雕花的窗栏。

    这首诗收录在斯科皮琴科 1932 年在上海出版的诗集《流亡者之路》
（Путь изгнанника）中，这也是女诗人在上海出版的唯一一本诗集。
1929 年，二十一岁的斯科皮琴科随同家人从哈尔滨举家迁移至上海。
在这位刚刚二十出头的女诗人眼中，上海首先是一个肮脏破旧的穷乡僻

---

① Крейд В. П., Бакич О.М. Русская поэзия Китая: Антология. Москва: Время, 2001.
С.507-509.

壤。灰黄色的矮房和摊贩，布满窟窿和补丁的屋门和窗户，睡在垃圾箱后面的穷病人，廉价饭馆里从来不洗的酒杯，小摊小贩前的喧闹和杂乱无章，各种刺鼻的气味等都让她难以忍受。其次，这也是一个居民缺乏文化和教养的城市。不顾自己外表和容颜的女人们在摊贩处聊天，长得歪瓜裂枣的孩子们光着脚在水洼里游戏，好逸恶劳的商贩们在柜台前忙着搓麻将。如此种种，让诗人感到极度厌恶，她甚至对神灵注视着一切也感到厌恶。与脏乱差的上海街景形成鲜明对比的是女诗人的房间。这里一切井然有序，充满书香和女人香水的气息，散发出一种高雅的文化氛围。然而女诗人买回来的菩萨神像却对这个充满书香气息的房间表达了不满，因为房间里再也听不到上海街道的喧哗声，窗户上也没有雕花的窗栏。显然，这首诗通过先抑后扬的方式和鲜明的对比手法，既展示了上海市井生活肮脏无序的一面，又对这种生活充满了敬意，因为这才是真正的生活，充满人间烟火的生活。不仅如此，斯科皮琴科想要表达的是一种更深刻的文化理念：世上所有人，无论何种肤色、从何而来，都有着平等的文化地位。某个人、某个种族看来习以为常的行为举止，可能在异族人看来十分古怪、难以接受。但是，每个人、每个种族都有自己的生活方式和文化习俗，作为外来者的他者要学会理解和接受当地的生活和文化。

斯科皮琴科的诗歌在某种程度上也反映了她个人的心理转变。初来上海时，她不太适应上海本地生活。为了维持生计，她不得不一边在上海烟草厂赚钱养家，一边为《上海柴拉报》《斯洛沃日报》《时报》等上海俄侨报纸撰稿。生活的拮据和陌生嘈杂的居住环境让她倍感不适。然而，年轻的斯科皮琴科并未怨天尤人，她充分地体谅自己与当地人的差异性，并作出了逐步适应环境的选择。

第四节　充满异域情调的江南水乡

事实上，比起上海现代化、国际化和工业化的都市风情，上海所具有的江南水乡风情似乎更吸引俄罗斯侨民诗人和作家的注意力。俄侨文学家，尤其是诗人，在诗歌中尤其善于描写自己对上海作为中国江南城市的自然风光的感触。

例如，女诗人玛丽娅·薇姿在诗歌《中国村庄》（На китайском хуторе，1937）中写道：

Точно кружевом, одетый тиной,	小河在夕阳中静静沉睡，
на закате тихо спит канал.	仿佛穿着绿藻做的花边。
Высоко над хаткой и плотиной	一轮明黄的弯月
желтый месяц остророгий встал.	在田舍和堤坝的上方升起。
Вот покойный и приятный жребий	如此平静美妙的生活
как сказать: неласкова судьба?	怎能说：命运不好？
В фиолетовом вечернем небе	在淡紫色的夜空下
тонких листьев черная резьба.[①]	细细的树叶仿佛是一幅黑色的剪纸。

在这首诗中，薇姿用简练而优美的语言展现了一幅美丽的画卷：在夕阳中，静谧的河缓缓流淌。河面上分布着绿色水藻，犹如花边一般装饰着河道。一弯明月悬挂在淡紫色的夜空中。面对如此良辰美景，女诗人不禁感叹：不能抱怨命运，而应感谢命运！全诗洋溢着一种岁月静好的氛围。对于这些漂泊的流亡者来说，充满自然风光的庄园是他们魂牵梦萦的地方，因为它象征着他们昔日美好的一切。而对于从十四岁起就过着颠沛流离的流亡生活的薇姿来说，安静祥和的田园风光更是难能可贵。在俄国经历过十月革命，后又在中国东北经历被日军占领的动荡不安后，女诗人对自己在上海找到安定的栖息之所心怀感激。此外，上海纵横密布的河道，勾起了女诗人对自己的出生地，即有着"北方威尼斯"之称的圣彼得堡故乡的回忆和思念。因此，这首诗表面上看是女诗人在

---

① Крейд В. П., Бакич О.М. Русская поэзия Китая: Антология. Москва: Время, 2001. С.113-114.

赞美上海田园风光，实际上抒发的仍旧是自己对故乡庄园的怀念。

与玛丽娅·薇姿抱有类似情感的还有诗人维克托利娅·扬科夫斯卡娅。她在诗作《上海见闻》（Шанхайское, 1929）中，由上海法租界一片坟墓和荒地联想到自己故乡的庄园：

На Французской Концессии есть пустыри,	法租界有一片空地，
Где могилы китайцев буграми;	那里竖立着中国人高高的坟头，
Где трава, как в деревне, цветами пестрит;	如同在乡野间，生长着野草与鲜花；
Где плакучие ивы ветвями	垂柳嫩黄的幼芽爬满枝条，
В нежно-желтеньких почках качают весну	在春风中摇曳。
Где свистят настоящие птицы —	鸟儿们啼叫——
Не из клеток… где я почему-то взгрустну	并非从笼子里传来……在灼热的瓦片上
На горячих кусках черепицы…	我莫名有些悲伤……
Наш асфальтовый серый унылый пассаж	千篇一律的房屋整齐地排列在
С целым рядом домов трафаретных —	我们铺上沥青的灰色人行道上——
Затенит на мгновенье далекий мираж.	瞬间遮住遥远的蜃景。
Проскользнувший в цветах незаметных:	突然我的目光穿过不起眼的花朵
Золотой одуванчик увижу я вдруг…	看到了金色的蒲公英……
Вспомню пастбище в нашем именье!	我回忆起故乡庄园的牧场！
Молодых лошадей, коз и клеверный луг,	小马驹、山羊还有三叶草，
Белый замок внизу в отдаленье…	想起远方的白色城堡……
Но… пронесся зачем-то крикливый мотор!	但……不知从哪里传来刺耳的马达声！
Задрожал и поник одуванчик	蒲公英颤抖了一下，然后把头垂向
На печальный китайский могильный бугор,	忧郁的中国坟岗，
Прошептав: «Извини, я — обманщик…»	悄悄地说："对不起，我是骗子……"
Я жалею цветы городских пустырей	我怜惜城市荒地中的花朵
И забытые всеми могилы…	以及那些被所有人遗忘的坟墓……
А посаженных в клетки пичуг и зверей	而关在笼中的小鸟儿和野兽
Я бы всех навсегда отпустила…	我会放他们永远的自由……
И корейским цветам расскажу я потом	然后我会给朝鲜的花朵讲述

Про смешной одуванчик шанхайский,	关于上海蒲公英的可笑故事,
Что могилу считает высоким хребтом,	讲述坟墓如何被视为高坡,
А пустырь — обиталищем райским!	而荒地——被视为天堂!
И про то, как, забывши свой грустный удел	讲述蒲公英如何忘记自己悲伤的命运,
И раскрыв золотистые очи,	睁开金灿灿的眼睛,
В этом городе плоском мгновенно успел	在这座平坦的城市
Одуванчик меня заморочить...[①]	蒙骗我本人……

全诗由于墓地的意象而充满萧瑟悲凉的氛围，它与诗人独自漂泊在异乡的孤独心境相吻合。在这一片悲凉的景色之中，金灿灿的蒲公英点亮了诗人灰暗的世界，触发了她对故乡庄园以及里面动植物的回忆。她暂时忘却了悲伤，将高高隆起的坟地误以为是故乡的高坡，将长满野草、开满鲜花、有着真正鸟儿啼叫声的城市荒地误以为是天堂般的居住地。然而，突然不知从何处传来的刺耳马达声，打破了诗人的幻觉。回归苍凉的现实后，她只觉得一切可笑，觉得是金黄色的蒲公英欺骗了自己的感觉。

全诗悲伤的基调与诗人扬科夫斯卡娅自身的经历紧密相关。她的父亲在旧俄时期是一位从事麋鹿养殖的业余诗人。草地、动物和迷人的俄罗斯自然风光构成了扬科夫斯卡娅的童年生活，也是她对故土最鲜明的记忆。1922 年，幸福的童年结束，全家开始了居无定所的流亡生活，先后在日本、朝鲜以及中国的哈尔滨居住过一段时间。20 年代末移居上海后，向沪上多家报社投稿。她的短篇小说《没有神灵，没有律法，没有习俗》(Без Бога, без закона, без обычая) 摘得了上海《斯洛沃日报》举办的短篇小说大赛的桂冠。虽然她在上海俄侨圈小有名气，但对故乡的思念始终萦绕心头。因此，墓地周边金黄色的蒲公英，长满绿草和鲜花的荒地，高高隆起的坡地——这些似曾相识的景物让她暂时摆脱了灰

---

① Крейд В. П., Бакич О.М. Русская поэзия Китая: Антология. Москва: Время, 2001. С.615-616.

暗的思绪，想起自己童年时期玩乐时的庄园风光。

　　为何俄侨文学家一般都厌恶上海工业化和国际化的都市风情而偏爱其江南水乡风情？主要原因有二。第一，作为侨居上海的"异客"，他们无时无刻不怀念着远方的故国，思念家乡的庄园生活。而上海岁月静好的江南水乡风光，总是在无意间勾起他们对故土的回忆，对往昔宁静时光的回忆。同时，这些俄侨不仅在国内经历了革命与内战，还在流亡地中国东北经历了被日军占领的动荡岁月，被迫长期过着颠沛流离的生活。上海僻静的田园小舍，给他们提供了安定的生活环境和内心的平静，让他们能够在和平的异乡开始新生活。第二，19世纪末20世纪初的俄罗斯文学普遍具有反工业文明、追思庄园文化的倾向。从契诃夫的《樱桃园》到布宁的《安东诺夫卡的苹果》无不如此。作家们大都认为功利主义至上的资本主义文明，以及伴随而来的物质主义、消费主义会给人类带来巨大灾难。传统的乡村庄园文化，人与人之间质朴善良的往来，都将沦丧在工业文明的铁蹄之下。悠久传统的消逝，文化传承的断裂，以及人心不古的现状，让世纪之交的俄罗斯文人焦虑和痛心，包括俄侨文学家。因此，他们纷纷在创作中抨击工业文明的黑暗面，歌颂传统庄园的美好。

　　在俄侨文学创作中，经常与江南美景相映成辉的是极具东方美的江南女性形象。比如，居住在上海的俄侨诗人基里尔·巴图林曾将他的短诗《妞儿》（Нё-н，1930）献给黑发黑眸的中国姑娘：

Ранней весной цветет вишня,	早春时节樱花盛开，
Голубой далью — неба край;	蔚蓝的远方——是天际
В простые четверостишья	在简洁的四行诗中
Нежность собрал Китай.	聚集了中国式的温柔
Лепестки легли на лике,	花瓣飘落到脸上，
Черен в узком разрезе глаз.	丹凤眼幽黑明亮。
Разве скажешь — губы дики.	一旦说话——嘴唇充满野性。

Не целованные не раз.	但它们还从未接过吻。
Чарует изгибом тела,	曼妙的身姿，纤细的双手，
Точеностью линии рук —	如此吸引人——
Чудеснейшая новелла,	简直就是一部精妙绝伦的小说，
Изысканная, как бамбук.	如同竹子一样优雅。

И мурлыкающей песней Баюкает тихие дни,	平静的日子里柔声哼唱着歌谣
Чтоб стала душа небесней,	心灵也变得神圣、温柔；
Ласковой; «Во ай ни»[①].	"我爱你"。

　　这首短诗创作于 1930 年的上海，此时的巴图林刚刚从哈尔滨移居到上海不久。对于上海这座南方城市中的人和物，诗人抱有无与伦比的新奇感。他将樱花、竹子等在东北城市少见的植物写入自己的作品，并将这些美丽的花卉与当地女性联系起来，营造出"花美人更美"的艺术氛围。诗人笔下的上海女性有着黑色丹凤眼、曼妙的身姿、纤细的双手。对粗犷的俄罗斯男性来说，这种具有异域风情的东方美从视觉上深深吸引着他们。为了更加生动地描绘出上海女性的美，诗人形象地将其窈窕的身段比作纤细优雅的竹子。在这首诗中，诗人还点明上海女性的一大特点是中国式的温柔。对独自流浪在异国的俄罗斯男子来说，江南女子温柔的性格是心灵的绝佳慰藉，悲伤苦闷的心灵因此变得神圣而温柔。因而在全诗的最后，诗人用中文"我爱你"来抒发对江南女子的喜爱之情。

　　除了短诗《妞儿》之外，巴图林还创作了长诗《月亮》（Луна，1931），诗意化地叙述了自己与一位来自宁波的上海女仆在月下幽会的场景，将他对江南女性的喜爱升级为神圣的爱情：

| *Когда цветут абрикосы* | 当杏花盛开的时候， |

---

① Крейд В. П., Бакич О.М. Русская поэзия Китая: Антология. Москва: Время, 2001. С.89.

И небо, как фарфор,　　天空, 好像瓷器一般, ——

Вспоминаю черные косы　　我总会想起那乌黑的发辫,

И черный лукавый взор.　　那黝黑调皮的眸子。

Вспоминаю цветы магнолий,　　我总会想起木兰花,

Самую странную любовь　　想起那最为奇异的爱恋——

Из противоречий и боли　　来自宁波姑娘的

Девушки из Нин-по.　　充满矛盾与痛苦的爱恋。

Над старым крылатым домом　　古老的飞檐屋顶之上,

Медью взошла луна　　铜色的月亮已然升起,

Легла золотым изломом　　金色的月光倾洒在池塘上,

Бороздою в пруду волна.　　被粼粼的水波垄出道道沟痕。

На дальнем дворе прислуга　　在远处的庭院内, 仆人们

Играет, стуча, в маджан　　正僻里啪啦地搓着麻将

В беседке жду я друга —　　我一边闲谈一边等朋友——

Прислужницу госпожи Цзян.　　姜女士的女仆。

Соседа хрустальная скрипка　　邻居家悠扬的小提琴声

Поет о моей луне,　　吟唱着我的月亮,

И качается, словно зыбка,　　如同波涛之上昏昏欲睡的舢板船,

Задремавший сампан на волне.　　轻轻地摆动, 像摇篮一般。

Заскрипела слегка дорожка,　　路上响起沙沙的脚步声,

Блеснул на луче халат　　昏暗的月光下闪现出旗袍

Перебирают пугливые ножки　　胆怯的双腿急促地行进,

Пятна лунных заплат.　　月光斑驳, 像补丁一样映在旗袍上,

В полумрак протянула руки,　　昏暗中她认出我之后

Вздохнула, меня узнав　　伸出双手, 轻叹一口气

Сколько любовной муки　　她抛弃了多少爱情带来的痛苦

Бросила, недосказав:　　还没来得及说完:

«Хозяйка... нельзя... узнает...　　"女主人……不能……会知道的……

Выгонит со двора!..»　　会赶出家门! ……"

Луна, восходя, сияет,　　月亮冉冉升起, 熠熠生辉,

99

И кружится голова   头晕目眩

От цветочного аромата,   因为鲜花的馥郁，

От близости, от любви,   因为彼此的亲近，因为爱情

От шелка ее халата   因为她丝绸旗袍

И ласковости руки.   还有温柔的双手。

Прижавшись ко мне устало,   她疲惫地依偎在我怀里，

Забыв о хозяйке злой,   忘却了恶毒的女主人，

Лепечет: «Тебя желала…   嘟哝着："想你……

Непонятно, зачем с тобой?...»   不明白，为什么和你在一起？……"

Тушью черной кладет узоры   月光洒在地板上

Лунный свет на полу.   像黑色的画笔描绘着花纹

Любовь китаянки — горы,   中国少女的爱情——像大山，

Когда горы весной цветут   春天来临时漫山遍野都是鲜花

Абрикосами, миндалями,   杏花，木棉花，

Жасмином, дыханием трав,   茉莉花，以及充满芬芳的青草，

Смолистыми тополями —   散发着树脂香的白杨——

Нежнейшими из отрав…   这些都是最温柔的毒药。

И такой вот, косой, черноглазой,   像这样的丹凤眼、长辫子、黑眼睛姑娘的爱情

Не забыть мне любви вовек   我永世不会忘记，

На старинной китайской вазе   在古老的中国花瓶上

Повторенных рисунков нет.   没有重复的画作。

И когда над Китаем весны   每当春天在中国的大地上展开双翼，

Шелестят, пролетая, крылом,   发出沙沙的声响，

Вспоминаю косматые сосны,   我不由想起环绕在黑色小屋旁

Обступившие черный дом.[①]   那些枝繁叶茂的松树。

巴图林在《月亮》中以颇具浪漫色彩的笔调，回忆书写了发生在

---

① Крейд В. П., Бакич О.М. Русская поэзия Китая: Антология. Москва: Время, 2001. С.91-93.

自己与邻家中国女仆之间一段无疾而终的罗曼史。每当鲜花争奇斗艳、竞相怒放的春日时节，他都会想到那位比鲜花更娇艳的中国姑娘，想起两人在月夜下的幽会和两人之间甜蜜而痛苦的爱情。来自宁波的上海女仆清楚地知道，这是一段没有未来的爱情。不仅因为爱人是来自异国他乡的流亡者，还因为她本人身为女仆没有人身自由。但即使这样，她还是如飞蛾扑火般投入了异国诗人的怀抱。正是这种如火的热情，让诗人将中国少女的爱情比喻成大山，每当春天来临时总会散发出各种醉人的芳香，让诗人沉迷其中而无法自拔，也让诗人后来永远记住了这位"丹凤眼、长辫子、黑眼眸"的中国姑娘，并用这首长诗作为二人相爱过的印证。

巴图林极其擅长运用寓情于景的艺术手法。在本诗中，春天的气息以及春日盛开的鲜花与繁茂的树木，都烘托出少女的青春与娇妍。它们同时宛如最甜美的毒药，让诗人无法割舍。邻家传来的悠扬小提琴声，仿佛是月亮为了歌颂二人缠绵悱恻之爱而吟唱的摇篮曲，显得格外温柔，犹如在微风中轻轻摇曳的舢板船。而男女恋人在月色下幽会的场景又令人激动不安。女仆衣服的沙沙声、急切的脚步声，明亮的月光在少女灰暗的身影上投下的斑驳光影，都凸显恋爱中少女矛盾的心情——期盼见到情人的急切以及害怕被他人发现私情的胆怯。

巴图林早在20年代便来沪生活，然而关于他的生平资料却很有限，仅可以在《星期一》《凤凰》《门》等上海俄侨杂志上看到他的诗歌和随笔。其创作主题通常与古老神秘中国的异域风情息息相关。以上两首诗中的江南女性形象，便颇具东方的异国风情之美。

同样对极具东方美的江南女性情有独钟的还有诗人尼古拉·斯维特洛夫。他在上海写下了一首献给自己心爱的中国女友的既美丽又忧伤的抒情诗《苏州姑娘》(Девушка из Сучжоу)：

Отчего, скажи мне, ты такая　　告诉我，为什么你如夕阳一般，

Нежно-золотая, как закат?　　散发着温暖的金色光芒？

Отчего, в моих объятьях тая, 为什么，当你融入我的怀抱时，

Ты загадочный свой прячешь взгляд? 要藏起自己神秘的目光？

Отчего, скажи мне, эти косы 告诉我，为什么你的辫子

Так черны, как беспросветный мрак? 如此乌黑，就像深沉的黑暗？

Отчего в твоих глазах раскосых 为什么你的丹凤眼中

Мне мерцает сказочный маяк? 闪烁着童话般的灯塔？

Отчего, скажи мне, так душисты 告诉我，为什么你的香肩，

Эти плечи, сладкие, как мед? 好似蜜糖般甜美？

Хорошо под небом золотистым 多么美好呀，在金色的天空下

Нежно прижимать к ним теплый рот. 温暖的双唇轻柔地贴近肩膀。

Ты грустишь, свою тоску скрывая, 你很忧伤，却藏起感伤。

Незабвенная моя Линь-Ху. 我难以忘怀的林胡啊。

Ты чужда, язычница святая. 你是神圣的异教徒。

Душному и сладкому греху. 沉重而又甜蜜的罪恶与你格格不入。

О могучих, о крылатых джонках 你用比纤细竖琴更温柔的声音，

(Злая поэтическая ложь!) 为我吟唱悲伤的歌谣

Голосом нежнее лютни тонкой 关于自由有力的帆船的歌谣，

Ты мне песни грустные поешь. （苦涩的诗意的谎言！）

Мчит тебя из города чужого 让你感到痛苦的是

Песня легкокрылая назад. 来自另一座城市的轻快歌声。

Знаю, вспомнила родной Сучжоу… 我知道，你想起了故乡苏州……

Дом отца… луной залитый сад… 父亲的房子……月光倾泻的花园……

Замолчи! Мне эта песнь знакома. 不要再唱了！这歌我很熟悉。

Я заплакать сам с тобой готов 我准备好和你一道哭泣

О тепле утерянного дома, 哭泣那失去的房子的温暖，

Ласке незабытых вечеров. 哭泣那难忘的夜晚的欢乐。

Помолчим, сплетем теснее руки. 一起沉默，双手紧紧交织在一起

В поцелуе заглушим тоску. 在亲吻中减轻痛苦。

В радостной, в невыразимой муке 在欢乐的、难以言说的痛苦中

Мы сгорим с тобой, моя Линь-Ху! 我和你一起燃烧，我的林胡！

Знаю, что опять, в объятьях тая,	我知道，当你再次融入我的怀抱，
Будешь прятать ты свой робкий взгляд,	你会藏起你羞怯的目光，
Грешница, язычница святая,	罪人啊，神圣的异教徒，
Нежно-золотая, как закат.	如夕阳般散发着温暖的光芒。
Но в глазах лукавых и раскосых	但在你顽皮的丹凤眼中
Я найду свой сказочный маяк,	我会找到自己童话中的灯塔，
И меня задушат эти косы,	而你乌黑的发辫，宛若最深沉的黑暗，
Черные, как беспросветный мрак![①]	让我窒息！

从诗中可以看出，这首献诗的对象是苏州姑娘林胡。诗人运用比喻和排比的手法，彰显了这位江南少女楚楚动人的美貌：如夕阳般暖色的气质，像灯塔般明亮的双眸，如黑暗般乌黑的发辫，如蜜糖般甜美的双肩。而在她动人的外表之下，隐藏着温柔可人的性格、纯洁如雪的本质和善解人意的美德：与异国恋人拥抱，却害羞得不敢抬头；深爱着恋人，却从来不会引诱他堕落；为没有未来的爱情忧伤，却总会掩饰自己的忧伤。与流亡者恋人一样，上海对于她这位来自苏州的姑娘而言也是异乡，因此她经常在哼唱感伤歌曲时不由自主怀念故乡苏州，怀念留在故乡的父亲和家园。而诗人作为流亡者非常理解她的这种思乡病，且早已准备好与她一起哭泣，用爱抚和亲吻来慰藉恋人。

总之，俄侨文学家在自己的创作中通常塑造出具备典型东方美的江南女性形象。这些姑娘们通常外表纤弱柔美，性格温柔，善解人意。对粗犷的俄罗斯男性来说，这种具有异域风情的东方姑娘不仅从视觉上深深吸引他们，而且从精神上给他们以强大支撑，是他们艰辛流浪之旅中无与伦比的心灵慰藉。因而，他们都用自己的作品表达对江南女子的喜爱之情。

---

① Крейд В. П., Бакич О.М. Русская поэзия Китая: Антология. Москва: Время, 2001. С.478-480.

第五节　时局动荡不安的撒旦之城

20世纪上半叶的上海总是处于各种势力的争夺博弈之下。英法等西欧国家、美利坚、国共两党还有日本军国主义等势力，都在为争夺上海的所属权而进行各种各样的明争暗斗。处在这样纷繁复杂的历史背景下，居住在城市里的任何人都不可能独善其身。上海的俄罗斯侨民也不例外，他们的生活深受上海历史进程的影响。很多俄侨作家和诗人在创作中就反映了动荡不安的上海时局。

比如，女诗人玛丽娅·薇姿在诗歌《1937年》（Год 1937-й）中，展示了个人命运与上海时局息息相关的场景。

Душной ночью, погодой майской,	五月时节，夜晚闷热，
Под огромной луной шанхайской,	在上海硕大的明月下，
где блестела речная гладь,	河流的镜面反射着光芒，
мы гуляли, ты помнишь, вместе,-	你记得吗，当时我们正一起散步——
это было назад лет двести,	这仿佛发生在两百多年前，
или день один? Не понять.	还是昨天？无法理解。
К терпкой радости, к сладкой боли	一丛丛木兰花竞相怒放，
Расцветали купы магнолий	向着苦涩的欢欣，向着甜蜜的痛苦，
В дальнем прибрежном саду,	在远处沿岸的花园里，
у причала спали шаланды,	码头边停泊着小泊船，
и никто не слышал команды,	谁也没有听到
предвестившей злую беду.	预示着不幸的命令。
А потом посыпались бомбы,	接着，炸弹纷纷落下，
люди прятались в катакомбы,	人们逃到地下掩体，
напоилась кровью земля...	鲜血浸染大地……
И нельзя мне простить сегодня,	直到今天我也无法原谅，
что вошла без тебя на сходни	自己扔下你

*отходившего корабля.*①　　*踏上驶离渡船的踏板。*

　　这首诗反映的是 1937 年 5 月的傍晚日军在对上海没有预警的情况下进行的一次突然空袭。对整个上海无差别的轰炸，使许多平民成为受害者。诗中的抒情主人公那时正和友人在河边的花园里散步纳凉。美丽的月色，平静的河水，还有怒放的木兰花，原本预示着闲适安谧的夜晚。然而，一阵巨响打破了平静。在毫无预兆的情况下，无数炸弹自空中倾泻而下。后知后觉的路人匆忙逃进地下掩体，试图躲避轰炸。然而，它仍旧造成巨大伤亡，路面上流淌着无辜者的鲜血。抒情女主人公在仓皇之中自顾逃命而忘记了友人。很多年后，当她回想起当时可怖的血腥场景，仍然心有余悸、神色恍惚，分不清轰炸究竟是久远过去的回忆，还是昨天刚发生的一切。更让她无法释怀的是，她在逃命中与友人从此生死两茫茫。

　　实际上，这不是薇姿第一次亲历残酷的战争伤害。早在她的童年时期，由于美国公民的父亲哈利·薇姿（Harry Vezey）在美国驻俄罗斯领事馆工作，玛丽娅·薇姿作为外交官家属就读于彼得堡的一所学校，亲身见证了 1917 年发生在彼得堡的一系列流血事件。革命给俄罗斯带来了翻天覆地的变化，薇姿一家不得不于 1918 年离开彼得格勒，到中国的哈尔滨躲避战火。然而平静的生活刚持续十余年，东北就燃起了日军的战火。薇姿父亲所在的报社由于日军的管控而不得不解散，全家再次迁徙到上海，希望能够在这里的法租界过上安稳的生活。然而事与愿违，他们在上海也没有过上如愿以偿的生活。1937 年的事件让薇姿清楚地意识到和平的脆弱，这也迫使她和全家于 1939 年再次迁往父亲的故地美利坚。②

　　40 年代，随着世界反法西斯战争的节节胜利，许多国家都在号

---

① Vezey M A. Moongate in my Wall: Collected Poems of Maria Custis Vezey.New York: Peter Lang, 2005.p.110.

② Мария Генриховна Визи. Биография. <http://lib.rus.ec/a/94081>

召本国侨民回归祖国、共建家园。在此背景下，1943 年初，苏联最高苏维埃主席团发布"凡是侨居在中国的所有帝俄臣民均可获得苏联国籍"的决议。在该决议的影响下，很多经历了多年流亡之苦的俄侨纷纷递交申请苏联国籍和返回祖国的请求。但也有一部分俄侨仍旧不信任苏联政府，宁愿待在异国他乡也不愿回归祖国。女诗人尤斯京娜·克鲁森施腾 - 彼得列茨就是其中的一位。她三岁便跟随家人流亡哈尔滨，30 年代初从哈尔滨移居上海从事报社工作，直到 60 年代才离开中国。尤斯京娜由于在上海侨居时间较长，因此见证了发生在上海的更多事件，尤其见证了解放前后的上海时局。她在《失败》（Поражение，1949）一诗中，反映了 1949 年中国人民解放军解放上海时的局势：

Вьется улица трубкой коленчатой,	街道犹如蜿蜒曲折的管道
Но куда ей уйти от позора,	但它能逃到哪里去躲避羞辱呢，
Если взят, обесчещен, как женщина,	如果城市像一个女人那样被占领，
Истомленный бомбежками город?	被炸弹搞得筋疲力尽？
И какая-то подлость читается	怎样的耻辱
На испуганных лицах прохожих.	写在行人惊恐的脸上啊。
Это новая жизнь начинается,	新的生活正在开始，
Ни на что не похожая.①	但它什么也不像。

这首题名为《失败》的诗歌写于 1949 年的上海。此时国共两军正为争夺这座城市的所有权而进行着激战，城市经历着狂轰滥炸，路上的行人惊恐万分。最终，共产党所领导的解放军取得了优势，之前属于国民党管辖的上海即将被接管。但在女诗人的眼中，被解放的上海犹如一位受尽屈辱的女性，而居住其中的居民也无可避免地承受着这份屈辱。

---

① Крейд В. П., Бакич О.М. Русская поэзия Китая: Антология. Москва: Время, 2001. С.264.

尤斯京娜在诗中表达了上海被共产党领导的解放军占领后的愤怒和仇恨。这种愤怒和仇恨完全是女诗人自身意识形态造成的。她曾因为不接受十月革命而离开俄罗斯祖国，来上海流亡漂泊近二十年后又再次遭遇共产主义意识形态，于是产生了对"红色上海"的反感。由此可见，尤斯京娜即使在上海侨居期间，仍旧缅怀沙俄帝国，不愿接受共产主义意识形态。

正是因为不接受 40 年代末上海时局的变换和政权的更迭，许多与尤斯京娜一样不接受共产主义意识形态的俄侨纷纷离开上海，移居他国。女诗人奥尔嘉·斯科皮琴科就在 1949 年与家人一道踏上前往菲律宾群岛的邮船。后来她在《从中国到群岛》(Из Китая на острова) 这首诗中，书写了自己离开侨居二十年的上海、再次以难民身份前往南洋诸岛时的心路历程：

Мы снова ночью темной, грозной　　又一次，在漆黑的雷雨夜

Следим за светом маяка,　　我们追随着灯塔之光，

И снова в книге Божьей звездной　　又一次，在星空之神的圣书中

О нас написана строка.　　写下关于我们的诗行。

По синей глади океана　　蔚蓝大海如镜的水面

Быть может в наш девятый вал,　　随时可能掀起九级巨浪，

Нас бросил в путь в чужие страны　　心爱国度的暴风骤雨将我们，

Страны любимой бурный шквал.　　抛上通向他国的旅程。

И снова в чуждые дороги　　又一次，上帝之手

Господняя ведет рука　　引领我们通往陌生的道路，

И так же мысли наши строги　　我们的思绪严肃，

И та же горесть и тоска,　　悲伤与痛苦亦如此，

По тем покинутым долинам,　　沿着被遗弃的谷地，

Куда для нас возврата нет,　　通向没有回头路的地方，

По нашим городам любимым,　　沿着我们最心爱的、

Оставленным десятки лет.　　被遗弃了数十年的城市

Мы терпеливо выносили　　我们耐心地忍受着

Судьбу скитальческих невзгод,　　漂泊者痛苦的命运，

С молитвой о своей России,　　带着对祖国俄罗斯的祈祷

Мы меряли за годом год.　　我们年复一年地漂泊。

И в наше новое скитанье　　在我们新的漂泊之旅中

Мы взяли то могли сберечь,　　我们带着珍藏的一切，

Терпенье наше, наши знанья　　我们的耐心，我们的知识，

И русскую родную речь.　　以及我们的母语俄语。

И песню, звучную, как реки　　还有祖国的草原上

В родных степях моей страны,　　涓涓流水一般的歌声，

Что в душу вложены навеки　　心田里嵌入的东西越多

И чем в изгнаньи мы сильны.　　流亡中的我们就更坚强

И снова в книге Божьей звездной　　又一次，在星空之神的圣书中，

О нас написана строка.　　写下关于我们的诗行。

Мы снова ночью темной грозной.　　又一次，在漆黑的雷雨夜

Следим за светом маяка.[①]　　我们追随着灯塔之光。

　　这首诗描述了包括女诗人在内的一群俄侨难民，在心爱的国度和心爱的城市度过数十年的安定生活之后，不得不因为意识形态的暴风骤雨而再次踏上流亡之旅。女诗人不仅描写了这群流亡者开启新的流亡旅程前的悲伤、痛苦和心酸，甚至预见了他们途中可能会遭遇的生命危险，比如看似平静如镜的广袤海洋暗藏着飓风和大浪。对于没有退路的未来，他们茫然无知，犹如在一片黑暗中艰难行进。然而，这些漂泊者们没有气馁。他们坚信神会指引他们踏上新的国度，而且他们随身携带着最宝贵的财富——耐心、知识、母语以及代代相传的祖国文化。正是这些东西，给了这群流亡者继续前行的信心，让他们在黑暗中像追寻灯塔之光那样去寻找下一个栖身国度。

　　斯科皮琴科的诗歌也是她本人经历的写照。1921 年，十三岁的她

---

① Скопиченко Ольга. Стихи и Рассказы. США: Сан-Фрациско, 1993.С.109-110.

跟随支持白军的父母逃离俄罗斯，来到中国的哈尔滨，在那里积极参加"青年丘拉耶夫卡"的活动。1929 年起，她从哈尔滨来到上海，开始活跃在当地俄侨文坛，先后在《上海柴拉报》《斯洛沃日报》工作，并在《帆》《探照灯》等俄侨杂志上发表诗作和短篇小说。但斯科皮琴科受家庭的影响，始终坚决抵制苏维埃政权，因此早在解放军进入上海前，她便偕同丈夫和孩子逃离上海，通过菲律宾的侨民难民营辗转至美国定居。她一生都从事着自己喜爱的文学事业，在美国继续用母语出版了诗歌集《长明》（Неугасимое）和《纪念碑》(Памятник) 以及许多精彩的短篇小说。《从中国到群岛》这首诗既展示了离开上海继续流亡他国的俄侨的艰辛历程，也展示出女诗人对俄语、对俄罗斯文化的深深热爱。

大部分上海俄侨在新中国成立前后陆陆续续离开上海，或返回苏联，或继续流亡他国。但仍有少数俄侨继续留在上海，因而目睹了 1949 年之后的上海时局。女诗人诺拉·克鲁克就是其中的一位。她在短诗《白净的鹅毛大雪在人行道上》（Белые, чистые хлопья на этой панели, 1957）中描写了解放后的上海：

Белые, чистые хлопья на этой панели	白净的鹅毛大雪在人行道上
В грязь превращаются. Белые, чистые – в грязь.	逐渐变成脏泥。白白净净——变成脏泥。
Город жестокий украсить они не посмели,	它们不敢装饰这座残酷的城市，
Он ненавидит всё чистое, не таясь.	城市毫不隐瞒地憎恶一切洁净。
Вот он – Шанхай. Над чудовищным месивом грязи	这就是——上海。在肮脏的泥泞上
Льётся из окон высоких прикрашенный свет,	高高的窗户中投射出粉饰之光，
Судьбы людские без смысла, без цели, без связи,	没有意义、目标和联系的人的命运，
Прячут от жизни нарядные тюль и жоржет.	被华丽的衣衫遮蔽。
Климат душевный тяжёл, ограниченны дали,	内心沉重，远方祖国又受限。
Страшно, что вакуум жизни уютен и чист.	真奇怪，生活的真空舒适而洁净。
Люди и сами смертельно уютными стали,	人们也开始感到极其舒适，

Тянет в болото безжалостный город-садист.[①]   撒旦之城正将他们拽向泥潭。

克鲁克在该诗中运用了大量象征符号。比如，"白净的鹅毛大雪"象征着白色政权，它们最终因为没能战胜红色政权而只能变成人行道上的脏泥。撒旦之城象征着 1949 年之后被红色政权掌控的上海，继续生活在这座城市的俄侨由于意识形态的不认同而内心沉重。他们想回国但受到限制，只能继续苟且偷生。这群没有人生目标、意义和联系的人如同生活在真空一般，但久而久之完全习惯了这种没有任何意义的存在。诗句的最后两行显然表达了女诗人对这种堕落生活的不满，同时将这种堕落归结为上海这座城市新的意识形态倾向。

以上诗歌书写了 20 世纪 40 年代末至 50 年代末的上海，它是这座城市历史的高度凝缩。从中我们可以看到日军对上海的无耻侵略，可以发现上海解放前后的不同意识形态和政权对峙。同时我们发现，俄侨因为自身意识形态倾向而大都对上海的红色政权怀有不满甚至仇视态度。在侨居上海期间，他们仍旧缅怀沙俄帝国，不愿接受共产主义意识形态。

从俄侨诗歌和小说不难看出，上海给俄侨文学家们留下了多元化的印象。这座城市既有现代化都市高楼林立、车水马龙、人声鼎沸、繁华喧闹的一面，也有江南水乡小镇幽静舒适、温润典雅的一面；这里居住的人群既有充满人生理想和目标的成功者，也有丧失人生意义和联系的失败者，还不乏工于算计、冷酷自私的市侩，以及粗俗肮脏、缺乏文化教养的底层居民。俄侨文学家对上海充满既爱又恨的矛盾心理，这种矛盾心理源于近代上海本身的复杂性和矛盾性。上海在走向工业化、科技化和金融化的现代化过程中，必然滋生出不少与文明和文化对立的不良后果，加上外国租界、日本侵略和中国国内战争的影响，使得这座城市

---

① Крейд В. П., Бакич О.М. Русская поэзия Китая: Антология. Москва: Время, 2001. С.274.

一方面有着"东方巴黎""远东第一大城市"的殊荣，另一方面，其中的居民生存困难、竞争激烈，人与人的关系冷漠。流亡至此的俄侨生存更加艰难，他们先后在欧美势力、日本势力以及国共两党等各股力量的夹缝中艰难求生。因此俄侨文学家在创作中表达了对这座城市的多元化印象和看法。

值得强调的是，俄侨文学家的上海书写在一定程度上客观展现了20世纪前半叶上海的历史和人文风貌，但他们对上海的印象和看法极具主观性。这不仅与他们被祖国抛弃的个人悲剧有关，也与他们流亡中国期间的种族优越感有关。正如中国学者汪之成所言："所有侨居在上海的西人，99%以上都不曾与中国人同化过"，其中的原因除了文化差异外，更多是因为相当多的俄侨怀有种族优越感。①

---

① 汪之成:《近代上海俄国侨民生活》，上海：上海辞书出版社，2008年，第92页。

第四章　上海俄侨文学中的中国书写

中国是一个拥有悠久历史和辉煌文明的东方古国。对于祖国只有上千年历史的俄侨来说，古老的中国充满奇特性和神秘性。尤其是中国书法、字画、武术等传统文化，寺庙、和尚、佛祖等佛教元素，皇帝、妃嫔、公主、孔子、李白等历史和文化名人，长笛、胡琴、铃铛、锣鼓等传统乐器，龙、蝴蝶、荷花、竹子等深含文化意蕴的动植物，黄河、长江、松花江、黄浦江、西湖等中国山河湖泊，哈尔滨、上海、北京、杭州等中国著名城市，在大多数俄侨眼中都非常神秘。俄侨文学家也对这些中国元素有较多的关注和描写，他们的中国书写也别有一番意义和韵味。然而，书写通常需要特定的空间、时间、人物乃至精神使其具象化。因此本章通过细读旅华俄侨作品，分中国书写的空间具象、时间具象、人物具象、文化具象四类考察其中的中国书写。

第一节　中国书写的空间具象

流亡中国的俄侨主要定居在哈尔滨、上海、北京、天津、青岛、沈阳、大连等城市，而俄侨文学的中国空间也经常聚焦在这些聚居城市及周边的山川河流。这些空间的地理位置、气候环境、风土人情各不相同，俄侨文学家作为外来者，面对陌生的地方有着怎样的初步印象？栖居或旅行过后有着怎样的生存感受和审美体验？作家们利用这些空间形象传达出怎样的历史文化内涵和现实生存意义？离开中国后，这些空间保存着怎样的记忆？回忆是否激发他们新的文学话语范式？这是本节要解决的主要问题。考察的文本不仅包括俄侨作家和诗人侨居中国时创作的诗歌、小说，还包括他们离开中国后撰写的回忆录、书信、传记等。

中国俄侨的第一大聚居城市当属哈尔滨。哈尔滨是伴随着中东铁路的兴建而出现的城市，也是俄罗斯人与中国人共建起来的城市，因此有

"亚洲的俄罗斯"之称。大部分俄侨就是以该城市为起点开始自己在中国的侨居生活。在俄侨的心目中，哈尔滨虽然是中国边境地区的一个外省小城，有着自己的落后与不足，但以自己的宁静、质朴、慷慨和无私抚慰着流亡俄侨孤独凄凉的心。而俄侨文学家对哈尔滨比较完整地保持了俄罗斯文化传统心存感激，也视这片热土为自己的重生之地。因此，无论在他们侨居哈尔滨时创作的诗歌和小说中，还是离开中国、流散世界各地后的回忆录、传记和书信中，主要呈现出的是被美化甚至神话化的哈尔滨形象。

自俄侨 20 世纪 20 年代前后踏上哈尔滨黑土地之日起，关于哈尔滨的诗歌和小说就源源不断地涌现。对于刚刚踏上中国流亡之旅的俄侨来说，哈尔滨不仅是收留他们的避难所，更是他们心目中的第二故乡。比如，1916 年就来到哈尔滨并在这里侨居 17 年时光的女诗人亚历山德拉·彼特罗夫娜·帕尔卡乌写下了一系列关于哈尔滨的诗歌。其中有对哈尔滨优美自然风光的咏赞，比如《春天在哈尔滨》（Весна в Харбине，1930）、《在丁香树下》(Под сиренью, 1931) 等，也有对哈尔滨收留俄侨的感激，比如《逃亡》（Бегство, 1931）、《去那里——去异乡》（Туда—к чужим, 1931）等。尤其在《回忆》（Воспоминание，1931) 一诗中，女诗人将环绕哈尔滨的松花江与自己祖国的涅瓦河相提并论：

Неширокая лента пляжа　　一条并不宽阔的沙滩带

И широкий простор реки...　一条广阔的河……

Скоро ночь синей дремой ляжет　很快黑夜就要像睡魔一样躺在

В остывающие пески.　　逐渐死寂的沙滩上。

И под шелест, под плеск и вздохи,　在沙沙声中，在拍浪声和叹息声中，

На скамеечке — я и он, —　　在长椅上——我和他，——

Собираем святые крохи　搜集着早就被遗忘年代的

Позабытых давно времен.　神圣琐事。

113

Точно надписи на могиле,　*仿佛坟墓上的碑文，*

Имена дорогих нам мест,　*我们心中珍贵的地名，*

Где мы порознь когда-то жили　*那里我们曾各自居住过*

И поставили вместе крест.　*并树立了十字架。*

Запоздавших увозит катер,　*汽艇带走了迟到的人们，*

Полон тайны ночной Харбин,　*夜晚的哈尔滨充满神秘，*

Тихо Сунгари волны катит　*松花江上的波浪静静地流向*

В гаолянах чужих равнин.　*其他平原的高粱地。*

Ночь мечтой и загадкой манит…　*夜晚充满梦幻和神秘的诱惑……*

Это Сунгари или нет?　*这是松花江吗？*

Не другая-ль река в тумане　*还是迷雾中的另一条河*

Нам струит серебристый свет?　*在向我们散发着银色的光？*

Не другие-ль в сплошном сияньи　*是另外一些岛屿*

Всплыли зеленью острова?　*在接连不断的银光中泛绿？*

Не тревожьте воспоминанья…　*不要惊动记忆……*

Не услышит наш зов Нева…[①]　*涅瓦河听不见我们的呼唤……*

　　诗歌中的抒情女主人公和另一个同胞傍晚坐在松花江畔回忆往昔。松花江上的载人汽艇，静静流动的波浪，河面上的闪闪银光，以及在银光中泛绿的岛屿，——这一切在夜的诱惑和迷雾中，让他们开始恍惚觉得面前不是异邦的松花江，而是祖国的涅瓦河。显然，女诗人通过抒情女主人公将松花江与涅瓦河等同的错觉，表达了哈尔滨在流亡俄侨心目中类似于故乡的亲近感。

---

① Крейд В. П., Бакич О.М. Русская поэзия Китая: Антология. Москва: Время, 2001. С.365-366.

　　少部分俄侨作家和诗人，初来乍到哈尔滨时生活并不顺利，再加上对中国文化的陌生感，因此对这个收留了他们的城市充满了怀疑、不满和抱怨。瓦尔瓦拉·尼古拉耶夫娜·伊叶芙列娃的《哈尔滨市》（Город Харбин, 1928）一诗，就流露出这种负面情感：

Странный город блеска, денег и наживы,　　这个草原沙滩河流之上的城市，

Город над степной песчаною рекой,　　到处珠光宝气，充满铜臭味，

Может быть, преступный, может быть, красивый,　　也许充满罪恶，也许美丽无比，

Яркий и безличный, шумный и чужой.　　光鲜却无个性，喧闹却是异邦。

Город, где цветы не знают аромата,　　这个城市的花儿没有芳香，

Город странных мыслей и дурманных снов,　　这个城市充满奇怪思想和麻醉人的梦幻，

Где ничто не честно, где ничто не свято,　　这里的一切都不诚实，一切都没有联系，

Где звучит насмешкой звон колоколов.　　这里的钟声像嘲笑声。

Город, где сквозь маску пестрого наряда　　在这个城市，透过花里胡哨衣裙的面具

Смотрит полудикий сумрачный Восток,　　可以看见半蛮荒的昏沉东方，

Где слова без смысла — нежность и пощада,　　这里的语言没有意义——不管温柔还是怜悯，

Где в душе последний гаснет огонек.　　心灵的最后一丝火花也在这里熄灭。

Весь в больном стремленьи, весь в больной тревоге,　　病态的快节奏，病态的惶恐，

Ты сжигаешь силы в призрачной борьбе,　　你在幽灵般的斗争中燃烧力量，

Город, где скрестились пыльные дороги,　　这个纵横交错着布满灰尘的道路的城市，

Я в свой час последний вспомню о тебе.[①]　　我在自己的时代会最后一个把你想起。

　　在诗人的眼里，哈尔滨是一个奇怪的城市，这里的人都忙着赚钱，

---

① Крейд В. П., Бакич О.М. Русская поэзия Китая: Антология. Москва: Время, 2001. С.214.

到处散发着铜臭味。城市看起来光鲜亮丽，但没有自己的特色，居住其中的人只是梦想着发横财，因此看起来忙忙碌碌，但不诚实，也毫无意义，只是在生存斗争中内耗，让诗人觉得这是一个罪恶之城。诗句以诗人的极度不满结束，从中不难推测女诗人在哈尔滨的生存状态颇为糟糕。

　　然而，随着时间的流逝，俄侨对慷慨收留、宽容以待他们的哈尔滨越来越有归宿感和依恋感。这种情感在叶连娜·达里的《致第二祖国》（Второй Родине，1942）一诗中以最直接的形式流露出来，其中诗人把哈尔滨与自己的祖国俄罗斯相提并论，并将收留流亡者、保护其免受时代风暴之害、赐予流亡者和平劳动和宁静富足生活的哈尔滨称为自己的"第二祖国"：

　　　　…　　　　　　　　　　　……

　　Русской бури путь зловещ и долог,　　俄罗斯风暴之路凶险且漫长，

　　Но меня, как тысячи других,　　但我和其他成千上万的人，

　　Ты, Харбин, родной земли осколок,　　都被你，哈尔滨，故乡土地的残片，

　　Защитил, укрыл от вихрей злых.　　保护、隐藏于凶恶的旋风之外。

　　За годиной пронеслась година —　　一年又一年——

　　Мирный труд, покой и благодать…　　和平的劳动，安宁而富足……

　　В Харбине я вырастила сына,　　我在哈尔滨养育了儿子，

　　В Харбине похоронила мать.　　我在哈尔滨埋葬了母亲。

　　И теперь ни от кого не скрою,　　现在我再也无需向谁隐瞒，

　　Милым городом покорена,　　我被可爱的城市征服，

　　Что мне стала Родиной второю　　它已成为我的第二祖国

　　Приютившая меня страна.[①]　　收留我的祖国。

---

① Крейд В. П., Бакич О.М. Русская поэзия Китая: Антология. Москва: Время, 2001. С.166-167.

　　从 40 年代开始，俄侨虽然陆续离开中国，但流散世界各地的俄侨始终对哈尔滨充满着温情回忆，哈尔滨作为一个被美化甚至神话化的空间形象经常出现在他们的诗歌、小说、回忆录和书信中。比如，曾经在哈尔滨和上海侨居、后来流散朝鲜的女诗人维克托利娅·扬科夫斯卡娅，就在《哈尔滨之春》(Харбинская весна, 1937) 一诗中回忆性书写了哈尔滨的美景：

За белой мартовской метелью	在苍茫的三月暴风雪之后
Пришла немедленно весна,	春天姗姗而来。
В саду запахло талой прелью,	花园里散发着融化的腐烂味，
Природа тянется со сна...	大自然从梦中慢慢苏醒……
Каток расплылся желтой кашей —	滑冰场浮满黄色的粥——
И голуби снуют по ней:	于是鸽子把嘴伸进去。
Урчат, блаженствуют и пляшут —	咕噜噜地叫，怡然自得地跳舞——
Их шейки — радужней, синей.	脖子——越来越快乐，越来越蓝。
По-новому грохочут звонко	远处的列车
Составы поездов вдали.	发出新的轰隆声。
А в воздух — золотой и тонкий,	而金色的、稀薄的空气中，
Исходит нежность от земли...	飘入来自地上的温柔……
Не служат ей помехой трубы,	烟囱不是它的障碍，
И копоть не мешает ей —	黑烟也不会妨碍它——
Весна скользит в глаза и губы,	春天钻进眼睛和嘴唇，
Добрее делает людей![①]	让人变得更善良！

　　在扬科夫斯卡娅的笔下，哈尔滨的春天是一个充盈着各种气味、声音和色彩的迷人季节：空气中散发着泥土飘来的气息、冰雪融化的腐烂

---

① Крейд В. П., Бакич О. М. Русская поэзия Китая: Антология. Москва: Время, 2001. С.609-610.

味；滑冰场上的雪融化后像黄色的粥，烟囱里也释放着黑烟；附近有鸽子咕咕咕的叫声，远处则有火车的汽笛声。总之，大自然中的一切都充满了生命力，一派复苏的景象。而诗歌最后一句"让人变得善良"成为画龙点睛之笔，说明俄侨心目中的哈尔滨是充满人性光辉的地方。

即使半个世纪之后，那些尚且在世的俄侨在世界各地的角落仍旧牵挂和惦记着他们生命中的重要驿站。比如，有过哈尔滨和上海侨居经历、最终定居美国加利福尼亚州的女诗人玛丽娅·薇姿，在20世纪90年代创作的《为哈尔滨被毁的圣尼古拉教堂哭泣》（Плач по харбинскому разрушенному СВ. Николаевкому собору, 1994）一诗中，表达了得知昔日哈尔滨的圣尼古拉大教堂被毁时的痛心疾首：

Помолитесь о нашем храме —	请为我们的教堂祷告——
что закрыт, разрушен, разбит,	它已被关闭，被破坏，被打碎，
неовеянный в фимиаме —	不再飘散香烛的气味——
в кучах мусора был зарыт!	被埋入垃圾堆里！
Не звонит его колокольня,	它的钟声不再响，
не блестят его купола…	它的圆顶不再闪光……
Сердцу холодно, сердцу больно	心儿发冷，心儿疼痛
от людского горького зла.	因为人为的沉痛之恶。
Над мощами храма потемки,	教堂的圣尸之上一片黑暗，
но забыть его не хочу!	但我不想将它忘记！
За его святые обломки	为它神圣的残骸
зажигаю свою свечу.①	我燃起自己的蜡烛。

圣尼古拉大教堂建于1900年，设计方案在圣彼得堡完成，经沙皇尼古拉二世批准修建，以沙皇的名字命名。教堂以规模宏伟、造型美观、

---

① Крейд В. П., Бакич О. М. Русская поэзия Китая: Антология. Москва: Время, 2001.С. 116.

建筑精巧而闻名于世，是哈尔滨最有魅力和艺术价值的教堂，也是 20 年代流落到哈尔滨的俄罗斯侨民心目中祖国的象征。然而，"文革"期间这座教堂被毁。女诗人在这首诗歌里，就写了自己得知圣尼古拉教堂被毁后的心痛。对于诗人来说，毁掉的不是一座教堂，而是曾经支撑无数俄侨在异国他乡度过艰难岁月的精神支柱。

　　更多的俄侨在垂暮之年越来越意识到哈尔滨岁月的弥足珍贵，因此纷纷撰写回忆录、自传等，表达对哈尔滨岁月的怀缅和感激。比如，1947 年从上海回归苏联的丽吉娅·哈因德罗娃，在晚年撰写的《在童年城市——哈尔滨》(В Харбине-городе детства)、《哈尔滨。松花江》(Харбин. Сунгарии) 等多篇回忆录中详细记载了自己和家人在哈尔滨度过的岁月。诗人在回忆录中把哈尔滨称为自己"童年、青年和成年早期的独一无二的城市"[1]，而且满怀深情地说："我思考过，为什么我要写下这些回忆？得到的结论是，它们勾起了对我再也见不到的城市的回忆，勾起了对再也不会重复的生活的回忆。我后悔那样的生活不再重复吗？不，不后悔。就让它不再重复吧，但我不想忘记，而且对它心怀温柔：对那段生活怀有的温柔越多，就越清楚地看到其好的和不好的方面；就越强烈地感觉到，我已经不是从前的我，完全不是了。而且我越对过去怀有温柔，就越凸显出它已远离。就像你怀着感动和温柔回忆自己的初恋，可初恋已不再，有的只是关于爱情的回忆。"[2] 定居法国的拉里萨·安黛森，在《哈尔滨。中学》(Харбин. Гимназия)、《花园路的茶炊》(Самовар на садовой) 等回忆录中也详细记载了自己在哈尔滨度过的中学和青年时代，并在采访中对哈尔滨充满温情评价："总体而言，哈尔滨是一个特别的城市。这里结合了外省的舒适与各种文化，我在离开之后才珍惜它……哈尔滨有年轻人需要的一切：体育，游泳，游艇。

---

① Хаиндрова Л. Ю. Сердце поэта. Калуга: Издательство «Полиграф-Информ», 2003. C. 205.

② Хаиндрова Л. Ю. Сердце поэта. Калуга: Издательство «Полиграф-Информ», 2003. C. 206.

冬天可以滑雪，滑雪橇。还有大学的舞会，话剧，音乐会，图书馆！这里有多少从俄罗斯逃难的高级知识分子呀：教授，作家，画家。而且一切都能得到。正是在那里，在侨居地，在年轻人中间，自然而然地形成了课外小组……"①定居英国伦敦的伊丽莎白·拉琴斯卡娅在回忆录《生活的万花筒》（Калейдоскоп жизни）中也写道："哈尔滨的魅力在于集结了大文化中心的所有属性，在那里人们没少因为孤独而苦闷，但具有稳定良好的宗法制的纯俄罗斯日常，其中蕴含着外省的舒适。到处是俄式的慷慨好客……人们……之间保持着活跃的联系，而且每个人都觉得是大整体中的一员，能在其中找到自己的位置。"②

与哈尔滨相关的还有山林和平原，它位于大兴安岭边缘地带，北与俄罗斯联邦接壤，是热爱自然、喜欢狩猎和探险的俄侨经常出没的地方，因为去这里能多多少少减轻思乡的痛苦。正如伊丽莎白·拉琴斯卡娅在回忆录《候鸟》（Перелетные птицы）中所言："在国外也能遇见我们一些热爱原始森林和大自然的人。每个人都忙着自己的事情，但突然就开始痛苦地思念打猎时的篝火烟雾……想起秋天若有所思的落叶以及欢快刺骨的冬日暴风雪，就会开始忧伤，就像我们一想起祖国也会忧伤。"③由此在俄侨作家和诗人中，诞生了不少与满洲山林直接相关的文学作品。在大部分作家和诗人的眼中，东北的山林不仅是他们赖以生存的自然之母，更是他们精神生活的一部分，因此他们的东北的山林书写无不流露出对动植物世界的敬畏与膜拜。大兴安岭、满洲草原、松花江、庄稼地等自然之地，老虎、人参、苔藓等动植物，红胡子、满洲公主、中国农民等人物，成为东北的山林空间中经常出现的形象。作家们通过这些具

---

① Андерсен Л.Н. Одна на мосту: Стихотворения. Воспоминания.Письма / Сост., вступ. ст. и примеч. Т.Н. Калиберовой.Москва: Русский путь; Библиотека-фонд «Русское Зарубежье», 2006.С. 22.

② Рачинская Е. Калейдоскоп жизни. Париж: YMCA-Press, 1990. С. 121.

③ Рачинская Е. Перелетные птицы. Воспоминания. <https://uni-gen.org/book/e-rachinskaya-pereletnye-pticzy-vospominaniya/#00>

体的形象，或表达对壮丽神奇的北国风光的折服，比如贝塔的《满洲诗篇》（Манжурские ямбы）、希洛夫的《在兴安岭台阶上》（На паперти Хингана）、阿恰伊尔的《松花江》（Сунгари）等诗歌；或展现自然给予人的慷慨馈赠，比如阿恰伊尔的《北方的苔藓》（Северные мхи）；或展现当地居民在严峻自然环境中的生存斗争，比如涅斯梅洛夫的《红胡子》（Хунхуз）、马尔特的《傅家店附近》（У Фузядяна）等诗歌；或赞美中国农民勤劳朴实、热爱土地的精神，比如涅斯梅洛夫的《畦田》（Гряда）、扬科夫斯卡娅的诗歌《谷穗成浪萧萧响》（Звенящие волны чумизы）等。

在上海俄侨诗人关于满洲的诗歌中，最著名的当属鲍里斯·贝塔1923 年创作的长诗《满洲诗篇》。贝塔出生于俄罗斯乌法省的一个贵族之家，毕业于彼得堡的尼古拉骑兵军校，曾是沙皇军队里的一名军官，参加过第一次世界大战和国内战争。1920—1922 年居住在符拉迪沃斯托克时就开始发表作品。1922 年苏联红军占领符拉迪沃斯托克后流亡中国，先后在哈尔滨、北京、青岛、上海侨居。1924 年跟随西伯利亚一个军团流亡到塞尔维亚，之后在欧洲各地过着漂泊不定的赤贫生活，最终于 1931 年在法国马赛因肺结核而死。贝塔生前为了维持生活，将自己的尸体提前出卖，因此他死后尸体被交付给了当地解剖学医院。[1]

长诗《满洲诗篇》由三部分构成。第一部分就是一个 20 行的诗节，其中用形象生动的语言描绘了满洲六月的夏天景象，比如太阳像火红的核桃，地平线漂浮而起，阳台因为太阳的红光而变得滚烫等等：

......*Маньчжурский неподвижный зной:*　　满洲静止不动的酷暑

С утра ленивая пора,　　从早开始的慵懒时刻，

Лимонов профиль вырезной,　　雕刻出来的柠檬轮廓，

---

[1]　Гродекова Н.И. Одиночество в раме. Судьба и творчество Бориса Беты // Словесница искусств. 2010. №1(25).

А во дворе — детей игра...　　而院子里——孩子们在嬉戏……

И плыл дрожащий горизонт,　　颤抖的地平线浮起，

И млели там зонты дерев,　　油纸伞在发呆，

И солнце — огненный орех —　　太阳——像火红的核桃——

Опять слепило горячо.　　再次发出红彤彤的刺眼光芒。

Опять стремительный дракон　　动作迅疾的龙

Взмывал в лазурь, на высоту,　　再次飞上高处湛蓝的天空，

И делался горяч балкон,　　于是阳台变得滚烫，

И пронизала пустоту　　空处都钻进了

Огня небесного искра,　　天空的红光。

И приходила в мой покой,　　而忧伤（它是爱的姐妹）

Касалась легкою рукой　　被手轻轻触碰，

Тоска (она любви сестра).　　来到我的寝室。

　　诗歌第二部分由一个 13 行的诗节构成。其中抒情主人公承接第一部分最后诗行中出现的"忧伤"，开始幻想自己背上行囊到荒无人烟，只有高塔、吹笛子盲人的地方。第三部分也由一个 13 行的诗节构成，抒情主人公回归现实后开始反思自己的幻想，最终确认自己的确想要潜入深远的边疆，在那里过上最自然的满洲农民生活：

Не раз задумывался я　　我不止一次想

Уйти в глубокие края,　　潜入深远的边疆，

И в фанзе поселиться там,　　在那里的房子定居，

Где часты переплеты рам;　　那里有格子封面；

Бумага в них, а не стекло,　　里面是纸张，而不是玻璃。

И кана под окном тепло.　　而且窗户下面的炕很温暖。

На скользкую циновку сесть,　　坐到滑滑的草席上，

Свинину палочками есть　　用筷子吃猪肉

И чаем горьким запивать;　　并喝着苦涩的茶；

Потом курить и рисовать,　　然后抽烟、画画，

Писать на шелке письмена —　　在丝绸纸上写信——

И станет жизнь моя ясна,　　我的生活也开始变得明亮，

Ясна, как сами письмена.[①]　　像信一样明亮。

　　不仅男性对满洲山林充满向往，女性同样如此。女诗人扬科夫斯卡娅在《在迁徙中》（На перелете，1942）一诗中，表达了从中国流散到朝鲜后再次经过曾经侨居过的满洲时的赞美之情：

Ландшафт Маньчжурии равнинный　　满洲平原地

Уходит в даль бескрайную.　　延伸到无尽的远方。

Над ним царит гомон утиный —　　上方是鸭子在嘎嘎叫——

Беседа птичья тайная.　　还有鸟儿秘密的交谈。

Из затонувшей старой лодки　　从沉没的旧船处

Я наблюдаю озеро:　　我观察着湖泊：

Закатный пурпур сетью тонкой　　紫红色的落日像一张细细的网

На камыши набросило.　　洒落在芦苇上。

А перелетной птицы стаи　　而成群的候鸟

Из неба, как из вороха.　　从天上，一堆堆

Летят, летят и где-то тают...　　飞啊飞，然后在某个地方消散。

И вкусно пахнет порохом...[②]　　而且散发着芳香的火药味。

　　总之，哈尔滨和满洲始终是俄侨心中充满爱和温暖的记忆空间。俄侨对哈尔滨的情感不仅在流亡期间存在，而且离开中国后仍旧持续终身。除了上述诗人和作家，瓦列里·别列列申的回忆录文集《两个小站》（Два полустанка，1987）和自传体诗歌《没有对象的长诗》（Поэма без

[①] Крейд В. П., Бакич О.М. Русская поэзия Китая: Антология. Москва: Время, 2001. С. 96-98.

[②] Крейд В. П., Бакич О.М. Русская поэзия Китая: Антология. Москва: Время, 2001. С. 620.

предмета, 1989), 阿里夫列德·黑多克的回忆录文集《我生活中的篇章》（Страницы моей жизни, 1989), 尼古拉·谢戈廖夫的自传体小说《十字路口》（Перекресток, 2013), 弗拉基米尔·斯洛博奇科夫的回忆录《关于流亡者的忧伤命运……哈尔滨。上海》（О судьбе изгнанников печальной... Харбин. Шанхай, 2005), 弗谢沃洛德·伊万诺夫的回忆录和政论文集《红色面孔。回忆录和政论文》（Красный лик. Мемуары и публицистика, 2016）等都表达了类似的情感。

上海作为少部分俄侨 20 世纪 20 年代的栖息地和大部分 30 年代从哈尔滨流转而来的俄侨的主要避难所，在俄侨诗人和作家的书写中显示出明显的复杂性和矛盾性。这个城市既有现代工业文明造就的富足繁华，也有草根文明造成的贫穷落后。这个城市空间里的人也形形色色：既有挥金如土的政商名流和上流贵妇，也有斤斤计较的底层市井；既有为财富和地位努力打拼的外来者，也有麻木堕落的抽大烟者；既有靠体力生存的苦力，也有靠肉体营生的舞女和妓女。斯普尔戈特的长诗《上海》和系列组诗《上海风情画》，扬科夫斯卡娅的抒情诗《上海寄语》，亚济科夫的抒情诗《上海》，斯科皮琴科的短诗《上海的穷乡僻壤》，伊里因娜的特写集《上海生活特写》，维克托·彼特罗夫的特写和短篇小说集《黄浦江畔的上海》，谢维尔内的《致妹妹信》《眼泪》等短篇小说，都直接描写了这个城市空间的矛盾性和复杂性。关于其中的内容，已经在第二章进行了详细阐述和分析，这里不再赘述。

但与上海城市生活不同的是，上海郊区以及杭州、宁波、湘潭等南方小城和乡村却给俄侨留下了美好的印象。这些地方主要是俄侨比较喜欢的旅游地，因此俄侨文学家对它们的书写常常以游客的视角切入。他们把自己的游历感受写入诗歌、小说和回忆录中，展现出对南国水乡优美静谧之美的眷恋与痴迷。比如，别列列申的《杭州》（Ханчжоу）、《湘潭城》(Сянтаньчэн) 和《湖心亭》(Хусиньтин)，薇姿的《中国风景》(Китайский пейзаж) 和《中国村庄》(На китайском хуторе) 等诗歌。与南方水乡直接相关的还有茶叶、丝绸、扇子、荷花、拱形石桥、池塘、翠竹、书法、诗词、字画等中国文化符号，以及温柔可人的南方姑娘，比如：谢尔巴科夫的《喷泉—中国刺绣》(Фонтан-Китайская вышивка)，斯维特洛夫的《苏州姑娘》、巴图林的《月亮》和《妞儿》等诗歌。

北京是俄侨东正教最具影响力的中心，也是大部分哈尔滨俄侨 30 年代南下上海的必经之地和少数哈尔滨俄侨 1945 年苏军占领哈尔滨后的逃难之地。它在俄侨作家和诗人的书写中呈现出的主要是作为中国帝王之都的文化特征。紫禁城内巍然壮观的宫殿、庙宇、廊柱，北海公园美丽的荷花，香山秋天的红叶等，都成为俄侨作家和诗人关于这个城市的文化认知。

比如，俄侨诗人瓦列里·别列列申 32 年的中国侨居生活分别在哈尔滨（1920—1939）、北京（1939—1943）和上海（1943—1953）度过。尽管他在北京只生活了四年，但那里的文化和风景都给他这位酷爱中国语言和文化的"中国通"留下了深刻的印象，并让他写下了《游东陵》(Поездка в Дун-лин, 1941)、《碧云寺上观北京》(Вид на Пекин из Би Юнь-сы，1943)、《在山海关》(В Шаньхайгуане, 1943)、《北京》(Пекин, 1975) 等多首诗歌。

在诗歌《碧云寺上观北京》中，别列列申以站在北京郊区香山公园里的碧云寺顶端俯瞰北京城的视角，不仅书写了北京的庄严恢弘的气势，而且表达了自己在这种气势中作为一个路人和无家可归者的疲惫和孤独。他期盼自己能像鸽子或鸟儿一样，停止被迫的飞行，在城市的角落找一个永远栖息的诺亚方舟。显然，诗歌既表达了诗人对北京发自内心的喜欢，也表达了自己作为流亡者的凄凉心态：

Стою, как путник давний и бездомный,　　我像一个很久的路人和无家可归者

У мраморного белого столба,　　站在白色大理石柱子旁，

И город подо мной лежит огромный,　　于是巨大的城市在我下面展开，

Как целый мир, как море, как судьба.　　像整个世界，像一片海，像命运。

Так высоко стою, так величаво	我站得如此高，如此庄严，
Вознесся храм Лазурных Облаков,	庙宇耸立到蓝蓝的云间，
Так высоко, что умолкает слава	如此高，以至于荣耀不再言语
И только ветра слышен вечный зов.	只能听见风儿永恒的声音。
О, если бы, прервав полет невольный,	啊，假如能够中断被迫飞翔，
Сюда прийти, как голубь в свой ковчег,	来到这里，像一只鸽子回到自己的方舟，
Впервые под сосною белоствольной	第一次在白皮松下
Вздохнуть и упокоиться навек!	喘息并永远安息！
Да, если бы, как трепетная птица,	是啊，假如能像胆战心惊的鸟儿，
Здесь обрести прибежище в грозу,	在暴风雨中到这里获得避难之所，
Так спрятаться, врасти и притаиться,	就这样藏着、扎根、隐匿，
Чтоб смерть забыла — и прошла внизу![①]	以便忘记死亡——立刻过去！
...	......

　　中国有句谚语"不到长城非好汉"。对中国文化了如指掌的别列列申自然不会忘记爬长城，也不会忘记书写长城。《在山海关》一诗，别列列申书写了爬上"天下第一关"后的所见、所思：

Поднявшись на стены у «Первой Заставы Вселенной»,	爬上"天下第一关"的墙，
Оттуда смотреть на прекрасные дымные горы,	眺望烟雾朦胧的美丽山脉，
На город, умолкший внизу, на поселок застенный,	下方沉寂的城市，墙外的村庄，
На эти раздвинутые далеко кругозоры!	以及延展到远方的视野！
Зубчатые стены побиты в бесчисленных войнах,	历经战争的齿状城墙已千疮百孔，

---

① Крейд В. П., Бакич О.М. Русская поэзия Китая: Антология. Москва: Время, 2001. С. 396.

Тяжелые своды осели, близки к разрушенью.　　　沉重拱门下沉，近乎毁坏。

Но осликов кротких отрада — меж вязов спокойных　　但小毛驴短暂的快乐是——晌
午酷暑时分

В полуденный зной отдыхать под зубчатою тенью.　　在平静榆树间齿状的阴影中休息。

На западном небе резка Барабанная Башня,　　西边的天空是刺眼的鼓楼，

Где мудрый Вэньчан восседает под сумрачной аркой.　　智慧文昌星端坐在阴郁拱门下，

Студент, чтобы стать на экзамене трудном бесстрашней,　　大学生为了轻松通过大考，

Там свечи приносит душистые жертвой неяркой.　　奉送香烛贡献。

А вечером, в уединенном углу ресторана,　　傍晚，在餐厅的幽静角落，

Сквозь приторный голос ловить отдаленную скрипку　　透过甜美的声音捕捉遥远的琴声

И снова в безумие падать, и жаждать обмана,　　再次疯狂倾倒，渴望被骗，

И гордое счастье свое отдавать за улыбку.　　并为博得微笑将自己骄傲的幸福奉献。

Я, как собиратель камней дорогих и жемчужин,　　我，昂贵宝石和珍珠的收藏者，

Что прячет их нежно в резные ларцы и шкатулки:　　会把它们温柔地藏在花纹宝匣：

И каждый прохожий мне дорог, и каждый мне нужен　　每一个路人我都珍惜，我都需要

И память хранит вечера, города, переулки.　　记忆会保存每个夜晚、城市和胡同。

О жадное сердце, о неутолимое море,　　啊，贪婪的心，好似无法满足的大海，

Несытая бездна, ужель тебе мало и света,　　沟壑难填，难道你拥有的尘世之物还少吗？

И счастья, и знанья, и зла, и бесценного горя —　　有幸福、知识、恶、无价的痛苦——

О, что ты ответишь и чем ты заплатишь за это?[1]　　唉，你将怎么回应，拿什么报答？

　　诗歌开篇第一节展现的是抒情主人公爬上山海关后远眺四周的美景：有雾气朦胧的山脉，有山下寂静的城市，还有城墙外的村庄，但最显目的则是远处的鼓楼。诗人想象北京城内一个大学生，为了通过考试

---

① Крейд В. П., Бакич О. М. Русская поэзия Китая: Антология. Москва: Время, 2001.C. 397.

而烧香拜佛，求得神灵保佑。所有的这一切不仅被诗人看在眼里，而且被他记在心间。他非常珍惜这一切，因此把自己比喻成宝石和珍珠的收藏者，会把一切人和事都牢牢记在记忆深处。但诗人明白，自己作为一个流亡者，却无力回报所得到的一切。显然，诗歌再次表达了别列列申对北京的爱。

在《北京》一诗中，别列列申以既欢快又庄严的语调书写了自己重回北京城的印象：

В колеснице моей лечу   我坐在马车上疾驰

над землей на четыре «чи»,   在八旗大地上，

и закутан я не в парчу,   而且我穿的不是锦缎

а в одежду из чесучи.   而是茧绸做的衣裳。

Вновь Наньчицза передо мной: 蓝旗营再次出现在我面前：

это улица или лес?   这是街道还是森林？

Столько вязов над головой   多少榆树在头顶上

в непроглядный срослось навес!   汇聚成密不透光的遮阳棚！

Ночь, весна. От земли тепло.   春天的夜晚。大地热气腾腾。

Эта улица — «чжи жу фа»:   某条街道

выпевается набело   清晰地传来

поэтическая строфа.   朗诵诗歌的声调。

Чесучи своей не помни,   远方归来的人啊，

возвращенец издалека: 无需记住自己的茧绸衣裳：

помни — крылья только одни   但请记住——一双翅膀就可以

на бесчисленные века.   世代永恒。

А теперь колесницу сна   而现在，夜晚的朝圣者啊

задержи, ночной пилигрим:	请把梦幻马车停下：
это свет из того окна,	那扇窗传来的光，
что когда-то было твоим.[①]	曾经是你窗户的光。

抒情主人公自称是远方归来者，并在路过一扇窗户时认出了这是他从前的房子，从这些细节都可以看出他是重游北京城。即使这样，他也仍旧满怀虔诚，因而自称是夜晚的朝圣者。从诗人对自己乘坐马车时的轻快迅疾感受可以看出，他对北京充满了热爱和留恋。他爱城市里绿树成荫的街道，以及颇具文化气息的诗歌朗诵。因此他希望自己记住，只要有一双翅膀，就可以随时飞到北京城来故地重游。

总之，别列列申笔下的北京城融入了诗人特别强烈的爱。对于这个他只侨居了四年的城市，他不仅熟悉普通城市居民的日常生活，而且深谙城市历史和文化。他以自己毫无保留、毫无讽刺的爱，书写着城市的历史与当下；同时又因自己流亡者的身份而不能永远留在这个城市而深深惋惜。他对北京的爱，也许是任何一个俄侨诗人和作家都无法超越的。

曾经有过哈尔滨（1923—1928）、天津（1928—1929）、上海（1929—1947？）三地侨居经历、最终于1950年定居美国旧金山的女诗人奥尔嘉·斯科皮琴科，在《北京》（Пекин）一诗中，以站在充满历史色彩的北京城上的后人视角想象发生在这个帝王之都的神奇往事。诗歌开篇就以细腻的笔调，描写了北京城一座历史古迹——高塔，以及通向塔顶供奉众神庙宇的白色台阶，各种圆柱以及圆柱上的刀雕百年之龙，带着各种花纹的屋檐以及屋檐下双目凝视的佛祖。佛祖之威严庄重与灿烂的阳光相映成辉，让诗人不仅浮想联翩，想到过去的帝王将相、疯癫狂僧曾经怎样来朝拜佛祖。诗人尤其想象了成吉思汗来朝拜佛祖，祈求佛祖帮助他实现征服斯拉夫大地的野心，但佛祖用沉默不语暗示了这一野心的失败。诗歌将中俄两国历史联系起来，将成吉思汗征服俄罗斯帝国的

---

① Крейд В. П., Бакич О. М. Русская поэзия Китая: Антология. Москва: Время, 2001.С. 410-411.

梦想隐喻成一个不可能实现的童话。

Высокая белая лестница к башне, 高高的白色台阶通向高塔，
В кумирню великих богов. 通向伟大众神的庙宇。
Я яркими красками пестро раскрашу 我用绚丽多姿的色彩涂画出
Узорную сказку стихов. 诗歌中童话般的花纹。

Резные колонны. На лесенке вышит 各种圆柱。小梯子是用刀具
Резцами столетний дракон. 雕刻出来的百年之龙。
И Будда под яркой узорною крышей 佛祖也在艳丽的花纹屋檐下
Глядит на изгибы колонн. 凝视着圆柱上曲曲弯弯的线条。

Глаза золотые на солнце мерцают, 金色的双眼在太阳光下闪耀，
Глаза его смотрят в упор. 他双目凝视。
Забытую мудрость большого Китая 伟大中国被遗忘的智慧
Замкнул в себе пристальный взор. 被他专注的目光锁住。

Когда-то входили сюда богдыханы 曾经多少帝王将相进到这里
Склонялись в молитве пред ним… 在他面前俯身祈祷……
И падал безумец к ногам бездыханный, 还有迷上疯癫的狂人，
Сраженный безумьем своим. 奄奄一息地匍匐在他的脚下。

Когда-то по этим холодным ступеням 曾经沿着这些冰冷的台阶
Молиться ходил Чингисхан, 成吉思汗拾级而上来祈祷，
Для нас он остался далекою тенью, 对我们来说他已成为遥远的影子，
Властитель исчезнувших стран. 这个无数消失国度的主宰者。

Ему здесь мерещились дальние сопки 他在这里仿佛看见远处的山岗
Богатой славянской земли, 那里是丰饶的斯拉夫土地，
Победу просил он смиренно и робко, 他恭顺而怯懦地请求赐予胜利，

А дни беспощадные шли.　　但无情的时光来临。

Погиб он в далеком, спокойном просторе,　　他牺牲在遥远寂静的广袤大地，

Курган его сон сторожит,　　古墓守候着他的梦，

А Будда — свидетель победы и горя　　而佛祖——作为胜利和痛苦的见证者

Все так же спокойно молчит.　　始终静静地缄默不语。

Узорная башня. На мраморе сложен　　带花纹的塔。大理石上是用童话般梦幻

Видением сказочным храм.　　编制而成的庙宇。

Никто его мирный покой не встревожит,　　谁也不会去惊扰它的和平与安宁，

Он верен прошедшим векам.　　它对过去的世世代代有害无益。

Все так же он будет смотреть на столетья.　　他始终会凝视无数世纪。

У Будды молчанье в глазах —　　佛祖眼里的沉默——

Блестят они золотом в призрачном свете,　　它们在幽灵般的光线中金光闪闪，

Они не тускнеют в слезах.　　它们不会在泪光中呆滞。

Забытая сказка большого Китая,　　伟大中国被遗忘的童话，

Ушедшая мудрость веков...　　消失的世代智慧……

В кровавом столетьи мы сказок не знаем,　　在血染的世纪我们不知道童话，

И нет у нас сказочных снов.[①]　　而且我们也没有童话般的梦幻。

同样有过北京和上海两地侨居经历、最终定居澳大利亚的玛丽娅·克罗斯托维茨在《北京》(Пекин, 1942)一诗中，把北京视为世上最奇怪的城市：

Самый странный город в свете,　　世上最奇怪的城市，

---

① Крейд В. П., Бакич О. М. Русская поэзия Китая: Антология. Москва: Время, 2001.C. 510-511.

Город ярких крыш,　　有着艳丽屋檐的城市，

Над тобою цепь столетий　　你的上方有无数个世纪的链条

Пронеслась — ты спишь!　　穿过——你却沉睡！

Величавые громады　　庙宇和宫殿铸就的

Храмов и дворцов　　伟大的庞然大物

Под немолчный звон цикады　　在不停息的叫声中

Видят стаи снов.　　知了看见了一团团的梦幻。

...　　……

Город завтрашний — вчерашний　　花园绿茵中的城市

В зелени садов.　　是明天的——也是昨天的。

Под стеной у старой башни　　在古塔附近的墙下

*Много верблюдов...*①　　有许多骆驼

...　　……

在诗人的笔下，北京是一个悠久的历史古城，其中有着恢宏的庙宇和宫殿、古老的塔楼；同时又有现代化城市的特征：无数花园和公园，绿树成荫、湖水环绕。因此，诗人用"昨天的"和"明天的"两个充满矛盾色彩的反义词表达了北京是一个结合现代与历史的梦幻般之城。

另一位先后在哈尔滨、天津、北京、上海四个中国城市有过侨居史、1943 年病逝于上海的叶甫盖尼·亚什诺夫，在诗歌《北京，请点燃傍晚的灯火》（Зажги, Пекин, вечерние огни，1937）中，也将北京视为历史悠久、至今仍旧生生不息的城市：

Зажги, Пекин, вечерние огни　　北京，请点燃傍晚的灯火

Морщинистой рукой,　　用爬满皱纹的手，

От шепота столетий отдохни,　　请在无数世纪的耳语中休息，

---

① Крейд В. П., Бакич О. М. Русская поэзия Китая: Антология. Москва: Время, 2001.С. 253-254.

Глаза на миг закрой.　　*闭目片刻。*

Пусть вновь нарушат старика покой　　就让盲目命运的脚步
Слепой судьбы шаги, —　　再次打破老人的安宁
Ты равнодушною качнешь главой, —　　你将冷漠地摇一摇头，——
Как тень пройдут враги.　　敌人像影子一样经过。

И золоту из-за запретных стен　　而且由于紫禁城墙的保护
Вновь улыбнется май.　　五月会再次向金子微笑。
Все в мире суета и тлен,　　世界上的一切忙碌成灰，
*Недвижим лишь Китай.*①　　只有中国岿然不动。

亚什诺夫的诗歌颇具象征主义色彩，其中用"老人"隐喻北京。但诗人并非为了讴歌北京悠久的历史，而是认为现代生活节奏过快，不适合北京这样的"老人"，因此呼吁北京在傍晚该休息的时刻点燃灯火、休息片刻。只有这样，城市才能再次焕发生命力，让中国永远屹立于世界之林。诗歌显示出对北京的赞叹和对城市命运的参与。

女诗人玛丽娅·薇姿虽然没有北京侨居经历，而是在哈尔滨（1918—1932）和上海（1932—1939）生活21年后离开中国，最终定居美国加利福尼亚，但在1976年却写下了《北京记忆》(Память о Пекине, 1976)一诗，其中的北京不再是大多数俄侨诗人笔下的帝王之都和历史名城，而是多了一分市井气息：

Так трудились, обрастали внуками,　　如此勤劳，养活子孙，
наживали денежки порой,　　有时积攒点钱，
отдыхали в праздник под бамбуками　　节日时在山后黄水河边
возле желтой речки за горой.　　的竹林下休息。

---

① Крейд В. П., Бакич О. М. Русская поэзия Китая: Антология. Москва: Время, 2001. С. 639.

А потом зарделось в небе зарево,	然后霞光映红天空，
донеслась до города беда —	贫穷遍布城市——
отобрали новые хозяева	夺走新的家业
нажить многолетнего труда.①	积攒多年的劳动
...	……

诗歌中的北京与中国其他城市一样，遍地都是小商小贩，他们起早贪黑，在城墙下售卖各种丝线、纽扣、茶叶等日常生活用品，只是为了能赚点小钱养活子孙。而且祖祖辈辈都如此勤劳，只有在节日时才能短暂休息。但这样的勤劳并不能改变贫穷的面貌。

总之，书写北京的俄侨诗人和作家，大都在北京有过短暂的侨居史或旅游经历。他们被这个帝王之都的悠久历史和恢弘气势折服，对自己只是过客而不能久留充满遗憾，同时对居住其中的普通大众的勤劳和贫穷充满同情。

天津、青岛、大连、沈阳、齐齐哈尔等中国城市的俄侨人数虽然不多，但它们依然为少数俄侨提供了栖息之所和就业机会，因此也给有过居住史或旅游经历的俄侨文学家留下了深刻的印象。在他们的笔下，大连和青岛展现出作为海边城市的宜人气候和美丽风光，齐齐哈尔展现出俄侨进入中国的必经之地的避难收容特征，天津展现出作为通商口岸城市受多种外国文化影响的特征。

比如，帕尔卡乌在《银光闪闪的大连》(Серебряный Дайрен, 1931) 一诗中，对自己在大连乘坐轮船时的所见、所思进行了描写：

Туман, туман над городом клубится,	迷雾，城市上空的迷雾在缭绕，
В жемчужной дымке тонет пароход...	轮船在珍珠般的烟雾中呻吟……

① Крейд В. П., Бакич О. М. Русская поэзия Китая: Антология. Москва: Время, 2001.C. 115-116.

| Серебряным крылом серебряная птица | 银色的小鸟扇动着银色的翅膀 |
| Чертит стекло завороженных вод. | 在中了妖术的水面勾勒出玻璃。 |

На ржавых петлях заскрипели сходни,	生锈的绳圈上踏板在咯吱咯吱响,
Качнулась пристань, двинулась назад…	码头晃动一下，向后退去……
И вот плывем по милости Господней,	于是感谢仁慈的上帝，我们开始漂流,
Скользит в воде отпущенный канат.	放开的绳索在水中滑过。

Протяжный гонг сзывает вниз к обеду,	拉长的锣鼓声呼唤下去午餐,
Забыт земли привычный старый плен.	大地那已经习惯的老俘房被遗忘。
Там, впереди, — печали ли, победы?	那里，前方，——是忧伤还是胜利？
Там, позади, — серебряный Дайрен…[①]	那里，后方，——是银光闪闪的大连……

　　帕尔卡乌在诗中首先对大连作为一个海港城市的美进行了描写，这是一个被雾气笼罩的迷幻之城，鸟儿在海面上扇动着银色的翅膀，于是在像中了妖术一样的水面上画出银色的玻璃。然后，这种充满迷幻色彩的美，让坐上轮船开启新的旅程的抒情女主人公情不自禁想到自己流亡者的身份，并为自己未来不确定的人生和命运充满感伤。

　　斯科皮琴科的《大连与伏尔加河》（ Дайрен и …Волга, 1932 ）一诗中，同样出现了类似的写景和抒情：

…	……
Бросили якорь. В дымке тумана	抛锚了。雾气腾腾中
Издали виден Дайрен.	远处的大连依稀看见。
Сказочным замком рисуются странно	大连城墙的高塔奇怪地
Башни дайреновских стен.	成了画中的童话城堡……

---

① Крейд В. П., Бакич О. М. Русская поэзия Китая: Антология. Москва: Время, 2001.C. 368-369.

Море сегодня пестрит парусами　　大海今天被各种船只点缀

Джонок, медлительных барж.　　中国式帆船，慢悠悠的平底船。

Чайки, ныряя, летят над волнами...　　海鸥扎着猛子，在海浪上盘旋……

Море! Я вечно твой паж.　　大海啊！我是你永远的奴仆。

Я влюблена в тебя, море, надолго,　　我爱上了，大海，永远，

Пленница зыби твоей.　　是你涟漪的俘虏。

Ты мне напомнило дальнюю Волгу,　　你让我想起了遥远的伏尔加河，

Волгу — царицу полей.　　伏尔加河——大地的女王。

...　　……

Я расскажу тебе странные были　　我会给你讲述奇怪的往事

Жуткой Великой страны,　　是恐怖的伟大祖国的往事，

Были страшнее, чем мне говорили　　它们比绿浪的拍溅声

Плески зеленой волны.[①]　　还要恐怖。

　　斯科皮琴科在诗歌中表达的对大连和大海的爱更加直白，对自己祖国往事的感伤也更强烈。女诗人直接把大连的海与自己祖国的伏尔加河相提并论，并愿意将自己在祖国经历的恐怖往事倾诉给大海。

　　总之，俄侨作家和诗人书写中国的空间主要集中在他们聚居或旅游过的中国城市。对于每个城市，他们的居住或游历体验虽然因为个体经历的不同而有差异，但总体上呈现出趋同特征。对哈尔滨、东三省、大连、北京等北方城市和地区，俄侨对其认同程度远远高于当时的南方国际大都市上海。显然，俄侨因为自身的经济条件和颠沛流离的生存条件，在中国民间传统文化底蕴深厚的北方城市和地区中寻求精神支持和心理慰藉。

---

① Крейд В. П., Бакич О. М. Русская поэзия Китая: Антология. Москва: Время, 2001.С. 501-502.

第二节　中国书写的时间具象

与时间相关的记忆通常与节日庆典和习俗有关。俄侨诗歌和小说中栩栩如生地展现了中国庆祝新年、中秋节等传统节日期间的穿戴、美食、游乐、祭祀、拜祖等庆典活动，甚至描写中国民间婚丧嫁娶时的各种仪式和活动。龙、狮子等各种图腾，香烛、神灵等祭拜元素，鞭炮、麻将等游乐品，水饺、汤圆、煎饼等传统美食，旗袍、棉袄等传统服饰，年画、剪纸、陶瓷花瓶等传统装饰物，全都能在俄侨文学作品中找到印迹。

比如，尼古拉·斯维特洛夫以一首短诗《中国新年》（Новый год Китая, 1929）描写了中国人欢度除夕之夜的习俗：敲锣打鼓、放鞭炮、喝酒狂欢、送旧迎新。诗人特别关注中国人除夕夜放鞭炮的习俗，在诗歌中运用象声词将这一习俗生动传神地描绘出来，并阐释了这一习俗背后隐含的期待和愿望，即驱邪避凶：

Ночь морозная, крутая…	寒冷严酷的深夜……
Завтра — Новый год Китая!	明天——将是中国新年！
Тррам-там-там!.. Таррам-там-там! —	咚 - 咚 - 咚！……咚 - 咚 - 咚！
Раздается здесь и там.	到处都是响声。
Это лихо в барабаны	这是敲锣打鼓声
От вина и шума пьяный	因为美酒和喧闹而醉醺醺的
Бьет китайский весь народ,	全体中国人民在敲锣打鼓，
Провожая старый год.	欢送旧的一年。
Звуки скрипок, труб и гонга	提琴、小号、锣鼓的声音
Отбивают такты звонко,	奏出响亮的节拍，
И растет, растет экстаз,	于是狂喜不断增长，
Увлекая в дикий пляс.	吸引着人们狂舞。
В небе, точно громы пушек,	天空中，成百上千爆炸的鞭炮
Сотни рвущихся хлопушек,	像大炮般轰鸣，

Трах!., max-max!.. Тах!.. Тах!.. Тах-max!	啪！啪 - 啪！……啪！……啪！……啪 - 啪！
Так что звон идет в ушах…	声音不绝于耳……
Это духов злых и вредных	这是中国人
От своих фанзёшек бедных	把凶险有害的神灵
Гонит прочь китайский люд,	从自己贫穷的房子里赶走，
Чтобы в доме был уют,	为了让家更舒适，
Чтобы светлых духов сила	为了让光明神的力量
Торговать им пособила,	帮助他们的生意，
Чтобы всем чертям назло	为了故意针对所有的鬼神
Им во всем бы повезло.	让自己万事顺遂。
И, живя в столь сладких грезах,	于是，在甜蜜的梦幻中，
Ходят все в блаженных позах,	所有人都以美好的姿势，
Говоря (как на Руси!)	对遇到的人（就像在罗斯一样！）
Встречным всем: «Синь-нянь! Синь-си!»①	说："新年新喜！"

女诗人亚历山德拉·帕尔卡乌也对中国新年习俗颇有好感，并在诗歌《农历新年》（Лунный Новый год, 1931）中描述了中国人庆祝春节的场景：

…	……
В синих плошках клейкие пельмени,	青瓷碟上装着糯米汤圆，
Убраны дракончиками нары,	龙纹铺盖叠得整整齐齐，
И цветы и звери в пестрой смене	女人新换的花棉袄上，花草和动物
Женских курм расцвечивают чары.	变着戏法增添年味。
…	……
Добрым людям взрывы не опасны,	好人不惧鞭炮响，
Их боятся только злые духи,	邪灵才害怕，

① Крейд В. П., Бакич О. М. Русская поэзия Китая: Антология. Москва: Время, 2001.С. 469-470.

138

Шепчут глухо быстро и бесстрастно	老太太飞快冷静地
Заклинанья древние старухи.	念着喃喃咒语。
И, покончив с традиционной встречей,	传统的迎新仪式结束后,
Объятые праздничным туманом,	主宾欢坐,
Коротают новогодний вечер	在充满节日氛围的除夕夜
И хозяева и гости за маджаном.①	悠闲地搓着麻将。

　　农历新年对中国人而言是最盛大的节日。每一家都会认真筹备和迎接新年：祭祀祖先和灶神，把房屋装饰得喜庆洋洋，包饺子，放鞭炮。震耳欲聋的鞭炮声不会吓到周围的人们，因为中国人放鞭炮的目的在于将邪灵赶出屋子。而除夕之夜，家人和客人通常会整宿不眠地打麻将。这首诗是帕尔卡乌在拜访了一户中国人家并见识他们迎接新年的场景后写下的。从诗中可以看出，女诗人非常喜欢中国迎接新年的方式，认为这种传统充满了文化的内涵，蕴藏着神圣的意义。

　　俄侨在中国侨居多年期间，目睹和见证了发生在中国的诸多重大历史事件。因此在他们的文学创作中，"有描写发生在中国的重大历史事件：哈尔滨城的修建、1910年鼠疫在东北的蔓延、1931年日本人的入侵、1932年'满洲国'的建立、1932年哈尔滨的大洪灾等"②。

　　日本入侵中国及其创建的"伪满洲国"是俄侨关于哈尔滨生活中描写最多的重大事件。因为日本入侵中国、占领东三省时期，绝大多数俄侨与中国人一样受尽压榨和迫害，一些人还参与了反法西斯活动。"作为中日两个民族以外的第三者，中国的俄侨作家站在客观的立场，表现了俄侨对事态的关注，通过他们的所见所闻，揭露了日本军国主义制造事端、侵略中国的真相，反映了当时中国对日本侵略的态度、中国军队

---

① Крейд В. П., Бакич О. М. Русская поэзия Китая: Антология. Москва: Время, 2001.С.89.

② 王亚民：中国现代文学中的俄罗斯侨民文学，《上海师范大学学报》(哲学社会科学版)，2010年第6期，第105页。

装备不良、战斗力不强……现实图景。这一切是极好的历史佐证。"[①]
比如，丽吉娅·哈因德罗娃的小说《父亲的房子》对日本侵略行径进
行了揭露与讽刺。亚历山大·韦尔京斯基则写下了祝福中国美好未来
的诗歌《中国》(Китай)，表达了俄侨与中国人同呼吸共命运的情感。
女诗人亚历山德拉·帕尔卡乌早在 1931 年日本刚刚入侵东北时就在哈
尔滨俄侨杂志《边界》上发表《逃难》(Бегство) 一诗，形象逼真地描
写了日本侵略者在东三省烧杀抢掠、坑害人命的暴行。1933 年女诗人
从哈尔滨迁徙上海后，又以一首《哈尔滨之春》(Харбинская весна,
1937) 的诗歌，回忆性书写了哈尔滨被日本占领后的丑态：

Харбинская… весна… Гудят автомобили,	哈尔滨的……春天……汽车轰鸣，
Кругом густая мгла, пирушка злобной тьмы,	周围是浓烟，充满恶与黑暗的宴会，
Китайцы все в очках от ветра и от пыли,	中国人全都戴着防风和防尘眼镜，
Японцы с масками от гриппа и чумы.	日本人戴着防流感和鼠疫的面具。
Очки чудовищны, и лица странно жутки,	眼镜很奇怪，脸庞更奇怪，
В смятенном городе зловещий маскарад.	慌乱之城上演着充满凶兆的假面舞会。
Ни снега талого, ни робкой незабудки.	没有解冻之雪，也没有苞待放的勿忘我。
Ни звонких ручейков, ни вешних серенад.	没有淙淙溪流声，也没有春天的小夜曲。
Харбинская весна… Протяжный вой тайфуна,	哈尔滨的春天……台风不断呼啸，
Дыханье стиснуто удушливой волной,	呼吸也被令人窒息的浪潮卡住，
В зубах скрипит песок, и нервы, точно струны,	嘴里全是沙土，神经就像琴弦一样，
Дуэт безумных дум с безумною весной.	演奏痴狂的想法与疯狂的春天二重奏。
Где запах первых трав? Разбрызганные льдинки?	初春的草香在哪里？溅洒的碎冰在哪里？

① 石国雄：值得关注的文学——读《兴安岭奏鸣曲》的一点印象，《俄罗斯文艺》，
2002 年第 6 期，第 43 页。

Великопостных служб томящий душу звон?	折磨心灵的大斋戒祷告钟声在哪里?
На вербах розовых прелестные пушинки?	粉枝柳的美好柳絮在哪里?
Базаров праздничных приветливый гомон?	节日市场上的可爱喧闹声在哪里?
Харбинская весна... В разгуле общей пляски	哈尔滨的春天……在狂欢乱舞中
Кружится дико жизнь в бесправьи и чаду,	混乱不堪、乌烟瘴气的生活在旋转,
Кружится прошлое, напев забытой сказки,	过去那被遗忘的童话曲调在旋转,
Мучительный кошмар в горячечном бреду.	还有高烧时胡言乱语般的痛苦与混乱。
А будущее? Смерть? Возмездие? Расплата?	未来? 死亡? 复仇? 报应?
Печально бродит мысль на склонах прежних лет	思绪在快被遗忘的年代忧伤盘旋
По всем родным местам, где я была когда-то,	沿着我曾与那些已不在人世的爱人们
*С любимыми людьми, которых больше нет...*①	一起待过的所有可爱地方……

  这首诗歌创作于 1937 年，此时帕尔卡乌已经从哈尔滨迁居上海。诗歌标题让人很容易联想到女诗人 20 年代创作的一系列赞美哈尔滨自然风光的诗歌，但这里却是对哈尔滨被日本占领后发生的重大变化的不满。对于已经将哈尔滨视为故乡的诗人来说，哈尔滨的一切让身在上海的她牵肠挂肚，尤其是日本占领哈尔滨后带来的混乱和伤害，让她担心此时的哈尔滨在春天时节也不会像往年一样迎来春季的美景和活力，而只是街上轰鸣的汽车声、时刻带着防备和芥蒂的人、充满恶与黑暗的宴会，以及像假面舞会一样虚假、混乱、无序、狂野的生活。在这种混乱无序中，大自然的一切似乎也无法拥有春天的气息：早春的草不再发芽，河里的冰不再融化和破裂，粉枝柳不再有柳絮，大斋戒时教堂的钟声也不再响起，节日市场上的喧闹和人气消失，甚至亲近的人也不在世。总之，往日的一切都消失，只有今天的混乱与无序。女诗人正是以迷惑人

---

① Крейд В. П., Бакич О.М. Русская поэзия Китая: Антология. Москва: Время, 2001. С. 364-365.

的标题和相反的内容，书写了日本侵略者给居住在哈尔滨的普通百姓带来的破坏和伤害。

第三节　中国书写的人物具象

一、普通百姓

久居中国的俄侨作家和诗人，对中国这片土地产生了故乡般的感情，对生活在其中的普通中国人产生了亲人般的感觉。他们在无家可归的时候，正是这些虽不富裕但善良可爱的普通中国人接纳了他们，让他们在中国这片土地上避难、工作、繁衍生息，并在这里找到了家的感觉。因此，中国城市底层市井、农村劳动百姓、民间艺人、中国朋友等普罗大众都成为俄侨诗人和作家的作品中常见的人物形象。

比如，尼古拉·斯维特洛夫的诗歌《大街上》(На улице, 1931)，为捏面人的民间艺人留下了一幅生动传神的画像：

Китаец лепит фигурки из теста　　一个中国人在用泥团涅泥人，

Его окружает толпа зевак.　　周围一群看热闹的人围着他。

Сгрудились, склонились стеною тесной,　　像一堵厚厚的墙围在一起，弯下身子，

Китаец — мастер зевак зазывать!　　这个中国人——是招徕过客的艺人！

Следят за ловкой игрою пальцев　　几十双幼稚的眼睛全神贯注地

С наивным вниманьем полсотни глаз.　　盯着他手指灵巧的动作。

Фигурки растут… И в ритмичном вальсе　　泥人不断变大……一根针在熟练的双手中

В руках искусных ходит игла.　　就像踩着节奏跳华尔兹。

…　　……

Недолго на свете живут фигурки…　　泥人在世上活不了多久……

Цена им — пятак, чтоб прожить два дня.　　它们的价格是——五戈比，只够活两天。

Рассохнувшись быстро, в мусор, в окурки　　很快干枯之后，它们的身体就会

Летят их тела, к потехе дворняг.　　飞向垃圾堆里，供流浪狗娱乐。

Фигурки из теста! Так странно схожа	泥团涅出的泥人啊！你们的命运
Судьба ваша — с черной судьбой людей;	多么像人的黑暗命运，
Но только за жизнь мы платим дороже,	只是我们为生活付出的代价更高，
И мачеха-Жизнь к нам еще лютей.[①]	而且生活之后母对我们更凶狠。

斯维特洛夫在诗歌中展示了捏面人高超的手艺：一根针在他灵巧的手里就像踩着节奏跳华尔兹，然后就会出现形形色色、惟妙惟肖的泥人——有达官贵人，有骑士，有士兵，有商人。正是他高超的手艺，引来路人的聚众围观。但诗人在这里不仅仅是为了写中国民间艺术和艺人，诗歌最后两节将泥人短暂而悲剧的命运与俄侨自身的悲剧命运联系起来，表达了对艰难流亡生活的感慨。

俄侨文学家有时甚至会采用讽刺手法描写他们笔下的中国普通市井。比如，女诗人伊兹达·奥尔洛娃在《来福》（Лайфу,1929）一诗中，讽刺性描绘了一个吸食鸦片的中国男孩：

…	……
Скоро месяц, как, приехав из Чифу,	从芝罘回来快一个月了
Где растут индиго белые кусты,	那里生长着白色的灌木
Курит опий узкоглазый бой Лайфу,	小眼睛男孩来福吸食鸦片，
В дымке серой расплавляя боль тоски…	将忧伤和痛苦在灰色的烟雾中稀释……
Отдаленно плачет струнный тачинкин…	远处传来呜咽的琴声……
Перед ним в пожаре факельных лучей	在火舌的光亮中
Разукрашенный цветами паланкин,	他的面前出现了花轿，
В белых траурных одеждах ряд людей.	还有一排穿着白孝衣的人。
Словно тень он видит образ дорогой,	仿佛影子一样，他看到了自己心爱姑娘的形象，
Фермуарами увитый бледный лоб,	苍白的额头缠着饰物，
Красной шелковой обтянутый канфой	袖口紧箍着红色丝带，

[①] Крейд В. П., Бакич О. М. Русская поэзия Китая: Антология. Москва: Время, 2001.C. 474-475.

С золотыми иероглифами гроб.	棺材上写着金色文字。
И сиреневой фатою тонкий грим	淡紫色的头纱，
Лик покрыл, как погребальный алтабаз.	蒙住面庞，像葬礼上的金色锦缎。
И Лайфу, вдыхая жадно знойный дым,	来福贪婪地吸入一口热雾，
Видел солнце и цветы в последний раз…[①]	最后一次看见阳光和鲜花……

诗中塑造了一个名叫来福的中国男孩，他有一个致命的爱好——吸食鸦片。从芝罘回来不到一个月的时间里，来福变成了一个大烟鬼，沉浸在鸦片带来的美好幻觉中，无法抵制诱惑。最终，来福在最后一次吸食鸦片时，在烟雾缭绕中似乎看到了一场奢华的葬礼，这预示着他悲惨的结局。诗人以来福的形象，客观展现了 20 世纪上半叶中国街头最普遍的一种负面现象——吸食鸦片。

中国农村劳动百姓勤劳朴实、热爱土地和家园、以苦为乐的精神也给俄侨作家和诗人留下了深刻印象，因此他们的诗歌和小说中也经常出现中国农民形象。比如，丽吉娅·哈因德罗娃的诗歌《中国耕地》（Китайская пашня, 1940），咏赞了祖辈躬耕土地的中国农民：

Осторожней проходи по пашням:	走过耕地时请小心一点：
Мирно спят здесь прадеды твои,	这里有你的祖先在沉睡，
Охраняя твой посев вчерашний	他们倾尽所有的爱
Всем долготерпением любви.	保佑着你昨天播下的种子
Посмотри, закат стал бледно-синим,	瞧，夕阳变成苍白的蓝色，
Выцветшим, как рубище твое.	像你的破衣裳脱了色。
У колодца слышен крик ослиный —	水井旁能听见驴叫的声音——
У колодца, где вода гниет.	就在水逐渐腐烂的水井旁。

---

① Крейд В. П., Бакич О. М. Русская поэзия Китая: Антология. Москва: Время, 2001.C.361.

И, встречая легкие зарницы,　　遇到轻微的光，

Ласково кивнут тебе цветы.　　花儿就会对你温柔地点头。

Станет взрослым сын твой желтолицый,　　你那黄脸庞的儿子将来长大，

Тишину полей поймет, как ты.　　一定会像你一样理解田野的宁静。

Он не сложит песен. В строгом взоре　　他不会编造歌曲。在严肃的目光中

Мудрость предков и покой земли.　　那些能够与耕地融为一体的人，

Никакое не осилит горе　　任何痛苦都无法战胜

Тех, что слиться с пашнями смогли.　　祖先的智慧和大地的宁静

Дедовские холмики средь пашен —　　祖辈的坟丘在耕地中——

Густо покрывает их трава —　　浓浓地隐蔽着小草——

Без гранитных усыпальниц, башен,　　没有花岗岩的公墓和高塔，

Шепчут внукам вещие слова.　　向子孙们说着预言性的话。

Наклонившись над холмом убогим,　　俯身到简陋的坟丘，

Слушает бесстрастный сын полей,　　田野之子冷静地聆听，

Как вдали по солнечным дорогам　　突然远处充满阳光的路上

Пролетают стаи журавлей. ①　　飞过一群群仙鹤。

　　这首诗以诗人劝诫农民之子、大地之子的口吻写成。在诗人眼里，中国耕地并不仅仅只是供养中国农民生存的土地，而且是传承家族文化的地方，因为耕地中间就有祖坟，那里埋葬着去世的祖先，他们会保佑世世代代的后人。而农民的后代们则牢记祖辈们的遗训和传统，世世代代像祖先那样认真播种、努力耕种，与土地融为一体。显然，女诗人对中国农耕文化有着深刻的理解，将中国农民世世代代流传下来的勤劳、热爱土地、守护家园、延续文化的美好品质诗意地展现出来。

---

① Крейд В. П., Бакич О. М. Русская поэзия Китая: Антология. Москва: Время, 2001.C. 545-546.

玛丽娅·薇姿在英文诗《他是一个牧人，他花时间……》(He was a shepherd and he spent his hours……)中，则塑造了一个牧羊人形象：

He was a shepherd and he spent his hours　　他是个牧羊人，花了很多时间
upon a hillside taking care of sheep.　　在山坡上照顾羊。
He slept in his small hut of mud and straw　　他睡在泥巴和稻草做成的小屋里
and ate his rice and sometimes drank his tea.　　吃着米饭，有时喝茶。
His hands were gnarled and grimy and his clothes　　他的手粗糙肮脏，他的衣服
he hardly ever changed from month to month　　也数月难换
for he was one of the unwashed who lived　　因为他从不洗澡，
so many li from rivers or a spring.　　住在距离河流和清泉很远的地方
In early morning, when some stranger chanced,　　清晨，当骑在驴背上的陌生人
dangling his dusty legs, on donkey back　　翘着尘土飞扬的双腿
to pass his hut, the friendly shepherd called　　路过他的小屋，
by way of greeting,——　　牧羊人友好地问候道：
"Have you had your rice?" [①]　　"你吃饭了吗？"

诗歌描述了女诗人在北京郊区遇到的一个中国牧羊人。女诗人通过这位牧羊人的日常劳动和生活，将中国普通劳动人民的日常生活习惯形象地描绘出来：他们住在泥巴和稻草做成的房子里，饭菜朴素简单，双手粗糙肮脏，由于缺水从不洗澡，衣服也很少更换，见面的问候语是"你吃饭了吗？"这些习惯在追求精致生活和个人卫生的俄侨眼中，尤其是上流社会侨民的眼中，是难以接受的。但诗人仍旧看到了这一切粗陋、简朴甚至不卫生的日常生活下隐藏的善良灵魂：牧羊人面对陌生人也会友好地打招呼。因此说，诗歌最后五行真正揭示了该诗的核心思想。

---

① Vezey M A. Moongate in my Wall: Collected Poems of Maria Custis Vezey.New York: Peter Lang, 2005.pp. 266-267.

　　尽管大部分俄侨生活在封闭的俄侨圈中，但在二三十年之久的中国生活中，他们依然结识了不少中国友人，甚至与他们一起劳动、工作、交往、互相帮助。这些中国友人形象经常出现在俄侨诗歌、小说和回忆录中。"歌颂俄侨与中国人民友谊的诗歌，可以分成两类：一种是写当时共同生活在一个社会空间里建立的友谊；一种是许多年后再回忆这友谊。"①

　　在当时书写友谊的诗歌中，沃林的《友人会面》(Свидание друзей）颇具代表性。这首诗歌写于沃林侨居上海期间，1988 年被收入诗人的个人诗集《通过诗行》(Путём строк) 在澳大利亚出版发表：

Дракон на кровле в ярости и муке,	屋顶的龙愤怒又痛苦，
Разъявши пасть, глядит на тихий дол.	张着大嘴，盯着静静的远方。
Халат на мне уютен и тяжел,	我身上的长袍又重又舒适，
И, в рукава засунув зябко руки,	冻僵的双手插进袖子，
Спускаюсь в сад. О, сколько тонкой скуки	我下到花园。哎，像丝绸一样透明的
Таит октябрь, прозрачный, словно шелк.	十月，隐藏了多少隐隐约约的无聊。
Мой старый друг сейчас ко мне пришел —	我的老朋友现在来到我这里——
Мы были с ним три месяца в разлуке.	我们已有三个月的分别。
Мы молча сядем, приготовим тушь.	我们会默默地坐着，准备好墨汁。
О, эта радость просветленных душ,	啊，明朗心灵的快乐，
Подобная таинственному мифу,	多么像神秘的神话，
Постичь высокой мысли красоту	参透崇高思绪之美
И начертать, почти что на лету,	并飞速地刻写下

<hr />

① 苗慧：论中国俄罗斯侨民诗歌题材，《俄罗斯文艺》，2002 年第 6 期，第 14 页。

Вторую половину иероглифа![①]　　另一半象形文字！

　　诗中虽然没有点名其中的"老朋友"是中国朋友，但从全诗中的"龙""长袍""丝绸""墨汁""象形文字"等中国元素就可以推测出，抒情主人公要会见的是自己的中国老朋友。全诗也没有具体表达抒情主人公对自己中国老朋友的友情，但诗歌前两节和后两节形成了鲜明的对比：前两节没有老友时，抒情主人公看到的屋顶的龙愤怒又痛苦，而自己的感觉是寒冷和无聊；诗歌后两节中，当分别了三个月的老友出现时，抒情主人公心里明朗快乐，练习书法时不仅飞速写下汉字而且能参透思想之美。这样的对比恰恰暗示了抒情主人公与中国老友之间的深厚情谊。

　　在回忆性书写友谊的诗歌中，比较典型的是拉里萨·安黛森离开中国多年后对自己中国女友的回忆性献诗《水仙花》（Нарцисс）：

Моей маленькой подруге Шу-хой　　　　献给我的小女友淑侯

Шуй-сен хуа – цветок нарцисса.　　　水仙花

Это значит — водяная нимфа.　　　意指水中女神。

Одинокий, молчаливый символ,　　　是孤独、沉默的象征？

Знак вниманья? Или же каприза?　　　还是关注或任性的符号？

Ждет любезно рядом с чашкой риса.　　　水仙花与一碗米饭一起，

Шуй-сен хуа — цветок нарцисса…　　　殷切地等待。

Тонкой струйкой вьется запах сладкий,　　　甜甜的香气丝丝萦绕，

Словно чье-то вкрадчивое пенье,　　　就像某人婉转的歌声，

Уводя меня в туман загадки　　　带我沿着黑暗中时隐时现的台阶

По мерцающим во тьме ступеням,　　　走向朦胧仙境，

Где поет, колдуя, запах сладкий…　　　那里甜甜的香气像歌声一样令人蛊惑。

---

① Крейд В. П., Бакич О. М. Русская поэзия Китая: Антология. Москва: Время, 2001.C. 120.

Словно стебли, ваши пальцы гибки...　　您的手指柔软如水仙茎……

По атласу платья бродят сказки,　　在裙子的丝缎上编织着童话，

Тлеют перламутровые краски,　　珍珠贝的色彩逐渐暗淡，

Плавают серебряные рыбки　　银色的小鱼游来游去。

Меж стеблей, как ваши пальцы, гибких...　　在如您的手指般柔软的秆茎之间……

Легкий смех развеял сон — Ла-ли-сса!　　轻笑声吹散了迷梦——拉 - 里 - 萨!

Мне кивает гладкая головка,　　一个光滑的脑袋向我点头，

Пальцы вертят палочками ловко.　　手指像棍子般灵活地转动。

Предо мною стынет чашка риса,　　我的面前一碗米饭即将变凉，

Ждет загадочный цветок нарцисса — Шуй-сен хуа.[①]　　神秘的水仙花在等待。

　　诗歌的副标题点明了这是一首献诗，是女诗人献给自己的中国女友的一首友谊诗。但诗人没有直接描写她们之间的友情，而是寓情于花，将中国传统女子擅长的绣工与江南常见的水仙花融为一体，先描写了中国女友在裙子的丝缎上绣花时的样子，尤其将其柔软灵活、随意在绸缎间穿梭的秀手比喻成又软又细的水仙花秆茎，具有形象、生动和传神之美，表达诗人对心灵手巧的中国女友的钦佩和赞美。而对她们之间的友谊，诗人通过因为等待时间过长而即将变凉的米饭体现出来。这种等待中蕴含着对友谊的忠诚。

　　拉里萨·安黛森这首诗歌中的中国女友形象有真实原型。女诗人于1956 年与丈夫从上海乘船离开时，一个俄国女友和中国女友依依不舍地跟随他们的船只送行了很久。半个世纪之后，女诗人还清晰地记得这幅感人画面并在回忆录中感激地写道："当我们从上海乘轮船离开时，一艘马达船载着我的两位女友跟在后面很久。她们向我喊着什么，并在

---

① Андерсен Л.Н. Одна на мосту: Стихотворения. Воспоминания.Письма / Сост., вступ. ст. и примеч. Т.Н. Калиберовой.Москва: Русский путь; Библиотека-фонд «Русское Зарубежье», 2006.С. 55.

后面挥动头巾……其中一个是留下来的俄罗斯女友，另一个是多年来忠诚地与我分享所有喜怒哀乐的中国女友。"[①]

二、历史文化名人

俄侨诗人和作家不仅书写他们在现实生存中见到的中国普通百姓，还经常追溯中国历史文化名人，因此著名的皇帝、妃嫔、公主等历史人物，孔子、李白、杜甫等文化名人，也经常出现在俄侨诗人和作家的笔下。

比如玛丽娅·克罗斯托维茨的诗歌《凤凰》（Феникс，1946）就以清朝慈禧太后为人物原型。诗歌中的抒情女主人公是一个小女孩，童年时代的她与大多数中国普通女孩并无显著区别，长着黄黄的脸蛋、分开性斜视双眼，衣袖飘散，红绳扎辫，头戴石榴花，喜欢幻想。有一天她坐在河边的码头幻想：

...	……
Хорошо сидеть, обняв колени,	双手抱膝，舒舒服服地坐在
На причале у реки любимой	自己心爱的小河码头
И следить, следить, как в грязной пене	注视着脏脏的泡沫中
Щепки по воде несутся мимо.	木屑如何沿水面漂过。
Мимо, вдаль, куда-то — неизвестно.	漂到远方，具体何方——不得而知。
К новым городам, в жару иль стужу,	她也离开这个地方，
И она, покинув это место,	去新的城市，不管酷暑严寒
Уплывет на лодке вместе с мужем.	和丈夫一起乘船漂荡。
А теперь смыкаются ресницы	现在双眼因为火红的夕阳
От объятий алого заката.	慢慢闭上。

[①] Андерсен Л.Н. Одна на мосту: Стихотворения. Воспоминания.Письма / Сост., вступ. ст. и примеч. Т.Н. Калиберовой.Москва: Русский путь; Библиотека-фонд «Русское Зарубежье», 2006.С. 280.

Что? Из солнца вылетает птица,	*出现了什么景象? 从太阳中飞出一只小鸟,*
Осиянна, радужна, крылата.	*沐浴着阳光, 快乐, 奔放。*

Будто птицы с материнских чашек!	*仿佛鸟儿从妈妈的碗里飞出!*
Ближе. Ослепительно сверкнула	*近了。像彩色玻璃形成的闪电*
Яркой молнией цветных стекляшек	*闪耀着刺眼的光芒*
Девочка в том блеске потонула.	*小女孩淹没其中*

А потом от всех блюла ревниво	*为避免他人嫉妒*
Тайну лучезарного виденья	*恪守柳树荫蔽下雄伟鸟儿*
Птицы царственной под сенью ивы.	*光辉幻象的秘密*
Протекли года с того мгновенья —	*从那一刻很多年后——*

Девочке правления кормило	*统治女王被养大成人*
Рок вручил, отметив: пронеси!	*命运注意到后吩咐: 拿来!*
И она в историю вступила	*从此她就进入史册*
С августейшим именем Цы Си.[①]	*并有着奥古斯丁式的名字慈禧。*

　　显然, 诗歌将慈禧太后进入历史描绘成富有神话传奇色彩的故事, 它是小女孩的梦幻, 也是命运的安排。而慈禧的女性身份, 使她从一个普通女孩走向女王的转变在诗歌中被隐喻成凤凰涅槃。

　　尤斯京娜·克鲁森施腾-彼得列茨在诗歌《杨贵妃》(Ян Гэй-фей, 1949)中, 则描述了杨贵妃因为农民起义而被君王赐死的悲剧:

Душный ветер траву колыхает сердито,	*闷热的风气呼呼地吹动小草,*
Пыль нависла над степью, как желтый туман.	*灰尘悬浮在草原上空, 像黄色的雾。*
Утомились и люди, и кони. Без свиты	*人和马都累了。没有侍从*
Подъезжает к подножью горы богдыхан.	*君王独自骑马到山脚。*

---

① Крейд В. П., Бакич О. М. Русская поэзия Китая: Антология. Москва: Время, 2001.С.255-256.

Вот он спешился. Вот повернулся он круто.　　他下了马。然后陡然转身。

Он один, а над ним только небо и зной,　　他一个人，头顶只有天空和酷暑，

Но измученный конь понимает как будто,　　但疲惫不堪的马儿仿佛明白，

Что хозяин ушел говорить с тишиной.　　主人离去和安静交谈。

Тут　　　突然

Раскаленные вихри жестокую землю метут,　　炙热的旋风刮向残酷的大地，

Ту, что стала постелью твоей,　　那可是你的床啊，

Ян Гуэй-фей.　　杨贵妃。

Ян Гуэй-фей,　　　杨贵妃，

Помнишь лотосов чащи на темном пруду?　　还记得幽暗池塘里的簇簇荷花吗？

Помнишь нашу тропинку в дворцовом саду,　　还记得皇家花园里我们的小路吗？

Там, где склоняется к водам узорный бамбук?　　记得那里倾向水面的斑竹吗？

Твой парчовый рукав,　　记得你的锦缎衣袖，

Башмачков твоих стук.　　你的鞋跟声，

Блеск нарядных запястий?　　你那闪闪发光的华丽手镯吗？

Это — счастье,　　这就是——幸福，

Что нельзя возвратить, потеряв　　失去的东西无法复原，

Ян Гуэй-фей.　　杨贵妃。

Ирис шепчет о ней, и воркуют свирели,　　鸢尾花耳语，芦笛声悠扬飘起

И бряцают о ней жемчуга ожерелий,　　珍珠项链叮当响，都在诉说着她的故事

И зеленый нефрит　　绿色的玉石

Говорит:　　也说：

«Я люблю Ян Гуэй-фей».　　《我爱杨贵妃》。

...　　　……

Ты глядишь в пустоту,　　你在虚空中散步，

И лицо твое снега бледней.　　你的脸色比雪白。

Почему ненавидит народ　　为什么人民憎恨

Красоту　美，

Ян Гуэй-фей?　杨贵妃？

У подножья высокой Омэ　高高的山脚下

Император как в тесной тюрьме.　皇帝形同在逼仄的监狱。

Даже здесь, далеко в Сычуане　甚至在这里，遥远的四川

До дворца докатилось восстанье.　也有起义军逼近宫殿。

Отдохнуть.　休息吧。

Но возможен ли отдых?　但能休息吗？

Снова крики — все ближе, страшней.　呼声再次响起——越来越近，越来越恐怖。

Копья подняты в воздух,　长矛挥向天空，

И грозят они ей,　将威胁指向她，

Ян Гуэй-фей.　杨贵妃。

Ян Гуэй-фей.　杨贵妃。

Это — брови, как листья у ивы,　这——柳叶眉，

Что тонки и красивы,　如此细，如此美。

Это — пение арф.　这——琴声。

Это — губ горделивый излом.　这——自负的唇角。

Это — шелковый шарф　这——丝绸围巾

Затянулся на шее узлом.　在脖子上打成结。

На руках у солдат бездыханное тело…　士兵的怀里是没有气息的尸体。

А хотела　而她想

Жить　活着啊，

Ян Гуэй-фей.[①]　杨贵妃。

…　……

---

① Крейд В. П., Бакич О. М. Русская поэзия Китая: Антология. Москва: Время, 2001.С.266-268.

诗歌始于君王逃难路上的回忆，其回忆中完整再现了杨贵妃生前在宫殿里的奢靡生活、农民起义以及杨贵妃最后被赐死的过程。杨贵妃生前在宫廷里糜烂的生活、奢华的服饰、美丽且骄傲的容貌，与起义军逼近宫殿时的恐怖以及她被迫上吊而死后的悲剧，形成强烈的反差。诗人的感慨"而她想 / 活着啊 / 杨贵妃"，更凸显了美人陨落的悲剧。

而在另一首诗歌《李太白》（Ли Тай-бо，1949）中，尤斯京娜·克鲁森施腾 - 彼得列茨以唐朝著名诗人李白为书写对象，想象诗人集才华荣耀和放荡不羁于一身的矛盾个性：

Сидел развалясь, он, веселый и пьяный,	四仰八叉地坐在那里，他狂醉不已，
Забывши о том, что нельзя и что можно.	清规戒律全忘记。
Он крикнул: «Вина!» — на пиру богдыхана,	在君王的宴会上，他大呼一声："酒！"
Ну словно в харчевне орал придорожной.	像在小饭馆里对路人叫喊。

Придворная знать удивлялась нахалу.	宫廷权贵对这个无耻之徒惊恐不已。
Вниманьем охвачены взоры и уши.	目光警惕，耳朵竖起。
Сама Ян Гуэй-фей для него растирала	杨贵妃本人给他擦拭
На блюдце фарфоровом палочку туши.	陶瓷盘上沾满墨的筷子。

Он снял сапоги и швырнул их, икая.	他脱下靴子，一边打嗝一边抛起。
Забегала кисть по тончайшей бумаге,	手腕开始在细腻的纸上游走，
И тишь воцарилась в палате такая.	大厅如此寂静，
Как по мановению грозного мага.	就像威严的魔术师在挥手。

расавица смотрит на руку, на свиток,	美人望着他的手和卷轴
И рдеет в лице ее нежный румянец.	脸上泛起红晕。
Ей пишет стихи Ли Тай-бо знаменитый,	大名鼎鼎的李太白在给她写诗，
Хоть первый из самых отчаянных пьяниц.	尽管这是最绝望的醉鬼。

Он встал. Бородища — растрепанный веник.	他起身。大胡子飘飘，像撒开的扫帚。

Забрал сапоги и уходит с поклоном.　　拿上靴子，鞠躬离去。

Не нужно ему ни почета, ни денег,　　金钱荣誉他概不稀罕，

Соскучился он по просторам зеленым.　　他只是思念广袤的绿地。

Однажды у речки, веселый и пьяный,　　一次他在河边狂醉不已，

Забывши о том, что нельзя и что можно,　　清规戒律全忘记，

Он крикнул: «Луну!» — и с ковшом оловянным　　他大呼一声"月亮！"，

Бултыхнулся в воду неосторожно.　　与锡桶一起扑通掉到水里。

Друзья удивлялись, жалея нахала:　　朋友们大吃一惊，怜惜这个无耻之徒：

«Он баловень жизни, народа и трона,　　"他简直是生活的宠儿，受人民和君王的娇宠

Сама Ян Гуэй-фей, отведя опахало,　　杨贵妃本人也曾透过扇子，

Не раз улыбалась ему благосклонно».　　不止一次露脸对他露出赞许的微笑。"

Часами сидел он в харчевне, икая,　　他数小时坐在小饭馆里，一边打嗝，

Швыряя монеты ребятам и нищим,　　一边把硬币抛向孩子和穷人，

И сволочь его окружала такая,　　一群混蛋将他围得水泄不通，

Какой никогда и нигде не отыщешь.　　这样的场面空前绝后。

Он сам уничтожил судьбы своей свиток,　　他自己毁掉命运的卷轴，

С великими гордый, с презренными равный.　　对权贵不亢不卑，对平民草芥一视同仁。

Чудесного дара огромный избыток　　天赐才华

Не смог довести он до старости славной.　　他却没能善始善终。

Плывет бородища — растрепанный веник.　　大胡子飘飘，像撒开的扫帚。

Нет, рано еще говорить о поэте.　　不，还不是评价诗人的时候。

Бродягу и пьяницу знал современник,　　现代人看到的是一个流浪汉和醉鬼，

Поэт Ли Тай-бо — это тысячелетьям.[①]　　但诗人李太白——却将千古流传。

---

① Крейд В. П., Бакич О.М. Русская поэзия Китая: Антология. Москва: Время, 2001. С.268-269.

诗人想象中的李白，是一个才华横溢但性格放荡不羁的诗人，这让他在人人谨小慎微的皇宫里可以像在大街上那样吆喝命令，却依然能得到君王和贵妃的宠爱；而他在街边小饭馆里，毫不吝啬地给孩子们和穷人挥霍自己的钱财。在诗人眼里，这是一个对大人物不阿谀奉承，对小人物不鄙视的精神贵族。因此，尽管他最终因为不珍惜自己的才华而导致老年潦倒，但诗人认为同时代人无权评价已经变成流浪汉和醉鬼的李白，而后代会永远尊敬作为诗人的李白。

第四节 中国书写的文化具象

中国是一个拥有丰富文化传统的东方古国。而每个国家的文化在他者眼中都具有一定的神秘性，且这种神秘性会通过一些具体符号体现出来，比如艺术、宗教、图腾等。久居中国的俄侨作家，尤其是那些对中国文化感兴趣的俄侨作家，对中国传统文化中的标志或多或少都有了解。因此，他们的笔下出现了中国文化具象，比如中国书法、字画、音乐等传统艺术，龙、蝴蝶、荷花、竹子、黄河等深含文化意蕴的图腾，佛教、道教、儒家思想等精神思想。正如俄罗斯研究者维·沙罗诺娃所言："毋庸置疑，天朝的'新'居民们对他们所在国的文化也有兴趣。在俄侨艺术活动家的作品中时不时地出现'俄罗斯的'与'中国的'相融合。"[1]俄侨作家书写中国文化的"另类视角"，使中国文化获得了特别的意义和韵味。

对中国文化了解最多、书写最多的俄侨文学家当属瓦列里·别列列申。他于 1913 年出生于西伯利亚铁路工程师之家，1920 年跟随母亲来到中国，之后的 32 年分别在哈尔滨（1920—1939）、北平（1939—1943）和上海（1943—1953）度过。他在哈尔滨接受了初级、中级和高

---

[1] Шаронова В. Г. История русской эмиграции в Восточном Китае в первой половине XX века. М.; СПб.: Центр гуманитарных инициатив, Университетская книга, 2015. C.321.

等教育，而且在大学期间开始写诗，被公认为文学天才。大学毕业后他开始学习中文，从此对汉语和中国文化产生了浓厚兴趣。他不仅潜心研究和翻译了屈原的《离骚》、老子的《道德经》，还倾尽一生将中国古典诗词译成俄语，希望俄侨同胞了解中国文化的优美雅致和博大精深。即使 1950 年离开中国，继续流亡美国，最终定居巴西里约热内卢，他也没有放弃翻译和探究中国诗词的欲望和热情。1970 年，他甚至在里约热内卢出版了中国古典诗歌译文选《团扇歌》（Стихи на веере），其中收录李白、王之涣、王维、崔颢等中国著名诗人的作品。该书名取自汉成帝妃嫔班婕妤所写的同名汉语诗词，因为别列列申曾深入研究过汉代历史，他在全面了解到班婕妤的生平后，非常喜欢班婕妤的诗歌，不仅在译文集中准确地翻译出了班婕妤忧愁哀怨的心境，而且以她的诗歌为文集命名。在德国法兰克福出版这本诗歌翻译集时，别列列申在序言中这样高度评价中国古典诗词："具有五千年历史并可以说全部灵魂灌注于文字的人民，他所创造的诗歌如同无边无际的浩瀚大海。每一个经典诗人都是独一无二的，是有别于他人的，因此概括中国诗歌的特点几乎是不可能的。"[1]

别列列申的文学创作持续终身。他一生写了大量中国主题的诗。尽管"别列列申的诗歌，以遵循严格的诗词格律，恪守 19 世纪俄罗斯诗歌传统而见长"[2]，但其中仍旧能看到中国文化乃至中国古诗对他的影响。比如，他曾尝试模仿中国作诗法创作两首同名诗《仿中国诗》（Подражание китайскому，1949）。其中一首从形式来看，诗人显然想模仿中国的绝句诗，即包含四行诗句：

Сегодня, спать ложась, с мечтательной любовью　　今天，带着爱情的幻想躺下睡觉，

Букет твоих гвоздик я ставлю к изголовью:　　将你的石竹花束放在我的床头：

Быть может, хоть во сне опять в саду твоем　　也许，在梦中你的花园里

---

① 谷羽：别列列申：对中国文化的依恋与传播，《国际汉学》，2016年第1期，第53页。
② 李萌：别列列申十四行诗创作的艺术特色，《国外文学》，2013年第4期，第138页。

По трепетной росе побродим мы вдвоем?[①]   **我俩将沿着颤巍巍的露珠散步?**

而另一首同名的《仿中国诗》，从形式上看似乎想模仿中国的《三字经》：

твой мир прям	你的世界是直的
хлеб да рты	不管是面包还是嘴巴
я не там	我不在那里
я не ты	我不是你
но и здесь	但即使在这里
ложь да спесь	谎言和傲气
быль же вся	一切往事
ты не я	你不是我
лег меж нас	躺在我们中间
злой верст круг	凶狠的俄里圈
слеп скрест глаз	眼睛又瞎又乱
вял смык рук[②]	手臂无精打采地合在一起
...	......

尽管别列列申模仿中国作诗法写出来的诗歌并非很成功，甚至从诗歌本身很难看出别列列申想表达的意思，但中国古诗凝练的作诗形式在其中可见一斑。

而在诗歌《最后一支荷花》（Последний лотос，1943）中，别列列申从中国文化中借用荷花傲然风骨的寓意，并借用中国古诗寓情于景的作诗法，展现像他一样的俄侨在流亡岁月中的傲然风骨：

---

① Крейд В. П., Бакич О.М. Русская поэзия Китая: Антология. Москва: Время, 2001. С.383.

② Крейд В. П., Бакич О.М. Русская поэзия Китая: Антология. Москва: Время, 2001. С.409-410.

В начале сентября.　　九月初。

От зноя отдыхая,　　晚霞终于可以从酷暑中

Вечерняя заря　　　喘息

Горит в садах Бэйхая.　　北海公园红彤彤的一片。

Прозрачны и чисты　　淡紫色的远方

Сиреневые дали.　　晶莹剔透。

Надменные цветы,　　孤傲的花儿,

Цветы уже увяли.　　花朵已枯萎。

Торжественная тишь　　庄重的寂静

Над мертвыми стеблями.　　笼罩在死掉的茎秆上。

Последний лотос лишь　　最后一支荷花

Один воздет, как знамя.　　独自傲立,像一面旗帜。

Стой. И не бойся ран.　　挺立吧。不要害怕受伤。

Стой, гордый и отвесный,　　挺立吧,骄傲又笔直,

Как древний великан,　　像古代巨人,

Держащий круг небесный!　　撑起整片天!

Так некогда и мы —　　我们也曾这样——

Но побеждали зимы,　　但冬天一闪而过,

И на ветру зимы　　于是在凛冽的冬风中

Мы таяли, как дымы.　　我们像烟雾一样融化。

Мы были, как орлы,　　我们曾经像雄鹰,

И в синеву любили　　也喜欢在青蓝色的天气里

Бежать от сонной мглы,　　逃离让人昏昏欲睡的雾霭,

От пешеходной пыли.　　逃离人行道上的灰尘。

Быстрее южных льдин 岁月比南方的冰块

Проголубели годы, 更快地变蓝，

И я стою один, 而我独自伫立，

Последний бард свободы.[①] 像最后一个自由弹唱诗人。

诗歌总共包含七节。前两节首先写景，描写了九月北海公园中的荷花开始逐渐枯萎的自然景观。第三节开始寓情于景，由傲然挺立的最后一支荷花，联想到"挺立的旗帜"。第四、五、六、七节则将重点转向荷花精神的代表者，即像诗人一样的俄侨，他们在艰辛的流亡岁月中始终傲然挺立，不被摧毁。

黄河作为中华文明的发源地，是最能代表中国文化的标志之一，因此在俄侨眼中也具有特别的神秘庄严感。瓦列里·别列列申在《中国》（Китай,1942）一诗中，就以黄河为中国的标志，公开表达了自己想了解中国的欲望：

Это небо — как синий киворий, 这片天空——似蓝色的圣坛，

Осенявший утерянный рай, 庇佑着失去的天堂，

Это милое желтое море — 这可爱的黄河——

Золотой и голодный Китай. 是美丽却饥饿的中国

... ……

Как святыню, ты станешь беречь 你会像珍惜圣物一样

Этих девушек кроткие лица, 珍惜姑娘们温婉的面容，

Этих юношей мирную речь. 珍惜小伙子爱好和平的言论。

И родные озера, озера! 还有亲爱的湖泊、湖泊！

Словно на материнскую грудь, 我这个贫穷和耻辱的支流，

К ним я, данник беды и позора, 像靠近母亲的乳房那样靠近它，

Приходил тишины зачерпнуть. 来静舀一勺湖水。

---

① Крейд В. П., Бакич О.М. Русская поэзия Китая: Антология. Москва: Время, 2001. С.399-400.

Словно дом после долгих блужданий,	就像迷途很久后归家，
В этом странном и шумном раю	在这个陌生而喧闹的天堂
Через несколько существований,	过不了多久，
Мой Китай, я тебя узнаю! [①]	我就会了解你，我的中国！

　　在这首诗中，别列列申对收留他的中国充满感恩和热爱之情。尽管中国本身并不富裕，却慷慨地收养了像他一样的迷途流浪者，给他们以庇护。而中国人民对这些来自异国他乡的流浪者也非常友好温柔，中国的河流山川更是不吝惜自己的资源和财富。面对如此友好和善的国家和人民，诗人不由自主地滋生出想深入了解这个国家的欲望，并在诗歌的最后一句表达了这种愿望和决心。

　　米哈伊尔·尼古拉耶维奇·沃林也是一个对中国文化了解比较深入的俄侨诗人。他的全家早在 19 世纪末就迁居中国，其父担任过俄罗斯驻蒙古使馆秘书。米哈伊尔·沃林于 1914 年出生于中东铁路站，并在哈尔滨接受学校教育。早在就读于哈尔滨中学时，他就开始写诗。1931 年开始登上俄侨文坛，在《青年丘拉耶夫卡》、《朝霞报》（Заря）上发表诗作。1937 年移居上海，在那里开设俄侨中学和瑜伽学校。1949 年离开中国，流亡澳大利亚，定居悉尼。1969 年之后在美国生活 12 年。1981 年重返澳大利亚，定居阿德莱德。由于在中国侨居时间较长，沃林对中国文化的了解也更胜一筹，并经常将中国文化元素运用到自己的诗歌创作中。比如，在他的《中国诗》（Стихи о Китае）中，出现了黄河、龙、蜜蜂等中国文化中常见的图腾：

Над широкою жёлтой рекою	在宽广的黄河上空
Безмятежен закат и глубок.	夕阳宁静而深邃。
Вот рыбак на весло кормовое	渔民正把钢铁一样的胸脯

[①] Русский поэт в гостях у Китая, 1920-1952: Сборник стихотворений / Валерий Перелешин. The Hague: Leuxenhoff, 1989. XXXIX. C.99.

Бронзовеющей грудью налёг.　　靠在船尾桨上。

Солнце тонет, как будто драконий　　太阳正在沉没，像龙的

Потухающий огненный зрак.　　逐渐熄灭的火红瞳孔。

Он поёт, а будто бы стонет,　　它唱着歌，仿佛在呻吟，

И мне в сумерках слышится так:　　于是我在黄昏中听到：

Нас мильоны, похожих, единых,　　与我们相似且团结的千千万，

С жёлтым телом и сердцем, как медь,　　有着黄色的躯体和铜一样的心。

Мы когда-нибудь хлынем лавиной,　　我们迸涌着洪流，

Приносящей мгновенную смерть.　　带来瞬间的死亡。

Подожди, мы ещё не проснулись,　　等等，我们还没醒来，

Подожди, наше время придёт.　　等等，我们的时辰定会到来。

Мы, как пчёлы, закрытые в улей,　　我们，像被关在蜂箱里的蜜蜂，

Копим мщения сладостный мёд![①]　　积攒着甜蜜的复仇之蜜！

　　在这首诗中，米哈伊尔·沃林借用中国文化中黄河作为中华文明的摇篮这一寓意，表达了沉睡的东方巨龙必将有觉醒的一天。因为这里有千千万万黄皮肤的劳动人民，他们勤劳、坚强，不怕吃苦，而且非常团结。他们汇聚在一起，形成了巨大的潜力。但这种潜在的力量暂时处于沉睡状态，一旦觉醒定会为自己受过的欺压和屈辱复仇。显然，这首诗歌中的黄河、龙、蜜蜂等都蕴含着典型的中国文化内涵。

　　米哈伊尔·谢尔巴科夫也是深谙中国文化的一位俄侨诗人，这与他喜欢到处旅游且翻译过汉语作品不无关系。他曾是接受过物理学高等教育的沙皇军队飞行员，1922 年 10 月跟随军团流落到朝鲜，两个月后流亡到上海。谢尔巴科夫在上海出版过诗集 «Vitraux» (Иокогама,1923)

---

① Крейд В.П., Бакич О.М. Русская поэзия Китая: Антология. Москва: Время, 2001. С.125.

和《补休》(Отгул，1944)，以及小说与散文集《生活之根》(Корень жизни，1931）。1945 年之后离开上海，辗转越南西贡、定居法国，最终于 1956 年因精神抑郁而自杀。

谢尔巴科夫曾游历中国大江南北，因此对中国各地的风土人情比较了解。他在诗歌《人参》(Женьшень，1923）中，意识到四川大凉山上的人参作为名贵药材的重要价值，因而赋予其非同一般的形态和功能：

Того, кто волей тверд и помыслами чист,	那些意志坚定、思想纯净的人
Проводят гении лесистым Да-Дянь-Шанем	在大凉山神的庇佑下穿行山林
В извилистую падь, к затерянным полянам,	溪谷蜿蜒，草木荒弃
Сокрывшим зонт цветов и пятипалый лист.	遮天花木连连蔽
…	……
Сложив шалаш, постись! Из недр росток женьшеня	快收起窝棚！地上冒出了参芽
Сбирает старику любовные томленья	它能让老者再度经历爱情
И смертному двоит даренный Небом срок.	也能延续将死之人的寿命。
А в мглистый час Быка, созвездиям покорен,	在丑时，群星沉睡之时
С молитвой праотцам бери олений рог,	举起鹿角向祖先祈祷
И рой таинственный, подобный людям, корень.[①]	然后挖出神秘似人的根茎。

根据传统中医的说法，人参可以延年益寿，使人青春永驻。而"似人"的外观和人迹罕至的生长环境增加了人参的神秘感。中国也流传一些关于人参的传说。比如，要想得到这种人间珍品，挖参人需要屡次踏上荒无人烟、危险丛生的森林。而且只有意志坚定、思想纯净的人才能获得神灵的庇护找到它。此外，挖参人还要严格遵循古老仪式来祈求好运，实行严格的斋戒，为丰收而祈祷，在夜间按时开挖，在开挖之前举起鹿角感谢祖先的庇佑等。显然，谢尔巴科夫相信了中国关于人参的传

---

① Крейд В. П., Бакич О.М. Русская поэзия Китая: Антология. Москва: Время, 2001. С.348.

说，因此不仅在诗中赞美了人参的特效功能，还转述了中国人挖参的重要仪式和程序。

谢尔巴科夫还被中国江南美丽的刺绣所折服。早在 1922 年抵达上海前，他就在香港写下了《喷泉——中国刺绣》（Фонтан-Китайская вышивка,1921）一诗：

Фон — темно-шелковистая листва.	暗色丝绸树叶为背景。
В кольце из бархаток оранжевых — фонтан	橙色丝绒圆圈中的喷泉
роняет на папирусы серебряные капли.	正朝莎草纸喷洒银色水珠。
Над притаившейся водой краснеют листья;	暗波粼粼，树叶枫红；
их отраженья, оторвавшись,	光影浮动跳脱
поплыли стайкой рыбок золотых.	游过一群金鱼
Среди фаянсовых зеленых ваз	绿色陶瓷花瓶中央
лиловы бабочки гелиотропа,	血滴石般的淡紫色蝴蝶在飞舞，
а около нарциссов золотых —	金色水仙花旁边——
лазурный зимородок с длинным клювом.	是一只蓝色的长喙翠鸟。
Вдали, меж сосен, видно море	远处的松树之间大海隐约可见
и облака прозрачно-розовых вершин.[1]	还有粉色透明山峰上的白云朵朵。

诗歌把中国刺绣上的精美工艺、美丽图案和花纹栩栩如生地传达了出来。丝线不仅交织成静态的树叶、花儿、大海、水波、花瓶等图案，还绣出富有生机的动态画面：喷泉在喷水，鱼儿在嬉戏，蝴蝶在飞舞，小鸟在歌唱，云儿在飘移。诗人用细腻的细节描写，高度赞扬了中国手工艺人的精湛技艺。

---

[1] Крейд В. П., Бакич О.М. Русская поэзия Китая: Антология. Москва: Время, 2001. C.589.

　　曾在中国哈尔滨、沈阳、上海三地共侨居 25 年（1920—1945）的俄侨诗人弗谢沃洛德·尼卡诺罗维奇·伊万诺夫对中国文化也非常着迷。他在诗歌《龙》（Дракон, 1930）中，专门描写了中国图腾文化中关于龙的神话：

Фонарь из пузыря. Он тянут белой грушей,	梨状灯笼引着巨龙，
Лениво-матовой, как будто жемчуга.	懒洋洋灰蒙蒙，似一粒珍珠。
Над ним же приподнял коричнево рога	棕色龙角微抬
Дракон, извившийся своею узкой тушей.	狭长身躯蠕动。
Смотри на формы те, замолкни и послушай:	请观赏它的万千形态，默默听我讲：
«Давно, давно, когда лишь берега	"很久很久以前
В потопе поднялись и залегла в лога	洪水肆虐淹没沟谷
Вода, что сброшена вновь проявленной сушей, —	当洪水退去，陆地尽现，——
Тогда суставами поверстаны деревья,	树木枝节相等，
Туманы над землей, а на животных перья,	大地雾气弥漫，动物长有羽翎，
И жизнь на островах среди безбрежных рек.	广袤大河中的岛屿出现生命。
Тогда летали те грозящие драконы,	可怕的巨龙就在天上飞舞，
И знал китаец их на облаках огромных —	一个中国人在硕大的云团中认出了它——
От дивных дней последний человек».[①]	他是洪荒时代的最后一人。"

　　如果说西方文化中的龙是一种邪恶形象，则中国文化中的龙是善的代表，也是整个中华民族的象征。诗人在这首诗中用讲述童话故事的口吻和语调，对现代人讲述龙的传说：它与洪荒时代的大洪水有关，是灾难过后初现生命时就开始存在的一种古老动物。从这首诗不难看出，关于巨龙和洪水的中国神话故事给诗人留下了深刻的印象。

　　儒家、道家和佛家思想作为中国文化的关键概念和中国人的精神核心，不仅被俄侨作为一种完全不同于本族文化的异域文化进行书写和阐

---

① Крейд В. П., Бакич О.М. Русская поэзия Китая: Антология. Москва: Время, 2001. C.211.

释，而且"中国俄罗斯侨民作家们借用中国传统的儒释道文化，将自己的愿望表达得淋漓尽致"①。

儒家积极入世的人生观，尊老爱幼的伦理观，"修身、齐家、治国、平天下"的价值观，深得俄侨作家和诗人的喜欢和认同。与此同时，儒家思想体系中的三纲五常、三从四德的封建家庭伦理秩序、男尊女卑的性别政治、父兄为大的宗法父权体制等，被俄侨诗人和作家视为压制人性甚至造成悲剧命运的因素。

比如，谢维尔内的小说《蓝鹭湖》(Озеро голубой цапли, 1938) 就按照儒家范式塑造了一个有着无限荣耀和高贵血统的中国封建地主大家庭。老父亲作为一家之主是中国传统伦理道德的捍卫者和坚守者，但被他囚禁的情人女仆、被他拒绝接受的俄侨儿媳妇，都暴露出女性在儒家思想主导的封建地主大家庭里的悲剧命运。在另一部中篇小说《中国瓷娃摇着头》(Фарфоровый китаец качает головой, 1937) 中，借助从欧洲留学归来的旧中国知识分子老林的视角，重审了儒家传统思想，学贯中西的老林认为，中华民族要在坚守传统伦理道德根基和民族特色的基础上不断自我完善和发展。

瓦西里·别列列申在《迷途的勇士》(Заблудившийся аргонавт, 1947) 一诗中，想象自己出生在一个和睦兴旺、多子多福的中国传统大家庭中的样子，表现出对儒家范式家庭伦理观的双重态度：

…	……
Я б родился в городе южном —	*我最好出生于南方小城*
В Баошане или Чэнду —	*比如宝山或成都——*
В именитом, степенном, дружном,	*一个和睦、威严*
Многодетном старом роду.	*古老、儿孙满堂的名门望族中。*

---

① 李艳菊、苗慧：中国俄罗斯侨民文学中儒释道文化研究，《齐齐哈尔大学学报》(哲学社会科学版)，2012 年第 4 期，第 84 页。

Мне мой дед, бакалавр ученый,   我的爷爷，中了科举的学者，

Дал бы имя Свирель Луны,   给我取名"月笛"，

Или строже: Утес Дракона,   或者更严肃一点的"龙崖"，

Или тише: Луч Тишины.   或者更安静一点的"静光"。

Под горячим солнцем смуглея,   我的脸被炙热的太阳

Потемнело б мое лицо,   晒得黝黑、变暗，

И серебряное на шее   脖子上的银项圈

Все рельефней было б кольцо.   尤其晃眼。

И, как рыбки в узких бассейнах   就像狭小泳池中的鱼儿

Под шатрами ярких кустов,   在明亮的灌木丛中，

Я бы вырос в сетях затейных   我在象形文字和诗歌的

Иероглифов и стихов.   奇妙之网中长大。

Лет пятнадцати, вероятно,   十五岁左右，

По священной воле отца,   按照父亲神圣的意志

Я б женился на неопрятной,   我和邋遢

Но богатой дочке купца.   但富有的商人之女成婚。

Так, не зная, что мир мой тесен   就这样，对自己狭窄的世界一无所知

Я старел бы, важен и сыт,   我慢慢变老，傲慢且衣食无忧，

Без раздумчивых русских песен   不再有意味深长的俄罗斯歌曲

От которых сердце горит.[1]   曾经让我的心儿燃烧。

...   ……

诗歌中的抒情主人公是俄罗斯流亡者。在他的眼里，富贵、和睦、

---

[1] Крейд В. П., Бакич О.М. Русская поэзия Китая: Антология. Москва: Время, 2001. С.402-403.

有威严、有文化、有地位、儿孙满堂的名门望族，一方面对他来说是一个可望而不可即的温暖港湾，因为这样的家庭不仅可以保证衣食无忧，而且可以提供充满文化氛围的家庭教育；但另一方面，名门望族恪守的父权制对家庭成员尤其是后代的个人成长和人生命运造成严重束缚，最明显的表现就是儿女的婚姻要完全听从父亲的意志，这样的生活无异于泳池，虽不失精美和华丽，但逼仄的空间不可能培养出视野开阔、思想丰富的个性。因此，诗人对这种生活进行想象后，并不愿意选择这种物质无忧但精神空虚的生活，而更愿意选择让自己精神和心灵为之燃烧的俄罗斯生活。

中国道家思想崇尚人与自然的内在统一，主张人在生趣盎然的宇宙中悟道自得，过着一种超然物外的恬适生活，并拥有顺应自然、无为不争的生存智慧。这样的美学思想和生存哲学也是俄侨作家和诗人的理想。在瓦西里·别列列申的诗歌《画》（Картина，1941）中，就透露出浓浓的道家思想：

Есть у меня картина: между скал   我有一幅画：在悬崖之间
Простерто небо, всех небес лучистей.   露出一片天，比其他天空都光亮。
Китайский мастер их нарисовал   它们是中国大师
Легчайшею и совершенной кистью.   轻松完美的妙笔之作。

Внизу, в долине, зелень, как ковер,   在下面，山谷里，是地毯一样的绿草，
Стада приходят на призыв свирели.   还有沿着芦笛声走来的兽群。
Так безобидный высказан укор   就这样对所有心怀小鬼胎的人
Всем возлюбившим маленькие цели.   表达出了不伤人的责备。

А выше есть тропинка по хребту,   在上面，有一条沿着山脊的小路，
И будет награжден по ней идущий   走在上面的人必将得到
Вишневыми деревьями в цвету,   绽放的樱桃树的奖励，
Прохладою уединенных кущей.   以及与世隔绝的小树林的凉意。

Здесь мудрецы, сдав сыновьям дела	这里有隐居的智者，他们把家业交给儿孙
И замуж внучку младшую пристроив,	安顿好孙女的婚事，
Вздохнут о том, как молодость цвела	感慨青春的绽放
Надменней роз и радостней левкоев.	比玫瑰还傲慢，比紫罗兰更开心。
А скалы те, что в небо уперлись,	而那些高耸入云的悬崖，
Обнажены, как варварские пики,—	光秃秃的，像蛮夷的山峰，——
Немногие полюбят эту высь,	少数人会爱上这高地，
Где только ястребы да камень дикий.	那里只有鹞鹰和荒石。
Но там над пропастью взвилась сосна,	但那里的沟壑之上有苍松耸立，
Торжественно, спокойно, равнодушно,	庄严，安详，冷静
И там царит такая тишина,	而且那里一片寂静，
Что сердце ей доверится послушно.	心儿也会情不自禁地听命。
Лишь только смерть, легка и хороша,	连死亡也轻松、愉悦，
Меня нагонит поступью нескорой,	用不慌不忙的脚步赶着我。
Я знаю, наяву моя душа	我知道，我的心灵定会
Придет бродить на вычурные горы.[①]	走向那些奇异的山脉。

别列列申透过一幅中国山水画，看到了道家逍遥自在的生存状态和无欲无求的生存智慧。画中的智者把令人操心的家产事业留给子孙，安顿好孙女的婚事，然后独自隐居大山深处。那里有最明亮的天空，有地毯一样的草地，有绽放的樱花，有庄严安详的参天苍松。在那里，人的心灵也会情不自禁获得安宁，连死亡也会变得轻松、愉悦。这种无法言说的轻松和美好吸引着诗人。诗歌最后一句"我知道，我的心灵定会 / 走向那些奇异的山脉"，既表达了诗人对这种生活方式的向往之情，也

---

① Крейд В. П., Бакич О.М. Русская поэзия Китая: Антология. Москва: Время, 2001. C.389-390.

表达出对道家生存智慧的顶礼膜拜。

米哈伊尔·斯普尔戈特的诗歌《我和一群中国人坐在小饭馆里》（Сижу с китайцами в харчевнях…, 1931），则以非常现实和日常的形式，同样表达了对道家智慧的推崇：

Сижу с китайцами в харчевнях,	我和一群中国人坐在小饭馆，
Ведя бесед несложных ряд,	轻松地拉家常，
И странной радостью напоен	每每深入中国日常
Мой каждый в быт Китая взгляд!	我的目光都充满奇怪与喜悦！
И, жадно впитывая соки	我贪婪地吮吸
Культуры чуждой мне страны,	异邦陌生的文化果汁，
Я знаю, что подходят сроки	我知道，美好的时辰临近
Тоскою вздыбленной весны!..	让人怀念春天的勃勃生机！
Горячий ханшин чуть туманит	像滚烫的药液迷魂
Мозг, обожженный жаром слов,	大脑，神灵鬼怪的幻象
И тихо плавают в тумане	也被热情的语言点燃
Виденья чудищ и богов.	并在迷雾中静静漂浮。
И сердце вдруг вздымает бурно,	心儿突然波澜起伏，
Как от тайфуна иль грозы,	仿佛受到台风或雷雨的干扰，
Один лишь мысли всплеск лазурный	只有湛蓝的思维火花
Из мудрых песен Лао-цзы!..[①]	来自老子的智慧歌谣。

这里的道家生存方式不是隐居山林，而是在寻常百姓的日常烟火中。在俄侨抒情主人公看来，中国人茶余饭后聚在一起聊天拉家常，就是一种

---

① Крейд В.П, Бакич О.М. Русская поэзия Китая: Антология. Москва: Время, 2001. С.517.

无欲无求、轻松愉悦的道家生存方式。这种文化对于来自异邦的抒情主人公来说，是完全陌生的、新奇的，但极具吸引力，因为心儿听到这些谈话，也会心旷神怡、波澜起伏，冥冥之中似乎听到了道家老子的智慧歌曲。

佛教很早就成了具有中国特色的宗教，这一文化的奇特性与神秘性非常吸引俄侨作家和诗人。不仅佛教中的寺庙、观音、佛陀、荷花、菩提树等文化意象经常被俄侨作家和诗人用来指代中国，而且佛教中的生死轮回等观念也被不断进行新的阐释。但并非所有俄侨作家和诗人真正领会佛教文化的本质，因此他们的书写和阐释都存在个性化特色，从他们的创作也能窥见他们对佛教文化的不同态度。

少数比较深入了解中国文化和语言的俄侨作家和诗人能够深入领悟佛教文化内涵，也比较认同佛教理念。比如，别列列申在诗歌《湖心亭》（Хусиньтин，1951）中，不仅高度颂扬荷花的高贵与神圣，而且表现出在炎热的酷暑中投入佛国净土的心愿：

Глядит в озерную равнину　　高处的大平原
Равнина большая вверху.　　盯着大平原似的湖水。
Мы подплываем к Хусиньтину,　　我们划向湖心亭，
Где сердце озера Сиху.　　那里是西湖的心脏。

Горячий ветер неприятен,　　热风让人不愉快，
Нет тени от сквозной листвы.　　滑过的叶子没有影子。
И веет сухостью от пятен　　轻微发黄的小草斑点，
Слегка желтеющей травы.　　散发着干燥的气息。

Заходим в храм пустой и скромный,　　我们进入空旷寒碜的寺庙，
Чтоб с тишиною помолчать.　　也想与寂静一起沉默。
Здесь даже полдень неуемный　　即使是精力充沛的正午，
Бессилен сумерки прогнать.　　也无力驱走这里的黄昏。

Сюда, приветливо взирая,　　浑身金灿灿的观音，

Вся золоченая, Гуаньинь　　礼貌地环视这里，

Сошла для нас от кущей рая　　这充满严肃智慧的修道院，

И строгой мудрости пустынь.　　对我们而言来自天堂。

...　　　　……

Ах, эти лотосы не вянут,　　唉，这些荷花没有枯萎，

Листва не падает под дождь,　　叶子没有掉到水下，

Святые эти не устанут　　这些圣花孜孜不倦地

Сидеть в тени сосновых рощ.　　长在松树的林荫下。

...　　　　……

Когда же, выйдя неохотно,　　我们不情愿地出去后，

Мы жизнь увидим из дверей,　　会透过门缝看生活，

На зыбкие ее полотна　　会更善良地看待

Посмотрим мы уже добрей:[1]　　它晃动的画布。

...　　　　……

诗中的抒情主人公在正午时刻偶然误入西湖中心的一座寒碜寺庙，进入其中后看到里面的金观音及莲花。这里的莲花显然不是普通的花草，而是观音菩萨的莲花宝座，是佛教的象征，因此被抒情主人公称为圣花。尽管偶入佛教寺庙，但经过这里清净、高洁的氛围洗礼，出去后的抒情主人公也受到了观音的感召，变得更加善良地看待生活中的各种现象，就像诗歌中的最后两行所言："会更善良地看待 / 它晃动的画布。"

扬科夫斯卡娅在 20 世纪 30 年代侨居上海期间创作的短诗《佛祖和我》（Будда и я，1932），将佛教视为与东正教一样的神圣信仰，佛祖像上帝一样能让人明白很多真理：

---

① Крейд В.П, Бакич О.М. Русская поэзия Китая: Антология. Москва: Время, 2001. С.405-406.

…　　　　　　　　　　……

На пляже песчаном и нежном　　在温柔的沙滩海滨上

Беседуем с Буддой одни,　　我们独自与佛祖交谈，

Следя, как меняют одежды　　同时观察着，炎热的夏日

Горячие летние дни.　　如何变换着衣裳。

Он тихо спросил о желаньях —　　它悄悄地询问我们的愿望——

Он каменный, вечно немой.　　它是石头做的，永远都不说话。

И с грустью, услышав молчанье,　　它忧伤地听完我的沉默，

Задумался надо мной.　　在我的上方陷入沉思。

Но я прочитала в ответе:　　但我读到了它的答复：

Не думай о них никогда,　　永远不要去思考愿望，

Дано больше многих поэту　　因为诗人被赋予的东西远超很多人

Все прочее суета![①]　　其他全是空忙碌！

　　诗歌中的抒情女主人公在沙滩海滨上，独自与佛祖进行交谈。在抒情主人公的眼中，尽管佛祖是永远不说话的石头，但它完全可以听懂人的请求，能满足人的愿望。尽管抒情女主人公什么也没说，而只是默默地陷入沉思，但佛祖看懂了她的思想，她也参透了佛祖告诉她的人生哲理：“永远不要去思考愿望／因为诗人被赋予的东西远超很多人。”

　　然而，对于不熟悉佛教文化的俄侨作家和诗人来说，佛教中的一切看起来都很神秘、奇怪、恐怖，因此他们把佛教视为一种迷信，而不是信仰。比如，女诗人塔玛拉·安德烈耶娃在题名为《迷信》（Ми-син, 1932）的诗中，写下了她眼中的中国佛陀：

По вечерам, средь запаха растений,　　每逢傍晚，萋萋芳草暗香盈袖，

Обрюзгший бог, скрестивши ноги, спит.　　盘腿打坐的佛闭目养神。

Он очень стар. Отяжелел от лени,　　鹤骨霜髯，垂暮老矣，

---

① Крейд В. П., Бакич О.М. Русская поэзия Китая: Антология. Москва: Время, 2001. C.617-618.

173

Раскормленный, как годовалый кит.	心宽体胖，似一头幼鲸。
Пока он спит, медлительные бонзы	佛祖沉睡，僧人蹀躞，
Сжигают свечи, ударяют в гонг.	燃蜡，敲锣。
Но замер он, весь вылитый из бронзы,	但他一动不动，好似黄铜浇铸而成，
Под медленно струящийся дифтонг.	在渐行渐远的复韵里
Он слушает несущий звуки вечер	他听着夜晚的声音，
Отвисшим ухом с золотым кольцом…	垂下戴着金环的耳朵……
Рокочет барабан. Треща, пылают свечи	鼓声隆隆，烛火噼啪作响，
Пред сонно улыбнувшимся лицом.[①]	他笑着酣然入梦。

　　在安德烈耶娃的诗中，佛祖像在祭坛上昏昏欲睡的老者，慵懒而肥胖，甚至戴着世俗之物——金耳环。而且丝毫看不出他做任何圣事，只会在僧侣们单调的木槌声中酣然入睡。佛陀酣睡时面带笑容，这更让抒情主人公感到他的慵懒和享乐。因此，在抒情主人公看来，中国对佛陀的信仰是一种迷信。从这里可以看出诗人对中国佛教文化的误解。事实上，佛陀看似昏昏欲睡，其实是在冥思苦想；佛陀看似慵懒不作为，其实是追求空灵之境、反对忙忙碌碌追求名利的生活；佛陀看似心宽体胖、常带笑容，实际上是善良和知足而乐的象征。

　　谢维尔内的多篇小说则表现出对佛教既好奇又质疑的双重态度。比如，《蓝鹭湖》中嫁给中国丈夫的俄侨女子安娜，无意中目睹了蓝鹭湖岛上一座寺庙的佛教仪式后，一方面对其中的青铜佛像、喇嘛、和尚、蜡烛、锣鼓等感到神秘庄重，另一方面感到枯燥乏味、丧失生命力甚至恐怖。她尤其觉得，用蜡烛烧烤躯体的方式来检验和尚是否忠于信仰的做法充满血腥。因此，"中国——对她而言是个难以理解的国家，这里住满了幼稚迷信的黄皮肤民族，他们在青铜神像的权威面前具有动物式

---

① Крейд В. П., Бакич О.М. Русская поэзия Китая: Антология. Москва: Время, 2001. С.63.

的恐惧"①。

《关于神秘的生活庙宇的传说》(Легенда о таинственном Храме Жизни），则通过俄侨男女塔谢宁和奥尔嘉对佛教的不同态度，表现出作家对佛教的质疑态度。塔谢宁身患严重痼病，他想去西藏寻找传说中的生活庙宇。深爱着塔谢宁的奥尔嘉苦苦劝说他留在自己身边，接受医生的治疗和自己的照料。但塔谢宁执意前行。在出发前的某一天，他们接待了一位叫老幸的中国客人，这是有着高贵血统的亚洲民族史权威专家、蒙古和西藏专家、地质学家。老幸向他们讲述了关于西藏的生活寺庙的真相，他说自己曾和一位来自尼泊尔的朝圣者一起历经艰险在喜马拉雅山之巅亲眼见到过生活寺庙，而且说生活寺庙里的十八个智者已经探明了世界的所有奥秘："我从与智者的谈话中了解到，他们在生活寺庙里研究人的意志力和将这种意志力集中起来统治亚洲各民族思维的可能性。"②老幸的话让塔谢宁更加坚定了自己的西藏之行。但就在他出发前一夜，奥尔嘉失踪不见。塔谢宁焦急不安，因为奥尔嘉是他在西伯利亚一个小车站发现的孤女，被他养大后不可遏制地爱上了他，尽管他一直想扑灭她对他的痴爱，但仍旧无法阻止。他去西藏寻找生活庙宇的决定，既是因想在流浪中用自己的画来揭示亚洲荒漠中更多的秘密，也是想让奥尔嘉放弃对自己的爱，不想让自己的病痛成为奥尔嘉的累赘和折磨。但奥尔嘉的消失让他倍感不安。直到深夜，奥尔嘉醉醺醺地回到家中时，一直在等待的塔谢宁告诉她，自己改变主意，决定留下来陪她。奥尔嘉激动得晕过去，醒来后因为幸福而哭泣。显然，小说结尾爱情战胜了宗教信仰，作者通过这样的结局表达的是对佛教逃避红尘生活的出世理念的否定。

总之，在俄侨作家和诗人的眼中，中国是一个神秘国度，中国文化中有着许多新奇古怪的现象。这些事物和现象既让他们感到好奇，也让

---

① 李英男编：《黄浦江涛声》(中国俄罗斯侨民文学丛书俄文版 10 卷本·第五卷 / 李延龄主编），北京：中国青年出版社，2005 年，第 118 页。

② 同上书，第 209 页。

他们感到费解，于是他们用自己的创作来阐释自己对中国文化的理解和认知。其中既有客观的一面，也有作家和诗人们个性化的一面，甚至带有他们的一些误解和偏见。但无论如何，这种"另类视角"也是对中国文化的一种独特认知。

纵观上海俄侨文学的中国书写，作家们不仅对他们侨居和游历过的城市进行书写，而且阐释他们眼中新奇、怪异的中国文化元素。在他们的创作中，中国大江南北的城市、山川、河流等空间，音乐、绘画、文学等艺术，历史和文化名人，各种具有文化意蕴的动植物等，都被关注和书写。因此可以说，"尽管远东地区的俄侨创作体裁多样，风格流派各异，但所有的作品拥有一个共同的关注点：俄罗斯与中国。这使生活在中国的俄侨文学具有不同于欧美一支的鲜明东方色彩，成为底色极其突出的格式塔。"①

但总体而言，除了少数对汉语和中国文化有深入了解的俄侨诗人和作家外，大部分俄侨对中国和中国文化的理解还停留在浅层次水平上，并未深入涉及其中的精髓。流亡俄侨触碰到与本国文化截然不同的中国文化时，一方面被独特的异域风情所深深吸引并尝试适应陌生文化环境，另一方面出现对中国文化和现象不解甚至误读的情况。但毫无疑问，中国和中国文化在俄侨创作中打下了深刻烙印，为他们的创作增添了神秘感与异域风情。而俄侨的创作或早或晚都会引发他们的同胞对中国和中华文化的兴致，从而推动古老的东方文明在西方世界的推广和传播。

然而，我们不得不承认，尽管俄侨诗人和作家表现出对中国和中国文化的好奇和兴趣，但没有表现出"不惜一切"接受中国文化的想法。他们虽然热爱中国和中国文化，但始终清醒地记得，中国不是他的根，中国文化也替代不了俄罗斯文化。

---

① 郑永旺：试论俄侨在"满洲"地区的精神遗产，《东北亚外语研究》，2013年第3期，第11页。

第五章　上海俄侨文学中的身份认同

俄侨在上海和其他中国城市的流亡生涯越久，他们就越对自己的身份产生疑问。"我是谁？""我为什么来中国？""为什么要生活在上海？"诸如此类的问题经常出现在他们的脑海中，唤起他们对身份认同的困惑。

身份认同（идентичность）一词来源于拉丁语，表示等同、相同、相符之义。在文化层面，它表示一个人通过诸多稳定特征，意识到自我，回答"我是谁"的问题，包括一个人感觉自己属于某个社会群体（社会认同）、某个国家（国家认同）、某个族群（族群认同）、某个地区（区域认同）等诸多方面。①

上海俄侨的民族构成比较复杂，有俄罗斯人、乌克兰人、白俄罗斯人、犹太人等不同族群，因为沙俄时代的俄罗斯是一个多民族国家。但身在异国他乡，这些不同族群的流亡者并不强调自己的民族身份，而在流亡地形成了紧紧捆绑在一起的俄侨群体，并像一座孤岛一样存在于非俄侨群体之中。

上海俄侨的国家认同（或公民身份认同）则经历了发展变化过程，且这一过程与他们对苏维埃政权的态度紧密相关。汪之成教授在《近代上海俄国侨民生活》一书中，合理地把俄侨在国外侨居史划分为三个阶段：第一个阶段——从十月革命开始到苏联国内建设取得初步成功，即1917—1933年；第二个阶段——从苏联国内建设初步成功到卫国战争开始，即1933—1941年；第三个阶段——从卫国战争开始到战后撤侨，即1941—1949年。② 这个划分其实反映了俄侨对苏维埃政权的态度。在第一个阶段，大多数俄侨持反苏态度，这与他们在内战中的

① 参见俄罗斯大百科（Большая российская энциклопедия）中的词条"身份认同"（идентичность），<https://old.bigenc.ru/philosophy/text/2000174>。
② 汪之成：《近代上海俄国侨民生活》，上海：上海辞书出版社，2008年，第37页。

经历和感受紧密相连。在第二个阶段，俄侨中出现了对苏联的另一种态度：逐渐成长起来的新一代俄侨并没有受到老一辈俄侨对革命后苏维埃政权的偏见的影响，他们开始对陌生的祖国产生兴趣，因此出现了很多亲苏组织。比如 1937 年在上海俄侨内部组建"归国者同盟"（Союз возвращенцев），该同盟与苏联驻沪领事馆有着紧密联系，目的是宣传苏联，号召俄侨重返祖国。在第三个阶段，不少俄侨在第二次世界大战期间体会到自己与祖国的命运休戚与共，他们为苏联最终战胜法西斯为傲，为国家在苏维埃政权的领导下取得的经济成就感到震惊。

俄侨对苏维埃政权态度的变化，决定了他们的国家认同（或公民身份认同）也经历了变化过程。流亡之前，他们的国家认同基本都是单一的沙皇俄国。从流亡之日开始到 20 世纪 30 年代中期之前，他们也由于深刻的旧俄记忆和初到流亡地的艰难生存，基本保持着坚定的旧俄认同，认为自己属于过去的沙皇俄国，坚决不承认自己属于新生的苏维埃国家。但从 20 世纪 30 年代中期之后，身在异国他乡的俄侨越来越意识到复兴沙俄成为一个渐行渐远的梦，而祖国大地上的新生苏维埃国家则越来越高速发展且成就斐然，加上流亡地动荡不安的局势和恶劣的生存条件，开始动摇一些俄侨的旧俄认同。20 世纪 40 年代，随着苏联在第二次世界大战中的胜利，以及苏联的侨胞政策给予俄侨结束流亡生活的机会，因此近一半中国俄侨开始放弃自己原来的旧俄认同，选择苏联国籍和苏联公民身份；但仍有一半左右的中国俄侨仍旧认为自己属于过去的俄国，宁愿继续流亡他国也不愿选择苏联公民身份认同。

第一节　20 世纪初—30 年代中期：坚定的旧俄身份认同

尽管十月革命后流亡至中国和其他国家的俄罗斯侨民，从本质上属于被祖国抛弃的难民，但他们在流亡地坚守俄罗斯记忆，在此基础上形成了强大的集体记忆和群体认同。这种群体认同，即忠于沙俄帝国的旧俄认同。这种共同的群体认同将流散世界各地的俄侨汇集起来，形成了一个特殊的群体。

十月革命后流亡中国的俄侨始终保持着忠于沙皇、效忠旧俄的精神，甚至有复兴沙俄和过去荣耀的决心。这在上海的俄罗斯志愿军团中表现得尤其明显。比如，诗人巴维尔·沃尔金在献给上海的俄罗斯军团的诗歌汇编集《乡调》（Родные напевы，1932）中，书写了他们复兴沙俄帝国和过去荣耀的决心。

在汇编集的第一首诗歌《俄国沙皇》（Русский царь，1932）中，诗人开篇就讴歌了近百年来俄国军队在沙皇领导下获得的军功和荣誉：他们不止一次使世界免遭邪恶势力的控制，他们在19世纪初击败野心勃勃的拿破仑而捍卫了欧洲和平，在20世纪初第一次世界大战中打退"日耳曼人的铁拳"而拯救了同盟军前线。但是，当末代沙皇和他的家庭面临被杀的危险时，这些欧洲国家没有一个出面帮助。诗人为末代沙皇及其家人的覆没感到无比悲恸，同时谴责那些曾接受过俄国支持、如今却无所作为的人的罪恶，最后满怀俄罗斯在未来会重新获得荣耀的信心：

Клянусь, - поверь строптивая Европа,　　我发誓，——固执的欧洲请相信，

Россия будет вновь Великого, как встарь...　　俄罗斯将再现伟大，如同往昔……

Двуглавый наш Орел свободно и широко　　我们的双头鹰将自由而宽阔地

Расправит крылья...Да!...В России будет Царь!...①　　伸展双翼……没错！沙皇将重现俄罗斯！

在汇编集的第二首诗《罗斯复兴》（Воскреснет Русь，1932）中，诗人则直接抒发自己和众多俄侨对沙皇俄国复兴的坚定信念。他坚信，伟大的俄国不会随着尼古拉二世的死亡而终结，新沙皇将会出现，伟大的罗斯将会复兴。而俄侨在异国他乡经历的流亡痛苦，被诗人视为宗教般的受难。他甚至在诗歌的末尾祝福未来的沙皇万岁：

---

① Волгин П.И.Родные Напевы. Шанхай: Издание автора, 1932. С.1-2.

Воскреснет Родина мы знаем, - 我们知道祖国终会复兴，——

Русь Возродится - не умрет! 罗斯将会重生——她不会消亡！

Пусть на чужбине мы страдаем, 就让我们在异国他乡受难，

В цепя томися наш народ... 让我们的人民戴着镣铐煎熬……

... ……

В груди надежда не угасла, 胸膛的希望没有熄灭，

Великой будет Русь как встарь!.. 罗斯将像从前一样伟大！……

Привет тебе любимой страстно, 向深爱的你致以问候，

Да здравствует Грядущий Царь![①] 祝未来的沙皇万岁！

在另一首颇具宗教色彩的诗歌《祈祷》（Молитва，1932）中，沃尔金同样表达了俄罗斯流亡者关于重建沙皇俄国的共同愿望：

Великий Бог, услышь мою молитву,- 伟大的上帝啊，请听听我的祷告吧，——

Верни мне Родину любимую мою, 请把我深爱的祖国还给我，

Низринь меня с врагом Отчизны в битву,- 请把我和祖国的敌人一起推向战场，——

Дай победить или умереть в бою! 让我要么战死沙场，要么凯旋而归！

Так тяжело живется на чужбине, 生活在他乡如此艰难，

Вдали от Родины, родных полей, 远离祖国，远离故乡的田野，

Исхода нет тоски - кручины - 忧伤没有出路——悲伤和

И слезы катятся невольно из очей. 眼泪情不自禁从眼眶中倾泻而出。

Молю, о Господи, Россия пусть проснется- 上帝啊，我祈祷，让俄罗斯觉醒——

И загорится яркая заря, - 让明亮的朝霞燃起，——

На трон отцов наш Русский Царь вернется... 让我们的俄国沙皇回归王位……

Верни нам Родину и Батюшку Царя![②] 把祖国和慈父沙皇还给我们！

在这首诗中，诗人以祈祷的形式，表达了永远忠于上帝、沙皇和沙

① Волгин П.И.Родные Напевы. Шанхай: Издание автора, 1932. С.15.

② Волгин П.И.Родные Напевы. Шанхай: Издание автора, 1932. С.4.

俄的情感。远离祖国的生活折磨着全心全意热爱俄罗斯的流亡者们，但他们无能为力恢复过去的一切，因此笃信上帝的抒情主人公只能向上帝祈求恢复沙俄制度，祈求回归祖国，即使为此牺牲生命也在所不惜。

女诗人亚历山德拉·帕尔卡乌同样怀有旧俄复兴的愿望。她本人出身于职业军人家庭，她的丈夫叶甫盖尼·尼鲁斯也曾是一名军法官。在这样的军人家庭环境的影响下，帕尔卡乌对俄罗斯军队充满崇拜之情。1916 年她与丈夫和孩子流亡中国，在哈尔滨侨居到 1933 年后移居上海，并在这里一直生活到二战结束。帕尔卡乌是一位极其独立、自主、自强的女性，在艰难的流亡岁月始终坚持工作和写作。侨居哈尔滨期间，她在俄侨学校担任教师，同时在俄侨报纸杂志上发表小品文和诗作。侨居上海期间，她担任《上海柴拉报》专职记者，先后出版两部个人诗集《不灭的火种》（Огонь неугасимый，1937）和《献给祖国》（Родной стране，1942）。从诗集的题名就可以看出，帕尔卡乌对祖国有着火焰般的热情和刚毅的信念。她在与文集同名的诗歌《不灭的火种》中，就表达了流亡者仍旧心怀沙俄帝国复兴的愿望：

Мы родились в созвездиях закатных,	我们出生在落日的群星中，
В лучах тускнеющей зари…	在逐渐暗淡的夕阳中……
Зловещих туч чернели грозно пятна	可怕的污点让不祥的乌云更黑
И погасали алтари.	让圣堂黯淡失色。
Нам с детских лет отцы твердили басни	从童年起我们反复倾听父亲讲的寓言
Об отреченьи и любви…	关于帝王的退位，关于爱……
Но нет любви!.. Наш бедный век угаснет	但没有爱！……我们可怜的世纪行将消失
В насильях, злобе и крови.	在暴力、仇恨与鲜血之中。
Ползут в изгнаньи годы роковые	不幸的流亡岁月在慢慢前行，
И жизнь убожеством пестра.	生活也因为贫穷而形形色色。
Мы — искры прошлого, мы тени неживые	我们是过去的火花，是燃尽的篝火旁
У догоревшего костра.	死去的阴影。
Но, растеряв все то, что мы любили,	但是，在失去我们的所爱之后，

Отчизны искаженный лик　　　我们不会把祖国扭曲的面孔

Не вычеркнем из старой, русской были.　　从俄国的往年旧事中删除。

Наш подвиг страшен и велик.　　我们的功勋可怕而伟大。

С толпой таких же, как и мы гонимых,　　和像我们一样被驱赶的人群一起

Изгнанники за рубежом,　　我们这些远赴他国的流亡者，

Огонь негаснущий, — огонь неугасимый, —　　内心虔诚地珍存着——

В сердцах мы свято бережем.　　不灭的火种，长明的火焰。

И новый день взойдет среди скитаний —　　新的一天将在漂泊中升起——

Рассеяв ночи сизый дым...　　灰蓝的烟雾布满夜空之后……

Негаснущий огонь своих воспоминаний.[①]　　将会燃起回忆的不灭火种。

  女诗人用"落日""夕阳"等词暗喻沙俄帝国的末期，用"乌云""暴力""仇恨""鲜血"暗喻俄国革命与内战。而她这一代人恰恰出生于这个时期，经受了暴力、仇恨、流血冲突。国家被摧毁，而幸存者只是"过去的火花""死去的阴影"。虽然他们的生活充满苦难与不幸，但内心拥有"不灭的火种"，即复兴沙俄，因为他们认为自己是沙俄火种的后继者，且坚信星星之火可以燎原，俄罗斯军官未来会复兴自己的祖国。

  帕尔卡乌在另一首诗《十五年》（Пятнадцать лет，1938）中，表达了上海的俄国军团不管经历多么漫长的流亡生活，依然保持对祖国的忠诚和信念：

Пятнадцать лет средь экзотичных зданий　　十五年在异国的建筑中

В стране иероглифов, драконов и тревог　　在充满汉字和龙图腾、令人不安的国度里，

Стоит, прошедших лет храня воспоминанье,　　上海军官会依然存在，

В Шанхае Офицерское Собранье,　　它是昔日俄罗斯的朴素一角，

Былой России скромный уголок.　　保存着对过去岁月的记忆。

Тех лет, когда наш край в бесправьи не был сирым,　　那些年，我们的国土尚未贫穷，

---

① Паркау А. Огонь неугасимый: Стихи. Москва: Нобель Пресс, 1937. С.2.

Когда был жив наш Царь и цел наш Отчий Дом,　　我们的沙皇活着，我们的故园完好，

Когда дух рыцарства и чести правил миром　　骑士精神和荣誉感遍布我们的世界，

И Русский Офицер, гордясь своим мундиром,　　俄国军官以自己的制服为傲，

Гордился Родиной, Собраньем и Полком.　　以自己的祖国、集会以及军团为傲。

Все, от полковника до юного корнета,　　所有人，从上校到年轻少尉，

От школьной твердо помнили скамьи,　　在校读书期间就铭记

Что доблесть воина лучом любви согрета,　　爱情的光芒点亮战士的英勇，

И чтили высоко родной страны заветы　　而且在团结的军队大家庭里

В кругу военной сплоченной семьи.　　大家都非常尊重祖国的传统。

И были те года победоносно ярки...　　那些年如此风光……

В Собраньи было все, что дорого сердцам,　　会上谈的都是我们内心珍视的东西，

— Знамена, ордена и царские подарки...　　——旗帜、勋章和沙皇的礼物……

И в шумных праздниках со звоном братской чарки　　在与弟兄们小酌的喧闹节日里，

Тянулась молодежь к прадедовским орлам.　　年轻人向往古老的雄鹰。

Гремела музыка, лилось рекой веселье,　　音乐震耳，快乐像小河般流淌，

Брал младший радостно со старшего пример,　　年轻军官很乐意效法年长军官，

Роднил единый дух единой общей целью,　　共同的目标使大家拥有同样的精神，

И, как могучий клич, в час бранного похмелья　　在宿醉的眩晕中，响起有力的呼喊

Звучало слово — Русский Офицер!　　——俄罗斯军官。

И вот пятнадцать лет средь горького изгнанья,　　如今十五年身处痛苦的流放，

Бессменным часовым, хранящим грез чертог,　　我们像不换班的岗哨，永葆辉煌梦幻

Нам светит Офицерское Собранье,　　军官会照亮着我们，

Как лучших дней немое обещанье,　　它向我们无声地许诺最美好的时光，

Как возрожденья русского залог.　　它是俄罗斯复兴的保障。

И стойкие борцы, соратники былые,　　坚毅的战士，昔日的战友，

Находят в нем и ласку, и приют,　　以及他们的妻儿、朋友和亲人，

Их жены, сыновья, друзья их и родные,　　在其中找到了温情和避难所。

Задорные юнцы и старики седые,　　充满激情的年轻人和头发花白的老者，

На огонек живой доверчиво идут.　　信心满满地向燃烧的火焰走去。

И бережем, как встарь, от века и доныне,　　在会上，我们像自古以来那样，

В Собраньи мы все то, что дорого сердцам,　　永远珍惜心灵珍视的一切

— Родного языка улыбку на чужбине,　　——异乡带着微笑的母语，

И гордый русский герб, и русские святыни,　　骄傲的俄罗斯国徽，俄罗斯圣物，

И верность Родине, преданьям и отцам![①]　　以及对祖国、古老的传说和祖辈们的忠诚。

该诗发表于 1938 年，描述了上海的俄罗斯军官会。十五年前，白军在俄国国内战争中失败，不得不流亡海外。他们中有一部分流亡到处处充斥着"汉字""龙"等异国元素的中国。尽管经历了失败与流亡，这些俄罗斯军官并没有气馁，他们自诩为俄罗斯精神的继承者，保留着沙俄时期追求荣誉和建立功勋的精神，仍旧如昔日那样英勇团结。他们认为，军官会的存在，不仅为所有流亡同胞提供了庇护和温暖，而且也是未来俄罗斯复兴的保障。

女诗人玛利安娜·科洛索娃在《伟大的俄罗斯》（Великая Россия）一诗中，也表达了对俄侨终有一天回归祖国的信心：

...　　......

Мы тоже похожи с тобой на детей,　　我和你一样像孩子，

Все ждем из России хороших вестей.　　我们都在期待俄罗斯传来好消息。

И с детской улыбкой смотрю я туда,　　我带着孩童般的微笑凝望那里，

Где сердце осталось в плену навсегда.　　我的心儿永远被俘虏的地方。

Зеленая елка напомнила мне　　绿色的枞树让我想起

О грозной, о темной, о милой стране.　　那个严酷的、黑暗的、可爱的国度。

О снежном, холодном, великом пути,　　那条充满暴风雪的寒冷的伟大路途，

Которым должны мы к победе идти.　　沿着那条路我们应该能走向胜利。

В Рождественский вечер запела метель:　　暴风雪在圣诞夜歌唱：

---

① Крейд В. П., Бакич О.М. Русская поэзия Китая: Антология. Москва: Время, 2001. C.379-380.

Победа··· Россия··· великая цель!..	胜利……俄罗斯……伟大的目标！
Для этой прекрасной и грозной страны	为了这个美好而严酷的国度
И люди великие духом нужны.	需要精神伟大的人。
Пускай по России промчит ураган —	让飓风从俄罗斯疾驰而过——
На крыльях горячих погибель врагам!	让敌人死在滚烫的翅膀上！
Да будет, как воздух и хлеб и вода,	就像空气、面包和水,
Для русских Россия — Россией всегда![①]	对于俄罗斯人来说——俄罗斯永远都在。

这首诗描写了一个身在异国他乡的俄侨在圣诞夜看到绿色的新年枞树后，想起了遥远的祖国俄罗斯。祖国至今在她眼中仍然是一个严酷、黑暗但伟大、可爱的国家，她的心灵永远为之臣服。因此抒情主人公和其他海外同胞一样，成了"精神伟大的人"，始终用祈祷和爱等待着旧俄的复兴，而且时刻准备响应祖国的号召而回归。

复兴旧俄的坚定信念同样在诗人尼古拉·谢戈廖夫的诗歌《俄罗斯画家》（Русский художник，1933）中体现出来，他甚至为自己的俄罗斯身份而自豪：

Кидающий небрежно красок сгустки	不经意地把一块颜料抛向
На полотно, вкрепленное в мольберт,	固定在画架上的画布,
Художник я и, несомненно, русский,	我这个画家，自然是俄罗斯画家,
Но не лишенный иностранных черт.	但不失外国人的特征。
Люблю рассвет холодный и линялый –	我喜欢寒冷的、褪了色的黎明——
Нежнейших красок ласковый разлад.	喜欢各种不协调的温柔可爱色彩。
Мечта о власти и меня пленяла,	关于权力的梦想吸引我,
Меня пленяла и меня трясла.	震撼着我。

---

① Колосова Марианна. Вспомнить, нельзя забыть. Барнаул: Алтайский дом печати, 2011. С.38.

185

На всякий звук теперь кричу я: занят;　　现在面对任何声音我都会吼：我很忙；

Но этим жизнь исчерпана не вся:　　但生命并没有为此全部耗尽。

Вокруг враги галдят и партизанят,　　敌人在周围叫嚣，打游击，

Царапины нередко нанося.　　时不时制造一些擦伤。

Мне кажется, что я на возвышеньи.　　我觉得，我在高处。

Вот почему и самый дух мне люб　　这就是为什么我喜欢

Французской плавности телодвижений,　　法国人躯体动作的优雅，

Англо-немецкой тонкой складки губ.　　英国和德国人细细的唇褶。

Но иногда я погружен по плечи　　但我有时将肩膀蜷缩

В тоску и внутреннюю водоверть.　　陷入忧伤和内心的水池。

И эту суть во мне не онемечит,　　哪怕死也无法将我从本质上，

Не офранцузит никакая смерть.[①]　　德国化或英国化。

　　流亡在外的抒情主人公虽然对其他国家的人抱有好感，甚至欣赏法国人的优雅、英国人和德国人的谨慎，但他本人从未有过要"德国化"或"法国化"的想法。因为他在心理气质上属于俄罗斯人，始终喜欢俄式的寒冷、不协调和权力斗争，始终保持着俄式的骄傲，站在精神高度俯视一切，不惧怕任何敌人，也不惧怕世俗的困难。

　　以上诗歌中显然对旧俄怀有忠贞不二的认同，诗人们以直抒胸臆的形式表达了对俄罗斯祖国唯一的爱，这种身份认同具有排他性，无法兼容其他国家和民族认同。这似乎可以用以上诗人不懂汉语、对中国文化了解不深的原因来解释。但令人吃惊的是，即使那通晓汉语和中国文化的俄侨文学家，在 30 年代中期之前也在内心深处对俄罗斯祖国满怀忠贞不二的信念。比如，汉学和中国文化通别列列申在《我们》(Мы,

---

① Щеголев Н.А. Победное отчаянье. Собрание сочинений. Москва: Водолей, 2014. C.32.

1934）一诗中写道：

Нас миллионы — вездесущих,	千千万万个我们——无所不在，
Бездомных всюду и везде,	无家可归者处处都有，
То изнывающих, то ждущих,	有时痛苦，有时等待，
То приучившихся к беде.	有时习惯了灾难。
...	......
Во всех республиках и царствах,	侵入所有的国家和王国，
В чужие вторгшись города,	所有异邦之城，
Мы — государство в государствах,	我们——构成了国中之国，
Сплотившееся навсегда.	永远凝聚在一起。
...	......
Все звезды повидав чужие	看遍了异国他乡的星星
И этих звезд не возлюбя, —	但不爱这些星星，——
Мы обрели тебя, Россия,	我们带着你，俄罗斯，
Мы обрели самих себя![1]	我们带着自己！
...	......

　　此时期的别列列申虽然开始对中国语言和文化产生浓厚兴趣，但他对俄罗斯祖国怀有忠贞不二的爱，认为俄侨不管流亡何处，始终在心中带着祖国。正是对祖国忠贞不二的认同，使千千万万俄侨在流亡地凝聚成了"国中之国"，捍卫自己的旧俄身份认同。

　　总之，20世纪30年代末之前的俄罗斯流亡者，不愿接受红色苏维埃政权，甚至怀有复兴旧俄的愿望和梦想，这使他们在流亡地坚定地保持着自己的旧俄身份认同，不愿被异国文化同化。"如果我们把侨民诗歌比喻为众声喧哗的交响曲，那么，其中最响亮的旋律就是诗人对祖国，

---

① Крейд В. П., Бакич О.М. Русская поэзия Китая: Антология. Москва: Время, 2001. С.386-387.

对俄罗斯的苦苦思念与依恋。"①

第二节 30 年代末—50 年代初：旧俄身份
认同的怀疑与重新选择

如果说 20 世纪 30 年代中期之前，上海俄侨依靠自身群体形成的集体文化记忆，在心中维持和坚守旧俄身份认同，期待有朝一日能回归祖国、复兴旧俄，那么 30 年代中期之后，上海俄侨逐渐意识到在祖国大地上复兴旧俄的梦想也许永远无法实现。因为随着第二个五年计划的推进、农业集体化和工业化的全面完成，苏联在短短的十多年里取得了震惊世界的经济成就，全苏的工业生产水平变为世界第二位和欧洲第一位。② 祖国的繁荣昌盛直接导致许多俄侨对新政权态度的转变，加上越来越艰难的流亡生活，使上海俄侨从 20 世纪 30 年代中期开始对自己的旧俄身份认同产生动摇和怀疑。

一部分诗人由于难以适应上海快节奏的都市生活，不喜欢高度工业化和商业化的氛围，不愿意融入本地文化和生活，因此极度绝望和孤独，甚至怀疑活着的意义。正如尼古拉·谢戈廖夫在《经验》(Опыт, 1932)一诗中写道：

Одиночество — да!— одиночество злее марксизма.	孤独，是的! 比马克思主义还可恶的孤独。
Накопляешь безвыходность: родины нет, нет любви. ③	越来越绝望: 没有祖国, 没有爱。

---

① 谷羽：在漂泊中吟唱——俄罗斯侨民诗选《松花江晨曲》，《俄罗斯文艺》，2002 年第 6 期，第 30 页。

② 张建华：《俄国史》，北京：人民出版社，2004 年，第 191—192 页。

③ Щеголев Н. А. Победное отчаянье. Собрание сочинений. Москва: Водолей, 2014. С.25.

女诗人玛丽娅·薇姿在诗歌《我们在世上是多么孤独！》（Как страшно одиноки мы на свете！）中，同样抒发了俄侨在异国他乡的孤独与绝望：

Как страшно одиноки мы на свете!	*我们在世上是多么孤独！*
Среди толпы таких же, как и мы,	*在与我们一样的人群中，*
бредем, как заблудившиеся дети,	*踽踽而行，像迷路的孩子，*
над пропастью отчаянья и тьмы.	*走在绝望与黑暗的深渊之上。*
Нам суждено глухое бездорожье	*我们注定无路可走，*
и иногда бессильная печаль	*有时望着窗外狭窄的小岛，*
глядеть в окошка узкое острожье	*流向远处的河流，*
на реки, убегающие в даль.	*我们浑身无力、满心忧伤。*
Бывает, на пути встречаешь друга—	*有时，在路上偶遇友人——*
но только миг на сердце брезжит свет,	*内心只有瞬间发出微弱光芒，*
— и снова ночь, и снова воет вьюга,	*——然后黑夜再次降临，暴风雪再次扬起，*
и ты один, и друга больше нет. [①]	*你一个人，再也没有朋友。*
...	*......*

玛丽娅·薇姿在诗歌中把流亡俄侨比作沿无边黑暗和深渊前行的"迷路的孩子"，面对没有出路的未来，他们浑身无力、满心忧伤。即使偶尔有友人出现，也只会引起内心瞬间的希望，随后又陷入更深的绝望。

玛丽娅·克罗斯托维茨在《俄罗斯》（Россия，1946）一诗中，则表达了俄侨一直寻找回归之路的疲惫：

О, Русь! Утерянная скиния,	*唉，罗斯啊！失去的帐幕，*
Куда нам заповедан вход,	*你给我们嘱托的入口，*
Среди снегов в узорах инея,	*在冰天雪地和霜冻中，*
Где вьюг нестроен хоровод:	*那里暴风雪形成的圆舞不协调：*

---

① Vezey M A. Moongate in my Wall: Collected Poems of Maria Custis Vezey. New York: Peter Lang, 2005. p.125.

В лесной глуши ты дышишь тайною.	你在森林的僻静处喘着神秘的气息。
Как кипарисовый киот,	像松柏做成的神龛,
И лишь тропинкою случайною	只有沿着偶遇的小径
Наш вестник до тебя дойдет.	我们的信使才能找到你。
...	......
И вот теперь стоим, усталые,	瞧现在我们伫立，疲惫不堪
На рубежах иных времен	在新旧时代的交界处
И верим: вспыхнут зори алые,	但仍旧相信：红彤彤的朝霞会闪现，
Рассеивая скучный сон.[①]	驱走无聊的梦幻。

诗歌中的抒情女主人公知道俄罗斯位于何处，但回归之路充满坎坷和障碍，不仅要经历天寒地冻和雨雪风霜，而且没有明确的道路，只能靠运气去偶遇。即使这样，抒情主人公仍旧相信俄侨能回归俄罗斯祖国。显然，这里在绝望中仍旧怀有一丝希望。

无独有偶,丽吉娅·哈因德罗娃在同名诗《俄罗斯》(Россия, 1945)中,同样表达了一直寻找归途的抒情主人公的疲惫:

Россия, твой ветер привольный	俄罗斯啊，你无拘无束的风儿
Призывно и мощно поет,	在强劲地歌唱和呼唤，
И радостно сердцу, и больно,	于是心儿变得既愉悦又痛苦，
И просится сердце в полет.	心儿请求翱翔。
Но поздно! я слишком устала...	但晚了！我太疲倦……
Душа каменеет моя.	我的心已石化。
О гребень девятого вала	我的帆船将会在第九个土堤的脊梁上
Моя разобьется ладья.	被撞得粉碎。

---

① Крейд В. П., Бакич О.М. Русская поэзия Китая: Антология. Москва: Время, 2001. С.256-257.

И я не дойду — не узнаю	我走不到——也认不出
Ни ласки, ни власти твоей	你的温柔，你的霸气。
И вздохом тревожным растаю	我将带着恐惧的叹息声，
Средь чуждых китайских полей.[①]	融化在中国异乡的田野上。

诗歌中的抒情主人公能感受到祖国的召唤，并竭力踏上归途前行，但途中同样遭遇无数困难。诗人用"我的帆船将会在第九个土堤的脊梁上/被撞得粉碎"暗喻归途之困难。种种困难不仅使抒情主人公疲惫不堪，甚至产生绝望之情，感到自己永远也无法回归祖国。

而诗人尼古拉·彼得列茨在《俄罗斯》（Россия, 1946）一诗中，把自己的思乡病比喻成"剧毒"。其毒性一旦发作，他本人就会变得"凶狠""尖刻""好嘲弄人""冷漠""恶毒"，思想也充满"怀疑与不协调"。但诗人最终明白，要在遥远的异邦治好思乡病、获得心灵的宁静，只能钻研和继承祖国的艺术：

Яд ностальгии вновь, как много лет назад,	像很多年前一样，思乡剧毒再次
Овладевает мной: я зол и резок в споре,	攫住了我：我在争论中既凶狠又尖刻，
Насмешлив, суховат, язвителен в укоре,	指责中带着嘲弄、冷漠、恶毒，
И в мыслях у меня сомненье и разлад.	我的思绪也满是怀疑与不协调。

Встают сквозь мутный бред властней во много крат	有力的形象透过模糊的谵语升起，
Россия Белого — пылающее море,	别雷笔下的俄罗斯——是燃烧的海洋，
Россия Тютчева — смирение и горе,	丘特切夫笔下的俄罗斯——是顺从和痛苦，
Россия Гоголя — смятение и ад.	果戈理笔下的俄罗斯——是骚动和地狱。

Кто перечислит мне все эти отраженья?	谁能给我把所有这些形象逐一列出？

[①] Крейд В. П., Бакич О.М. Русская поэзия Китая: Антология. Москва: Время, 2001. С.552-553.

Напрасно силится найти воображенье   在若隐若现的幽灵中寻找永痕面孔，

В мельканьи призраков свет вечного лица.   这样的努力是徒劳。

Но отгоню прочь приниженное чувство.   但我要挥走这受辱的感觉

Неоценимый дар----вглядеться до конца   无价的才华是——通过艺术

В лик Родины своей через ее искусство.[①]   直视祖国的面孔。

即使是通晓汉语和中国文化的瓦列里·别列列申，在《思乡病》（Ностальгия, 1943）一诗中，也表达了自己对祖国的爱超越对中国的爱：

Я сердца на дольки, на ломти не разделяю,   我无法将心儿分成多瓣，

Россия, Россия, отчизна моя золотая!   俄罗斯啊，俄罗斯，我金色的祖国！

Все страны вселенной я сердцем широким люблю,   我用宽广的胸襟爱着宇宙上所有国家，

Но только, Россия, одну тебя больше Китая.[②]   但俄罗斯啊，我只对你的爱胜过中国。

...   ……

在以上诗歌中，诗人们以直抒胸臆的形式表达了对俄罗斯祖国忠诚的爱，以及对旧俄身份的坚守。与此同时不难发现，这种坚守中带着疲惫和绝望，带着消极和悲观。

而另外一些俄侨开始主动放弃旧俄身份认同，开始积极谋取回归途径，开始主动与苏维埃政权对话，甚至在文学创作中表达对苏维埃及其领导人的好感。例如，"归国者同盟"创始人尼古拉·斯维特洛夫在诗歌《我们的谈话》（Наш разговор）中表达了自己对斯大林的敬仰：

В Шанхае далеком, в Шанхае чужом,   在遥远的上海，在异乡的上海，

---

① Крейд В. П., Бакич. О. М. Русская поэзия Китая: Антология. Москва: Время, 2001. С.425.

② Крейд В. П., Бакич. О. М. Русская поэзия Китая: Антология. Москва: Время, 2001.С.394.

В Шанхае суровом, большом, как столица,	在严酷、广阔、像首都一样的上海，
В Шанхае, где каждый мне угол знаком,-	在每个角落我都很熟悉的上海，——
Мне часто Москва краснозвездая снится.	我时常梦到带红星的莫斯科。
…	……
Я вижу его, ощущаю его,	我看见他，感受着他，
Я голос его слышу в возгласах ветра.	我在风的呼啸中听见他的声音。
Он здесь, он со мною. Вот тут, на стене,	他在这里，和我在一起。瞧，就在墙上，
Он смотрит с портрета внимательным взглядом,	他从肖像上投来专注的眼神，
Я с ним иногда говорю в тишине,	我有时在寂静中与他对话，
Как будто бы он тут вот – запросто – рядом.	仿佛他就在这里——就在——身边。
Бывает, иной раз скажу я, вздохнув:	有时，我会叹口气说：
- «Мне стыдно, Иосиф Виссарионыч.	"我很惭愧，约瑟夫·维萨里奥诺维奇。
Но, право, влечет временами ко дну	但是，没错，有时候这座城市
Меня этот город, как омут бездонный.	像深不可测的旋涡，将我拉进深渊。
Нетрудно сорваться. – но на ноги встать	挣脱并不难。——但抬起脚
И снова идти, чтобы – как вы – не склоняться	继续前行，像您一样——不屈服，
О как это трудно! Как трудно желать	太难啦！要想在动物园中保持人样
В зверинце таком человеком остаться!»[①]	是多么困难！"

尼古拉·斯维特洛夫于 1931 年从哈尔滨来到上海，尽管他后来"熟知每个角落"，但在上海他感受到的是严酷、疏离和越陷越深的堕落。因此，他始终思念着回归祖国，经常梦见"带红星的"莫斯科，即苏联首脑约瑟夫·维萨里奥诺维奇·斯大林工作的地方。对斯大林的崇拜成为斯维特洛夫的精神支柱，他经常幻想自己与斯大林对话，从伟大领袖身上寻求精神支持。斯大林钢铁般的意志和永不屈服的信念，为犹豫不决的诗人带来了解决难题的力量，他决定顺从自己的内心回到祖国。

1943 年 1 月，苏联宣布愿意为在华俄侨授予苏联公民身份，苏联驻上海领事馆从 1946 年 1 月起接受苏联入籍申请。这为沪上俄侨提供

---

① Стихи о Родине. Шанхай, 1941. С. 22-24.

了重新选择未来之路和身份认同的机会。革命与战争的痛苦启示，流亡生活的艰辛苦难，侨居国变幻莫测的时局，使近一半俄侨最终选择接受苏联公民身份，回归苏联。但与此同时，也有近一半的上海俄侨不愿接受苏联公民身份和回归苏联。他们对苏联政府的侨民政策持怀疑和观望态度，有的仍固执地反对苏维埃政权和共产主义意识形态。他们最终宁愿保持无国籍状态，以旧俄传承者的身份继续踏上流亡他国之路。

厌倦漂泊不定的流亡生活的俄侨诗人尼古拉·谢戈廖夫，就于 1947 年选择从上海回归苏联。在《忙忙碌碌的第四十四年正在流逝》（Шел год грохочущий, сорок четвертый）一诗中，诗人描述了自己对祖国与日俱增的思念之情："当乡愁涌来时，我的痛苦与日渐长……"①

而在另一首诗《城市与年华》（Город и годы）中，尼古拉·谢戈廖夫为自己终于能够回归祖国感到无比高兴：

...	……
И мой это город, хоть многое в нем ненавистно,	这是我的城市,尽管有很多不如意,
мои это годы, моя это боль и судьба!..	这是我的岁月,我的痛苦和命运! ……
Мне город дается – в бурнусах из ткани мешковой	这座城市对我而言,是穿着破布斗篷
сутулятся кули под солнцем, палящим сверх мер.	弯腰驼背在烈日下干活的苦力。
Мне годы даются – марксизма и мужества школа,	那些年对我而言,是马克思主义
	和勇气的学校,
*заочный зачет мой на гра'жданство СССР.*②	也是让我获得苏联国籍的函授考试。

尼古拉·谢戈廖夫在诗中很明显地透露出在流亡地经历的种种艰辛和不如意，其中"有很多东西让人憎恶"。但他以乐观的心态将流亡生

---

① Щеголев Н. А. Победное отчаянье. Собрание сочинений. Москва: Водолей, 2014. С.73.

② Щеголев Н. А. Победное отчаянье. Собрание сочинений. Москва: Водолей, 2014. С.54.

涯的艰辛视为自己必须要承受的苦难和命运，并将这视为培养自己的勇气、接受马克思主义思想教育、获得苏联国籍的锻炼机会。诗中充满诗人为自己获得苏联国籍的骄傲。

尽管强大的苏联对不少俄侨文学家产生强烈的震撼作用，让他们开始期盼回归，但不少俄侨仍旧不愿接受苏联身份，即使他们明白旧俄已永远不可复兴。比如，从上海继续流亡美国的女诗人尤斯京娜·克鲁森施腾-彼得列茨在《俄罗斯》（Россия, 1944）一诗中描述了不接受苏联身份认同的俄侨听到苏联战胜法西斯的消息后的复杂情感：

Проклинали... Плакали... Вопили...	咒骂……哭泣……号叫……
Декламировали: «Наша мать!»	也有人朗诵："我们的母亲！"
В кабаках за возрожденье пили,	小酒馆里为复兴畅饮，
Чтоб опять наутро проклинать.	而翌晨再次咒骂。
А потом вдруг поняли. Прозрели.	然后突然明白了。清醒了。
За голову взялись:«Неужели?	脑海中突然闪现一个思绪："真的吗？
Китеж! Воскресающий без нас!	基捷日城！没有我们就复兴了！
Так-таки великая! Подите ж!»	终究是伟大的！ 快往那儿去！"
А она действительно, как Китеж,	但她的确如同基捷日城一样，
Проплывает мимо глаз.[①]	从眼前飘过。

尤斯京娜在诗中把 1944 年战胜了法西斯的苏联比作复兴了的基捷日城。基捷日城原本是俄罗斯旧教派信徒杜撰的一个城市。据传说，它是 13 世纪格里高利二世大公在俄罗斯中部下诺夫哥罗德州的斯维特洛亚尔湖畔建立的一个城市。当蒙古大军入侵俄罗斯时，格里高利二世被迫穿过森林逃到基捷日城。蒙古大军通过俘虏得知了前往斯维特洛亚尔湖的秘密通道，也很快追踪而至。但令蒙古军队吃惊的是，整个城镇没

---

① Крейд В. П., Бакич О. М. Русская поэзия Китая: Антология. Москва: Время, 2001.C.256.

有防御工事，居民们也未做任何守城准备，而是集体虔诚地祈求上帝的庇护。当蒙古军队开始进攻的时候，城市四周突然涌出无数喷泉，整个城市沉入湖底。在这个传说中，基捷日城象征着失乐园，是人们永远期盼的一个美好梦幻。在这首诗中，女诗人把战胜法西斯的苏联比喻为基捷日城，一方面表达了她为苏联战胜邪恶敌人而感到高兴，另一方面又为这个强大的国家不是俄侨心目中的旧俄而遗憾。

总之，随着苏联 30 年代国力逐渐强盛以及 40 年代在第二次世界大战中的最终胜利，流亡侨民最终明白：昔日旧俄再也无法重现，他们作为其继承者的身份认同面临巨大危机，且不得不进行身份认同的重新选择。一部分俄侨对兴起的富庶之国苏联越来越向往，期待回归了却思乡情，结束漂泊不定的流亡生涯。另一部分俄侨虽然对祖国思念依旧，但对回归充满疑惑与犹豫，甚至继续流亡他国。

第三节　50 年代之后：选择后的坚守

不管是选择苏联公民身份回归祖国，还是选择旧俄身份继续流亡他国，曾经流亡过中国的俄侨都在不同的国度和地区开启新的人生之路。他们的选择孰对孰错？他们的未来之路如何？选择后的他们是否后悔？

关于选择苏联公民身份回国的俄侨，他们的人生与命运可以从他们回国后写的回忆录、书信、日记乃至文学作品中窥见一斑。比如，娜塔利娅·伊里因娜的自传体小说《回归》（Возвращение，1957）和《道路与命运》（Дороги и судьбы，2012），丽吉娅·哈因德罗娃的诗歌、小说、回忆录、日记和书信集《诗人的心》（Сердце поэта，2003），弗拉基米尔·斯洛博奇科夫的回忆录《关于流亡者的忧伤命运……哈尔滨·上海》（О судьбе изгнанников печальной… Харбин. Шанхай，2005），尼古拉·谢戈廖夫的自传体小说《十字路口》（Перекресток，2013），弗谢沃洛德·伊万诺夫的回忆录和政论文集《红色面孔》（Красный лик. Мемуары и публицистика，2016）等。

1947 年 8 月起，上海俄侨经苏联政府同意和资助陆续分批回国。这些无国籍的"被遣送回国者"通常从上海出发，一路乘坐轮船、火车，历经数月的辛劳、饥饿甚至严寒，抵达俄罗斯远东地区官方指定的边境口岸，然后根据官方要求选择到乌拉尔和西伯利亚地区的偏远城市和乡村定居，比如喀山、车里雅宾斯克、斯维尔德洛夫斯克、契卡洛夫（今天的奥伦堡）、克麦罗沃等。

对于大多数归国俄侨来说，初回苏联的生存并不比流亡生活更轻松。少数回归者由于政权的怀疑和敌视遭遇被捕、甚至被枪杀的命运。比如，1947 年回国的丽吉娅·哈因德罗娃，三年后被流放到哈萨克斯坦，直到赫鲁晓夫时期才得以平反。1948 年回国的俄侨诗人列夫·格罗谢，两年后死于劳改营。1953 年回国的弗拉基米尔·斯洛博奇科夫，经历了有惊无险的被捕。

但大部分归国俄侨最终靠在流亡岁月中磨砺出来的顽强毅力和生存技能存活下来，并继续自己的文学创作，有的甚至成为著名作家。比如，1947 年回国的娜塔利娅·伊里因娜，几年后不仅在高尔基文学院实现了自己的作家梦，还收获了爱情并组建了稳定的家庭。在后来的多次访谈中，她都义无反顾地肯定说："我从来不后悔回国。"[1] 而 1954 年带着妻儿回归苏联的巴维尔·谢维尔内，虽然在契卡洛夫州做过国营农场的农民、图书管理员、出版社编辑，但最终于 1958 年定居莫斯科州的波多利斯克并开始职业作家之路，先后出版长篇小说《满洲原始森林在喧嚣》（Шумит тайга Манжурии，1960）、三卷本系列长篇小说《关于古老乌拉尔的传说》（Сказание о старом Урале）等，1970 年又加入苏联作家协会。如今的波多利斯克区不仅有以作家姓名命名的博物馆，而且经常举办与作家诞辰和去世有关的周年纪念活动。[2] 不管是娜塔利娅·伊里因娜的自我肯定，还是巴维尔·谢维尔内的他人认可，都在一

---

[1] Ильина Н.И. Дороги и судьбы. Москва: АСТ: Астрель, 2012. C.15.

[2] 以上内容出自本书作者与作家儿子的通信与访谈。自 2015 年开始，本书作者就与之保持电子邮件往来。2018 年去莫斯科大学访学期间，又曾亲自上门采访。

定意义上证明一部分俄侨选择苏联身份的正确性。因为正是在祖国，他们的人生有了归宿，他们的梦想得以实现，他们的生活有了意义。

关于那些继续流亡他国的俄侨，他们的命运同样可以通过他们后来的回忆录、书信、日记乃至文学创作窥见一斑。比如，奥尔嘉·斯科皮琴科的《自传》（Автобиография，1983），别列列申的回忆录文集《两个小站》（Два полустанка，1987）和自传体诗歌《没有对象的长诗》（Поэма без предмета，1989），黑多克的回忆录文集《我生活中的篇章》（Страницы моей жизни，1989），伊丽莎白·拉琴斯卡娅的回忆录文集《候鸟》（Перелетные птицы，1982）和《生活的万花筒》（Калейдоскоп жизни，1990），拉里萨·安黛森的诗歌、回忆录和书信集《一个人在桥上》（Одна на мосту, 1995），尤斯京娜·克鲁森施腾-彼得列茨 1998—2000 年间发表在杂志《亚洲的俄罗斯人》（Россияне в Азии）上的一系列回忆录。

继续流亡他国的俄侨不仅在物质生活方面大都比较贫穷，而且仍旧无法融入他国生活圈和文化圈，因此孤独感和对未来的不确定感成为这些人的共同心理特征。比如，定居法国的米哈伊尔·谢尔巴科夫因为孤独抑郁而最终自杀身亡。[1] 定居美国的尤斯京娜·克鲁森施腾-彼得列茨孑然一身并孤独终老，她在写给拉里萨·安黛森的信中不仅激烈批判美国工业文明导致的环境污染等现象，而且满含对自己生活现状的不满和无人可倾诉的孤独："孤独要糟糕得多，当一个人健康且周围没有一个人，没有人可以说话。"[2] 定居巴西的别列列申同样经历了物质贫穷和精神孤独的双重磨难，从他 1981 年 1 月 7 日写给拉里萨·安黛森的信可以得知，他经常靠她寄的钱维持生计且对未来毫无所知；而他在

---

① Слободчиков В. А. О судьбе изгнанников печальной... Харбин. Шанхай. Москва:Центрполиграф, 2005.C.282.

② Андерсен Л.Н. Одна на мосту: Стихотворения. Воспоминания.Письма / Сост., вступ. ст. и примеч. Т.Н. Калиберовой.Москва: Русский путь; Библиотека-фонд «Русское Зарубежье», 2006.C. 393.

1988 年 2 月 23 日写给安黛森的信中，同样倾诉了自己在异族环境中的艰难生存和无法治愈的孤独："我不知道，自己是否还因为其他东西而痛苦，但为孤独而痛苦是实实在在的，而且是无法治愈的痛苦。周围全是异族人。我只靠国际邮政活着。靠您、尼诺奇卡、加拿大的奥尔嘉·巴基奇，以及美国的朋友的信件活着。而周围——这里——没有任何人。"①
在他的《死后余生》（Посмертье，1982）一诗中，从头到尾充满了悲凉的孤独感：

В небе ни полей, ни аллей,	天上没有田野，没有林荫道，
ни разноголосицы птиц:	也没有各种鸟叫：
будет ли мне там веселей	在无边无际的蓝色死亡国度
в мерзлой синеве без границ?	我会更开心吗？
Скажут ли, впустив за порог:	踏进门槛后，会不会有人对我说：
«Комнаты себе выбирай», —	"房间你自己选"，——
или, осудив за порок,	或者由于缺点而指责我，
снова запечатают рай, —	重新将天堂封存，——
Выбросят на тысячу лет	会不会把暖暖的房间
прочь от обогретых палат?...	扔掉千年？……
Буду я, бездомный, одет	我这个无家可归者，会不会穿上
*в рубище из ветхих заплат.*②	破烂补丁做成的衣裳。
...	……

① Андерсен Л.Н. Одна на мосту: Стихотворения. Воспоминания.Письма / Сост., вступ. ст. и примеч. Т.Н. Калиберовой.Москва: Русский путь; Библиотека-фонд «Русское Зарубежье», 2006.С. 400.

② Перелешин В. П. В час последний: Стихотворения и поэмы. Том 2, книга 2. Москва: Престиж Бук, 2018. С.258.

诗歌字里行间流露出别列列申担心自己孤独终老后的死后余生：他担心死后天堂并不那么美好，担心那里没有田野、没有林荫道、没有各种鸟叫，担心自己在天堂没有自己的房间，甚至担心他不被允许进入天堂，更担心自己像个无家可归者一样在天堂吃不饱、穿不暖。

即使最终定居法国的拉里萨·安黛森物质生活条件优渥，但与法国丈夫的结合和共同生活不仅要克服很多文化障碍，而且她并不喜欢巴黎的工业文明。在丈夫和亲人都先后离世后，没有孩子的安黛森独自生活在丈夫故乡小镇伊桑若的大宅子，这种生活无异于孤岛，充满了无法克服的孤独。正如她晚年的诗歌《在这个老房子里》(В этом старом доме)里所写的那样：

В этом старом доме	在这个老房子里，
Так скрипят полы...	地板咯吱咯吱响个不停……
В этом старом доме	在这个老房子里，
Так темны углы...	角落如此黑暗……
Так шуршит и шепчет	夜是如此寂静，
Ночью тишина...	仿佛只有它在喧闹和私语……
В этом старом доме	在这个老房子里，
Я живу одна.[①]	住着我一个人。

然而，流亡他国的俄侨在贫穷和孤独中仍旧坚守自己的旧俄身份认同，这种坚守最直接的体现是继续用俄语进行文学创作。比如，定居巴西后的别列列申颇为多产，定居美国后的尤斯京娜·克鲁森施腾-彼得列茨始终保持创作和思考，定居巴拉圭后的伊琳娜·列斯娜娅仍旧把自己从事的文学事业称为"神圣写作"，定居法国后忙于照顾家庭的拉里

---

① Андерсен Л.Н. Одна на мосту: Стихотворения. Воспоминания.Письма / Сост., вступ. ст. и примеч. Т.Н. Калиберовой.Москва: Русский путь; Библиотека-фонд «Русское Зарубежье», 2006.С. 228.

萨·安黛森依旧抽时间坚持写作。正是书写俄语诗歌、小说、回忆录、传记乃至书信，帮助流散世界的俄侨维持自己的旧俄身份认同。

　　继续流亡他国的俄侨文学家，不仅继续用俄语创作，还继续抒发自己对俄罗斯祖国忠贞不渝的爱，甚至是复兴旧俄的梦想。比如，奥尔嘉·斯科皮琴科在旧金山出版的个人文集《小说和诗歌》（Рассказы и стихи，1994）前言中写道："这本书是我对祖国的爱之路，也是对俄罗斯复兴的希望。我的一生都在写祖国，并坚信俄罗斯的复兴。"[①] 在出版前言中，女诗人还即兴写出献给祖国的诗歌《献给你，俄罗斯》（Тебе, Россия）：

Коль от веры в близость Возрожденья	因为相信复兴临近，
Легче сердцу, радостней уму.	心儿就更轻松，头脑就更愉悦。
И от счастья быть Твоим поэтом	因为体验到能成为你的诗人，
И стихи писать Тебе одной,	能为你一个人写诗的幸福，
Было так легко бродить по свету	就能轻松地在全世界漂泊，
Не расставшись ни на миг с мечтой.[②]	一刻也不停止梦想。

　　即使嫁给法国丈夫的拉里萨·安黛森，也始终保持着自己不变的俄罗斯本质。在 1970 年定居法国后，她始终与流散至世界各地的俄侨友人尤其是与她有过共同的中国流亡经历的俄侨友人保持着频繁的书信往来，表现出强烈的"寻根"欲和交流愿望。而同样有过中国流亡经历的娜塔利娅·伊里因娜到法国对她的顺访，更是勾起了安黛森的思乡病。她在献给伊里因娜的诗歌《侨民的白桦》（Эмигрантская березка）中，表达了自己永远不变的俄罗斯本质：

Эмигрантский стишок читаешь —	你读侨民诗篇——
Все березки, куда ни глянь!	放眼望去，全是白桦！

① Скопиченко Ольга. Рассказы и стихи. США: Сан-франциско. 1994. С.2.
② Скопиченко Ольга. Рассказы и стихи. США: Сан-франциско. 1994. С.2.

Вырастали-то мы в Китае,	我们曾经在中国长大,
Про бамбук бы, про гаолян…	听到的全是竹子、高粱……
Про неистовые закаты	狂热的日落
…	……
И в Китае росли березы,	而且中国也有白桦,
И багульник по сопкам рос,	还有苗壮的迷迭香,
Но у русских упорно грезы —	但俄国人执着于他们的梦想——
О российской красе берез…	关于俄国美丽白桦的梦想……
Наша родина — не на карте.	我们的祖国——不在地图上。
Наша родина — не земля.	我们的祖国——不是一片土地。
Не багульник на окнах в марте,	不是三月窗外的迷迭香,
Не березы, не тополя.	不是白桦,不是白杨。
Наша родина — это сказки,	我们的祖国——是童话,
Это — песни, что пела мать,	是——母亲唱的歌谣,
Это — книжки, картинки, краски,	是——心灵所吸收的,
Что успела душа впитать.	书籍,图画,色彩。
…	……
И, быть может, слова поэта,	也许,诗人那飞入记忆
Залетевшие в память где-то,	在内心深处长久腐烂
Долго тлевшие в глубине,	的话语,
Вдруг зажглись… И березка эта	突然点亮……这棵白桦
Их лепечет по-русски мне.[①]	将会用俄语和我絮叨。

　　在这首诗中,拉里萨·安黛森表达了像她一样的中国俄侨内心深处永远保持着俄罗斯身份认同,因为白桦是俄国和俄国人民的象征。尽管俄侨从小在中国长大,耳濡目染的是中国文化,但他们仍旧执着于俄罗斯精神文化。虽然他们明白,旧俄不会重现,他们也可能回不了祖国,

---

① Андерсен Л Н. Одна на мосту: стихотворения, воспоминания, письма. М.: Русский путь, 2006. C.219.

但祖国对他们而言已经不再是地球上的地理空间，而是记忆深处的文化空间。他们从小听过的俄罗斯童话，母亲哼唱的俄罗斯歌谣，从书本和图画上看到的俄罗斯内容，都已经作为俄罗斯传统文化符号深深印在了他们的内心深处。这些俄罗斯记忆会时不时地从头脑中飞出，展示自己的生命力。总之，诗歌中的"白桦"是俄罗斯传统文化的象征，年轻一辈俄侨从老一辈侨民那里将其传承并不断延续，从而支撑着他们坚持自己的俄罗斯身份认同。

然而，对于流散世界各地的俄侨来说，祖国既是一个无法割舍掉的记忆，又是一个回不去的过去。这种矛盾的情感在拉里萨·安黛森的另一首诗歌《在桥上》(На мосту，1971) 中淋漓尽致地体现了出来：

На том берегу – хуторок на поляне	对岸是——林中空地上的一座小村庄，
И дедушкин тополь пред ним на посту…	爷爷栽的白杨在村子上方站岗……
Я помню, я вижу сквозь – слезы, в тумане,	我能记得，也能透过泪眼看见，
Но всё ж я ушла и стою на мосту.	但我还是离开，站在桥上。
А мост этот шаток, а мост этот зыбок –	这座桥不稳固，这座桥在摇晃——
От берега деда на берег иной.	从爷爷这边的岸摇到另一岸。
Там встретят меня без цветов, без улыбок	那里的人不会带着鲜花和微笑迎接我
И молча ворота захлопнут за мной.	大门也在我的背后"砰"地一声关上。
Там дрогнут и хмурятся темные ели,	那里黑色枞树皱着眉头颤抖，
И, ежась от ветра, мигает звезда…	星星也因为风蜷缩并眨着眼……
Там стынут улыбки и стонут метели,	那里的微笑冻僵，暴风雪也在呻吟，
Нет, я не дойду, не дойду никогда!	不，我不去，我永远不去！
Я буду стоять, озираясь с тоскою,	我将站在这里，忧伤地环顾四周，
На сторону эту, на сторону ту…	朝着这个方向，朝着那个方向……
Над пастью обрыва с проклятой рекою.	在该诅咒的河流的塌陷处，
Одна. На мосту.[①]	我一个人在桥上。

---

① Андерсен Л Н. Одна на мосту: стихотворения, воспоминания, письма. М.: Русский путь, 2006.C.242.

这首诗歌写于 1971 年，当时安黛森回到苏联看望姑姑。在那里，当女诗人望着对岸的小村子，无数往事和情感涌上心头。然而，物是人非，爷爷栽种的白杨还在飘扬，昔日的吊桥还在摇晃，但故乡的亲人却一个也不留，回归的大门也永远向她关上，只留下她一个人忧伤地站在桥上，不知何去何从。显然，诗行中透露出流散俄侨的真正悲剧：身在他国，心在祖国。正如 1994 年 9 月 21 日安黛森在写给苏联艺术家和学者尤里·弗拉基米罗维奇·林尼克的信中坦言："要知道总是向往——俄罗斯北方，卡累利阿，芬兰……最近电视上刚刚放映了卡累利阿、基日岛等。我看到了俄罗斯木头教堂，突然喉咙哽咽。我还是无法成为一个不带任何偏袒的世界公民呀。"①

① Андерсен Л.Н. Одна на мосту: Стихотворения. Воспоминания.Письма / Сост., вступ. ст. и примеч. Т.Н. Калиберовой.Москва: Русский путь; Библиотека-фонд «Русское Зарубежье», 2006.С. 351.

下篇　个案研究

第六章　巴维尔·谢维尔内的中短篇小说创作

　　巴维尔·亚历山德罗维奇·谢维尔内1900年出生于乌拉尔地区一个男爵家庭。1916年，十六岁的谢维尔内中学毕业就自愿上了第一次世界大战前线。但他无法接受后来爆发的二月革命和十月革命。1919年，当父母和两个姐妹被新政权枪毙后，十九岁的谢维尔内加入白军将领高尔察克部队并跟随部队沿西伯利亚向东撤退，经历了从贝加尔湖至中国东北的冰上大穿越后，于1920年抵达哈尔滨。1921年开始侨居哈尔滨十一年，期间他任职中东铁路局，同时兼任俄侨杂志记者、剧院演员，并在业余时间尝试文学创作。30年代初，随着日军入侵东三省，俄侨生存境遇每况愈下，谢维尔内决定南下上海寻求出路。但由于没有路费，他于1932年步行十个月穿越大半个中国来到上海。之后在上海侨居二十二年，直到1954年回国。在此期间，谢维尔内在通过各种职业谋生的同时坚持文学创作，并在上海俄侨界声名鹊起。1954年，谢维尔内带着妻子和儿子回国定居和创作，一直到1981年离世。

　　谢维尔内在中国侨居期间共出版十八部小说作品，而且大部分是侨居上海时创作。其中包括：长篇《灾难时刻》（Лихолетье，1933），中篇《斜视的圣母》（Косая Мадонна，1934），中篇《屠格涅夫故事》（Тургеневская сказка，1937），长篇《北极星旁的妇女》（Женщины у полярных звезд，1937），长篇《夫人》（Лэди，1938），中篇《中国瓷娃摇着头》（Фарфоровый китаец качает головой，1937），中篇《蓝鹭湖》（Озеро голубой цапли，1938），中篇《独一无二之俄罗斯的面容》（Лики неповторимой России，1939)，中篇《乌拉尔吹来的风》（Ветер с Урала，1939），长篇《淤泥中的黄金》（Золото на грязи，1941），长篇《卡马河上的迷雾》（Туман над Камой，1942），短篇小说集《黑天鹅》（Черные лебеди，1941），中篇《草鞋的痕迹》（Следы лаптей，1943），长篇《白雪下的旋转木马》（Карусель под снегом，1947）等。

这些小说大都以中国俄侨为主人公，书写他们流亡中国期间对母国的文化记忆，在流亡地的现实生活和情感遭遇，以及在流亡地体验到的文化冲突和碰撞等。这些创作不仅体现了谢维尔内作为一名作家的鲜明现实主义风格和主题，而且反映了中国俄侨作为一个整体的生存状态和人生命运，具有重要的文学、历史和文化意义。

第一节　流亡中的俄国记忆

大多数流亡中国的俄侨不接受苏维埃政权，仍对沙俄时代的俄罗斯祖国怀有无限的痴情。尤其昔日的贵族及其后裔，对比旧俄时代的美好过去和如今穷困潦倒的流亡生活，更惋惜旧俄的覆灭，也更怀念昔日的贵族生活。谢维尔内作为男爵家庭的后代、旧俄军官和君主主义者，其创作也流露出对旧俄的忠诚信念和对贵族生活的美好记忆。

比如，在短篇小说《雨锤的旋律》（Мелодии водяных молоточков，1941）中，上海的秋天雨夜勾起流亡沪上的男主人公对俄罗斯之秋及往事的怀念。一切仿佛发生在昨天，好像他刚刚离开俄罗斯。男主人公以独白形式满怀深情地表达了对祖国的怀念与忠诚："现在我们明白，无论生活将我们抛向何方，无论我们的腿迈向何处，我们处处都会带上钻石般的勇敢思维、艺术和对基督永不动摇的信念。"[1] 短篇小说《思绪》（Мысли，1941）则通过一位流亡中国十八载的七旬老者在平安夜对一位年轻同胞的诉说，抒发俄侨对祖国和往事的怀念之情。小说表面上采取了对话形式，但有听者出场却无听者的声音，而主要是老人的回忆和讲述。在老人的记忆中，以前在俄罗斯的圣诞节白雪皑皑、美丽动人，如今在流亡地的圣诞节阴雨连绵、忧思难断；以前的圣诞节他与朋友们欢聚一堂，如今他孑然一身；以前他作为效忠祖国和沙皇的一名省长处

---

[1] 李英男编：《黄浦江涛声》（中国俄罗斯侨民文学丛书俄文版 10 卷本·第五卷 / 李延龄主编），北京：中国青年出版社，2005 年，第 12 页。

处受人尊敬和爱戴,如今在异邦不得不靠为英国友人照料古董苟且偷生。总之,老人过去在母国欢乐、美好、体面、充满尊严的生活,与如今在流亡地孤独、无望、艰难、毫无尊严的生存形成了鲜明对比,充满忧伤悲凉的氛围,以至于听者无力表达任何安慰的言语,而只陷入深深的忧虑和思索。

实际上,在 20 世纪 40 年代中后期苏联政府允许在华俄侨申请恢复国籍之前,大部分俄侨既无法回国了却思乡病,也不可能在异邦再现贵族生活。而且,他们大都不懂汉语,不愿或无力融入本地文化,因此大都生活在封闭孤立的俄侨圈里。在这片不大的孤岛上,这些没有合法身份和国籍的人,只能坚守旧俄记忆,渴望以旧俄的伟大文化遗产为盾牌抵御流亡者的悲哀,确立自己的身份认同。在谢维尔内的中短篇小说中,这种文化记忆主要表现为对俄罗斯历史文化名人的记忆和书写。

比如,短篇小说《黑天鹅》(Черные лебеди, 1941)和《在美好宫廷的会面》(Свидание в чудном дворце, 1941)都是对旧俄代表沙皇的记忆和书写。《黑天鹅》以 1917 年历史变革为背景,描写为躲避革命悲剧而逃到西伯利亚原始森林的末代沙皇尼古拉一家在圣诞夜的凄凉场景。皇后亚历山德拉·费德罗夫娜为丈夫和儿子生死未卜的前途担忧祈祷。不谙世事的皇太子阿列克谢经历了政治变故后开始成熟、难以入眠,他带着困惑和不解回忆一切过往,不明白自己为何突然从无忧无虑的宫廷生活、威风凛凛的前线阅兵,被抛进恐怖的革命深渊和全家狼狈逃亡的路上。小说以皇太子带有一只黑天鹅的充满诗情画意的梦境结束,反衬出现实的凄凉与悲惨,由此也可以看出作者对末代沙皇一家在暴力革命中的悲剧的反思。而《在美好宫廷的会面》将沙皇尼古拉一世塑造成仁爱、宽容、大度的开明国君。他不仅将攻击沙皇政权的普希金从流放地释放,而且在宫廷里亲切友好地接见他,甚至因为普希金忠于十二月党人的友谊而尊敬和爱戴他。作者在以上两部小说中,都从普通人的视角来审视和书写旧俄最高统治者,将沙皇及其家人放置到平常人而非君主的高度,拓宽了他们的人性维度,反思了革命给个人(包括统治者)

带来的悲剧和毁灭性后果。

普希金作为俄罗斯传统文化之魂，自然成为谢维尔内关于俄国的文化记忆的重要组成部分和书写对象。短篇小说《生活的花边》(Кружева жизни,1937) 讲述了普希金生活中最重要的三位女性：母亲、乳娘和妻子。在作者看来，这三位女性对普希金个人心灵的成长和才智的发展贡献并不相同。其中，母亲虽然生育了他，但因为性格刁钻古怪而不曾走进儿子的内心世界。妻子虽然是普希金一生的挚爱，但她只顾追求喧闹荣耀的生活而损害了丈夫的名誉并最终导致他在决斗中死亡。对普希金的心灵世界影响最大、最理解他、最关心他的是乳娘：是她用各种民间故事滋养了童年时代的普希金；是她用祈祷和安慰的话语抚慰了青年时代在流放地倍感孤独和恐惧的普希金；是她时刻地牵挂和担心成家后的普希金得不到真正的幸福。无独有偶，短篇《秋天的夜晚》(Осенней ночью, 1937) 专门描写了乳娘在普希金婚后对他的怀念、牵挂和担忧。总之，忠诚的乳娘对普希金的爱永不衰竭且不求回报，充满自我牺牲和奉献精神。这既符合诗人普希金对自己乳娘的情感，也与诗人本人的抒情诗《致乳娘》和诗体小说《叶甫盖尼·奥涅金》中的乳娘形象一致。而《圣彼得堡的白夜》(В Санкт-петербурге белой ночью, 1937) 则专门描写了普希金与妻子娜塔利娅·冈察罗娃之间浓烈深刻的爱。从普希金来说，正是出于对妻子的爱和不舍，他对自己是否前往西伯利亚搜集创作素材而犹豫不决、夜不成寐。从妻子来说，正是出于对丈夫的爱和不舍，她半夜惊醒并恳求丈夫留下，但最终为了丈夫的创作而甘愿忍受孤独、放他离去。这部小说是对传统书写中普希金妻子轻浮虚荣形象的反拨，而且是从最基本的夫妻之情而非抽象的伦理道德说教出发。同样，另一部短篇《十六行诗》(Шестнадцать строк, 1937)，通过描写莱蒙托夫在悲愤中创作《诗人之死》的过程以及他对普希金及其妻子的回忆，不仅再次肯定普希金之死是上流社会的诽谤和谗言所致，而且也纠正了普希金妻子的名誉。因为在莱蒙托夫的回忆中，普希金是一位重情义、视个人荣誉高于生命的诗人，而妻子在普希金去世后真心懊悔，并以充满自尊自爱的表现粉碎了上流社会的流言蜚语。

从上述短篇小说不难看出，谢维尔内描写俄罗斯历史文化名人和事件时，少了些许冲动，多了几分宽容和理解。这一方面得益于作者远距离审视祖国的人和物时获得了难得的冷静和客观。另一方面也得益于充满苦难的流亡经历使作者变得悲天悯人，充满感恩和宽容。

第二节　流亡地的悲惨现实生活

十月革命后流亡到中国的俄侨，大都过着颠沛流离的生活。为了生存，他们不得不干最底层的工作，甚至无业流浪。即使那些在母国或流亡地接受过良好教育的人，其生存状态也没有因此好转。而俄侨女性的处境比男子更艰难，她们难以胜任繁重的体力劳动，再加上教育程度不高，不得不到酒吧舞厅等场所做舞伴甚至卖淫为生。谢维尔内的多篇小说都将关注的目光投向流亡女俄侨的悲惨命运，充满了高度现实主义的人文主义情怀。

比如，短篇《眼泪》（Слезинка，1941）描写了一个带着五岁女儿的单身俄侨母亲娜嘉在上海的艰辛生活。为了生计，娜嘉没日没夜地在酒吧当舞女，也早已习惯了肉体和金钱交易。一位知情达理、善解人意的美国水兵在酒吧与她精神上的交流和无言的物质帮助，让她体验到了久违的尊严，也使她死去的精神世界复燃。然而，异国他乡美好短暂的邂逅终究不可能使她摆脱生活的泥潭，而女儿的死又摧毁了她最后的精神支柱，娜嘉的命运悲剧变得无以复加。

短篇《奶奶》（Бабушка, 1941）则通过流亡地俄罗斯老奶奶的视角，描写她对自己一生的回忆和对同样流亡的孙女人生的反思，凸显了20世纪俄罗斯流亡女性的悲剧。奶奶出身于19世纪贵族之家，有过童话般的童年和青年时代。20世纪初的战争和革命使她先后失去了丈夫和儿女，最后与唯一剩下的孙女流亡在外。孙女由于生活所迫嫁给了一个自己完全不爱的男人。她为自己无爱的婚姻而痛苦，但从不抱怨，只是经常半夜喝得酩酊大醉回家。奶奶理解孙女的痛苦，常常与孙女一起无言地流泪。奶奶作为 19 世纪俄罗斯贵族女性的代表和 20 世纪俄罗斯流亡女性的见证人，通过对比自己与孙女的人生，感慨 20 世纪俄罗斯流亡女性的悲剧。她甚至将 20 世纪跟随丈夫流亡异国他乡的白军妻子与 19 世纪跟随丈夫流放西伯利亚的十二月党人妻子相提并论，认为两者一样伟大，且历史会记住俄罗斯女性经历的一切苦难。

短篇小说《国歌》（Гимн,1941）则通过流亡中国的俄罗斯男子之口，赞扬了俄罗斯流亡女性善于忍受命运磨难和历史伤害的能力，以及面对磨难时高度的自我牺牲和奉献精神。小说的叙事时间是平安夜。一群没有爱情、没有家庭的单身男俄侨聚在一起迎接圣诞节，他们在言谈中抱怨流亡女同胞过于精明现实，常常为了金钱和物质而外嫁他国男性。但男主人公却替俄罗斯女性辩护，认为俄罗斯女性是最伟大、最美好、最善于把握生活主动权、最具有牺牲精神和奉献精神的一个群体。在男主人公看来，自 19 世纪以来，俄罗斯男性就只会预言、抱怨、懊悔、找情人，然而正是女性将他们拽到充满光明的道路上来；20 世纪初，残酷的革命和战争摧毁了家庭根基，粉碎了女性对幸福的希望，然而正是女性用自己的肉体平息了男性身上的兽性，用自己的精神鼓舞安抚男性受伤的心灵；革命与战争年代过去后，那些曾经的妻子、未婚妻、情人，为了养活怀中的孩子，有时甚至是为了养活孩子无助的、残疾的、疾病缠身的父亲而被迫向全世界兜售自己的身体。因此男主人公的结论是：俄罗斯流亡女性的精明是为生活所迫，是俄罗斯男性缺乏责任感和无能造成的；俄罗斯男性不仅无权指责女性，反而应该感激她们在历史中的奉献和功勋。值得注意的是，这部小说虽然也采用了对话和辩论的形式，但同样只有男主人公一人在发言，其他男性只默默倾听，因此更像长篇大论的独白。

总之，谢维尔内的中短篇小说在描写中国俄侨的艰难生存时，常常选择女性作为重点书写对象。与男性相比，女性本来就是一种弱势性别和群体，她们的流亡生涯也更能凸显流亡者的悲哀与无奈。

第三节　流亡中的爱情变故

爱情作为人类最普遍的一种情感和文学中最永恒的一大主题，在谢维尔内的创作中也有体现。然而，爱情在他的笔下，或因为俄国动荡不安的革命与战争，或因为主人公漂泊不定的流亡生涯而多充满曲折、变故、别离、遗憾、凄凉、痛苦等悲剧色彩。

短篇小说《人与青铜》（Люди и бронза，1941）描写了革命与战争对一对青年男女爱情造成的悲剧。男主人公是一位白军军官，因为跟随部队逃亡而不得不抛弃心爱的女友。多年后男女主人公在异国相见。此时的女主人公已是一位大人物，即曾经救过她性命的红军战士的妻子。尽管女主人公坦诚自己仍旧深爱着男主人公，但选择忠于丈夫并随之离去，留下痛苦绝望的男主人公。小说颇似《叶甫盖尼·奥涅金》中塔吉雅娜与奥涅金爱情悲剧的翻版。不同的是，普希金笔下的爱情悲剧是19世纪上流社会花花公子轻浮的本性造成的，而谢维尔内笔下的爱情悲剧是20世纪俄罗斯革命与战争导致的。

短篇小说《海岸上》（На берегу океана，1941）也讲述了一对年轻时的恋人经过多年两地流亡后相逢的故事，但男女主人公形象和爱情立场与《人与青铜》不同。这里的女主人公是一位演员，年轻时因爱慕虚荣而舍弃青春与爱情。多年后，厌倦了巴黎喧嚣的漂泊生活、经历过多段暴风骤雨般的激情后，她带着一颗疲惫的心来到男主人公所在的流亡城市疗养，想弥补青春时代留下的遗憾。尽管男女主人公仍旧相爱，但漂泊不定的流亡现状已让他们无法回到从前，其相逢也只能以暂时的亲密收场。这部小说将无果的忧伤爱情与人到中年时的人生感悟结合，颇具哲理小说的韵味。而且，如同谢维尔内的很多小说一样，虽然有男主人公（听者）的出场，却始终没有他的声音。读者只能通过女主人公（说者）的话语来了解他们过去的故事。

短篇小说《探戈》（Танго，1941）直接讲述了流亡者在流亡地经历的充满曲折和变故的爱情故事。中年俄罗斯男子斯捷潘诺夫曾经有过几段颇为复杂的情感经历。流亡上海后，他与同样流亡此地的俄罗斯姑娘尼娜偶遇并相爱。但单纯的尼娜听信了俄侨圈子关于斯捷潘诺夫的谣言，因而拒绝了这份爱情。受伤的斯捷潘诺夫到苏州寺庙中隐居两月后于平安夜回到上海，打算在孤独忧伤中封闭自我。在朋友的强行邀请下，他在俄侨聚会上再次见到尼娜，并在与她跳探戈舞时感情复燃，死去的心重新复活。尽管小说以喜剧结尾，但主人公的情感过程充满淡淡的忧伤。颠沛流离的流亡生涯，常常使人的情感和生活也变得曲折复杂。

短篇小说《致妹妹信》（Письмо к сестре，1941）通过流亡上海的哥哥给流亡伦敦的妹妹的回信，间接反映了流亡者的爱情和人生悲剧。妹妹的悲剧在于：她在国内战争期间因为父母的强烈反对而忍痛割爱，抛弃了自己的男友兼哥哥的好友，即战场上的白军飞行员谢尔盖，由此也伤害了忠于友谊的哥哥，从此兄妹反目成仇二十年。哥哥的悲剧在于：经历过一次失败婚姻后，他在流亡地又被深爱的姑娘抛弃，因为在漂泊不定的流亡现实中，他作为收入不稳定的年轻作家，无法保证物质生存。苍凉的现实，加上情感的伤害，使哥哥对未来失去了希望。

短篇小说《云层后的月亮》（Луна за облаками,1941）直接描写了艰难流亡生活导致妻离子散的悲剧。流亡上海的俄罗斯工程师霍洛多夫与年轻漂亮的女同胞叶连娜相遇、结婚、生子。但再深的情感也经不起贫困单调的婚姻生活的考验。一次争吵之后，妻子离家出走并从上海辗转到美国。孩子成了霍洛多夫在流亡地的唯一精神支柱。然而，五年后叶连娜来上海接儿子去美国。即将失去唯一生存目标和希望的霍洛多夫陷入了深深的痛苦和回忆中。尽管叶连娜目睹了霍洛多夫的痛苦后决定将儿子留给他，但母子分离又何尝不是一种更深的痛苦？

总之，谢维尔内笔下爱情故事的主人公大都身处流亡地。他们有的曾在祖国有过肝肠寸断的爱情，如今在流亡地为逝去的爱情而痛苦惋惜；有的在流亡地经历爱情，但颠沛流离的现实生活使他们的爱情充满波折与变故。结果，无论他们的爱情故事如何收场，大都充满感伤和凄凉的氛围，总体上呈现出悲剧色彩。毋庸置疑，这种悲剧是流亡导致的，也是 20 世纪初俄国革命和战争导致的。

第四节 流亡者的本土印象和文化碰撞

流亡者到流亡地后，首先形成的是对他乡的印象。谢维尔内在哈尔滨和上海两地都曾居住过多年，但他的文学创作是在侨居上海期间发展和成熟起来的，因此对上海的城市印象在他的作品中尤为突出。

上海作为 20 世纪 20、30 年代中国经济最发达的国际化都市，不仅给俄侨提供了栖息之地，还给他们提供了不少就业机会。然而，很多俄侨虽对这个收留过他们的城市充满感激之情，却像面对一个工业怪兽一样充满恐惧。谢维尔内在创作中也对这个城市进行了正反两面的描写，其中繁华热闹与贫穷落后共存，光鲜亮丽与肮脏邋遢并存，忙碌拥挤与冷漠仇视并存。

比如在短篇《致妹妹信》中，流亡上海的哥哥在给妹妹的信中这样描写对上海的印象和感触："我居住在大城市里，我的周围汽车轰鸣，电车发着蓝光呼啸而过，人们居住在石头垒砌的箱子里。他们企图光鲜地生活，用各种情感相互折磨，由于仇恨和嫉妒而呲牙咧嘴、相互争吵，有时甚至对骂。但这是他们的生活，是那些我在其中寻找淡紫色梦想的人的生活。这是一种恐怖的双重生活。"[1] 不难看出，在男主人公的眼里，上海是一个由钢铁和科技铸造的现代化工业化城市，人们表面上过着光鲜亮丽的生活，但实际上人情冷漠、充满敌对甚至仇恨情绪，因为他们对物质和金钱的追求，远远吞噬了人与人之间应有的和谐、友好和关爱，甚至剥夺了他们内心的自由与宁静。同样，在短篇《眼泪》中，主人公所感受到的八月的上海，是一个由钢筋混凝土铸造而成的潮湿闷热之城："石城上海，骄阳当空，潮湿的蒸汽扼杀一切生物，让其仅仅

---

[1] 李英男编：《黄浦江涛声》(中国俄罗斯侨民文学丛书俄文版 10 卷本·第五卷 / 李延龄主编)，北京：中国青年出版社，2005 年，第 26 页。

幻想能够自由呼吸。"①

谢维尔内等俄侨对上海的负面印象可以理解。首先，上海之前没有俄国殖民的历史，也没有一个人口众多的讲俄语的俄罗斯社区，因此俄侨初来乍到很难有到哈尔滨时的那种亲切感和熟悉感。相反，欧洲列强早已在上海开辟了租界，使上海带有很强的西欧文化色彩，俄侨作为后来者只能接受这个既成事实，甚至为了能在外国公司谋职而不得不学习英语或法语。其次，上海当时作为中国人口最多、商贸最活跃、地缘颇具南方特色的城市，其拥挤狭窄的街道、遍地林立的银行商铺、湿热的夏天和阴冷的冬天，都让习惯了地广人稀、干燥凉爽、如田园般安静的北方之国的俄罗斯人很不适应。因此，繁华热闹的国际化都市上海在很多俄侨创作中具有正负两面特色。

然而，流亡者在侨居地面临的深层问题是如何融入到本地文化中去。在这个过程中，流亡者的内心深处必定会发生本族文化与异族文化的碰撞与冲突。中俄两种文化的冲突也发生于中俄通婚家庭的内部。"十月革命后，移民哈尔滨的俄罗斯人有相当一部分是贫民阶层。他们到哈尔滨后找不到工作，没有生活来源。对于他们中的未婚成年女子来说，最好的办法是嫁人……当时完全是出于一种实际的考虑，并非因文化交流所致，于是出现了这样的家庭：丈夫不会讲俄语，妻子听不懂汉语，因语言不通而带来的冲突可想而知。而信仰上的冲突就更为严重。"②

谢维尔内的中篇《蓝鹭湖》，通过嫁给中国男子的女俄侨安娜在丈夫封建家庭中的生存与矛盾来集中反映这种文化碰撞与冲突。安娜出身于革命前的俄罗斯家庭，革命迫使她与母亲流亡巴黎。在这里，她认识了来自中国的外交官"成"并嫁给了他，婚后又随他回到中国的封建传统家庭生活。由此开始的文化碰撞和冲突，主要体现在三方面。

---

① 李英男编：《黄浦江涛声》(中国俄罗斯侨民文学丛书俄文版 10 卷本·第五卷/李延龄主编)，北京：中国青年出版社，2005 年，第 45 页。

② 唐戈：分立与交流：哈尔滨俄罗斯文化与中国文化的关系——一项历史人类学的研究，《俄罗斯文艺》，2002 年第 6 期，第 61 页。

首先，体现在安娜与丈夫的婚姻生活上。表面上看，安娜嫁给"成"之后结束了凄惨悲凉的生存处境，她与"精神强大、勇敢聪明、受过精心教育、温存体贴的丈夫"①富裕地生活在其父位于蓝鹭湖岛上的私人领地上，儿子的诞生更增添了无限乐趣和幸福。但实际上，安娜并不满足于这样的婚姻和生活。她时不时地感到孤独、无聊和空虚，回忆起自己在俄罗斯时充满激情的初恋，甚至怀念在巴黎度过的喧嚣时光。安娜的这种婚姻状态是她与丈夫不同的种族和文化造成的。尽管丈夫"成"婚后努力自我改造，以减少与安娜之间的种族区别和文化差异，但仍旧无法让安娜在心灵上零距离贴近他。因此，当安娜昔日的俄罗斯恋人出现后，夫妻平静的生活立刻被打破，家庭也面临解体。

其次，体现在安娜与丈夫"成"的家庭成员之间的冲突上。"成"的父亲作为中国封建传统家庭一家之主，无法接受儿子的异国婚姻，这不仅因为"他荣耀的氏族血统与白种人血统混合使他受辱"②，还因为"成"为了妻子的健康和孩子的教育而放弃大好的仕途。同样，"成"的哥哥"昇"也不接受弟弟的异国婚姻。"昇"从小迷恋儒家哲学，长大后是著名孔庙主持，因此自然是中国传统文化和儒教哲学的代表。他仇视白皮肤人种，认为外国人来中国是为了奴役中国和抢劫中国的财富，因而视弟弟的异国婚姻为背信弃义的行为。

第三，体现在安娜对中国传统文化的不理解上。这一点通过她目睹蓝鹭湖岛上一座寺庙的佛教仪式后的感觉可以看出。寺庙里的青铜佛像、喇嘛、和尚、蜡烛、锣鼓等一切让她感到神秘庄重的同时，也让她感到枯燥乏味、千篇一律、丧失生命力甚至恐怖。她尤其觉得，用蜡烛烧烤躯体的方式来检验和尚是否忠于信仰的做法充满血腥。因此，"中国——对她而言是个难以理解的国家，这里住满了幼稚迷信的黄皮肤民族，他

① 李英男编：《黄浦江涛声》(中国俄罗斯侨民文学丛书俄文版10卷本·第五卷/李延龄主编)，北京：中国青年出版社，2005年，第14页。
② 同上书，第106页。

们在青铜神像的权威面前具有动物式的恐惧"①。

上述文化冲突和碰撞最终因为安娜与"成"的儿子得到解决。原本决定抛家弃子、与俄罗斯恋人回国的安娜在失去儿子的瞬间,突然深刻体验到家庭责任重于个人幸福,因此最终留了下来。而"成"的父亲和哥哥也出于对"成"的儿子的钟爱而接受了安娜。作者似乎想以这样的结局来表明,只要怀着友爱、宽容、开放的态度,不同种族之间的文化碰撞和冲突并非不可调和,反而会相互吸收和融合。

总之,《蓝鹭湖》看似讲述的是一个中国传统家庭里的异族婚姻的故事,其实表达的是俄罗斯流亡者经历的文化碰撞和冲突。小说由俄罗斯作家来讲述中国家庭故事,本身也是不同文化碰撞和融合的实例。而小说中描写的家庭矛盾、儒家哲学、佛教等具有中国特色的同时,又带有俄罗斯作家独特的视角和印记。这既是谢维尔内的创作特色,也是很多俄侨作家共同的创作特色。

"流亡"是贯穿谢维尔内中短篇小说创作的一根主线。主人公在异国他乡对母国俄罗斯的记忆,在流亡地经历的现实生活、情感遭遇、本土印象和文化碰撞,无不带有深刻的流亡印迹。这种流亡印迹,既是作家谢维尔内本人流亡中国之个人经历的文学具现,也是众多十月革命后流亡中国的俄侨之集体经历的文学概括。透过谢维尔内的中短篇小说创作,不仅可以窥视出作家个人的人生经历,还可以折射出20世纪前半叶俄罗斯历史以及俄罗斯大众的遭遇和命运。与此同时,谢维尔内以外族人的视角,对中国城市和文化进行了自己的书写和思索。因此可以说,谢维尔内的中短篇小说创作具有重要的历史文化意义。

谢维尔内的中短篇小说创作主要以现实主义手法书写流亡者的人生经历和思索。然而其现实主义创作极具个人风格和特色。相比于对人物

---

① 李英男编:《黄浦江涛声》(中国俄罗斯侨民文学丛书俄文版10卷本·第五卷/李延龄主编),北京:中国青年出版社,2005年,第118页。

生活片段的描写，谢维尔内更注重描写人物的内心感受和思索，因而颇具意识流特色。尤其是，他的很多作品表面上采用对话形式，但本质是独白，因为虽有说者和听者出场，但只有说者的声音而没有听者的反应。听者"失语"的状态，凸显了说者讲述的悲剧性，也使作品整体上充满静态的、孤独的、忧伤的审美氛围。这样的叙事特点，是谢维尔内对文学创作的一大贡献。

第七章　娜塔利娅·伊里因娜的传记和特写

在上海俄侨文学家中，娜塔利娅·约瑟福夫娜·伊里因娜以其独特的传记书写和上海生活特写而占据重要地位。1920年，六岁的娜塔利娅跟随父母流亡到中国。在哈尔滨生活十一年后，她于1931年辗转到上海。在上海侨居十六年后，于1947年回到苏联。娜塔利娅不仅是在流亡中长大的第二代侨民，而且是在流亡中开始文学创作的作家。二十七年的流亡人生为她的文学创作提供了丰富的创作素材，使她回国后走上了职业作家之路。

娜塔利娅的文学创作与她的人生经历息息相关。早在侨居上海时，她就出版了有"俄侨生活百科全书"[①]之称的幽默讽刺文集《另一种视角——上海生活特写》（Иными глазами:Очерки шанхайской жизни，1946）。回国后，她继续以自己的人生经历为基础，创作并出版了"第一部广为人知的以自身经历为基础写成的关于俄罗斯侨民的小说"[②]《回归》（Возвращение，1957），以及自传体小说《命运》（Судьбы，1980）和《道路》（Дороги，1983）等。这些作品出版后都曾引起不小的轰动，其中《命运》与《道路》在20世纪80年代被再版多次，在新俄罗斯时代经过补充和完善后又以合集《道路与命运》（Дороги и судьбы，2012）的形式多次再版。可以说，娜塔利娅的创作不仅是俄罗斯第一次侨民浪潮的见证，也是20世纪俄罗斯历史的见证；既是娜塔利娅对流亡人生的书写，也是她对生活的哲理性思考。

[①] 李新梅：娜塔利娅·伊里因娜笔下的上海俄侨生活，《俄罗斯文艺》，2014年第4期，第101页。

[②] Бикбулатова К. Ф. Ильина Наталья Иосифовна. <http://lib.pushkinskijdom.ru/LinkClick.aspx?fileticket=XCnvaSb1AHU=&tabid=10547> (2016-11-9).

第一节　自传体文集《道路与命运》

《道路与命运》是娜塔利娅·伊里因娜的自传体文集。在这部文集中，作者不仅真实地记录了自己流亡中国的经历，而且回忆性书写了其他同胞的流亡人生和命运，甚至讽刺性书写了她回国后目睹的苏维埃国家的负面现象。这部文集堪称俄罗斯侨民人生和命运的一部图谱，也是20世纪俄罗斯历史的一种见证。

一、自我的流亡与回归之路

《道路与命运》总体上属于自传体文集，因此作者自己的流亡和回归之路显然成为中心主题。但娜塔利娅并没有在某一特定篇目从头到尾记录自己的人生经历，而是将它们穿插在所有的十五个篇目中。因此，只有通读完十五个篇目后，才能比较完整清晰地"整合"出她的人生轨迹。

（1）东逃哈尔滨求栖身

娜塔利娅·伊里因娜出生于1914年。其母所在的沃依科夫（Воейков）家族是沙俄时代地位显赫的贵族世家。其父约瑟夫·伊里因是沙俄军官，国内战争期间曾追随流亡政府首脑高尔察克。1920年，随着白军被彻底击溃、高尔察克被处死，年幼的娜塔利娅及妹妹奥莉卡跟随父母流亡到中国，定居于有着"亚洲的俄罗斯首都"之称的哈尔滨。

娜塔利娅一家初到哈尔滨时生活还算安定和谐。全家住在三室一厅且带花园的住宅里。父亲才华横溢，能歌善舞，还会写不错的短篇小说。母亲年轻漂亮，知书达礼，很有吸引力。家中还有一个从俄罗斯带来的忠诚乳娘。那时的家中经常举办俄侨聚会，节日期间总是宾客满堂。然而，流亡生活终究不像昔日的贵族生活那样无忧无虑。1921年乳娘的去世更使一家人生活深受影响，新雇佣的厨娘和裁缝都远不及乳娘忠诚。习惯了衣食无忧的贵族生活的伊里因夫妇面对惨淡的流亡现实时，都暴露出各自的性格和能力缺陷，由此争吵不断，最终于20年代末离婚。家庭解体后，娜塔利娅与妹妹同母亲继续生活在哈尔滨，父亲则到长春组建了新的家庭。母女三人不仅得不到父亲的任何资助，而且被不忠的家庭女裁缝和厨娘牢牢控制，生活越来越入不敷出。最终，她们不得不解雇所有家佣，于 1932 年将租住的大房子换成小房子。在此期间，娜塔利娅的母亲受聘于哈尔滨东方商业学院（харбинский Институт ориентальных и коммерческих наук）教英语，并以少付工资为交换条件将娜塔利娅安插到该校接受了部分高等教育（1932 年秋—1936 年春）。

日本侵占东北三省并建立伪满洲国后，俄侨的生活处境每况愈下。娜塔利娅的母亲被迫不停变换工作，母女三人的生活越来越艰难，甚至无力支付房租。1935 年，部分居住在伪满洲国的俄侨陆续回归苏联。娜塔利娅也萌生回国愿望，但被母亲阻止，因为那时苏联当局对归国俄侨的态度和政策尚不明朗和稳定。但在伪满洲国的生存越来越艰难，娜塔利娅像当时很多俄侨一样，开始向往南方大都市上海。

（2）南下上海寻发展

1936 年，二十二岁的娜塔利娅独自南下上海闯荡。她原以为上海是一个满地黄金白银和就业机会的国际大都市。然而，初来乍到的娜塔利娅发现现实与想象大相径庭。这里的确人声鼎沸、车水马龙，但人与人之间充满了算计、冷漠和不和谐。更何况 30 年代末的上海局势已不像 20 年代初那样稳定，俄侨想在这里找一份收入稳定的工作并非易事。娜塔利娅去找母亲的旧交、俄侨报纸《上海柴拉报》的主编帮她在报社安排一个职务。然而，动荡的时局让每一位俄侨都为自己的生存担忧，那些已经在报社工作的俄侨处处防范自己的位置被取代。所以，当娜塔利娅被主编介绍给大家时，她遭遇的是冷漠、仇恨和提防，也没能得到报社工作。

初到上海的娜塔利娅暂住在母亲的女友那里。这是一位在美国公司工作的年轻女俄侨，她高傲冷漠的态度以及无比的优越感让娜塔利娅既嫉妒又自卑，并时刻刺激她早日摆脱寄人篱下的生活。走投无路的娜塔利娅再次闯入《上海柴拉报》主编办公室，试图说服他给自己一份工作。她的勇气震撼了主编，并得到了试写讽刺杂文的机会。娜塔利娅的试笔得到了认可,《上海柴拉报》从 1937 年 1 月开始定期发表她的文章。这份临时工作虽不能完全保证娜塔利娅在上海的生活,却让她在陌生的异乡找到了自己的位置,也让她那颗倍受屈辱的心有了些许自信,同时激发出她的文学潜质,为她日后走上职业创作之路奠定了基础。

为了维持在上海的生活,娜塔利娅在另一份俄侨杂志《探照灯》找了兼职工作。从此,她早上上门到《探照灯》订户家催款,晚上在《上海柴拉报》编辑部撰写文章。艰辛的工作和生活让娜塔利娅越来越深入了解上海俄侨的苦与乐,也为她积累了许多创作素材。她的文学创作逐渐在上海俄侨界获得名声,这种名声也逐渐为她带来了各种机会。她受另一名俄侨女同胞的邀请合办俄文报纸《上海市场》(Шанхайский базар)。在她们的共同努力下,报纸越来越红火。但第二次世界大战期间,她们的报纸由于经常刊文批判上海一些俄侨出版物支持德国法西斯而反对苏联的立场,因此遭到同行的攻击和警察的刁难,最后不得不停刊。

娜塔利娅在上海经历了诸多磨难后逐渐有了立足之本,并将母亲和妹妹先后从哈尔滨接到上海。但 1937 年日本全面侵华战争开始后,俄侨在上海的境遇也悲惨不堪,因为他们不像欧美侨民那样在上海有本国政府的政治保护或本国企业的经济资助。与富有、自由且有尊严的欧美侨民相比,俄侨生存得寒酸可怜(被称为"上海滩的洋乞丐"),社会地位卑微屈辱(被称为"无国籍公民"),还要忍受心灵上的磨难——思念祖国却不能自由回国(被称为"二等白俄")。正是在上海,娜塔利娅彻底体验到了侨民生活的无望。与此相反的是,俄罗斯祖国此时在苏维埃政权的领导下越来越强大富有。因此,她内心深处越来越渴望回国。

第二次世界大战期间,上海俄侨在对待苏维埃国家的态度上总体上分为护国派(обороцы)和主败派(пораженцы)两大阵营。护国派意识到祖国面临亡国危险,因此希望苏联战胜法西斯。而主败派无视祖国的危险,甚至因为心怀对苏维埃政权的仇恨而希望苏联政府战败。娜塔利娅站在护国派的立场上，听从苏联驻沪领事馆的宣传，积极向上海各苏维埃团体和组织靠拢。她加入上海的苏维埃新闻和文学工作者联合会；为上海的苏维埃报纸《新生活报》撰写文章；在俄罗斯塔斯社上海分部工作。此外，她还主动阅读列宁的著作。这些都使她加深了对苏维埃政权的认识，从而增强了回国的信心。

（3）归国了却思乡情

1947年8月起，上海俄侨经苏联政府同意和资助陆续分五批回国。娜塔利娅于当年11月30日跟随最后一批俄侨回国。这些无国籍的俄侨先从上海乘船途经朝鲜，最后抵达俄罗斯远东地区的纳霍德卡（Находка）港口。在那里滞留近一个月后，这些所谓的"被遣送回国者"根据官方的要求选择在乌拉尔或西伯利亚地区的城市定居。由于有朋友在喀山，娜塔利娅坚持去了那里。

到喀山后，娜塔利娅被介绍到喀山矫形与恢复外科学院（Институт ортопедии и восстановительной хирургии в Казани）等单位做速记员。工作初期比较艰辛，因为她不懂医学术语，很难完整准确地进行速记。但她不仅没有受到责备，反而得到很多同事的无私帮助和关怀。娜塔利娅很快就适应了这份工作，甚至被接受为工会成员。国内的宽容、关爱和认可，让她情不自禁回想起侨居上海时遭遇的竞争、冷漠和挑剔。这种对比让她倍感在祖国的轻松和自由，同时感到自己是一个有用之人。

在喀山生活期间，娜塔利娅与另一位同样从上海归国的俄侨诗人列夫·格罗谢有过一段短暂的婚姻，但最终因为格罗谢的被捕和枪杀而以悲剧告终。夜深人静时，娜塔利娅常常感到忧伤，并冒出将自己的经历写成作品的想法。在莫斯科的舅舅的帮助下，娜塔利娅开始备考高尔基文学院。1948年冬，娜塔利娅在考试中因为听写和作文失利而未能获得正规大学生资格。后来在作家西蒙诺夫的推荐下，她以函授生的身份进入文学院学习。此时她已年近三十五，可生活对她来说刚刚开始。正如她自己所言："那时，1949年夏，我觉得，我的真正生活刚刚开始，曾经的一切都只是为它做的准备，都只是草稿……"①

（4）实现文学梦

进入高尔基文学院后，娜塔利娅感觉一切是那么美好，侨居上海时的不自信和屈辱感完全消失了。由于满怀对逝去时光的惋惜，她利用一切时间刻苦学习。一无所有的她租住学院附近的地下室，但文学院的老师和同学给予了她极大的帮助和关怀，尤其是她的语言学老师列福尔马茨基。这位苏联著名语言学家早在1922年就因为学术专著《试析小说结构》而轰动学界。在他的鼓励下，娜塔利娅开始将自己的流亡经历写成长篇小说《回归》，并于1953年写完哈尔滨部分，以它为毕业论文成功通过答辩。列福尔马茨基与娜塔利娅的精神交流，使得两人从师生逐渐发展为恋人。1956年，五十岁的列福尔马茨基离开妻子和家人，与四十二岁的娜塔利娅共结连理，从此共同生活了三十年。

娜塔利娅的文学创作同她的爱情一样，也在1956年前后达到前所未有的高峰。虽然流亡上海时娜塔利娅就开始了文学创作，但那时的创作主要出于谋生需求且属于业余创作，而她的职业创作始于1953年从文学院毕业后，尤其是自传体小说《回归》第一部于1957年出版后。

在娜塔利娅的影响下，其母于1954年也结束在中国长达三十五年的流亡生涯回到莫斯科，一直生活到1965年。母亲去世后留下来的日记、书信、家庭档案等，都为娜塔利娅继续进行自传体小说创作提供了新的素材。1965年《回归》第二部完成，并于1969年与第一部一起出版单行本。

《回归》使娜塔利娅在莫斯科的知名度不断提升。她加入苏联作协，认识了阿赫玛托娃、楚科夫斯基、特瓦尔多夫斯基、特里丰诺夫、阿赫玛杜琳娜等苏联作家和诗人。与他们的交往以及他们自身的经历，都让娜塔利娅对苏联有了进一步认识：这个被自己视为神话般的国度，实际上也存在很多阴暗面。在《道路与命运》中，娜塔利娅对上述人物都有

---

① Ильина Н.И. Дороги и судьбы. Москва: АСТ: Астрель, 2012. C.351.

所涉及，尤其详细回忆了阿赫玛托娃和楚科夫斯基。其中，通过描写自己与阿赫玛托娃 1955—1966 年间的结识和交往，不仅展现了阿赫玛托娃外表冷静严肃、内心热情真诚的个性特征，还展现其面对不公正待遇时忍耐却不妥协的斗争精神。通过描写自己与楚科夫斯基 1955—1969 年间的交往，不仅展现了他才华横溢、智慧敏锐、幽默乐观、惜时如金的优秀个人品质，还塑造了他在苏联文艺斗争中正直善良、爱惜人才、热情友好的个人形象。

二、他者的流亡人生与命运

在《道路与命运》中，娜塔利娅·伊里因娜不仅详细地描写了自己的流亡和回归生涯，而且还以自己为轴心，将父母、妹妹、表妹等家人及亲属的流亡生活轨迹勾勒出来，甚至回忆了她在流亡地结识的卡捷琳娜·科尔纳科娃、亚历山大·韦尔京斯基、拉里萨·安黛森等俄罗斯文化名人的人生和命运。

在娜塔利娅的流亡生涯中，同样流亡中国的母亲是最重要的角色之一。文集中的"妈妈叶卡捷琳娜·德米特里耶夫娜"这一篇目对其进行了详细的回忆性书写。但娜塔利娅没有按照时间顺序记录母亲的一生，而是很随性地写了母亲的性格、习惯和情感等。在娜塔利娅的笔下，母亲面对艰难流亡生涯仍旧保持着贵族后代骄傲、矜持、高贵、隐忍、坚强的优秀品质，在颠沛流离中保持阅读、写信、记日记、保存重要文件的良好生活习惯，甚至不顾生活拮据和债台高筑而让女儿接受高等教育、提升人文知识修养。但与此同时，娜塔利娅也揭露了母亲性格中很多致命的缺点，比如：不愿直面现实，缺乏实际生活能力；情感过于矜持理性，无法与热情感性的女儿坦诚交流；在夫妻关系中过于强势，时常表现出名门望族后代的优越感，最终使得夫妻关系破裂等。总之，母亲作为受过旧俄贵族教育和文化熏陶的第一代侨民，与在流亡地文化环境中长大的女儿有着很大的不同。这些不同导致了母女在流亡生活期间产生诸多的不理解。但随着阅历的增加，尤其到了生命的晚年，娜塔利娅越来越理解和尊敬自己的母亲。

　　与母亲形象相比，父亲形象在娜塔利娅的笔下要逊色很多。在"父亲"这一篇目中，娜塔利娅专门讲述了自己记忆中的父亲。同样，对父亲的叙述也是片段性的，主要突出他在流亡期间与母亲不和谐的婚姻生活，对两个女儿严格却缺乏爱的失败教育，以及与其他女人的情感史。通过娜塔利娅支离破碎的回忆片段，可以看出其父的一些主要特征：性格软弱却具有大男子主义心理，贪图享受却没有实际生存能力，情感泛滥却缺乏家庭责任感和担当意识，对孩子严厉有余而温情不足。他在中国的哈尔滨、长春、香港以及瑞士等地流亡了一生，经历了三次婚姻，始终被第一任妻子和女儿们唾弃。父亲在某种程度上是旧俄上流社会贵族子弟的典型代表，这样的男性在异国他乡的命运注定是悲剧的。然而，父亲的悲剧固然有其性格的原因，但与动荡不安的时代和流亡生涯不无关系。随着娜塔利娅本人阅历的增加，她越来越体会到时代给父亲造成的悲剧，因此对他的态度也由不理解甚至憎恨转变为宽容和原谅。

　　实际上，娜塔利娅的父母作为第一代俄侨代表，不仅他们本人的人生和命运遭到时代的摧残，而且他们的悲剧命运也或多或少影响了下一代。在"第三代"这一篇目中，娜塔利娅通过描写外祖母家族第三代七个孩子的人生和命运，突出了个人在那个时代背景下的悲剧。这七个孩子中，有三个流亡国外：除了娜塔利娅本人外，还有妹妹奥莉卡及表妹穆霞。其中表妹穆霞的遭遇最不幸。这个安静、忧伤、苍白的小姑娘，从小就跟随其父来到哈尔滨，在漂泊中度过童年和少年。少女时代因为疾病而未能完成中等教育，为了生存，十六岁时嫁给了三十岁的流亡男子。婚后的无所事事、与丈夫共同语言的缺失，使穆霞未老先衰，最终年纪轻轻时抱病客死他乡。娜塔利娅的亲妹妹奥莉卡也经历了不同寻常的命运。她跟随流亡父母在哈尔滨长大，少女时代到北京做家教谋生，之后追随母亲和姐姐到了上海，短暂停留后又辗转到印度支那工作。在那里她嫁给了一位法国军官，但丈夫却在她身怀有孕时被入侵的日本人杀害。之后她再嫁，跟随第二任法国丈夫辗转到巴黎定居，直到1961

年才以游客身份回到莫斯科与亲人相见。

娜塔利娅不仅见证了流亡中的亲人的坎坷命运，也目睹了其他俄罗斯文化名人的艰难流亡之路。比如在"科尔纳科娃"篇目中，作者通过描写自己与戏剧女演员科尔纳科娃在哈尔滨和上海侨居期间的深入交往，将其悲剧人生展现在读者面前。这位才华横溢、视戏剧为生命的俄罗斯女艺术家，因为爱情而追随丈夫流亡到中国。尽管在流亡地被丈夫的爱情环绕且生活富裕，但昔日在祖国的演艺成就和光环消失殆尽。为了继续自己的戏剧梦，她企图无偿甚至自费在侨民后代中培养戏剧爱好者，却终究因为侨民们漂泊不定的生活而无法施展自己的才华。空虚的心灵原本可以通过孩子填补，却又遭遇了孩子胎死腹中的悲剧，而后丈夫的死彻底摧毁了她最后的精神支柱。孤独绝望的科尔纳科娃带着养女流落到英国伦敦，在拮据中艰难度日，几年后因身患癌症而客死他乡。

再比如，娜塔利娅少女时代就在留声机中听过著名歌唱家韦尔京斯基的歌曲，但真正的相识和了解却是在流亡地上海。在娜塔利娅的笔下，流亡上海的韦尔京斯基虽然很像颓废派，但实际上他以钢铁般的忍耐力度过了艰难的流亡岁月。他在夜总会、酒吧、餐厅唱歌艰难谋生，但从未因金钱而抛弃人格尊严。而且，他性格随意、乐观、豁达，乐于帮助像他一样漂泊的流亡同胞，甚至宽容地对待因为生活所迫而犯罪的流亡同胞。尽管他以自己的歌声在俄侨界赢得了稳固的地位和崇高的威望，他本人也已成为上海滩的一道风景，但他仍旧思念祖国，第二次世界大战期间站在护国派的立场上。他的很多歌曲，既唱出了俄侨漂泊在外的悲剧命运，也唱出了他们对祖国的思念之情。

同样，在"拉里萨"这一篇目中，娜塔利娅通过回忆自己30年代与俄侨女诗人兼舞蹈家拉里萨·安黛森在中国的相识和交往，以及80年代在法国的重逢和会面，将其流亡经历勾勒了出来，尤其侧重描写其客居他乡却心系祖国的心理。即使女诗人后来跟随法国丈夫定居法国并过上了无忧无虑的生活，但她仍旧怀念过去的岁月，难以割舍对祖国的情感和记忆。实际上，安黛森的这种心理，代表了大部分在侨居地出生和长大的第二代俄侨的心理。这些侨民自小就明白，他们居住地的一切是别人的而非自己的，因而始终保留对俄罗斯祖国的记忆。

三、余论

　　《道路与命运》在体裁上属于自传体文学，同时体现出娜塔利娅创作的三大特点。其一，人物和事件的真实性。尽管自传体文学不反对虚构，但娜塔利娅在这部文集中很少进行杜撰，而只将真实材料重新组织和书写。正因为这一特色，《道路与命运》读起来很像回忆录。但它并非回忆录，因为其中的叙事主要以娜塔利娅本人为中心；即使是对他人的回忆，也始终以娜塔利娅本人的经历为叙事线索。其二，叙述的片段性。在这部文集中，无论是描写自己的人生经历，还是回忆他人的命运与遭遇，娜塔利娅都没有按照时间顺序"记流水账"，而是用片段性书写凸显人物的性格特征和时代特色，因而成为真正的文学创作。其三，内容的哲理性。整部文集无论对人物还是事件的描写，都会处处插入娜塔利娅本人的思考和看法。这些哲理性文学的插叙，从某种程度上使这部作品变成了娜塔利娅的内心自白。读者透过她的思考和感受能更清楚地明白她本人及他人的性格与人生，也能更直观地感受到时代的悲剧。

　　在《道路与命运》中，娜塔利娅·伊里因娜不仅真实地记录了自己流亡中国的经历，而且回忆性书写了其他同胞的流亡人生和命运，甚至讽刺性书写了回国后目睹的苏维埃国家和日常生活中的负面现象。因此说，这部文集堪称俄罗斯侨民人生和命运的一部图谱，也是 20 世纪俄罗斯历史的一种见证。1991 年苏联解体后，娜塔利娅本想续写《命运》和《道路》，并打算将其命名为《第二次回归》，以帮助后代更全面客观地了解 20 世纪俄罗斯复杂动荡的历史过程，更好地把握生活之路。但她续写的愿望还未实现，就于 1994 年辞世了。

　　总体而言，娜塔利娅·伊里因娜的一生是不幸和有幸交织的一生。

她的不幸是 20 世纪初发生在俄罗斯国内的战争与革命、社会体制巨变等一系列悲剧性事件造成的。而她的有幸是她个人选择和努力争取的结果。在人生的十字路口，她没有在国外苟且偷生，而是选择回国并深深扎根于自己的祖国。所以，当 80 年代改革时期面对采访者们的问题"您为什么回国"时，她始终肯定地回答："我从来不后悔回国。"① 这是娜塔利娅发自内心的声音。因为正是在祖国，她获得了完整的高等教育，遇到了一生的爱人，成了著名作家，建立起了广泛的交流圈。这些都是她在流亡时期无法实现和得到的。

第二节　特写集《另一种视角——上海生活特写》

1920 年，不到六岁的娜塔利娅·伊里因娜跟随父母流亡至中国哈尔滨，在那里生活了十六年后，于 1936 年南下上海，在那里一直生活到 1947 年回苏联。侨居上海的十一年，艰辛的生活不仅磨练出娜塔利娅各种生存本领，而且激发出她的文学潜质。她开始为《上海柴拉报》《新生活报》等俄侨报纸写幽默讽刺文。1946 年，在娜塔利娅返回苏联的前一年，上海俄侨出版机构"时代出版社"将她发表在《新生活报》上的所有作品汇编成文集《另一种视角——上海生活特写》出版。文集共包含二十三篇特写，全部以娜塔利娅本人侨居上海期间的所见所闻和亲身体验为基础写成。这些特写通过不同叙事主人公的视角，反映了 20 世纪 30、40 年代俄侨在上海的生活境况、心理状态及对祖国的情感。在娜塔利娅的笔下，有生活艰辛、内心痛苦的普通侨民，也不乏投机倒把、工于算计的俄侨投机商，还有极度空虚无聊的所谓的上流人士，甚至有艳羡西方、诋毁祖国的卖国者。一幅幅清晰生动的画面构成了一部俄侨生活百科全书，一个个俄侨的生存史映射出 20 世纪初俄苏制度变迁造成的悲剧性后果。

---

① Ильина Н.И. Дороги и судьбы. Москва: АСТ: Астрель, 2012. C.15.

一、普通俄侨的艰辛生存境况

十月革命后流落到上海的俄罗斯侨民，无论曾经有着怎样的身份和教育背景，大都在上海过着颠沛流离的生活，他们活着的主要目的是为生存而战。为了生存，他们中的大部分人不得不在异乡干最底层的工作，甚至无业流浪。当时的俄侨在上海甚至有"白俄难民""上海滩上的洋乞丐"等绰号。文集中的多篇特写对此进行了直观的描写，比如《上海的哀嚎》(Вопль Шанхая)、《夏里亚宾身上的鲱鱼》(Селедка в Шаляпине)、《只为公平》(Только справедливо)、《一切都会过去》(Всё пройдёт)。

《上海的哀嚎》通过一位女俄侨在上海早市上的所见、所闻、所感，反映了普通俄侨在上海的艰辛生活。早市人声鼎沸、喧闹拥挤、令人厌恶，所有的工程师、教授、化学家、教育家、语言学家都在进行买卖，因为谁也不能靠科学生存。《夏里亚宾身上的鲱鱼》通过叙事者"我"目睹普通俄侨由于现实生活所迫在街头做买卖的场景，展现他们逐渐放弃精神追求、淹没在庸俗日常生活中的事实。其中，一位卖食品的俄侨直接将油乎乎的鲱鱼包裹在带有夏里亚宾头像的报纸里，而一位俄侨出版商将旧报纸以称重的方式卖给他包裹食品。结果，所有印刷有俄罗斯经典作家、诗人、文化名人头像的报纸和杂志全被贱卖，用来包裹油乎乎的东西。《只为公平》和《一切都会过去》描写了受过高等教育却不能靠知识生存的两对俄侨夫妻在上海的艰辛谋生之路。第一对夫妻没有正当职业。为了生存，妻子每天起早贪黑走街串巷为顾客上门修指甲、拔眉毛、烫头发。丈夫同样起早贪黑用自行车送货赚钱。即使这样，夫妻俩赚到的钱仍微乎其微，妻子更是经常被顾客要求索赔。第二对夫妻尽管在上海有正当职业，但月薪不足以支撑到月底。困苦的生活导致夫妻关系不和，妻子抱怨丈夫不通过投机倒把赚钱养家。但小说的结尾仍旧充满希望，妻子发自内心希望所有受过高等教育、有正当职业的人能过上正常的体面生活，也相信那些投机倒把者不会长久地逍遥法外。

在严酷的生存环境中，即使高尚的职业也因为生存目的而丧失其高尚性，从事高尚职业的人也逐渐沦为生活的奴隶而非理想的追求者。《神圣的职业》(Святая профессия) 描写了一位在艰难生存环境中逐渐丧失职业道德和理想的俄侨医生。男主人公从小就抱有救死扶伤的远大理想。但在艰难的侨居生活中，面对讨价还价或迟迟不交手术费的病人和家属，他逐渐将自己的职业道德抛到九霄云外，拒绝讨价还价，坚持不交钱就不进行手术的原则。此时的男主人公虽然将从医作为一种谋生手段而非神圣职业，但心底仍旧保持最后的底线——不为商业目的而从医，因此毫不理会投机倒把致富的朋友的建议去倒卖药品赚钱。但始终没有好转的生存境况、妻子的唠叨、朋友的游说，最终逼迫医生开始认同投机倒把发财致富的价值观。

1937 年 8 月 13 日，侵华日军开始对上海发起进攻，战争的到来使普通俄侨的生存雪上加霜。特写《战争时代的上海人》(Шанхайцы в военное время) 就描写了抗日战争时期一部分俄侨被生存煎熬到心理扭曲的地步。战争导致通货膨胀，大家为了换购食品而变卖家中的一切。叙事人"我"也像大家一样为了生存变卖东西，在回家的路上却遇到了因极度贫困而丧失理智的男同胞。当他问"我"生活如何时，"我"不失体面地谎称很好，结果男同胞勃然大怒。除了这样的发疯者，还有被生存折磨得麻木冷漠或靠酗酒解愁等形形色色的心理扭曲者。

战争不仅导致通货膨胀，而且导致政权不断更迭，这使原本就缺乏安全感的俄侨在混乱局势中对未知生活更加恐惧。《更换肖像》(Смена портретов) 描写了在哈尔滨和上海两地辗转的女俄侨索菲娅和安娜的恐惧不安心理。索菲娅在哈尔滨生活期间靠在家中开办私塾为生，起初她将两位中国国民党人学生的肖像挂在自家墙上。日本占领哈尔滨后，她听从安娜的建议，顺应时局，把墙上的肖像换成日本领事。从哈尔滨移居上海后，她又听从当地同胞们的劝告把墙上的肖像换成法国市政高官之女，因为日本人在上海并不受宠。后来抵达上海的安娜，由于在英租界工部局创办的一家学校工作而决定走英国路线。受她的影响，索菲娅也在墙上挂上自己的一位英国领事学生肖像。日本侵占上海后，她又立刻撤换掉英国领事肖像。深夜，疲惫不堪的索菲娅躺在床上无法入眠，脑海里闪现出不断变换的肖像，充满恐惧和屈辱感。总之，小说通过两位女俄侨在时局和生活的双重压迫下，通过更换墙上的肖像来讨好当权者以确保自己生存之事实，反映了俄侨在异国他乡漂泊不定、充满屈辱和不确定的生存状态。

二、俄侨投机商的钻营人生

　　尽管大部分俄侨在上海生存艰辛，但一部分钻营者和投机倒把者在异乡及时调整生活航向，为了摆脱生存困境而不惜靠榨取同胞的血汗为生。上海《申报》曾如此评价上海的俄侨商人："俄侨经商牟利之术并不亚于犹太人。"[1] 娜塔利娅·伊里因娜的《在上海的美国人》(B Шанхае американцы)、《奶奶的红宝石》(Бабушкин рубин)、《老板》(Хозяин)、《独白》(Монолог) 四篇特写都对这种现象进行了客观描写。

　　《在上海的美国人》并非写美国人，它实际上描写了一部分接受过高等教育的俄侨为生活所迫而放弃自己所受的教育和原来的职业、转向庸俗行业赚取美金的现象。不难看出，"美国人"是隐喻，它将一部分俄侨唯利是图的心态隐晦地展现出来。

　　《奶奶的红宝石》反映了俄侨投机商在日本进攻上海的战时困难时期靠高价出租房屋给同胞而发财致富的现象。特写的引子交代了时局背景："1944年和1945年初日本人大规模驱赶住户，将房子没收用于'军需'。投机商利用这个机会，高价租售房屋。"[2] 一家俄侨在走投无路时变卖了奶奶的祖传红宝石，然后与其他同胞群租房东的车库。与俄侨房东通宵达旦寻欢作乐的奢华生活相比，群租俄侨过着缺水缺电、简陋肮脏的非人生活。即使这样，能支付得起房租的俄侨家庭也不多见，大

①《申报》，1948年7月1日，第5页。

② Ильина Н. И. Иными глазами: (Очереи шанхайской жизни). Б.м.: Salamandra P.V.V., 2013. C.42.

多数家庭只能在野外搭建临时住所。

《老板》讲述了理发店俄侨老板夫妇对同胞女师傅的压榨和剥削。战争期间越来越少的就业机会使劳动力越来越贬值。老板夫妇不仅不体谅女师傅们沉重的劳动，而且无视她们的人格尊严：老板娘时刻监视她们，因为担心她们私自窝藏顾客的服务费；老板处处挑剔她们的工作，责备她们业余时间赚取外快，要求她们与他均分外快，甚至对她们进行人格和精神侮辱。忍受不了侮辱的女师傅们最终群起反抗并离店。总之，这篇特写把俄侨在生存竞争中的人性之恶淋漓尽致地表现出来。

《独白》用第三人称的口吻描写了一位俄侨妻子清晨洗漱化妆时对丈夫的抱怨。她抱怨丈夫店铺里的男店员偷懒，女收银员窝藏货款，而且还不停要求加工资；抱怨丈夫没有立刻辞退店里生病的女店员，而是提前两周通知后才将其辞退；抱怨丈夫为赚得更多的收入，推迟店铺关门时间；抱怨丈夫因为担心送货员晚上骑店里的自行车而在店铺守夜；抱怨丈夫为各种爱国基金捐款等等。总之，这篇特写充满讽刺语气。透过店铺老板之妻的抱怨，可以看见唯利是图的俄侨商人在异乡对同胞的苛刻、不信任、压榨乃至精神侮辱。

三、上流社会俄侨的庸俗生活

实际上，上海俄侨中也有一部分相对比较有钱的人。尤其是 20 年代后期，一些白俄经过几年的打拼后，地位日益稳固，事业逐渐发达。于是他们开始吃喝玩乐，奔波于各种聚会和沙龙，谈论着无关痛痒的话题，活在自我虚构的贵族环境中，形成了俄侨中所谓的上流社会。庸俗无聊是这类人的基本特征。娜塔利娅·伊里因娜的《上海的契诃夫主人公》(Чеховские герои в Шанхае)、《永远女性化》(Вечно-женственное)、《上流社会的生活》(Светская жизнь)、《带着茶炊站在深渊旁》(У бездны с самоварчиком)、《高尔多娃夫人》(Мадам Голдова) 等多篇小说，都对这类俄侨进行了讽刺特写。

《上海的契诃夫主人公》中出现了酷似契诃夫笔下庸俗无聊之人物

的俄侨形象。男性们除了聚会打扑克，对其他事情毫无兴趣，甚至不关心祖国卫国战争战场上的死亡和牺牲。而女人们，有的像契诃夫短篇小说《跳来跳去的女人》中的女主人公，成天穿梭于沙龙和聚会，到处朗读自己的蹩脚诗，并为别人虚假的恭维沾沾自喜、到处宣扬；有的像契诃夫短篇小说《宝贝儿》中的女主人公，只关心自己的金融投资和丈夫的生意。小说的最后，见证了这一张张庸俗嘴脸的叙事者"我"，急忙逃离令人窒息的上流社会聚会。

《永远女性化》由众多上流社会女俄侨叽叽喳喳的对话构成，这些对话将她们的寒酸、庸俗、无聊等特征暴露无遗。即使祖国的卫国战争还在继续，即使她们因为忙于生计而无暇看报，没钱购置新衣服，但她们仍旧乐此不疲地交流着服装、发型等时尚信息，并将卫国战争的小道消息作为茶余饭后的消遣谈资。

《上流社会的生活》通过对一个俄侨家庭聚会的直接描写，展现上流社会俄侨的庸俗无聊。这些所谓的上流人士聚在一起，不敢提高昂的物价，不愿谈论让人伤心的政治，而只说一些无关痛痒的中性话题。家庭女主人曾经是一个爱好文学、喜欢阅读、恪守俄国上流社会礼节的贵妇人，如今却沦为庸俗不堪的市井小民，终日在麻将、喝茶、聚餐中打发时间。

《带着茶炊站在深渊旁》（或曰《选自童年的回忆》）以一个小女孩的视角，间接描写了上流社会俄侨沙龙的庸俗无聊。小女孩在数学老师家中补课时，总能听到老师的妈妈和一群妇女在沙龙里谈论诗歌和音乐。但在小女孩看来，这是一群无所事事且毫无才华的人，她们只会空谈，根本不会也不愿意进行严肃创作。与她们相比，小女孩更喜欢贫穷的诗人叶欣，因为后者才真心热爱艺术、热爱创作、热爱自由。

《高尔多娃夫人》描写了一个物质富裕却庸俗不堪、飞扬跋扈的女人。她喜欢写表现对苏维埃国家忠诚的诗歌，但只是为了赢得聚会时众人的掌声。她很富有，但对女家庭教师残忍苛刻，不仅当着孩子们的面训斥女家庭教师，而且认为是自己养活着女家庭教师一家。

通过上面五篇特写不难看出，"上流社会俄侨"其实是一种讽刺称号。因为这些曾经的旧俄贵族们，早已失去了这个阶层原有的矜持高贵、知识渊博、教养良好、谈吐优雅等良好品质，而只留下贪图享受、庸俗无聊、逃避现实的不良作风，甚至沾染上了普通市井的斤斤计较、尖酸刻薄、自私自利等风气。

在恶劣的生存环境中，这些曾经的贵族们不仅不再高贵富有，而且被"传染"上嫌贫爱富的势利心理。他们对欧美侨民充满艳羡和尊敬，对同胞中的富人巴结讨好、阿谀奉承。文集中的《厌倦了》（Надоело）、《阿谀奉承》（Подхалимаж）、《过节》（Праздничное）三篇特写对这种现象进行了讽刺性描写。

《厌倦了》描写了一对俄侨夫妇在家举办同胞聚会后的内心感受。聚会上的俄侨们都对在外国银行赚美金或自己开酒吧的同胞充满艳羡。家宴结束后，女主人替生活艰辛的女友感慨，抱怨女友的丈夫没有像别人那样去赚美金、开酒吧。男主人则对现在的生活充满厌倦，对即将去求人找工作的事无比烦恼。

《过节》与《厌倦了》相似，也通过俄侨家庭宴会刻画了嫌贫爱富的俄侨群体像。其中，一位没钱买新衣的俄侨妻子听从丈夫的建议穿上旧衣服光临宴会，结果发现有很多美国人在场，于是开始抱怨丈夫。而酒会上的其他俄侨也相互攀比穿着打扮、休闲方式、与美国人的交往等。充满讽刺的是，宴会主人的老母亲突然出现在客人面前，原来主人为了掩饰家中的寒碜而将老太太藏在屋内。

《阿谀奉承》以一位名叫尼古拉·斯捷潘诺维奇的俄侨的视角，写他在咖啡馆目睹的阿谀奉承景象。咖啡馆里的三个男同胞围坐在另一位富有的男老板同胞身边，对他极尽讨好之能事。起初尼古拉非常鄙视这种阿谀奉承之相，但当他自己也被邀请加入他们时，他本人似乎也开始谄媚了。总之，这篇特写利用果戈理式的讽刺手法，对俄侨嫌贫爱富的心理和阿谀奉承之风进行了讽刺性描写。

四、俄侨对祖国的复杂情感

十月革命后流落到异邦的俄侨对祖国的情感复杂多样。一些俄侨尽管心怀对苏维埃政权的否定，但内心深处仍旧忠于俄罗斯祖国和人民。尤其在苏联卫国战争期间，这部分俄侨抛却个人恩仇，衷心希望祖国能够战胜法西斯。而另外一些俄侨只关注自己的个人得失，对祖国和人民的生死存亡漠不关心，甚至因为无法消除对苏维埃政权的憎恶和仇恨而在异邦诋毁和出卖祖国。文集对这两类俄侨不同的祖国情感都进行了描写。

与文集同名的特写《异邦的天空》(Чужое небо) 描写了一位无名叙事者的思乡病，而且这种思乡病是叙事者目睹上海街头中国底层百姓的悲惨生活状况和低俗精神面貌后生发的。初来上海的叙事者看到的上海街头景象是：魔术师靠欺骗伎俩卖艺为生，人力车夫大冷天裸露上身拉客，浑身脏兮兮的乡下姑娘对一切怀着既好奇又惊恐的表情，骑自行车的人在熙熙攘攘人群中与人力车夫撞车后吵架、打架，毫无文化修养的小饭馆老板一家把简易肮脏的小饭馆当作自己的家，衣衫褴褛的年轻画家在人行道上卖画为生，街头到处是乞丐、包裹在蒲席里的婴儿尸体、相互推诿责任的电车司机和售票员等。这一切都与叙事者之前对上海的美好想象大相径庭。再加上大街上刺耳的喇叭声、争吵声、吆喝声、叫卖声、哭声、车辆的嘎吱声，让叙事者在心理上无法将贫穷落后、愚昧无知、不讲卫生、缺乏教养的异邦认同为自己的家园："多少次你意识到，这片苍白的天空下的国家，尽管你已经习惯了她，甚至依恋她，但永远都不是家园。你在这些街道上，在这些毫无目的的忙乱和喧闹中，——永远都是陌生的旁人。"[1] 对异邦深深的厌恶感和逃离感，让叙事者由夕阳西下的宁静情不自禁联想到祖国："那里是俄罗斯。这个永远无法真正见到的亲爱的国家，无垠的绿地在地图上无穷延伸。"[2] 但是，

---

[1]　Ильина Н. И. Иными глазами: (Очереи шанхайской жизни). Б.м.: Salamandra P.V.V., 2013.C.16.

[2]　Ильина Н. И. Иными глазами: (Очереи шанхайской жизни). Б.м.: Salamandra P.V.V., 2013.C.16.

叙事者的思乡病不仅无法满足，而且因为无法接受祖国大地上的红色政权而引起内心针扎般的痛苦："地图上的田野别满了大头针，它们一直别到俄罗斯的心脏，然后紧跟着红军沿着遍体鳞伤、疲惫不堪的大地开始向西移动。"①

与《异邦的天空》中的叙事者不一样的是，一些俄侨面对生存压力变得唯利是图，并以利己主义为原则调整对祖国的态度。比如，《庄严的猪之歌》(Песнь торжествующей свиньи) 中的女俄侨玛丽娅·彼特罗夫娜，起初由于仇恨苏维埃政权而不希望苏联打赢法西斯；后来因为女儿的未婚夫是英国公民而希望苏联打赢法西斯，因为只有战胜法西斯，女儿的未婚夫才能继续从事以前稳定且收入不错的工作。

还有一些俄侨，因为始终对苏维埃政权心怀仇恨而在异邦诋毁和出卖祖国。特写《金星上有蓝色树叶》(На Венере синие листья) 写道：欧洲自 18 世纪以来就将俄罗斯视为欧洲的野蛮国家，20 世纪更是因为意识形态的不同而大肆诽谤苏联；而十月革命后流落到异邦的一些俄侨，出于仇恨和报复心理附和欧洲对苏联的诽谤，甚至那些从未目睹或经历过苏维埃国家的侨民也如此。为此，叙事者悲叹："我们对金星上的植物群和动物群一无所知。但我们可能会相信古米廖夫开玩笑的诗句：'在金星上，啊，在金星上的树有蓝色树叶。'"② 不难看出，叙事者引用古米廖夫的诗句来讽刺欧美对苏联莫须有的诽谤，也希望流亡海外的同胞不要轻信谣言。

对旧俄的怀念、对现存苏维埃的仇恨，不仅存在于侨居上海的俄侨中，而且在侨居西方的俄侨中也很普遍。《不是俄罗斯人，也不是美国人》(Не русские, не американцы) 通过对旧金山、纽约、巴黎、上海四大城市的俄侨的描写，展现这一心理的普遍性。旧金山的俄侨表面上延续着

---

① Ильина Н. И. Иными глазами: (Очереи шанхайской жизни). Б.м.: Salamandra P.V.V., 2013. C.16.

② Ильина Н. И. Иными глазами: (Очереи шанхайской жизни). Б.м.: Salamandra P.V.V., 2013. C.89.

"俄罗斯精神"，每天举行舞会，搞彩票赌博游戏，甚至形成了写诗、研究文学创作的"文学精英"，但这实际上是一群精神空虚无聊的堕落者。巴黎、纽约的俄侨作家由于只关注自己内心对苏维埃政权的仇恨、对旧俄的回忆和哀悼，因此创作题材和体裁都陷入绝境：只能写回忆录和政论文。而且他们发表的政论文主要以批判苏维埃为目的，为此甚至美化欧美国家体制，宣扬苏维埃帝国威胁论及其主导的第三次世界大战论。上海的俄侨也因为死死抓住过去不放而不愿正视现实，又因为生存的艰难而对来自欧美国家的侨民奴颜婢膝。不难看出，世界各国的俄侨都处于身份迷失的尴尬和矛盾中，由此变得"非驴非马"，正如叙事者悲叹："这样的人在侨居现实环境中无意识地力争保留俄罗斯人的身份、不丧失与祖国的联系，同时又呈现诸如我们在旧金山的同胞那样的漫画式的嘴脸——既非俄罗斯人，又非美国人。"①

五、小结

娜塔利娅·伊里因娜的特写集《另一种视角——上海生活特写》主要对十月革命后流亡到上海的俄罗斯侨民的生活景象进行了全面描写。文集不仅涉及不同职业、阶层、性别、年龄的俄侨的日常生活，更深入到他们的精神心理世界；不仅关注俄侨对异乡人和事的看法，更关注他们对同胞的剖析和批判。因此，这部文集完全有理由称为上海俄侨百科全书。它不仅为了解20世纪前半叶俄罗斯历史打开了一扇新的窗户，而且为了解20世纪前半叶上海的社会现状提供了另一种视角。

文集继承了果戈理、契诃夫等俄罗斯经典作家的讽刺、隐喻和幽默手法。在描写俄侨商人和上流社会俄侨时，果戈理式的辛辣讽刺和隐喻，将俄侨投机商尖酸刻薄、工于算计和上流社会俄侨的空虚无聊、虚荣庸俗之本质揭示得淋漓尽致。在描写普通俄侨时，契诃夫式的冷幽默和诙

① Ильина Н. И. Иными глазами: (Очереи шанхайской жизни). Б.м.: Salamandra P.V.V., 2013. С.93.

谐讽刺直呈他们艰辛严酷的生活画面。正因为继承了这些写作风格，文集所描绘的俄侨生活让人体验不到一丝温馨快乐，只有冷彻心骨的悲凉绝望。

文集带有很强的自传性色彩，因为其中的特写全都以作者本人侨居上海期间的所见所闻和亲身体验为基础。但又不能称其为自传体小说，因为作者运用多视角、多人称的叙事方式将个人经历进行了文学化处理。比如，文集既有第一人称叙事，也有第三人称叙事；有男性叙事者，也有女性叙事者；有成人的叙事视角，也有孩子的叙事视角。一些特写甚至将多种叙事人称和叙事视角杂糅使用，从而使内容无限扩张和延伸。而且，大部分特写重客观呈现俄侨生活画面而少抒发作者的个人情感，从而使得叙事的客观性大于主观性。这些特征都突显出文集的文学艺术性。

文集所描写的十月革命后流落到上海的俄罗斯侨民，大部分人物质生活匮乏，生存境遇凄凉，在异邦过着人格尊严缺失的悲惨生活。究其原因，主要是因为俄苏新旧制度的变迁，导致大批与新制度格格不入的俄罗斯人背井离乡、流离失所。而流落到异邦的俄侨，由于缺乏祖国的政治、经济和精神支撑，变得像浮萍一样飘摇不定、空虚无聊。大部分俄侨活着仅仅是为了肉体上的存在，丧失了精神上的追求和心理上的安慰。因此，文集带给我们的最大启示是：个人的生存和发展与祖国的稳定和强大息息相关。只有祖国政治稳定、经济发达，才能保证个人尊严体面的生活。反过来，个人只有与祖国和人民血肉相连、心心相印，才能获得生存的基本保证和精神上的宁静、和平与安宁。

第八章　拉里萨·安黛森的诗歌创作

在上海俄侨界中，拉里萨·尼古拉耶夫娜·安黛森几乎是一个无人不晓、甚至带有传奇色彩的女性。这不仅因为她是当时上海俄侨界一颗最耀眼的舞蹈明星，而且还是一位才华横溢的女诗人。这位集才华与美貌于一身的幸运女神，在中国侨居34年之后，与在上海偶遇的来自法国邮轮公司的男子结为伉俪，并在婚后跟随丈夫工作地的变动而游历越南、非洲、印度等世界各地，最后定居丈夫在法国的故乡小镇。安黛森一生虽浪迹天涯，但始终没有放弃诗歌创作。她的诗歌，既是对她一生足迹的客观记载和反映，也是她对自己一生游历见闻的主观印象和思考。

第一节　生平与创作概述

拉里萨·安黛森（原姓：阿黛松）1911年出生于俄罗斯远东地区的哈巴罗夫斯克。父亲尼古拉·米哈伊洛维奇·阿黛松是沙皇军队里的一名军官，内战期间投奔白军高尔察克麾下并获上校肩章，1920年被调至哈巴罗夫斯克一个军校担任教职。母亲叶甫盖妮娅·约瑟福夫娜出身贵族，曾育有三个女儿，但大女儿和二女儿先后幼年夭折，最小的女儿安黛森成了掌上明珠。1920年安黛森和妈妈跟随父亲的部队一起撤退到符拉迪沃斯托克，1922年10月又从那里开始远东流亡之旅，最终跟随海军少将斯塔尔克的部队来到哈尔滨。

初到哈尔滨时，安黛森全家和大部分其他流亡俄侨一样过着难民般的生活。他们曾以码头为家，也住过贫民窟寒冷潮湿的地下室。父亲求职屡屡受挫，母亲为他人缝补维持生计，十几岁的拉里萨也依靠绘画天赋为他人画肖像或为糖果厂画包装盒装饰画来补贴家用。直到父亲在中东铁路局寻找到会计差事后，全家才有钱租住虽不大但条件

241

尚可的房子。生活稳定之后，拉里萨开始在哈尔滨俄侨中学继续一度中断的学业，并开始活跃于当地俄侨文学小组"绿灯社"（后来改名为"青年丘拉耶夫卡"）。这个由著名的老一辈俄侨诗人阿列克谢·阿列克谢耶维奇·阿恰伊尔 1926 年创建的俄侨文学小组，为拉里萨展示自己的诗歌潜能提供了场所，而带领她踏入诗歌创作之门的入门导师正是阿恰伊尔。

拉里萨从一开始参加文学小组就显现出非凡的诗歌才华，尽管她自称"我创作诗歌的最初冲动是因为极度的无聊"①。她最早的诗歌试笔《苹果树花开》（Яблони цветут）给"青年丘拉耶夫卡"成员留下了深刻印象。当时同为该小组成员的青年俄侨女诗人尤斯京娜·克鲁森施藤-彼得列茨在后来的回忆录《丘拉耶夫卡苗圃》（Чураевский питомник）中说，自己第一次听到拉里萨朗读该诗时，觉得她是"丘拉耶夫卡"的骄傲。②而该小组创始人阿恰伊尔也给予安黛森诗才很高的评价和预言："拉里萨·安黛森——是一个童话故事……一片神秘的魔幻森林……一棵智慧树……深蓝色天空上一颗如篝火般耀眼的星星……从童年时就开始，也许会持续终生……"③ 1931 年，由阿恰伊尔主编的诗集《七人文集》④，将拉里萨的《苹果树花开》《摇篮曲》（Колыбельная песенка）和《关于春天的记忆》（Память о весне）三首诗歌试笔之作全部纳入其中。从那时起，她的诗歌就经常出现在哈尔滨俄侨杂志《边界》《丘拉耶夫卡》等上。中学毕业后，拉里萨没有继续念大学，但她继续

---

① Андерсен Л.Н. Одна на мосту: Стихотворения. Воспоминания.Письма / Сост., вступ. ст. и примеч. Т.Н. Калиберовой. Москва: Русский путь; Библиотека-фонд «Русское Зарубежье», 2006. С. 248.

② Крузенштерн-Петерец Ю.В.Чураевский питомник // Возрождение. 1968. № 204. С.53.

③ Семеро:Сб. стихов. Харбин:Изд. Молодаяя Чураевка, 1931.С.4.

④ 收入文集的其他六位诗人是娜塔利娅·列兹尼克娃，尼古拉·斯维特洛夫，丽吉娅·哈因德罗娃，尼古拉·谢戈廖夫，米哈伊尔·施梅谢尔，尼娜·伊利涅克。与他们相比，拉里萨·安黛森最年轻。

参加"青年丘拉耶夫卡"（后改名"丘拉耶夫卡"）的活动。诗歌成了她最重要的精神寄托，而"青年丘拉耶夫卡"也成了她的大学。少女诗人拉里萨颇为多产，此时期的诗中经常表现出喜欢思考和幻想的少女对自己内心世界和周围世界的深刻审视，用词讲究但不做作，清晰、纯净中带着丝丝忧伤和苦涩。

1933 年，随着东三省越来越动荡的政治局势和不利的生存条件，拉里萨·安黛森同其他众多俄侨一样南下上海寻求出路。这对于她来说无异于第二次流亡，因为有着"东方巴黎"之称的国际都市上海虽然能提供相对较多的就业机会，但也提出了诸多挑战，比如昂贵的生活开支、紧张拥挤的住宅、快节奏的工作方式、对英语等外语技能的要求。拉里萨在上海的最初岁月极其艰难，她在后来的回忆录《花园路的茶炊》中写道："没钱在上海生活比在哈尔滨更艰难。住处很闷，不仅没有我那难忘的大海，也没有花园，更没有河边开阔的沙滩。"①拉里萨暂时寄宿在俄侨女友维克托利娅·扬科夫斯卡娅的姑妈家，并在上海俄侨杂志《探照灯》担任秘书工作。

《探照灯》杂志破产后，身无分文的拉里萨想起靠跳舞生存。但在20 世纪 30 年代，中国上海的俄侨舞女几乎是类似于妓女的不光彩形象。因此，拉里萨跳舞营生的想法自然遭到父母的强烈反对。然而，拉里萨选择跳舞不仅仅是出于维持生计的需要，更源于她内心对舞蹈的热爱。正如她在回忆录《上海探戈》（Танго в Шанхае）中所言："我始终喜欢舞蹈，甚至不仅仅出于各种赚钱目的。"②她将跳舞视为像诗歌一样表达个人情感的艺术："任何一种艺术，不管是舞蹈还是诗歌，都始于冲动，

---

① Андерсен Л.Н. Одна на мосту: Стихотворения. Воспоминания.Письма / Сост., вступ. ст. и примеч. Т.Н. Калиберовой.Москва: Русский путь; Библиотека-фонд «Русское Зарубежье», 2006.С. 256-257.

② Андерсен Л.Н. Одна на мосту: Стихотворения. Воспоминания.Письма / Сост., вступ. ст. и примеч. Т.Н. Калиберовой.Москва: Русский путь; Библиотека-фонд «Русское Зарубежье», 2006..С. 261.

始于心灵的激动……所以跳舞的愿望——显然是人想表达自己情感的一种需求……但如果没有心灵的火花，它会毫无生机。"[1] 实际上，早在哈尔滨时，拉里萨就曾凭着"心灵的火花"瞒着父母，跟随曾经的皇家剧院女芭蕾舞演员利季娅·卡尔洛夫娜·德罗兹多娃学跳舞，还曾偷偷在哈尔滨俄侨剧院演出。然而，这种对舞蹈的爱好当时被父亲强行掐断。到上海暂时的失业期，拉里萨恰逢上海俄侨剧院一位女演员临时缺席，因此决定重新开始跳舞。正是凭着对舞蹈发自内心的热爱，她于 1936 年正式成为俄侨艺术家索科利斯基组建的上海俄侨舞蹈团成员，并经常跟团到中国内地和国外巡演。

尽管拉里萨·安黛森以跳舞营生，但每当她厌倦了维持生计的跳舞时，就又回到供养心灵的诗歌。1940 年，她在上海出版了首部个人诗集《沿着尘世的草地》(По земным лугам)，其中收录了 50 首抒情诗。尽管当时只发行了 100 册，但这部诗集使拉里萨在中国俄侨界的名气大增。这部拉里萨的早期诗歌汇集，集中展现了她的诗才。诗集涉及多个主题，但大都以拉里萨本人的人生经历和情绪感受为基础。其中有她作为一个花季少女所经历的爱情憧憬、失望、怀疑、痛苦等爱情诗，比如《苹果树花开》，《摇篮曲》，《占卜》(Гадание)，《声音》(Голос)，《窄路》(Узенькая дорожка)，《帆》(Парус)，《小路痛苦地等啊，等啊》(Ждет дорожка, ждет, томясь)，《温柔地与蓝眼睛五月告别后》(Простившись нежно с синеглазым маем)，《在金色的、发红的八月》(В золотистом, зардевшемся августе)，《冷却的晚霞消失了》(Стерся остывший закат)，《通往不可避免之事的路没有那么漫长！》(Путь к неизбежному так недолог!)，《咒语》(Заклятье)，《我担心自己不再会笑》(Я боюсь перестать смеяться)，《我最美的歌还未唱》

---

[1] Андерсен Л.Н. Одна на мосту: Стихотворения. Воспоминания.Письма / Сост., вступ. ст. и примеч. Т.Н. Калиберовой.Москва: Русский путь; Библиотека-фонд «Русское Зарубежье», 2006.С. 261.

（Лучшие песни мои не спеты），《小花》（Цветок），《大地变红了》
（Земля порыжела），《蜂蜜》（Мёд），《玫瑰》（Роза），《毒药》（Отрава），
《新月》（Новый месяц）等；有书写她作为流亡者的漂泊生活的日常
诗，比如《铃铛的铜胸叮当响》（Бьётся колокол медной грудью），《路
上的预感》（Предчувствие в пути），《向导》（Поводырь），《北方部落》
（Северное племя），《迁徙》（Перелет）等；有她对人生、内心、信
仰进行冷静思考的哲理诗，比如《幸福只有在宁静的水湾才能启锚》
(Только в заводи молчанья может счастье бросить якорь)，《沿着傍晚的
路》（По вечерней дороге），《日而循环，周而复始》(Дни, недели)，《轮
船疯了，轮船醉了》（Пароход сумасшедший, пароход пьян），《致我的
马儿》（Моему коню），《圣地》（Святыня）等；也有寓情于景的抒情诗，
比如《雨滴》（Капли），《水仙花》（Нарцисс）等。

　　从 1943 年开始，安黛森定期参加上海俄侨文学小组"星期五"的
活动。这是从哈尔滨流转到上海的"丘拉耶夫卡"成员（尼古拉·彼得
列茨，尤斯京娜·克鲁森施藤 - 彼得列茨，瓦列里·别列列申，弗拉基
米尔·波麦兰采夫，丽吉娅·哈因德罗娃，尼古拉·谢戈廖夫，拉里萨·安
黛森）与从其他地方来上海的俄侨文学家（比如玛丽娅·克罗斯托维茨、
瓦尔瓦拉·伊叶芙列娃等）一起在上海新创建的文学小组，旨在传承俄
语母语和作诗技巧。在随后的整整两年里，拉里萨·安黛森每周五和新
朋旧友聚在一起探讨诗歌创作。这段日子成为她晚年定居法国后关于流
亡生活的最美回忆，正如她在回忆录中所说："我爱上了那些在废弃车
库里举行的夜晚活动，里面只有一个小窗户透出暗淡的光，一盏油灯的
灯芯颤抖着火苗。我们在那里喝茶取暖，有时也喝中国白酒取暖。我永
远无法让这些聚会被最精致的上流社会邀请函取代。"[①] 1946 年中国

---

① Андерсен Л.Н. Одна на мосту: Стихотворения. Воспоминания.Письма / Сост.,
вступ. ст. и примеч. Т.Н. Калиберовой.Москва: Русский путь; Библиотека-фонд
«Русское Зарубежье», 2006.С. 32.

俄侨诗坛出版"堪称中国俄侨的天鹅之歌"[①]的诗集《岛》，其中收录拉里萨的多首诗歌。四十多年后，该诗集在美国再版时直接被改名为《拉里萨之岛》（Остров Лариссы）[②]，不难看出拉里萨在整个中国俄侨文学界的重要地位和意义。

从 1945 年开始，随着中国国内战争拉开序幕，上海俄侨再次面临回归祖国、留在中国或继续流亡他国的选择。拉里萨在上海文学圈的一部分俄侨友人（比如瓦尔瓦拉·伊叶芙列娃，丽吉娅·哈因德罗娃，尼古拉·谢戈廖夫，弗拉基米尔·斯洛博奇科夫，弗谢沃洛德·伊万诺夫，列夫·格罗谢等）决定回到苏联，还有一部分友人选择继续流亡他国（比如伊琳娜·列斯娜娅，瓦列里·别列列申，尤斯京娜·克鲁森施藤-彼得列茨，维克托利娅·扬科夫斯卡娅，玛丽娅·薇姿，奥尔嘉·斯科皮琴科，米哈伊尔·沃林，玛丽娅·克罗斯托维茨等）。拉里萨很长时间无法决定自己的去向，因为动荡的时局将身处上海的她与身处哈尔滨的父亲隔开，她只能等待与父亲会面。在此期间，她继续以舞蹈为生，而命运此时垂青于她，让她在上海的一个法国俱乐部邂逅法国邮轮公司经理莫里斯。莫里斯对拉里萨一见钟情，两人很快在上海注册结婚。1956 年，拉里萨跟随丈夫离开上海，并随着对方工作地的转移而继续"漂泊"于印度、非洲、越南等世界各地。但对于拉里萨来说，与爱人的漂泊不再像一个人漂泊那样孤独和艰辛，反而处处是惊喜：在印度，她不仅学会了瑜伽和印度舞，还学会了开车；在塔希提岛，她意外结识了去那里旅游的著名苏联诗人叶甫图申科，而且"正是在塔希提，在这个迷失在大洋中的岛屿上，诞生了她几首优美诗歌，堪称真正的

---

① Андерсен Л.Н. Одна на мосту: Стихотворения. Воспоминания.Письма / Сост., вступ. ст. и примеч. Т.Н. Калиберовой.Москва: Русский путь; Библиотека-фонд «Русское Зарубежье», 2006.С. 32.

② Остров Лариссы: Сб. стихов. США: Изд. «Антиквариат», 1988. Рец. Перелешин Валерий.

明珠"。[1]

　　然而，拉里萨与丈夫到世界各地的漂泊，意味着她脱离有着共同中国经历的俄侨群体，意味着她失去有着共同语言和文化根基的俄侨土壤，也意味着她不再拥有以前创作中的精神养料。因此，拉里萨在他国漂泊期间创作的诗歌数量远远少于侨居中国时期的数量。关于其中的原因，安黛森在后来与帮助自己出版个人诗集《一个人在桥上》的主编塔马拉·卡利别罗娃交谈时坦诚："写诗却没人读，如同在空旷的大厅里跳舞。"[2]

　　1970年，拉里萨·安黛森跟随法国丈夫结束漂洋过海的生活，回到丈夫的祖国。在巴黎暂住的一年里，她结识了当地一些俄侨，其中包括：法国俄侨出版界人士伊琳娜·奥多耶夫采娃，巴黎俄侨报《俄罗斯思想》编辑季娜伊达·沙霍夫斯卡娅，著名法国俄侨作家鲍里斯·扎伊采夫和格里高利·阿达莫维奇等。与巴黎俄侨文学界的交往，再次唤醒了拉里萨沉睡多年的诗歌才华，她又开始积极写诗，但只取悦自己。而且从这一时期的诗歌可以看出，拉里萨并不喜欢国际大都市巴黎的忙碌生活和工业文明，比如《埃菲尔的心灵会原谅我》等。

　　1971年，拉里萨跟随退休的丈夫回到其故乡上卢瓦尔省伊桑若定居。尽管这是法国腹地远离都市文明的小镇，但"拉里萨很喜欢伊桑若，这个迷失在上卢瓦尔省优美自然风光中的小镇，让她想起远东原始森林边疆区"。[3] 唯一的遗憾是，拉里萨家的附近虽然有优美的自然风

---

① Хисамутдинов А. Ларисса-чайка русской изящной словесности. // Андерсен Л.Н. Одна на мосту: Стихотворения. Воспоминания.Письма / Сост., вступ. ст. и примеч. Т.Н. Калиберовой. Москва: Русский путь; Библиотека-фонд «Русское Зарубежье», 2006. С. 434.

② Калиберова Тамара. Ларисса Андерсен: миф и судьба. <https://www.russianshanghai.com/hi-story/now/post1655.>

③ Хисамутдинов А. Ларисса-чайка русской изящной словесности. // Андерсен Л.Н. Одна на мосту: Стихотворения. Воспоминания.Письма / Сост., вступ. ст. и примеч. Т.Н. Калиберовой.Москва: Русский путь; Библиотека-фонд «Русское Зарубежье», 2006. С. 433.

光，有善良的邻居，有成群的宠物猫，但不再有和她一起流亡过中国的俄侨同胞，甚至不再有在巴黎结识的俄侨同胞。侨民文化的脱节，加上家务的操劳，使拉里萨再次陷入创作危机。但她仍旧努力从家庭琐事中挣脱出来，创作了《法国腹地》（Глубина Франции），《我过得如何？》（Как я живу），《缪斯与我》（Муза и я），《应该写诗》（Надо писать стихи），《我戴着围裙忙碌》（Мечусь в переднике）等诗歌。这些诗歌主要展现了拉里萨因为忙于生活琐事而无力继续创作的哀怨、羞愧、自责和自励。

80年代，随着丈夫及其他亲人的逐渐去世，独居伊桑若小镇的拉里萨越来越怀念那些曾经和她一起有过中国流亡经历的俄侨同胞，因为只有与他们才能找到共同语言和精神共鸣。因此，她开始越来越多地与流散世界各地的"中国朋友"保持书信联系，包括回到苏联的丽吉娅·哈因德罗娃、尼古拉·谢戈廖夫、弗谢沃洛德·伊万诺夫，定居美国的玛丽娅·薇姿、诺拉·克鲁克、维克托·彼特罗夫、维克托利娅·扬科夫斯卡娅、尤斯京娜·克鲁森施藤-彼得列茨，定居巴拉圭的伊琳娜·列斯娜娅，定居巴西的瓦列里·别列列申，定居澳大利亚的玛丽娅·克罗斯托维茨等。别列列申和尤斯京娜还曾到拉里萨法小镇探望过她，而拉里萨对这样的探望总是异常开心，她在回忆录《花园街上的茶炊》中写道："这样的探望对我而言永远像过节。"[1] 拉里萨本人也利用各种机会去看望流散世界各地的"中国朋友"。

但孤单的晚年还是给拉里萨带来了或多或少的忧伤，其晚年诗歌中经常流露出这种情绪，比如《我在忧伤中写诗》（А стихи пишу в печали），《鸟儿曾对我们歌唱——我们却没听》（Нам пели птицы—мы не слушали），《树枝在黑色的空中受煎熬》（Ветки маются в черном небе）等。

---

[1] Андерсен Л.Н. Одна на мосту: Стихотворения. Воспоминания.Письма / Сост., вступ. ст. и примеч. Т.Н. Калиберовой.Москва: Русский путь; Библиотека-фонд «Русское Зарубежье», 2006.С. 258.

拉里萨晚年珍存着很多"中国朋友"的纪念物，比如别列列申、涅斯梅洛夫、扬科夫斯基等人的诗集，尤斯京娜·克鲁森施藤-彼得列茨赠送的相册。而她在法国小镇的家中，也烙上了她一生中最重要的三个国度——俄罗斯、中国和法国的文化印记："总是敞开的几个大门前矗立着一群白桦树（是她多年前亲手所栽），进房的大门前挂着铃铛——法国奶牛通常挂着这样的铃铛。宽敞的客厅很像一个古董商店：带有清雅图画的中国油漆屏风，雕刻精致的五斗柜，轻便桌子，大面积用餐室，青铜佛像。墙上挂着很多画，主要都是中国和越南画家的作品。柳枝装饰的神龛上——是来自俄罗斯的礼物，即几幅圣像，而且是最受敬仰的圣三一和谢拉菲姆·萨罗夫斯基圣像画。"[①] 这一切都说明，无论是生养了她的俄罗斯，还是给她提供临时栖息地的中国，以及给她最终归宿地的法国，在她心目中具有同等重要的地位，都成为她晚年生活不可或缺的精神支柱。

安黛森的诗歌有半个世纪都不为广大读者所知。幸运的是，从20世纪80年代开始，国内外一些研究者注意到并开始搜集和出版她的诗歌。比如，1988年美国学者艾玛努伊·施泰因更新再版了包括安黛森在内的中国俄侨文集《拉里萨之岛》。1991年俄罗斯学者谢利金娜与塔斯金娜整理出版了包括拉里萨·安黛森在内的中国俄侨小说和诗歌集《哈尔滨：俄罗斯大树的枝杈》。1999年俄罗斯诗人叶甫图申科编撰出版了包括拉里萨·安黛森在内的俄罗斯诗歌集《世纪之诗》（Строфы века: Антология русской поэзии）。2001年瓦吉姆·克赖德与奥尔嘉·巴基奇共同整理出版了包括安黛森在内的中国俄侨诗集《中国的俄罗斯诗歌》等。2006年在俄罗斯侨民基金会的资助下，卡利别罗娃整理和出版了安黛森的个人文集《一个人在桥上》，其中包括安黛森一生创作的大部分诗歌、回忆录、书信。

---

① Андерсен Л.Н. Одна на мосту: Стихотворения. Воспоминания.Письма / Сост., вступ. ст. и примеч. Т.Н. Калиберовой.Москва: Русский путь; Библиотека-фонд «Русское Зарубежье», 2006.C. 37.

安黛森的诗歌创作与她一生的经历有着直接关系,其诗歌主题和形象都跟随她一生的足迹发生变化,因此按照其一生的轨迹可以分为中国流亡诗、他国漂流诗、法国定居诗。

第二节　中国流亡诗（1922—1956）

从 1922 年离开俄罗斯抵达哈尔滨到 1956 年离开上海前往他国,安黛森在中国总共流亡 34 年,期间主要定居于哈尔滨（1922—1932）和上海（1933—1956）。在此期间,女诗人创作了近 90 首抒情短诗,这就是中国流亡诗,也可以称为早期诗歌。这些诗中有 50 余首早在 1940 年收入女诗人的个人诗集《沿着尘世的草地》在上海出版,它们大都创作于安黛森侨居哈尔滨的十余年间。那时的她正值花季少女,刚开始诗歌试笔,因此诗歌主要关注个人生活和内心世界,以及与父母和朋友有关的一切。其余近 40 首诗歌创作于女诗人侨居上海的 24 年间,此时期由于跳舞和生存斗争占据了安黛森大部分时间,因此数量不如哈尔滨。但在主题上,上海时期的诗歌不仅延续了哈尔滨时期的爱情、流亡等主题,而且出现了不少关于祖国和生存地上海的诗歌。显然,安黛森的中国流亡诗,经历了以个人生活和内心世界为中心向观察和思考外部世界的拓展。

爱情诗

爱情诗在安黛森早期诗歌中最多,也是女诗人一生创作中最重要的主题。但安黛森早期创作的爱情诗,更多只是抒发自己作为一名少女经历的喜怒哀乐,表达的是少女怀春的浪漫遐想、初坠爱河时的幸福、纠结与相思之苦,以及失恋后的痛苦与反思。

最早的诗歌试笔《苹果树花开》就满怀少女对爱情的浪漫憧憬以及幻灭后的失望:

Месяц всплыл на небо, золотея,　　*月亮浮上天空,银光闪闪,*

Парус разворачивает свой, 　　帆儿张开自己的翅膀，

Разговор таинственный затеял 　　风儿与夜色中的树枝

Ветер с потемневшею листвой... 　　开启神秘的谈话……

Ведь совсем недавно я мечтала: 　　不久前我曾梦想：

Вот как будут яблони цвести, 　　当苹果树花开时，

Приподнимет мрачное забрало 　　我人生路上的幸福骑士

Рыцарь Счастье на моём пути. 　　会掀起阴沉的面盔。

Говорят, что если ждать и верить, — 　　听说，如果等待并坚信，——

То достигнешь. Вот и я ждала... 　　就一定能得到。所以我一直等待……

Сердце словно распахнуло двери 　　心儿像敞开的大门

В ожиданье света и тепла! 　　等待光明和温暖！

Всё как прежде... Шевелятся тени, 　　但一切如旧……只有影子晃动，

Платье, зря пошитое, лежит... 　　裙衫白白缝制，束之高阁……

Только май, верхушки яблонь вспенив, 　　只有五月，苹果树梢才泛起

Лепестками белыми кружит. 　　浪花般的白色花瓣。

Месяц по стеклу оранжереи 　　月亮在温室的玻璃上

Расплескал хрустальный образ свой, 　　映出自己水晶般的影子，

Маленькие эльфы пляшут, рея 　　小妖精们[1]翩翩起舞，漂浮在

Над росистой, дымчатой травой... 　　露珠莹莹、雾气蒙蒙的草地上……

Надо быть всегда и всем довольной. 　　不管何时应该对一切知足。

Месяц — парус, небо — звёздный пруд... 　　月亮——像帆，天空——像星池……

И никто не знает, как мне больно 　　谁也不知道，我多么痛苦，

Оттого, что яблони цветут.[2] 　　因为苹果树花开了。

---

① 原诗中使用的词为"埃尔弗（эльфы）"，即古日耳曼神话中的自然神。——笔者注

② Андерсен Л.Н. Одна на мосту: Стихотворения. Воспоминания.Письма / Сост., вступ. ст. и примеч. Т.Н. Калиберовой.Москва: Русский путь; Библиотека-фонд «Русское Зарубежье», 2006.С.53.

《苹果树花开》是一首充满少女浪漫希冀和幻灭后的失望情绪的诗歌。诗歌开篇用静谧神秘的月夜营造出适合谈情说爱的氛围，正是这种浪漫的氛围，使抒情女主人公满怀希冀，等待自己的白马王子到来。然而，期望的幸福没有如期而至，等到的只是季节永恒不变的更替，只是五月苹果树花开。抒情女主人公只能告诫自己，要满足现在拥有的一切，但内心深处的忧伤和痛苦却无法消弭。作为安黛森最早的诗歌试笔，这首诗无疑非常成功，也奠定了贯穿诗人一生诗歌创作的一些基本特点，比如：开头寓情于景，引出抒情主人公的情感；中间笔调和情绪陡转，与开头形成鲜明对比；结尾则采用画龙点睛的形式，点明全诗的主旨。作诗手法也颇具诗人的个性特色，除了寓情于景的手法，还大量运用明喻、暗喻、拟人等修辞手法，以及细腻的景物描写。

早期另一首诗歌试笔之作《占卜》，则通过占卜习俗来展现少女的白马王子梦：

Сердце каждой ждет пророчеств,　　每个少女的心都在等待神启，

Сердце каждой сказок ждет…　　每个少女的心都在等待童话……

В синий час крещенской ночи　　在蓝色的洗礼之夜

Мы гадали у ворот.　　我们在大门旁占卜。

И для нас в провалах лестниц　　对我们来说楼梯的陷落处

Околдованная мгла　　上了魔咒的黑雾

Опрокидывала месяц　　将月亮打翻到

В голубые зеркала…　　蓝色的镜子里……

У трюмо мерцали свечи,　　穿衣镜里闪着烛光，

Опьяненный жутью взор　　醉醺醺的目光可怕地

У водился в бесконечный　　投向无尽的

Отражённый коридор.　　被照亮的走廊。

Страшно....Что-то билось гулко...　　　恐怖……心中咚咚响

И казалось нам –шаги...　　　我们觉得——有脚步声……

Шептуны из закоулков　　　僻巷深处而来的低语者

Подступали, как враги,　　　像敌人一样走近。

И глядели через плечи...　　　我们看向肩后……

Жуток был и странно нов,　　　既恐怖又新鲜，

Как не свой, не человечий　　　非人的瞳孔仿佛不再是自己的

Блеск испуганных зрачков...　　　发出恐怖的光……

А когда свой ковшик бледный　　　当自己的勺子

Месяц выплеснул до дна,　　　将月亮从底部瓢舀，

Мы уснули незаметно　　　我们不知不觉入睡

У стемневшего окна.　　　在夜幕降临的窗前。

Серебристая карета　　　银色的马车

У везла нас во дворец,　　　将我们载入宫殿，

Где танцуют до рассвета　　　那里全都伴着真诚的乐声

Все под музыку сердец.　　　跳舞到黎明。

В сердце каждой-сны о свете,　　　每个少女的心中——都有光明之梦，

В Сердце каждой-тихий зов...　　　每个少女的心中——都有轻声呼唤……

Все сердца увез в краете　　　所有的心儿都坐上马车

Принц двенадцати часов.[1]　　　十二点被王子带走。

占卜本是俄罗斯的一种民间习俗。4 月 18—19 日夜晚在基督教中

---

① Андерсен Л.Н. Одна на мосту: Стихотворения. Воспоминания.Письма / Сост., вступ. ст. и примеч. Т.Н. Калиберовой.Москва: Русский путь; Библиотека-фонд «Русское Зарубежье», 2006. С.50.

是耶稣受洗之夜，因此俄罗斯民间认为这个夜间会有圣人出现，在此期间待嫁的姑娘可以通过占卜来获知未婚夫的信息。抒情女主人公正是在耶稣受洗之夜遵循俄罗斯古老习俗进行占卜。在占卜后的睡梦中，她梦见了童话故事中灰姑娘和白马王子般美好的爱情。显然，诗歌展现了诗人早期作为一个少女对爱情所怀有的浪漫憧憬。

然而，少女的怀春梦大都伴有失落和伤感。《一条窄路》就以隐喻手法，书写了对爱情的失落感：

У зенькая дорожка	一条窄路
Бежит по груди откоса,	沿坡而下，
И деревце абрикоса	一棵杏树
Подсматривает в окошко.	窥视窗外。
Деревцу абрикоса	你没对那棵杏树
Ты не сказал: прости!	说：对不起！
Много ль ему цвести,	在你回来之前，
Прежде чем ты вернёшься?[①]	它应该开很多花吗？

诗歌书写了抒情女主人公与自己的白马王子约会后，站在窗边偷偷目送他沿着斜坡的窄路离开时的心情。抒情女主人公似乎对刚刚过去的约会有着淡淡的失落和不满，因为男子在离开前没有对她说对不起，而是怀疑她在他缺席的日子里另有其人。诗歌同样赋予没有生命的植物——杏树以人的情感，将少女比喻成杏树，寓情于景，表达了抒情女主人公对爱情的回味与失落。

而在《帆》一诗中，则书写了抒情女主人公迎接思念的人儿归来时的激动和愉快心情：

---

① Андерсен Л.Н. Одна на мосту: Стихотворения. Воспоминания.Письма / Сост., вступ. ст. и примеч. Т.Н. Калиберовой.Москва: Русский путь; Библиотека-фонд «Русское Зарубежье», 2006.C.57.

Парус, парус! Теперь перестану	帆，帆！现在我再也不会
Что ни утро тянуться к окну.	一大早凑到窗前。
На заре, в розоватом тумане,	在朝霞粉红的迷雾中，
Голубеющий парус мелькнул.	蓝色的帆时隐时现。
Распахну я калитку и в белом	我会打开篱笆，穿上白衣
Белой птицей взметнусь на утес,	像小鸟一样飞上悬崖，
Чтоб вдали твое сердце запело	希望远处的你内心开始歌唱
И согрелось от радостных слез.	并因为喜悦的泪而变得温暖。
Звонкий ветер смеется: — Встречай-ка!	风儿洒着银铃般的笑声说：快来迎接！
И навстречу плывут облака…	于是迎面飘来白云……
Покажусь тебе радостной чайкой	你以为是愉快的海鸥
На любимых родных берегах.	出现在心爱的故乡岸边。
Наконец-то! Теперь перестанет	终于归来啦！现在海湾再也不会
У водить мои взоры залив…	将我的目光带走……
Ведь не зря распустились в стакане	原来一簇簇雪白的稠李花
Белоснежные веточки слив!	并非无缘无故地绽放！
Да и снег на утесе растаял,	悬崖上的雪也融化，
И ручьи побежали, звеня…	小河开始奔流，叮咚作响……
Белых чаек веселая стая	一群愉快的白色海鸥
Прилетела поздравить меня.	飞来向我道喜。
Нашим яблоням только и снится,	我们的苹果树也刚刚梦见，
Что надеть подвенечный наряд,	穿上了婚纱，
И цветы, и деревья, и птицы —	还有花儿，树儿和鸟儿——
Все о встрече с тобой говорят!	全在谈论我和你的相见！
Я не знаю, как радостней встретить,	我不知道，该如何更愉快地迎接你，
Что тебе дорогое отдать —	该送你什么贵重的礼物——
Не возьмешь ли ты веточки эти	你会不会带上这些花簇
И помятую эту тетрадь?[①]	还有这本皱巴巴的本子？

---

① Андерсен Л.Н. Одна на мосту: Стихотворения. Воспоминания.Письма / Сост., вступ. ст. и примеч. Т.Н. Калиберовой.Москва: Русский путь; Библиотека-фонд «Русское Зарубежье», 2006.С.58.

全诗开篇就进入抒情女主人公迎接从远方归来的恋人时的场景。为了表达抒情女主人公与恋人久别重逢的喜悦，诗人将自然界的万物（风儿、云儿、花儿、鸟儿、海湾、河流、苹果树）拟人化，让它们共同见证和感受抒情女主人公的喜悦。这种人与物的共情，极大地渲染和烘托了全诗喜悦的心情。

而在另一首诗歌《小路在等着，篱笆也在痛苦地等着》（Ждет дорожка, ждет, томясь, калитка）中，则描写了抒情女主人公等待恋人的痛苦与煎熬。与上一首诗歌一样，将小路、篱笆、月亮、白杨、大地等万物拟人化，让它们与抒情女主人公共同感受等待的痛苦和煎熬，并期待着恋人夏天来向自己痴狂表白：

Ждет дорожка, ждет, томясь, калитка –	小路在等着，篱笆也在痛苦地等着——
Надо выйти — окунуться в темь…	该出门——潜入黑暗中啦……
Выползает платиновым слитком	披着朦胧薄纱的月亮
Лунный образ в дымчатой фате.	像铂金一样钻出。
Дышит сумрак близостью сирени,	黄昏呼吸着附近的丁香花，
Глухо, дремно шепчут тополя…	白杨树低沉地窃窃私语，睡眼惺忪……
О безумье летних откровений	炽热的大地梦见
Видит сны согретая земля.	夏天痴狂的表白。

另一首诗《日而循环，周而复始》同样塑造了在煎熬中等待爱情的抒情女主人公，但等待中蕴涵着幸福：

Дни, недели… Всё одно и то же —	日而循环，周而复始……一切如旧——
Грелось сердце старых грёз тряпьём…	充满旧日梦幻的心儿像破布一样发热……
Вдруг, нежданной новью потревожен,	突然，日子被突如其来的消息惊扰，
День взвился, как звонкое копьё.	它开始飘扬，像茅发出叮当响。
— Счастье? — Тише…	"幸福？"轻点声……

К счастью нужно красться,	幸福应当偷偷靠近，
Зубы сжав и притушив огни...	咬紧牙关，屏住热情……
Потому что знает, знает счастье,	因为幸福知道，
Что всегда гоняются за ним.[①]	它总被人追逐。

　　诗歌更多的是表达诗人的一种幸福观，即幸福只能静静地去等待和体验，不能大声言说，也不能拿来做炫耀的资本，否则它很快就会消失。
　　安黛森的早期爱情诗中，不仅有充满痛苦和煎熬的等待，也有少女与心上人约会时的温柔、甜蜜、羞怯。诗歌《温柔地与蓝眼睛五月道别后》就是一首约会诗：

Простившись нежно с синеглазым маем.	温柔地与蓝眼睛五月道别后，
На грудь полянки выплакав печаль,	伏在林中空地的胸脯上哭干忧伤，
Покинутые яблони вздыхают,	被抛弃的苹果树在叹息，
Обиженно и робко лепеча.	发出委屈的、怯懦的呓语。
Но тишину березовых беседок	但白桦树亭的寂静
Пьянит жасмин, безумный, как мечты...	被茉莉的馥郁芬芳灌醉，如梦似幻……
В глубинах рощ таинственное лето	林子深处神秘的夏季
Придумывает новые цветы.	正构思奇异的花朵。
Звенит июнь, среброзвонный ландыш,	六月的声音响起，铃兰银铃般的声音
Вдыхая тишь, роняет дни в траву,	将寂静吞噬，让白天降落草丛，
И, крадучись, в потемках, от веранды	而在暗处，远离凉台的地方
Тропинки уползают и зовут...	弯弯曲曲的小路在呼唤……
За тонкий рог на синеве повесясь,	挂住蓝色天空的细细尖角，
Что б все сказали: ах, как хорошо!	为了让人惊呼：啊，太美了！
Сквозь облака просеивает месяц	月亮穿过云层撒播

① Андерсен Л.Н. Одна на мосту: Стихотворения. Воспоминания.Письма / Сост., вступ. ст. и примеч. Т.Н. Калиберовой.Москва: Русский путь; Библиотека-фонд «Русское Зарубежье», 2006.С.60.

Магический лучистый порошок...	闪着魔幻亮光的粉末……
А там, где тень узорно вяжет петли,	在那儿，影子给绳索编制上花纹，
Во тьме аллеи – шорох легких ног,	幽暗的林荫道上——是沙沙的脚步声，
Девичьих рук заломленные стебли,	是被少女的手折断的花茎，
Девичьих губ томящийся цветок.	是被少女的唇吻过的花朵。
И с чьих-то растревоженных браслетов	不知谁的手镯被惊动
Песчинки звона сыплются в кусты...	发出的声音传到灌木丛……
В глубинах рощ таинственное лето	林子深处神秘的夏季
*Придумывает странные цветы.*①	正构思奇异的花朵。

该诗同女诗人的其他很多诗相似，前半部分写景，后半部分转向写情，通过寓情于景的形式，把情窦初开的少女在树影斑驳的林荫道上与情人约会时的期待、害羞、紧张等心理形象地展现出来。诗歌依然使用了安黛森惯常的修辞手法。比如，用拟人的手法描写季节的变化，其中用"道别""哭干""叹息""呓语"等动词描写五月将尽、六月来临。此外，用独特的修饰语来描写各种季节和植物，赋予它们以人的特色，比如"蓝眼睛的"五月，"被抛弃的"苹果树，"神秘的"夏天，"奇异的"花朵等。这些修饰语赋予自然界万物以生命，而且仿佛都具有人的情感和经历，以此衬托少女眼中的一切都因为她经历的爱情震撼而发生着变化。

另一首诗《在金色的、发红的八月》同样是约会诗，依然描绘的是抒情女主人公夜晚与恋人幽会时的甜蜜与喜悦：

В золотистом, зардевшемся августе,	在金色的、发红的八月，
На нескошенном мятном лугу	在还未割掉的薄荷地的角落
День за днем немудреные радости	我为你一天又一天地

---

① Андерсен Л.Н. Одна на мосту: Стихотворения. Воспоминания.Письма / Сост., вступ. ст. и примеч. Т.Н. Калиберовой.Москва: Русский путь; Библиотека-фонд «Русское Зарубежье», 2006.С.61.

К вечерам для тебя берегу.	把傻傻的开心保留到傍晚。
И, встречаясь под темными вязами,	在幽暗的榆树下相会，
Там, где мрак напоен тишиной,	阴郁也被寂静灌醉，
Забываю о том, что не связано	我忘记你与我
С тихой ночью, тобою и мной…	与寂静的夜晚无关……
День за днем на лугу, босоногая,	我光着脚，一天又一天地在角落里
Я медвяные травы топчу,	踩着像蜜一样香甜的小草，
Чтобы вечером темной дорогою	为了能在傍晚时走过漆黑的小路
К твоему прижиматься плечу.	靠近你的肩膀。
Не отдам никому этой радости,	我不会把这快乐告诉任何人，
Не отдам я ее сентябрю, —	不会把它告诉九月，——
В обессиленном, тающем августе	在无力的、心儿融化的八月
*Вместе с летом зеленым сгорю.*①	我与绿色的夏天一起燃尽。

　　与上一首诗相比，这首诗的氛围更加明亮和乐观，但这里的甜蜜与喜悦依然不张扬和外露，而带着少女的矜持和含蓄，因为抒情女主人公喜欢将这种甜蜜与喜悦悄悄藏在心底，静静地、慢慢地独自品味，而不希望其他人知道。与其他诗一样，这首诗中的八月和九月这样的季节也具有人的情感和心灵，能与抒情女主公一起将"心儿融化"和"燃尽"。

　　然而，自古以来少女的白马王子梦就如同水晶般容易破碎，对爱情有多少期待，就有多少失望。集美貌、温柔与智慧于一身的安黛森，同样无法避免这样的遭遇和命运。其早期爱情诗中，出现了一系列描写少女爱情梦幻破灭、遭遇恋人背叛和爱情伤痛的失恋诗。比如，诗歌《冷却的晚霞消失了》（Стерся остывший закат）就书写了少女失恋后的痛苦和煎熬：

---

① Андерсен Л.Н. Одна на мосту: Стихотворения. Воспоминания.Письма / Сост., вступ. ст. и примеч. Т.Н. Калиберовой.Москва: Русский путь; Библиотека-фонд «Русское Зарубежье», 2006.С.62.

Стерся остывший закат,	冷却的晚霞消失了，
Поле спокойно и просто.	田野宁静而简单。
Канул в дымящийся воздух	雾气蒙蒙的空中
Зябнущий крик кулика.	鹬的叫声逐渐消失。
В небе — вороний полет	天上——乌鸦飞过
Зыбкой, текучей дорогой…	留下晃动不安的踪迹……
Снова знакомой тревогой	熟悉的惊恐再次
Сохнущий рот опален.	使干涸的嘴巴发烫
Чем напоите меня,	空旷的天空和田野啊，
Небо пустое и поле?…	您拿什么给我解渴？……
Гаснут глухие вопросы…	低沉的问题渐渐消失……
Страшно — горячие слезы,	极度滚烫的泪水，
Слезы неистовой боли	无限痛苦的眼泪
В мертвые листья ронять.[1]	落进死亡的树枝。

这首诗的标题已然显示出凄清寂寥的氛围，而字里行间更是渗透着穿透人心的痛苦不安与煎熬。诗人不仅用宁静空旷的田野、雾气蒙蒙的天空等景物描写暗示和衬托抒情女主人公失恋后的寂寞与孤独，而且用"干涸的嘴巴""滚烫的泪水""痛苦的眼泪"等词汇直接描写其失恋后的生理反应。

诗歌《通往必然的路没有那么漫长！》，则表达了抒情女主人公失恋后的悲观情绪：

Путь к неизбежному так недолог!	通往必然的路没有那么漫长！
Страшною ведьмою, ступу креня,	像恐怖的女巫，倾斜着研钵，
Тьма налетает, сметая подолом	黑暗飞来，用下摆匆忙做成

① Андерсен Л.Н. Одна на мосту: Стихотворения. Воспоминания.Письма / Сост., вступ. ст. и примеч. Т.Н. Калиберовой.Москва: Русский путь; Библиотека-фонд «Русское Зарубежье», 2006.С.63.

Поле и небо. Кто спрячет меня?	田野和天空。谁会掩护我？
Бледные руки упавшего дня	陷落的白昼那苍白的双手
Еле дрожат у подножья престола…	勉强在冠冕的桌腿下颤抖……
В этом беспомощном голом поле	在这片无助的、光秃秃的田野上
Кто же укроет, кто спрячет меня?	谁能隐藏我，谁能掩护我？
Спуталась в темный клубок дорога,	道路缩成黑黑的一团，
В цепкие клочья сбилась мгла…	暮色浓缩成倔强的黑片……
Вот и вся сказочка про Недотрогу:	这就是关于小气鬼的童话：
Просто —	只是——
Царевна жила да была,	曾经有位公主，
Много смеялась… И плакала много…	经常哭……也经常笑……
Потом —	然后——
умерла.[①]	死了。

诗歌标题和开篇就点明了爱情走向必死之路的结局。紧接着用"恐怖的女巫""黑暗""暮色""苍白的双手""颤抖""无助"等词汇，形象地展示抒情女主人公失恋后迷惘、错乱、阴郁和痛苦的内心世界。经历了这一切后，抒情女主人公再也不相信童话中王子与公主的美好爱情故事，而是以公主死亡的方式改写了童话中完美的结局，隐喻暗示了自己的爱情悲剧。

每一颗被爱情伤害的少女心灵都是脆弱的、痛苦的，但她们通常无力正面还击，只能将报复之心寄托于上帝、女巫等的魔力。安黛森也不例外，其诗歌《咒语》就表达了受伤的抒情女主人公想借助上帝的力量惩罚玩弄其情感的男子：

…И прокляла девушка лодку его,	……姑娘诅咒了他的小船，

---

① Андерсен Л.Н. Одна на мосту: Стихотворения. Воспоминания.Письма / Сост., вступ. ст. и примеч. Т.Н. Калиберовой.Москва: Русский путь; Библиотека-фонд «Русское Зарубежье», 2006.C.64.

и весла, и снасти.	*还有船桨和索具。*
Норвежская сказка.	*挪威童话故事。*
Парус упруго толкает ветер,	*风儿将帆吹鼓,*
Ладная шхуна и смел рыбак.	*帆船很好,渔夫也勇敢。*
Только беда, — что ни кинет сети —	*只可惜,——不管他把网撒向何处——*
Тина… Трава… Да внизу, под этим,	*都是泥沼……水草……而且下面*
Странно шипя, шевелится мрак.	*发出丝丝的声音,黑乎乎的东西在晃动,*
Что за проклятье! И крест на теле.	*咒语真神奇!还有身上的十字架。*
Благословив, проводила мать…	*妈妈说完祝福的话,就送别……*
Плещутся волны… Вдруг налетели,	*浪花拍溅……突然飞起,*
Ветром забились, в снастях засвистели,	*随风卷起,在索具中呼啸,*
Пеной рассыпались… еле-еле	*洒下泡沫……勉勉强强*
Внятные чьи-то слова:	*听到有人在说话:*
— На воде ли,	*——不知在水里,*
На суше — вспомнишь еще,	*还是陆地上——你是否还记得,*
Как из-за шелка девичьих щек	*如何因为如丝般的少女脸颊*
Девичье сердце шутя ломать![①]	*弄碎了少女的心!*

    诗歌写了在爱情中受伤的姑娘给伤害她的人下了咒语,从而使他出海打鱼时一无所获,以此隐喻戏弄少女情感的人终将得到惩罚和报应。而这种惩罚和报应来自上帝,因为诗中的咒语来自妈妈临别前赐给抒情女主人公的祝福和赠给她的十字架。显然,诗歌蕴含恶有恶报的哲理,也具有上帝惩恶扬善的宗教色彩。

    破碎的爱情如同破碎的镜子难以复原。诗歌《我担心自己不再会笑》,就描写了抒情女主人公与曾经的恋人再度相见却难以复原往昔情感时的矛盾心理和表现:

---

① Андерсен Л.Н. Одна на мосту: Стихотворения. Воспоминания.Письма / Сост., вступ. ст. и примеч. Т.Н. Калиберовой.Москва: Русский путь; Библиотека-фонд «Русское Зарубежье», 2006.С.65.

Я боюсь перестать смеяться,　　我担心自己不再会笑，

Чтобы вновь не услышать боль.　　为了不再听到痛苦。

Но сегодня играю роль　　但今天我扮演了

Отдыхающего паяца.　　娱乐小丑的角色。

Так спокойно и просто с вами,　　如此平静、单纯地和您

Шелестит по шоссе пикард,　　沿着马路窸窣走过，

И заплаканный сонный март　　哭干泪水、如梦似幻的三月

Тишину овевает снами.　　用梦笼罩寂静。

Пересыпанный звездной пылью,　　洒满星星灰尘的暮色，

Надвигается мрак в глаза...　　压向双眼......

Ветер волосы рвет назад　　风把头发吹到脑后

И пытается нас осилить.　　还企图征服我们。

Этот вечер и тишь в подарок　　这个夜晚和寂静的礼物

Мне приятно принять от вас.　　我欣然从你手里接受。

Вы — волшебник. Но этот час,　　您——就像一个魔术师。但这个时刻，

Если можно, отдайте даром.　　如果可以，请赐给我。

Благодарна я нашей встрече,　　我感谢我们的相会，

Смутно слышу, что вы — мой друг,　　朦胧听见，您说是我的朋友，

Но на ваши пожатья рук　　但对您的握手

Мне, как прежде, ответить нечем.　　我还像以前一样无以回报。

О любви и восторгах разных　　关于爱情和各种欣喜

Я не стану судьбу молить,　　我不敢乞求命运的恩赐，

Растянулось вокруг земли　　大地的周围延展出

Ожерелье огней алмазных...　　如火的金刚石项链......

Для меня ваша чуткость — плаха.　　对我而言您的同情——像断头台。

Ваше «детка моя» — как плеть.　　您说的 "我的孩子" ——像鞭子。

Не люблю я себя жалеть　　我不喜欢可怜自己

И от жалости глупой плакать.　　也不喜欢因为愚蠢的可怜而哭泣。

Вот опять я должна смеяться,　　我应该再次大笑，

Чтобы сжалась и стихла боль,　　为了让痛苦压缩、平息，

Перед вами играя роль　　在您的面前扮演

Веселящегося паяца.[①]　　快乐的小丑角色。

　　抒情女主人曾经为逝去的爱情长久地痛苦过、哭泣过，甚至担心自己不再会笑。但与昔日的恋人再次相见时，她却强颜欢笑，表现得像一个快乐的小丑。虽然她内心深处还残留有对昔日恋人的眷恋，但她非常清醒地意识到这种逝去的爱情终将不可能复原，因此对昔日恋人的握手没有给予情感的回应，也决定不再可怜自己，而要变得坚强起来，忘记痛苦，忘记从前。

　　遭遇爱情创伤的少女之心很难短期内抚平，它需要时间慢慢治愈。女诗人不愿回首往事，更不愿重蹈覆辙，因此在诗歌《毒药》中直接把爱情的诱惑比喻成毒药：

В ночи весна кого-то ждет,　　春天在深夜等人，

И с кем-то шепчется в аллеях,　　然后在林荫道上与人耳语，

И длит прощанье у ворот,　　最后在大门前久久道别，

Пока восток не заалеет.　　直到东方霞光泛红。

Как заговорщики они　　他们像阴谋家一样

Смеются надо мною втайне —　　悄悄地嘲笑我——

Напрасно я тушу огни,　　我把灯熄灭也没用，

Напрасно запираю ставни.　　我把百叶窗锁上也没用。

Я беззащитна. Я больна.　　我孤立无助。我病恹恹。

Я одинока в этой келье.　　我一个人孤独地待在单居房。

Ах, мне, наверное, весна　　唉，春天也许

Дала отравленное зелье　　给了我毒药水。

---

① Андерсен Л.Н. Одна на мосту: Стихотворения. Воспоминания.Письма / Сост., вступ. ст. и примеч. Т.Н. Калиберовой.Москва: Русский путь; Библиотека-фонд «Русское Зарубежье», 2006.С.66.

У трами тих и строг мой дом,	每逢清晨我的小屋寂静而严肃，
В нем ладан льет благоуханье…	其中香烛散发着芳香……
А ночью снова под окном	而夜里春天又悄悄溜近
Весна крадется на свиданье.[①]	到窗户下幽会。

　　诗歌描写了蜗居在小屋中的抒情女主人公在春天的傍晚看到窗外林荫道上的幽会男女时的心情。对于刚刚经受了爱情伤痛的她来说，幽会男女在林荫道上的耳语仿佛是在嘲笑她的爱情失意，因此她更感孤独、痛苦、无助，甚至认为这是春天故意赐给她的毒药。显然，抒情女主人公遭遇的严重爱情创伤难以短期内抚平。

　　爱情创伤甚至会让人难以再相信爱情。诗歌《新月》就描写了遭遇过爱情创伤的抒情女主人公面对新的爱情时，出现想爱又不敢爱的矛盾心理：

Посмеиваясь и хитря,	月亮边笑边耍滑头，
Мне месяц щурится лукаво.	对我狡黠地眯着眼。
Я все ж стараюсь повторять	我内心始终努力重复着
Свои суровые уставы.	自己的清规戒律。
Но я слаба, как талый снег…	但我像融化的雪一样虚弱……
Но я нежна, как влажный ветер…	像湿润的风一样温柔……
И… я не знаю, что честней:	而且……我不知道，怎么做更诚实。
Открыться или не ответить?	是袒露心声还是不回应？
Ах, новый месяц, юный царь!	唉，新月啊，年轻的沙皇！
Мне страшно снять монашье платье…	我惧怕脱掉修女的衣裳……
Но сердце — молодой бунтарь,	但心儿，像一个年轻的反抗者，

---

① Андерсен Л.Н. Одна на мосту: Стихотворения. Воспоминания.Письма / Сост., вступ. ст. и примеч. Т.Н. Калиберовой.Москва: Русский путь; Библиотека-фонд «Русское Зарубежье», 2006.С. 80.

Не думающий о расплате.[①]　　不去想因果报应。

　　诗歌前四行表明，抒情女主人公面对新的爱情诱惑时，始终坚守自己心中的严格律法，努力告诫自己不要被诱惑，不要再相信爱情。但中间四行展现了抒情女主人公无力抵抗爱情的诱惑，因为把自己比喻成"像融化的雪"一样无力，"像湿润的风"一样温柔，处于袒露心声抑或不回应的犹豫和摇摆不定中。最后四行再次把抒情女主人公内心的矛盾凸显出来：一方面她害怕破坏自己内心的清规戒律，另一方面她年轻的心灵向往得到爱情，不去考虑被伤害的后果。本诗运用了一系列新奇的暗喻和明喻，比如用"新月"暗喻新的爱情，用"修女的衣裳"暗喻内心的清规戒律，用"新的沙皇"暗喻新的恋人，用"融化的雪"比喻抒情女主人公被爱情打动后的无力，用"湿润的风"比喻抒情女主人公的温柔。

　　在另一首名为《爱情》(Любовь)的诗中，女诗人以更加直白的语言展现了抒情女主人公逃避爱情的心理：

Тяжелой, тяжелой мантией　　像一张重重的法衣

За мною, на мне любовь…　　爱情在我的背后压向我……

Сил нет ни снять, ни поднять ее　　没有力气脱掉，也没有力气拾起

Груз царственно-голубой.　　帝王般蓝色的重负。

И кто бы куда ни сманивал,　　不管谁诱向何处，

Пусть в сердце тревоги дрожь, —　　就让内心的惊慌颤抖，——

Из голубого марева　　从蓝色的海市蜃楼中

Не выскользнешь, не уйдешь.　　不要溜走，不要逃避。

– Ну, что ты такая грустная?…　　"哎，你为什么如此忧伤？……"

– Я не грустна, а зла.　　"我不忧伤，只是凶狠。"

Я никогда с нагрузкою　　我从未带着这样的重负

① Андерсен Л.Н. Одна на мосту: Стихотворения. Воспоминания.Письма / Сост., вступ. ст. и примеч. Т.Н. Калиберовой.Москва: Русский путь; Библиотека-фонд «Русское Зарубежье», 2006.С. 81.

Такою вот не жила.	活过。
Я убегу, возлюбленный,	我要逃跑，亲爱的，
Одна, в темноту, в пустырь,	一个人跑到漆黑的地方，跑到荒漠里，
Туда, где над елью срубленной	跑到辽阔星空下
Подзвездная дышит ширь.	在被砍掉的枞树下大口呼吸。
Не жди меня… Не зови хотя б…	不要等我……不要呼唤我……
Не обещай тепла!	不要许诺温暖！
Затем, чтобы словно нехотя	然后，我会假装不情愿地
Я снова к тебе пришла.[①]	再次回到你身边。

在这首诗中，新出现的爱情被抒情女主人公视为一种重负，被她比喻为"重重的法衣"。她无力承担这种重负，甚至被压得喘不过气来，因此想要逃到没有人烟的地方。但她内心深处并非不为这种爱情所动，诗歌最后两行说明她在尝试卸掉内心的思想包袱，然后主动再次回到所爱的人面前。

以上爱情诗大都为拉里萨·安黛森侨居哈尔滨时创作。不难看出，女诗人用细腻的笔法、形象生动的语言，逼真地描写了少女经历的所有爱情阶段：憧憬爱情——陷入恋爱——思念恋人——遭遇背叛——诅咒怨恨——再次相见却无言——不再相信爱情——再遇爱情的犹豫和矛盾。这些爱情诗中的抒情女主人公一方面充满浪漫柔情，另一方面紧张、焦虑、不安，甚至对爱情怀有必将失败或背叛的预感。这种充满矛盾色彩的爱情诗歌，折射出流亡女性内心深处缺乏安全感。

安黛森侨居上海后，其诗歌创作中的爱情诗寥寥无几，数量远远少于哈尔滨时期，但在内容上有了拓展。此时的抒情女主人公不再是充满爱情浪漫幻想的少女，而是经历过爱情后的成熟女子。

---

① Андерсен Л.Н. Одна на мосту: Стихотворения. Воспоминания.Письма / Сост., вступ. ст. и примеч. Т.Н. Калиберовой.Москва: Русский путь; Библиотека-фонд «Русское Зарубежье», 2006.С. 85.

比如，诗歌《戒指》(Кольцо) 就描写了抒情女主人公面对身边爱人的醋意和怀疑，不得不讲述一枚戒指来历的故事：

...	……
Верь мне, верь мне, я не знаю,	请相信我，相信我，我不知道，
Кто кольцо мне подарил!	是谁赠送给我的戒指！
Чьим желаньем, чьей тоскою	我为了谁的愿望、谁的忧伤
Я болею — не пойму:	而遭受痛苦——我不明白：
Просто, видно, нет покоя	只是，瞧瞧，我的心儿
В жизни сердцу моему.	在生活中没有片刻安宁。
Словно что-то я забыла,	仿佛我把什么给忘了，
Словно ждут меня, а я…	仿佛有人在等我，而我……
Я скажу тебе, что было,	我会告诉你，发生过的一切，
Ничего не утая.	什么也不会隐瞒。
В десять лет портрет не нужен:	十岁时不需要肖像：
Две косы, в глазах вопрос,	两条辫子，满眼疑问，
Шрам, да горсточка веснушек,	伤痕，以及被太阳留在鼻梁上的
Солнцем брошенных на нос.	一堆雀斑。
Вечерами, в час прилива	晚上，涨潮时分
Я бродила по камням,	我沿着石头散步，
Много стеклышек красивых	很多漂亮玻璃
При луне блестело там.	在月光下闪闪发光。
Вот однажды средь камней я	一天我在石头中
Вдруг увидела кольцо.	突然发现一枚戒指。
Полустертая камея…	半磨损的浮雕宝石……
Чье-то странное лицо…	不知谁的奇异面孔……
Только месяц был свидетель:	只有月亮为证：
Я тогда дала обет,	那时我给出了誓言，
Я свой маленький браслетик	我把自己小小的手镯
Морю бросила в ответ!	作为回应投向大海！

```
...                            ……．
Это он! О чем горюешь        就是他！你伤心的对象
Ты — ревнивый, ты — живой?   你——醋意十足，你——活着吗？
Только призрак, говорю я,     我说，只有幽灵，
Только сон — соперник твой.①  只有梦幻——是你的竞争对手。
...                            ……
```

　　诗歌开始部分描写了抒情女主人公在现实中不被身边的爱人理解，经常被怀疑另有所爱，其证据就是一枚来历不明的戒指。从诗歌中间开始，抒情女主人公向身边的爱人坦白戒指的来历：十多岁时她在海边散步拾到一枚宝石戒指，并认定这是命中注定的未婚夫给自己的信物；作为回应，她将自己的小手镯投入大海。诗歌最后部分是抒情女主人公对现实中充满醋意的爱人的宽慰，认为他的醋意完全是梦幻和幽灵。显然，诗歌书写的并不仅仅是一枚戒指的故事，而是相爱的人之间有时难以相互理解和信任的故事。

　　《戒指》一诗体现了女诗人对爱情的进一步失望，这也许与安黛森初来上海时与俄侨同胞米哈依尔·亚古博维奇短暂的失败婚姻有关。尽管安黛森在自己的回忆录中，几乎没有提及这段婚姻。但从她上海时期屈指可数的几首诗歌中，能感到她对这段婚姻的失望。除了《戒指》，从诗歌《透过彩色玻璃》（Сквозь цветное стекло）也能感觉到这段婚姻失败的原因：

```
Царевне плакать нельзя —   公主不能哭泣——
Царевна от слез умрет.     公主流泪会死。
То знает и дворня вся,     整个皇宫都知道，
```

---

① Андерсен Л.Н. Одна на мосту: Стихотворения. Воспоминания.Письма / Сост., вступ. ст. и примеч. Т.Н. Калиберовой.Москва: Русский путь; Библиотека-фонд «Русское Зарубежье», 2006.С. 103.

То знает и весь народ.	所有人民也知道。
А царевнин терем высок!	公主的楼阁很高！
А красив царевнин наряд!	公主的装束也很美！
Зеленых берез лесок —	还有绿葱葱的白桦林——
Веселых подружек ряд...	以及许多快乐的女友……
Оконце ее – взгляни! —	她的小窗户——瞧瞧！——
Лазоревого стекла,	是蓝色的玻璃，
Чтоб даже в плохие дни	为了在糟糕的日子里
Погода ясна была.	天气看起来依然美好。
И какой такой лиходей	但一个恶人
На глазах у добрых людей	当着众多善人的面
Такое содеял зло:	做了这样的恶事。
Стрелою разбил стекло?	用弓箭射穿了玻璃？
Ну, царь, без большой возни	沙皇，不费吹灰之力
Возьми его да казни.	把他抓住并绞死。
Тут царевна только взглянула,	公主仅仅看了一眼，
Рукавом кисейным взмахнула,	然后挥了挥自己的纱袖，
Вздохнула,	叹了口气，
Заплакала и — умерла.	哭了起来——就死了。
Без лазоревого-то стекла	没有蓝色的玻璃
И на казнь смотреть не смогла.[①]	不能看绞刑。

诗歌以童话故事的形式，讲述了不正确的爱只能带来悲剧的哲理。童话中的公主不能哭泣，否则会死。为了保护公主，国王将她的楼阁修建在高高的地方，还安装了专门的天蓝色玻璃窗，透过它看到的一切都是美好。但一位恶人却用箭打碎了玻璃窗，愤怒的国王逮住恶人并处死。

① Андерсен Л.Н. Одна на мосту: Стихотворения. Воспоминания.Письма / Сост., вступ. ст. и примеч. Т.Н. Калиберовой.Москва: Русский путь; Библиотека-фонд «Русское Зарубежье», 2006.С. 106.

公主却因为透过破碎的玻璃看到悲惨现实后伤心哭泣而死。本诗虽然没有从字面上谈及爱情，但结合上一首诗歌不难猜测，安黛森与俄侨同胞亚古博维奇短暂婚姻的失败原因，也许在于丈夫对她不正确的爱。

拉里萨·安黛森后来在上海遇到了一生中的挚爱和最后的归宿，即法国邮轮公司经理莫里斯。对于这段姻缘，安黛森诗歌的字里行间都展现出精神上的依靠感和内心的轻松愉悦感。比如诗歌《温暖的风把叶子吹得沙沙响》（Шумит листвою теплый ветер）就传达出抒情女主人公享受爱情带来的依靠感和内心的轻松愉悦：

Шумит листвою теплый ветер,	温暖的风把叶子吹得沙沙响
Плывут по небу облака.	云儿爬满天空。
Как просто все на этом свете,	世上的一切多么简单，
Как жизнь легка и смерть легка.	生活很轻松，死亡也很轻松。
Пусть все, как дым, проходит мимо,	就让一切像雾一样吹散，
Вот тут, со мной – твое плечо,	而现在，我的身旁——有你的肩膀，
Рука – и все, что так любимо	你的手臂——以及一切，它们被珍爱
И бережно, и горячо.	被呵护，且充满热情。
Совсем не надо ни истерик,	不需要任何歇斯底里，
Ни новых слов, ни тонких драм,	不需要多余的话语，不需要任何把戏，
Мы попросту и ясно верим	我们就能单纯且明确地相信
Осенним ласковым утрам.[①]	秋天温和的早晨。

诗歌充满了爱的温情，但这种爱不再是少女时代不着边际的浪漫幻想，也不再是不合适的两个人的痛苦与煎熬，而是实实在在、踏实可靠、明晰温和的爱，且两个相爱的人心有灵犀，不需过多的语言、争吵、伎

① Андерсен Л.Н. Одна на мосту: Стихотворения. Воспоминания.Письма / Сост., вступ. ст. и примеч. Т.Н. Калиберовой.Москва: Русский путь; Библиотека-фонд «Русское Зарубежье», 2006.С.135.

俩就能相互理解。这种爱是心智成熟的爱情，也是流亡者中罕见的美好
爱情。

美好的爱情不仅给人带来愉悦，更能给人带来信心和力量。在《金丝线》（Золотая нить）一诗中，抒情女主人公就因为爱情的力量而增添了忍受生活中一切艰难困苦的信心：

На снегом вытканной парче –	在用雪织出的锦缎上——
Улыбка солнца золотого,	是金色太阳般的笑容，
Из всех запутанных речей	从所有混乱的言语中
Я выберу одно лишь слово.	我只选择一个词。
Одну лишь золотую нить	从缠在一起的纱线中
Из шелка спутанного пряжи –	我只选择一根金丝线——
И буду ей сегодня жить,	而且现在我将只靠它生活，
А может быть, – и завтра даже…	也许，——明天也如此……
И не боюсь ничуть теперь	现在我一点也不怕
Заботы, времени и жизни,	操劳、时间和生命，
Смогу с улыбкою стерпеть	我能微笑忍受
Упреки, брань и укоризны…①	责备、谩骂和挑剔……

这首诗把爱情隐喻成金丝线，它是抒情女主人公从纱线团中选择的一根，且选定后决定守候一生，并甘愿忍受生活中的各种不如意。显然，这首诗不仅表达女诗人对美好爱情的珍惜，也表达了美好爱情带给她的力量和勇气。

总之，爱情诗在拉里萨·安黛森流亡中国诗中占据重要位置，这在大都忙于物质生存而无暇顾及精神层面的中国俄侨文学家中属于少数。安黛森诗中描写的爱情多种多样且情感真实，其中有少女对爱情的浪漫

---

① Андерсен Л.Н. Одна на мосту: Стихотворения. Воспоминания.Письма / Сост., вступ. ст. и примеч. Т.Н. Калиберовой.Москва: Русский путь; Библиотека-фонд «Русское Зарубежье», 2006.C. 137.

幻想和幻灭后的悲伤绝望，也有成熟女子对爱情的体验和感悟；有童话般完美浪漫的公主王子之爱，也有带来欺骗和伤害的爱，更有不合适的两个人相互误解和猜疑的爱。这些爱情带有女诗人本人在少女和青年时代经历的真实情感的印迹。但她的贡献在于，用自己的女性视角和灵动的语言，鲜活生动地记录下流亡女性的情感经历。

流亡生活诗

在拉里萨·安黛森的早期诗歌中，有不少描写女诗人自己和同胞在中国侨居期间的生活，即流亡生活诗。但拉里萨·安黛森对流亡生活的书写，不像同一时期巴维尔·谢尔内那样充满对往昔旧俄生活的对照和缅怀。因为像她这样的俄侨，离开祖国时几乎还是幼童，并不能理解当时发生的一切，也未必能记得过去生活中的美好，因此也就没有对比后的痛苦与怀念。她就活在当下，她眼中的生活就是当下的生活，不管这种生活有多么艰苦。正如她自己所言："我们不可能有太多回忆。我们生活在'现在'并记载下我们的经历和情感，它们就像我们本人一样，在不断成长且需要出口。"[①] 但与另一位几乎同龄的俄侨作家娜塔利娅·伊里因娜相比，拉里萨·安黛森诗歌对流亡生活的阐释并非处处充斥着厌恶和仇恨，而是经历了从童稚般的不解到坦然接受现实、最后以苦为乐的变化过程。

拉里萨·安黛森最早的流亡生活诗出现在她侨居哈尔滨时的文学试笔。那时的她刚刚中学毕业，对流亡现实和生活充满童稚般的迷惑和不解。比如，《摇篮曲》从标题到内容都显示出这一点：

У тебя глаза удивленные – синие, синие,	你那满是惊讶的眼睛——天蓝天蓝
Но сама ты в беленьком – как веточка в инее.	但你一身白衣，像裹着霜的嫩枝。

---

① Андерсен Л.Н. Одна на мосту: Стихотворения. Воспоминания.Письма / Сост., вступ. ст. и примеч. Т.Н. Калиберовой.Москва: Русский путь; Библиотека-фонд «Русское Зарубежье», 2006.С. 253-254.

Тихой поступью ходит Бог по путям степи,　　上帝沿草原之路踩着轻轻的步子，

Подойдет и скажет тебе: – Детка, спи!　　会走近你说："孩子，睡吧！"

Вот над нами стоит умное, темное дерево,　　瞧我们上方有一棵黑压压的智慧树。

Толстое-претолстое – попробуй-ка смерь его!…　　树干粗壮——它永远不会死！……

Прибежал к нам ветер вон с тех холмов　　瞧风儿从那边的山坡上跑到我们这里，

Перекинуться с деревом парой-другой слов…　　与智慧树交谈几句……

Посмотри! на западе два ангела бьются крыльями,　　瞧！西边两个天使努力展开翅膀，

Один – темный, другой – светлый,　　一个深色，另一个浅色，

но светлый бессильнее.　　但浅色的天使更无力。

А на востоке тихо крадется синий мрак　　东方有蓝色幽灵在悄悄溜近

И кто-то черный угрюмо ползет в овраг…　　不知谁的黑影阴郁地钻进了峡谷……

Вдалеке расцвел огонек-цветок в глубине сапфирности;　　远处幽蓝深处一朵花儿如火绽放；

Заповедал Бог своим ангелам по всей степи мир нести.　　上帝叮嘱天使把和平传遍草原

Даже ковыль стал тихим и послушно прилег　　甚至针茅草也安静下来，顺从地躺在

У твоих маленьких, умытых росою ног…　　你那被露水洗过的小脚丫旁……

Скоро ночь расскажет нам с тобой интересные сказки:　　很快黑夜会给我们讲有趣童话：

Видишь, высоко в небе зажглись две звезды-алмазки?　　看见了吗，高高的天空亮起两颗金刚石般的星星？

Маленькие звезды-костры, дрожащие в синеве!…　　明亮的星星像篝火一样，在蓝色的夜空中颤抖！

Дай руку – пора брести по росистой траве!..　　给我小手，该沿着露珠莹莹的草地走走！……

Я тебя буду на руках нести, – хочешь, моя девочка?　　我来抱你吧，——想不想，小

274

宝贝?

В такой большой степи нам укрыться некуда и не во что...　偌大草原我们却无处

可藏……

Ты не спрашивай глазами синими о своей судьбе!　你别扑闪蓝色大眼睛追问自己的

命运!

Хочешь – песенку колыбельную я спою тебе?[①]　想不想——我来给你唱首摇篮曲?

　　《摇篮曲》以小女孩临睡前听妈妈讲故事的形式,展示了一幅既静谧美好又充满淡淡忧伤的画面。"上帝""天使""智慧树""星星""花儿""露珠"等形象,"天蓝的""粗壮的""浅色的""安静的""有趣的""高高的"等修饰语,使全诗充满童话般的美好和稚趣。然而,淡淡的忧伤如影随形,从头至尾贯穿诗歌。比如开头描写小姑娘整体面貌时使用的修饰语"苍白",中间出现的"深色""黑色"等颜色词汇,最后出现的"却无我们的藏身之地"等,都将这种淡淡的忧伤镶嵌在字里行间。而诗歌最后出现听故事的孩子"追问自己的命运",以画龙点睛的形式点明听故事的孩童(即抒情主人公)对未来充满迷惘和不解。

　　对于长期生活在流亡状态的人来说,时刻都有永远在路上的漂泊感。但乐观坚强的拉里萨似乎早已习惯了这样的漂泊状态,也有时刻准备上路的心理准备。诗歌《铃铛的铜胸叮当响》就反映出这样的心理状态:

Бьется колокол медной грудью,　铃铛的铜胸叮当响,

Льет расплавленную весну...　倾泻出正在融化的春天……

Ветер кинулся к строгим людям,　风儿扑向严肃的路人,

Темнотою в глаза плеснул.　扬起暗黑色的灰泥溅向眼睛。

---

① Андерсен Л.Н. Одна на мосту: Стихотворения. Воспоминания.Письма / Сост., вступ. ст. и примеч. Т.Н. Калиберовой.Москва: Русский путь; Библиотека-фонд «Русское Зарубежье», 2006.С.54.

Льнет и ластится воздух вешний,　　春天的空气抚慰人心，

Тает терпкая боль молитв…　　祷告时的苦涩和痛苦渐渐融化……

…　　　　　　……

Так привычно моим ногам　　我的双腿如此习惯

　Уставать по земным дорогам,　　沿着尘世的道路蹒跚，

　Танцевать по земным лугам.　　沿着尘世的草地跳舞。

В новоселье — из новоселья:　　从一个地方——到另外一个地方：

Чей-то зов иль мятежный нрав?　　有人在召唤抑或我天性不安？

И пьянит меня, словно зелье,　　路旁小草的芳香，

Аромат придорожных трав.　　像迷魂药一样令我陶醉。

Что ищу я, о чем тоскую,　　我在寻找什么，为什么而忧伤，

Я сама не могу понять,　　我自己也不清楚，

Но простишь ли меня такую　　但贞洁的圣母啊，

Ты, Пречистая Дева-Мать?　　你是否会原谅这样的我？

Темный лик просветлел немного,　　黝黑的面庞变亮，

Луч зари скользнул по стене.　　朝霞的光芒滑过墙面。

И я верю, ты скажешь Богу　　于是我相信，你会对上帝说

Что-то доброе обо мне.[①]　　关于我的好话。

　　诗歌开篇充满春天的气息，"融化的春天""春天的空气"这些词汇已明确包含了季节信息。而"浇灌""扑向""融化""依偎""爱抚"等一连串拟人化的动词，传达出万物复苏、令人欢欣鼓舞的氛围。与此同时，"严肃的路人""暗黑色的灰泥"又给人以沉重的感觉。实际上，诗人正是怀着这种既愉悦又沉重的心情进行"赎罪的祷告"。在祷告中，她坦诚自己不喜欢安宁的生活而喜欢流浪、不喜欢高洁严肃的生活而习惯尘世的行走和跳舞等"罪恶"，并希望圣母能为此而原谅她。诗歌的

① Андерсен Л.Н. Одна на мосту: Стихотворения. Воспоминания.Письма / Сост., вступ. ст. и примеч. Т.Н. Калиберовой.Москва: Русский путь; Библиотека-фонд «Русское Зарубежье», 2006.С. 45.

最后，当抒情女主人公看到圣母"黝黑的面庞变亮"，相信圣母领悟了她的祷告，且一定能在上帝面前说她的好话。总之，整首诗通过抒情主人公在春天的一次晨祷，通过抒情女主人公对圣母的心灵告白，真实地反映了她的生存状态：漂泊不定和艰辛生存已成为一种常态，以至于她不再习惯舒适温馨的常住居所。

而《北方部落》一诗体现出抒情女主人公在严酷流亡现实中的坚强和隐忍：

Мы не ищем счастья.　　我们没有寻找幸福

Мы не ищем.　　没有寻找。

Это не отчаянье, не страх.　　这里没有绝望，也没有恐惧。

Пусть в степи безгласный ветер рыщет,　　即使无声的风涤荡草原，

Пусть обвалы снежные в горах.　　即使山中有雪崩。

Пусть в холодном, сумрачном рассвете　　即使在寒冷昏暗的黎明

Видим мы — занесены следы —　　我们目睹——足迹被掩埋——

В наших избах все ж смеются дети,　　我们的茅屋仍旧有孩子的欢笑，

Все ж над избами струится дым.　　茅屋上仍旧青烟袅袅。

Пусть за все терновою наградой　　即使我们没有因为受过的苦难

Нам не рай обещан голубой,　　被奖赏蓝色天堂

А тоской пронизанная радость　　而只有充满快乐的忧伤

И охваченная счастьем боль.　　和充满幸福的痛苦。

Снег… Ветра… Коротким летом — травы…　　暴雪……疾风……短暂的夏天——草地……

Все мы грешны. Нет средь нас святых.　　我们全都有罪。我们中间没有圣人。

Но мы знаем, знаем, — наше право —　　但我们知道，我们知道，——我们的权利——

Протоптать глубокие следы.[①]　　是踩出深深的脚印。

① Андерсен Л.Н. Одна на мосту: Стихотворения. Воспоминания.Письма / Сост., вступ. ст. и примеч. Т.Н. Калиберовой.Москва: Русский путь; Библиотека-фонд «Русское Зарубежье», 2006. С.69.

　　这首诗在坚强中透着淡淡忧伤。诗人用疾风、雪崩、草原、茅屋等现象，描写了这一群流亡在中国北部的俄罗斯侨民生存环境的恶劣。但在这种恶劣的环境中，侨民们仍旧保持着乐观、隐忍的心态，坚强地将生活拉上正轨。"孩子的欢笑"、茅屋上的青烟，都证明了这一点。而在诗歌的结尾表明，即使生活并没有因为抒情主人公所受的苦难而奖励他们，但她仍旧没有绝望和恐惧，而是以宗教般的受难精神默默承受着生活的苦难，同时坚持要用自己的力量去开拓未来。

　　《轮船疯了，轮船醉了》一诗，更是表达出流亡者克服困难、向往自由的人生观：

Пароход сумасшедший, пароход пьян —	轮船疯了，轮船醉了——
С маху тычется в воду носом.	船头冒失地插入水里。
На перекошенной палубе только я	歪斜的甲板上只有我
Воображаю себя матросом.	想象自己是一名水手。
Как привычно, как весело быть ничьей!	充当无名小卒已成为快乐的习惯！
Неуемное сердце стучит и рвется.	充满活力的心咚咚直跳并嘶吼。
А сколько потрачено было речей	多少语言花费到
На такого, как я, уродца!	像我这样的异想天开者身上啊！
Море лезет к нам за борт, шипя и рыча,	大海钻进我们的船舷，嘶吼着，咆哮着，
Парусом вздулась моя рубашка,	我的衬衣被风吹起，
И взволнованный ветер, о чем-то крича,	激动的风，一边怒号，
За кормою плывет вразмашку.[①]	一边吹散到船尾。

　　本诗表达了抒情女主人公勇敢无畏、向往自由的人生观。尽管大海波涛汹涌，风力强劲，使帆船失去了平衡和支撑，变得歪斜，甚至像疯

---

① Андерсен Л.Н. Одна на мосту: Стихотворения. Воспоминания.Письма / Сост., вступ. ст. и примеч. Т.Н. Калиберовой.Москва: Русский путь; Библиотека-фонд «Русское Зарубежье», 2006. С. 75.

子和酒鬼一样失控，但独自在甲板上的"我"丝毫没有畏惧感，反而将
自己想象成习惯了风浪的勇敢水手，任由自己的衬衫被风浪吹起，感受
到无穷无尽的快乐与自由。这首诗让人不禁联想起莱蒙托夫的《帆》，
体现了女诗人在艰难流亡现实中坚韧不屈的性格。

　　在《致我的马儿》一诗中，抒情女主人公甚至表现出对自己坎坷命
运的坦然接受，以及对陪伴自己的万事万物尤其是自己的马儿的感恩：

Благодарю тебя, осенний день,	谢谢你，秋天，
За то, что ты такой бездонно синий.	谢谢你，如此湛蓝无边。
За легкий дым маньчжурских деревень,	谢谢满洲乡村的袅袅青烟，
За гаолян, краснеющий в низине.	谢谢高粱，在洼地里红彤彤一片。
За голубей, взметающихся ввысь,	谢谢鸽子，展翅高飞，
За клочья разлетевшейся бумаги.	谢谢四处飞扬的碎纸片。
За частокол, что горестно повис	谢谢围栏，忧伤地悬挂在
Над кручей неглубокого оврага.	浅浅峡谷的陡坡上。
За стук копыт по твердому шоссе	谢谢坚硬路上的马蹄声
(О, как красив мой друг четвероногий!),	（啊，我那四条腿的朋友多美呀！），
И за шоссе, за тропы, и за все	还要谢谢马路，谢谢羊肠小道，谢谢所有
У хабистые, славные дороги.	坑坑洼洼的可爱道路。
Я о судьбе не думаю никак.	我现在完全不考虑命运。
Она — лишь я и вся во мне, со мною.	它——就是我，与我融为一体，形影相随。
За каждый мой и каждый конский шаг	谢谢我和马儿的每一个脚步声
Я и мой конь — мы отвечаем двое.[①]	我和我的马儿——共同负责。
...	……

　　诗歌描写了抒情女主人公与自己的马儿在湛蓝的秋日驰骋乡间小

---

① Андерсен Л.Н. Одна на мосту: Стихотворения. Воспоминания.Письма / Сост.,
вступ. ст. и примеч. Т.Н. Калиберовой.Москва: Русский путь; Библиотека-фонд
«Русское Зарубежье», 2006.С. 78.

道、田野和草原，尽情享受阳光的照耀和微风的吹拂，享受自由奔放的生活。无论是抒情女主人还是她的马儿，都无比美丽，无比开心。正是因为这种美好心情，坑坑洼洼的乡间小道在她的眼里也变得可爱起来，被阳光照射的水洼也似乎溅起了无数个金币。秋高气爽的天气，湛蓝的天空，红彤彤的高粱地，袅袅青烟，羊肠小道，高飞的鸽子，泛着金色阳光的水洼，沐浴着阳光的身体，被微风扬起的毛发，漂亮青春的面孔——这一切都营造出无比和谐且充满生命力的美。这样的美可以让人暂时忘却一切忧伤。正是沐浴在这种自然美中，抒情女主人公才坦然接受了命运。全诗中插入的"我现在完全不考虑命运／它就是我，与我融为一体，形影相随"印证了这一点。全诗风格清新，语言通俗易懂，情绪积极向上。尤其是一系列"谢谢"开头的排比句，增加了抒情女主人公对生活的感恩。而这种排比句，与白银时代茨维塔耶娃的诗歌《我喜欢》具有高度的相似性。但与茨维塔耶娃诗歌不同的是，该诗中的抒情女主人公内心深处只有宁静、喜悦、感恩，没有痛苦与嫉妒，因此显得更纯净、更明亮。

陪伴拉里萨·安黛森一起度过流亡岁月的不仅有她的马儿，还有自己的妈妈。早在《摇篮曲》中，就能依稀感受到妈妈对拉里萨·安黛森的影响、温柔和关爱。但妈妈 1937 年病逝于侨居地哈尔滨，对拉里萨·安黛森是非常大的精神打击，关于这一点，她不仅在多篇回忆录中写过，还通过一系列诗歌表达对妈妈的思念、对妈妈在天堂生活的想象和祝福等。比如，《月亮在苍白的天空中发着温暖的光》（Месяц теплился в бледном небе），描写了抒情女主人公伫立在妈妈坟前的凄凉与悲伤：

Месяц теплился в бледном небе,   月亮在苍白的天空中发着温暖的光，

Кротко таял и воск ронял.   温和地融化，滴下蜂蜡。

Тихий вечер в печальном крепе   静静的傍晚穿着黑纱

Подошел и меня обнял.   走到跟前，将我拥抱。

И заплакал. А я стояла...	并开始哭泣。而我伫立……
На могиле цветок белел.	坟上有一朵白色的小花。
Я уже навсегда узнала,	我已经永远明白,
Что случается на земле.	尘世之事。
И никто не сказал ни слова,	虽然没人告诉我只言片语,
Но я знала: порвалась нить...	但我明白：线断了……
А потом я осталась снова	之后我重新
Улыбаться, и петь, и жить,	微笑，歌唱，生活,
И смолкать... И смотреть не прямо,	沉默不语……但不直视前方
Потому что сквозь блеск и лоск–	因为透过光和亮——
Над полянкой, над мертвой мамой	在林中空地上，在死去的妈妈坟上
Бледный месяц роняет воск...[①]	苍白的月亮正滴下蜂蜡……

　　这首诗描写了女诗人在妈妈去世后的悲凉心情。全诗透露着凄凉、冷清、孤独的氛围。由于妈妈的去世，抒情女主人公眼中的天空是苍白的，天上的月亮像蜡烛一样熔化，傍晚似乎也穿上黑色的面纱，并与孤独的她相拥而泣。抒情女主人公虽然故作坚强，继续微笑、歌唱和生活，但她开始变得沉默寡言，因为妈妈的去世让她突然成长，让她明白自己和妈妈之间的纽带永远断了。这种悲伤导致她再也不敢直视妈妈坟头上方的苍白月光。

　　诗歌《昨天我给妈妈盖上……》（Вчера я маме укрыла...），同样描写了抒情女主人公长久无法忘记过世的妈妈，经常去妈妈的坟头祭奠和缅怀的场景：

Вчера я маме укрыла	昨天我给妈妈的坟头
Могилку зеленым мхом,	盖上绿绿的苔藓,

---

① Андерсен Л.Н. Одна на мосту: Стихотворения. Воспоминания.Письма / Сост., вступ. ст. и примеч. Т.Н. Калиберовой.Москва: Русский путь; Библиотека-фонд «Русское Зарубежье», 2006.С. 88.

И стала иной могила,	墓地焕然一新，
Словно согрелась в нем.	好像在苔藓里取暖。
Я долго лежала рядом	我久久地躺在旁边
И гладила мох щекой.	用脸颊抚摸苔藓。
Взглянула ночь за ограду	夜晚在围墙外凝视
И стала тихой такой…	并变得如此安静……
Застыло вверху распятье,	坟上的十字架呆住了，
Глядели белки камней.	石瞳看着。
И молча, в зеленом платье,	妈妈身着绿裙，
Мама пришла ко мне.[①]	默默地走到我身旁。

  诗歌将女儿对死去妈妈的怀念淋漓尽致地表达了出来。诗行"我久久地躺在旁边 / 用脸颊抚摸苔藓"尤其感人至深、催人泪下，抒情女主人公只能用这种独特的方式来感受妈妈的存在。诗歌再次运用安黛森擅长的拟人手法，赋予夜晚、十字架等自然和生物以生命，它们都被抒情女主人公对妈妈的爱和思念感动。而死去的妈妈似乎也被打动，竟然从坟墓中走出来与她相见。

  妈妈的病逝，父亲的老迈，时局的动荡不安，让天性乐观、善于忍耐的拉里萨·安黛森也对看不到出路的流亡现实感到绝望，在疲倦中开始向往舒适稳定的生活。这样的情绪虽然不多，但偶尔也会流露在她早期的诗歌中。比如，在《秋天》（Осень）一诗中，女诗人表达出对妈妈在世时温馨生活的怀念：

Осень шуршит по чужим садам,	秋天在别人家的花园里沙啦啦响，
Зябнет у чьих-то ржавых заборов…	在不知谁家生锈的栅栏旁冻僵……
Только одна в пустоте простора	只有一颗孤星在空旷辽阔处

---

① Андерсен Л.Н. Одна на мосту: Стихотворения. Воспоминания.Письма / Сост., вступ. ст. и примеч. Т.Н. Калиберовой.Москва: Русский путь; Библиотека-фонд «Русское Зарубежье», 2006.С. 89.

Ежится, кутаясь в дым, звезда.　　蜷缩着浮在云雾中。

Только одна в пустоте простора…　　只有一颗孤星在空旷辽阔处……

Может быть, будет когда-нибудь рай,　　也许，天堂终会在某个时辰出现，

Будут другие в раю вечера,　　天堂里也会出现别样的晚会，

Птицы, цветы… Но не скоро, не скоро.　　小鸟和鲜花……但不会很快，不会很快。

Может быть, будет когда-нибудь рай…　　也许，天堂终会在某个时辰出现……

Вот… А теперь, копошась в саду,　　瞧……现在，花园里的黑暗蠕动，

Темень свивает вороньи гнезда.　　编制出乌鸦的雀巢。

Небо протерлось и там и тут, —　　天空到处都是破洞，——

Лезут в прорехи на холод звезды…　　星星迎着冷风钻入破洞……

Вдруг появился внезапный свет　　突然有了光

(Взялся же в мире, где света нет!),　　（出现在没有光的世界！），

Окна уставились желтым взором.　　窗户的黄色视线凝视。

Вздрогнув, попятилась тьма к забору　　黑暗突然颤抖，退向栅栏

И залегла за большим кустом.　　落在巨大的灌木丛后。

Счастье-то… спряталось в дом украдкой!　　幸福……偷偷溜进屋内！

Ишь, переполненный счастьем дом　　瞧，填满幸福的屋子

Ставни тугие зажмурил сладко.　　使紧绷的窗盖甜蜜地眯起眼睛。

В доме, наверно, пылает печь,　　屋内一定炉火正旺，

Кресло такое, что можно лечь,　　圈椅是能躺的那种，

Очень радушное в доме кресло.　　令人开心的那种。

Счастье с ногами в него залезло,　　幸福带着腿脚爬进里面，

Счастье в мохнатом большом халате…　　幸福裹着毛绒绒的大袍子……

Там добрая мама… И белая скатерть…　　那里是善良的妈妈……还有白色的桌布……

И чай с молоком.[①]　　以及奶茶。

诗歌前半部分充满悲凉、凄清的氛围。"生锈的栅栏""孤星""空

---

① Андерсен Л.Н. Одна на мосту: Стихотворения. Воспоминания.Письма / Сост., вступ. ст. и примеч. Т.Н. Калиберовой.Москва: Русский путь; Библиотека-фонд «Русское Зарубежье», 2006.С. 90.

旷辽阔""云雾""黑暗""破洞"等词，展示出令人生理和心理上都感到冰凉冷漠的世界。然而，"突然有了光"成为诗歌上下部分的分界，它使黑暗退却、幸福降临。在充满幸福的房子里，有炉火在燃烧，有舒服的圈椅可以躺在上面，还可以穿着毛绒绒的大睡袍尽情享受幸福，甚至出现了善良的妈妈，以及被她洗得洁白的桌布和煮好的奶茶。整个诗歌的后半部分因为光而变得明亮、温暖起来。全诗先抑后扬，由悲凉、寒冷、漆黑的旷野星空转向温暖、舒适、光明的幸福小屋，体现了现实中女诗人在妈妈去世后的孤独和冷清，以及怀念妈妈在世时的温馨美好生活。

　　对妈妈的怀念更使女诗人怀念从前的家庭生活。在另一首诗《家》（Дом）中，诗人直接表达了对已然失去、没有珍惜的往昔家庭生活的怀念：

В такой усталости и смуте	在疲倦和混乱中
Мой буйный дух почти зачах.	我叛逆的灵魂几乎消失殆尽。
Но рано думать об уюте,	但考虑安逸还为时过早，
Но рано думать о вещах.	考虑物质还为时过早。
И, по привычке, без упрека,	像惯常那样，不带任何责备，
Я вижу, что уют и дом	我预见，安逸和舒适的家
Мне суждены совсем в далеком,	注定还很遥远，
Совсем несбыточном «потом».	在根本无法实现的"以后"。
И это все за то, что с детства	这一切是因为，童年时
Меня пугал домашний быт,	我害怕家庭日常，
За убеганье от судьбы,	因为逃避命运，
За это дерзкое кокетство.	因为放肆地卖弄风骚。
...	……
Кто здесь мой враг, кто добрый гений,	这里谁是我的敌人，谁是善良的天才，
И мчится, рвется кутерьма	各种惊人的印象
Ошеломленных впечатлений.	杂乱无章地奔跑、撕裂。

И, погружаясь с каждым днем	于是我一天天地
Все глубже — в топкую усталость,	越来越深——陷入沼泽般的困倦,
Хочу иметь уют и дом. Такой,	我想拥有一个舒适温馨的家。
Чтоб, словно флаг, на нем	一个像旗帜一样,上面飘扬着
Простое счастье развевалось.[①]	普通幸福的家。

　　这首诗中的抒情女主人公在童年时代曾经拥有舒适的家庭日常,但她并不珍惜,反而想要逃离这种生活。时过境迁,当她开始艰辛的流亡生活后,却开始幻想拥有一个舒适的小屋,过上曾经的幸福生活。但她意识到,这样一个简简单单的愿望如今距离她很遥远,甚至永远也不可能实现。本诗采用对比手法,将抒情女主人公当下艰难的、绝望的、令人疲倦的生活,与过去曾被她厌恶和逃离的舒适生活进行对比,凸显流亡生活的艰辛和无望。

　　在另一首诗歌《在高高的拱形树荫下听风琴》(Под высокими сводами слушать орган)中,诗人对拥挤忙碌的流亡生活感到极度厌倦,因此不免忧伤地怀念自己在俄罗斯度过的童年生活:

Под высокими сводами слушать орган…	在高高的拱形树荫下听风琴……
Под высокими сводами сосен	在高高的拱形松树树荫下
прижаться всем телом к поляне…	整个身子贴向林中空地……
Словно в детстве, где травы, и птицы,	就像童年一样,那里有小草、鸟儿、
и феи, и лани вместо этих людей,	仙女、扁角鹿,而不是现在这么多人,
Где остался забытый курган под небесными сводами…	那里只有天穹下被遗忘的土岗……
Мы должны не страдать. И просить не должны — ни о чем.	我们不该痛苦,也不该乞求任何东西。

---

① Андерсен Л.Н. Одна на мосту: Стихотворения. Воспоминания.Письма / Сост., вступ. ст. и примеч. Т.Н. Калиберовой.Москва: Русский путь; Библиотека-фонд «Русское Зарубежье», 2006.С. 91.

Я иду в этой жизни, спокойно толкаясь с другими...　　我在这种生活中行走，平静地
　　　　　　　　　　　　　　　　　　　　　　　　与人挤来挤去……

У стаю, опираюсь на чье-то чужое плечо,　　累了，就在他人的肩膀上靠靠，

Нахожу и теряю какое-то близкое имя...　　找一个亲近的人，再失去……

Только тихою полночью (жизнь так ясна по ночам!),　　只有在寂静的深夜（生活在夜
　　　　　　　　　　　　　　　　　　　　　　　里如此明亮）

Только тихою полночью я предстаю пред собою.　　只有在寂静的深夜我才出现在你的
　　　　　　　　　　　　　　　　　　　　　　　面前。

Мы молчим — так правдиво молчанье, так сладко,так горько обеим　　我们沉默不语——
　　　　　　　　　　　　　　　　　　　　　　　　　　沉默使我们如此真
　　　　　　　　　　　　　　　　　　　　　　　　　　实、甜蜜、痛苦地、

Забывать обо всех именах и плечах.　　忘记所有人的名字和肩膀。

*Ясной полночью.*①　　在明亮的深夜。

　　这首诗描写了抒情女主人公对艰辛现实生活的忍耐。诗歌开篇展示的是"在高高的拱形树荫下听风琴"的美好画面，而这种画面只有在童年时代出现过，那时有绿草、小鸟、仙女、鹿子、山岗等童话般的人和物，而如今只有熙熙攘攘的人群。在这种拥挤、快节奏的生活中，连永恒的感情寄托都成为一种奢侈，疲倦的时候只能在深夜随便找个人相互慰藉，暂时忘却忙碌和疲惫，之后又各奔东西、相互遗忘。诗人用对比的手法，使过去的闲暇轻松和现在的疲惫拥挤形成鲜明对比，从而凸显流亡生活的艰辛。

　　相比现实的生活，女诗人似乎更羡慕妈妈所在的天堂。诗歌《如此努力地在坟墓中》（Так старательно на могиле）就表达了希望自己有一天能离开令她厌恶的尘世，和妈妈一起在天堂过上美好的生活：

---

① Андерсен Л.Н. Одна на мосту: Стихотворения. Воспоминания.Письма / Сост., вступ. ст. и примеч. Т.Н. Калиберовой.Москва: Русский путь; Библиотека-фонд «Русское Зарубежье», 2006.С. 94.

Так старательно на могиле,	如此努力地在坟墓中，
Улыбаясь, цветы цветут…	花儿微笑着绽放……
То, что мы не договорили,	我们没有说完的一切，
Сиротливо блуждает тут.	在这里孤独地飘荡。
Вот и я, улыбаясь людям,	而我，微笑着面对人们，
Прохожу по земным лугам…	走过尘世的草地……
Хорошо, что когда-то будем	多么期望某一天
Все мы в этом безмолвном — «там».	我们全都在无言的——"那里"。
До конца никому не веря,	至死也不相信任何人，
Не страдая и не любя,	不痛苦，也不爱，
Я пройду до последней двери,	我走到最后一扇门，
Отделяющей от тебя.[①]	把你隔绝的那扇门。

　　这首诗充满对尘世生活的绝望，是对流亡现实最高意义上的否定和弃绝。诗歌同样运用对比的手法，将天堂里的美好、静谧与爱，与尘世生活的虚假、孤独进行对比。妈妈在彼岸的天堂充满鸟语花香，则抒情女主人公在此岸的现实中要独自承受一切苦难和艰辛，还要虚伪地对人保持微笑，尽管内心深处已经丧失了爱与恨的能力，因此她在内心深处向往妈妈所在的彼岸世界，向往那里的宁静与美好。

　　1932 年安黛森从哈尔滨来到上海。尽管安黛森因为舞蹈和诗歌在上海俄侨圈享有不小的名气，但她并不喜欢这种忙忙碌碌的生活，甚至认为这种忙碌完全没有意义。诗歌《心脏在跳动，嘴唇在微笑》（Забьется сердце, улыбнутся губы）传达出的正是对这种现实的批判：

Забьется сердце, улыбнутся губы,	心脏在跳动，嘴唇在微笑，
Потянешься в постели поутру…	你在床上慵懒地躺到黎明……

① Андерсен Л.Н. Одна на мосту: Стихотворения. Воспоминания.Письма / Сост., вступ. ст. и примеч. Т.Н. Калиберовой.Москва: Русский путь; Библиотека-фонд «Русское Зарубежье», 2006.С. 95.

А день пройдет — рассчитанный и грубый,　　而一天即将过去——已经被

Уложенный в бессмысленнейший труд.　　粗鲁地安排了毫无意义的劳动。

И это все? Для этого звенели　　就这样吗？你的血液是为此而

В твоей крови таинственные сны?　　奏响神秘的梦吗？

Иль, может быть, неведомые цели　　或者，也许命运将无人知晓的目标

Твоей душе судьбой уделены?　　赐给了你的心灵？

А этот трепет, это ликованье —　　而这颤抖，这欢呼——

Земного тела неуместный бред?　　是尘世肉体不合时宜的谵语？

О Ева, гордая в своем изгнанье,　　唉，在流亡中保持高傲的夏娃啊

Тебе и в мире больше места нет.[①]　　世上再也没有你的位置。

　　尽管诗歌中没有明确说明抒情女主人公每天在忙什么，但根据诗人的经历可以推测，这是忙碌到深夜、睡到天亮后的抒情女主人公躺在床上时对生存现实的思考。她的每一天也许都是这样度过：晚上忙碌到很晚才回到家，睡到天亮后又接着去忙碌。这种周而复始的生活是被安排和计划好的，但在抒情女主人公看来毫无意义，她的内心深处依然保持着精神追求，保持着尊严和骄傲。然而诗歌最后一句表明，这种骄傲并不利于现实生存。

　　总之，拉里萨·安黛森的流亡现实诗笔法细腻，语调幽怨感伤，充满对流亡现实的批判和逃离心理，但她的诗歌没有娜塔利娅·伊里因娜小说中那样的显性仇恨和憎恶字眼。她的诗歌善于采用对比法，但不像谢维尔内、科洛索娃等将昔日美好旧俄生活与今日艰辛流亡生活进行对比，而是将此岸世界与彼岸世界对比，表达出对彼岸世界的向往和对流亡现实的否定。她最喜欢的修辞手法仍旧是拟人，把自然赋予人的情感，让万事万物都能与抒情主人公共情。

---

① Андерсен Л.Н. Одна на мосту: Стихотворения. Воспоминания.Письма / Сост., вступ. ст. и примеч. Т.Н. Калиберовой.Москва: Русский путь; Библиотека-фонд «Русское Зарубежье», 2006.С. 124.

祖国主题

对像拉里萨·安黛森那样幼年时代就跟随父母流亡到中国的第二代俄侨来说，俄罗斯祖国的生活经历并没有像他们的父母那么丰富，但他们对于祖国的情感依然没有丧失。这既源于父母对他们的文化传递，也源于俄侨群体对祖国文化比较完整的记忆。因此，拉里萨·安黛森也依靠对祖国文化的想象，写出了不少关于祖国主题的诗歌。

在《我原以为，俄罗斯——就是书籍》(Я думала, Россия — это книжки) 一诗中，诗人首先指出自己关于祖国的记忆来自于书本：

Я думала, Россия — это книжки.	我原以为，俄罗斯——就是书籍。
Все то, что мы учили наизусть.	是我们倒背如流的一切。
А также борщ, блины, пирог, коврижки	还有红菜汤，薄饼，馅饼，毡毯
И тихих песен ласковая грусть.	温柔忧伤的轻柔歌曲。
И купола. И темные иконы.	教堂圆顶。黑色的圣像画。
И светлой Пасхи колокольный звон.	光明复活节的钟声。
И эти потускневшие погоны,	以及我父亲藏在圣像画后
Что мой отец припрятал у икон.	失去光泽的肩章。
Все дальше в быль, в туман со стариками.	所有的一切都与老人们渐成往事，模糊不清。
Под стук часов и траурных колес.	伴随着钟声和哀悼的车轮声。
Россия — вздох.	俄罗斯——一声叹息。
Россия — в горле камень.	俄罗斯——喉咙哽咽。
Россия — горечь безутешных слез.[①]	俄罗斯——无法慰藉的痛苦眼泪。

这首诗典型地体现了第二代侨民关于俄罗斯祖国的记忆。祖国在他

---

① Андерсен Л.Н. Одна на мосту: Стихотворения. Воспоминания.Письма / Сост., вступ. ст. и примеч. Т.Н. Калиберовой.Москва: Русский путь; Библиотека-фонд «Русское Зарубежье», 2006. С. 96.

们的心目中，是从书本上学来的日常生活（红菜汤、薄饼、馅饼、毡毯）、民俗文化（民歌、宗教信仰）、功勋精神（父亲的肩章）等。但所有这一切随着时间的流逝以及父辈的去世，都将越来越遥远、越来越模糊。诗歌最后三个排比句，表达了诗人对俄罗斯记忆在俄侨心目中是否能长久维持下去深深的担忧。

在《旋转木马》（Карусель）一诗中，诗人关于俄罗斯祖国的记忆则与她在那里度过的短短几年童年直接相关：

Есть и солнце, и прохлада,	有阳光，有凉意，
И коробка шоколада,	还有一盒巧克力，
Все, чего хотеть на свете	有孩子们节日里
Могут праздничные дети.	想得到的一切世间东西。
...	……
Поле, слон, качель,	田野，大象，秋千，
Няня, дом и ель...	乳娘，房子，纵树……
Пестрая метель	花花绿绿的暴风雪
Крутит карусель.	推动着旋转木马转动。
Небо — как стекло,	天空——像玻璃，
Поле потекло,	田野开始流动，
Вот растаял слон,	大象彻底融化，
Няню унесло.	乳娘被吹走。
...	……
Карусельный поворот	转动的旋转木马
Сделал все наоборот:	让一切颠倒。
Мы сидим себе, а вот	我们坐在上面，世界立刻
Мир играет в хоровод.	跳起圆舞。
Если б можно так всю жизнь!	一生如此该多好！
Светлый мир, кружись, кружись...	明亮的世界，转啊转……
Ну зачем, скажи на милость,	但行行好，请问，为什么

*Карусель… остановилась?*①　　旋转木马……突然停了？

　　诗歌选择了童年时代最具意象性的物品——旋转木马，来展现抒情主人公在俄罗斯祖国度过的快乐童年时光：孩子们坐在旋转木马里，不需要目标，不需要秩序，光与影交叠，天空与大地交织，一切都在飞舞，一切都在旋转。这种生活无忧无虑，轻松美好，甜蜜幸福，每天如同过节。然而，这种快乐却因为流亡生涯的开始而戛然而止。因此，诗歌最后以画龙点睛的问句揭示了本诗暗藏的真实目的，即表达对往昔生活的怀念。全诗没有出现"祖国"字眼，却能让人立刻联想到俄罗斯祖国。

　　安黛森的祖国主题诗歌中，通常没有空而大的情感抒发，也没有华丽壮美的辞藻表达，只有她本人一贯的作诗风格：温柔、忧伤、简单。她对祖国的情感，更多从俄侨在流亡地的个人命运角度来反思，因此并非全部是赞美之词，有时也不乏哀怨和屈辱感。比如，《杯中的苏打水珠在跳舞》（Пляшет содовый бисер в стакане）一诗，书写的是流亡者关于祖国的痛苦记忆：

Пляшет содовый бисер в стакане,	杯中的苏打水珠在跳舞，
А мозги — словно скрученный трос…	而大脑——像被拧紧的钢索……
Яркогубых Наташу и Таню	嘴唇艳丽的娜塔莎和塔尼娅
Угощает английский матрос.	被英国水兵请客。
В замусоленном баре Шанхая,	在上海油乎乎的酒吧里，
Над плечом наклоняясь нагим,	他将身子斜靠在裸露的肩膀上，
Он споет им, приятно вздыхая,	愉快地叹息，对她们唱起
Свой английский заученный гимн.	自己烂熟于心的英国国歌。

① Андерсен Л.Н. Одна на мосту: Стихотворения. Воспоминания.Письма / Сост., вступ. ст. и примеч. Т.Н. Калиберовой.Москва: Русский путь; Библиотека-фонд «Русское Зарубежье», 2006.С. 97.

И, прищурясь, Наташа и Таня	而眯着眼的娜塔莎和塔尼娅
Замолкают, уставившись в пол…	沉默不语，双眼盯地……
Но английский кулак барабанит:	英国水兵敲着拳头说：
–Ты мне песенку русскую спой!	——给我唱支俄罗斯小曲！
И дрожит, проливаясь в кабацкий	于是酒馆中响起
Разъедающий скрипочный нуд:	凄凄惨惨的哀怨声。
–Мы не можем, как ты, улыбаться,	——我们回忆自己的故国，
Вспоминая родную страну.[①]	无法像你那样微笑。

本诗采用对比手法，描写了英国水兵和俄罗斯姑娘对各自国家的态度。英国水兵在酒吧醉酒后欢快地唱起自己的国歌，而两位俄罗斯姑娘娜塔莎和塔尼娅却眼看地板、沉默不语，无法像英国水兵那样微笑着回忆祖国。这种对比凸显出祖国在俄罗斯流亡者的心中，永远都是埋在心底却无法言说的痛。

另外一首诗歌《醉酒的、残酷的、狂妄的……》(Пьяная, жестокая, шальная...)，更加直接地表达了流亡者对俄罗斯祖国既爱又恨的矛盾情感：

Пьяная, жестокая, шальная,	醉酒的、残酷的、狂妄的，
Истерзанная, бедная, больная	破烂的、贫穷的、病恹恹的
Моя страна, которой я не вижу, —	我的祖国，我看不见你，——
Как я люблю тебя! Как ненавижу…[②]	我多么爱你！又多么恨你……

---

① Андерсен Л.Н. Одна на мосту: Стихотворения. Воспоминания.Письма / Сост., вступ. ст. и примеч. Т.Н. Калиберовой.Москва: Русский путь; Библиотека-фонд «Русское Зарубежье», 2006.С. 118.

② Андерсен Л.Н. Одна на мосту: Стихотворения. Воспоминания.Письма / Сост., вступ. ст. и примеч. Т.Н. Калиберовой.Москва: Русский путь; Библиотека-фонд «Русское Зарубежье», 2006. С. 119.

　　这首诗比上一首诗更加直接地反映了流亡者对祖国既爱又恨的情感。诗歌塑造的祖国形象残忍无情、狂醉不醒、狂妄自大、贫穷落后、满目疮痍、重病在身。身在祖国之外的流亡者，对这样的祖国形象并不喜欢，但又无法割舍掉对她的情感。

　　然而，经历更多的国家和地区后，流亡者对自己祖国的缺点越来越宽容。在《马尼拉，亚得里亚，格林纳达……》(Манила, Адриатика, Гренада...)一诗中，诗人书写了漂泊世界之后的抒情主人公对祖国产生了"儿不嫌母丑"般的情感：

Манила, Адриатика, Гренада...	马尼拉，亚得里亚，格林纳达……
Экзотика, лазурь, сиянье льда...	异国风情，天蓝色，冰光闪耀……
Как были мы взволнованны, как рады	我们曾经多么激动、快乐
Попасть хотя бы мысленно туда.	去任何能想得出来的地方。
Как мы водили по цветистой карте	我们曾经在彩色地图上
Смешными пальцами в следах чернил.	用可笑的手指划过痕迹。
Как тут же, в классе, на корявой парте	于是班级粗糙的桌子上
Цвели магнолии, искрился Нил...	立刻开出玉兰花，闪耀着尼罗河……
Нам ровно ничего не говорили	却没人告诉我们
Какие-то простые — Припять, Псков,	简简单单的——普里比亚奇，普斯科夫，
Мы просто засыпали, не осилив	我们无法战胜这些无聊的河流和城市名，
Всех этих скучных рек и городов.	于是只好睡觉。
И вот теперь, под чуждым «знойным» небом,	而现在，在异国"酷热"的天空下，
Экзотики хлебнув за все года,	所有这些年体验了异国风情，
Отведавши кусок чужого хлеба,	尝遍了他国的面包后，
Мы так хотим, мы так хотим туда!	我们多想，我们多想去那里！
Туда, туда, где Псков, и Днепр, и Киев,	去有普斯科夫、第聂伯河、基辅的地方，
Где в пятнах не чернил уже, а слез	那里不再只是墨斑，而是热泪
Горят для нас названья дорогие	我们心中珍贵的地名
Огнем незабывающихся гроз...	像无法忘记的熊熊烈火在燃烧……

Там нет ни пальм, ни фиников, ни рифов,	那里没有棕榈，没有红枣，没有暗礁，
Там холод, смерть, страдания и кровь,	只有寒冷，死亡，痛苦和鲜血，
Но, слившись с ней обыденною рифмой,	但能融入她日常的节奏，
Над всем горит и светит всем — любовь.	所有人的头顶和心中都有——爱。
И над бесцветной картою застынув,	在没有色彩的地图上停住，
Прокуренными пальцами возя,	用充满烟味的手指指着，
Минуя все моря и все пустыни,	经过所有的河流和荒漠，
Мы шепчем: — Киев... взят или не взят? —	我们轻声问：——基辅……有没有被占领?
Манила, Адриатика, Гренада –	马尼拉，亚得里亚，格林纳达——
Нам не нужны. Не нужен целый свет...	我们都不需要。不需要整个世界……
Одну страну, одну страну нам надо,	我们只需要一个国家，一个国家，
Лишь ту — куда нам въезда нет.[①]	只需要那个——我们不能进入的国家。

从叙事语调可以将该诗分为截然不同的两部分。第一部分表达了流亡者曾经身处祖国时对异国他乡的艳羡。第二部写流亡者身处异国他乡时对祖国的怀念和向往，因为经受了漂泊和流浪之苦后，他们开始意识到，尽管祖国有许多缺点和不足（寒冷、死亡、流血和痛苦），但流亡者们不需要其他地方，只需要自己的贫穷祖国。但充满悖论的是，如今这些人已经被祖国抛弃，不能回归自己的祖国。

流亡者们对祖国的向往，更多因在流亡地不被需要的无用感造成。安黛森在诗歌《我沉默是因为……》（Я замолчала потому...）中，就表达了流亡者的创作在流亡地不被需要的无用感：

Я замолчала потому,	我沉默是因为，
Что о себе твердить устала.	我已经疲于证明自己。
Кому же я нужна, кому?	谁需要我呢，谁呢?

---

① Андерсен Л.Н. Одна на мосту: Стихотворения. Воспоминания.Письма / Сост., вступ. ст. и примеч. Т.Н. Калиберовой.Москва: Русский путь; Библиотека-фонд «Русское Зарубежье», 2006. С. 129.

Вот почему я замолчала.　　　这就是我沉默的原因。

Живи. Люби. А что любить?　　　活着。爱吧。但爱什么呢？

У спех? Дома? Толпу Шанхая?:　　　爱成功？爱家？爱上海的人群？

И яростно писать на «бис»　　　然后应和"再来一遍"的呼声

Стихи о яблонях и мае?　　　愤怒地写出关于苹果树和五月的诗歌？

Родные яблони мои,　　　我亲爱的苹果树，

Я вовсе вас не разлюбила,　　　并非我不爱你们了，

Но накипает и томит　　　但激荡我、折磨我的，

Иная боль, иная сила.　　　是另一种痛苦，另一种力量。

Я оставляю дневникам　　　我放弃了十六岁时开始写的日记

Шестнадцать лет, мечты о принце:　　　也放弃了关于白马王子的幻想：

Когда мечтать о принцах нам —　　　在这个像疯狂动物园的地方

Здесь, во взбесившемся зверинце?　　　我们哪有时间幻想白马王子——？

В театрах, клубах, кабаках　　　在各种剧院、俱乐部和酒馆

Для всевозможных иностранцев　　　我为了各种来路的外国人

Пляшу. Не то чтоб гопака,　　　跳舞。不是跳戈巴克舞

Так — «экзотические танцы».　　　而是——"异国风情舞"。

...　　　……

Кому нужны стихи? И вот,　　　谁需要我的诗？这就是，

Вот почему я замолчала.　　　这就是我沉默的原因。

И в этой пестрой пустоте　　　在花里胡哨的空虚中

Где все — карман, где все — утроба,　　　在令人僵化的忙碌中。

В закостенелой суете.　　　一切——为了钱，一切——为了填饱肚子，

Где все спешат и смотрят в оба,　　　所有人都忙忙碌碌，目不斜视，

Где что урвать, кого б столкнуть,　　　捞取好处，挤兑别人，

Но только не остановиться...　　　只要不停下来……

Мерещится мне новый путь,　　　我仿佛看到了新的道路，

Иные чудятся мне лица.　　　我好像看到了别样的面孔。

С сердцебиеньем первых грез,　　　带着最初梦幻的心跳，

С тоской последнего бессилья　　　带着最后无能为力的忧伤，

> *Все чаще задаю вопрос,*   我越来越提出一个问题，
>
> *Все чаще думаю: Россия.*[①]   越来越经常想起：俄罗斯。

根据诗中描写的舞蹈营生活动，可以断定这首诗写于诗人侨居上海时期，尽管诗中没有出现"上海"二字。诗人显然不喜欢上海熙熙攘攘的人群、花花绿绿的世界，因为在人人为了钱的世界里，人将失去爱的能力，不再会有精神追求，仅仅是为了肉体的活着。正因为感受到自己的诗歌不再被人需要，诗人放弃了写作。同时她感受到这种生活没有任何意义，因此不断思考是否应该选择新的人生道路，回归祖国俄罗斯。

总之，安黛森的祖国主题诗，与她本人在流亡现实中的个人生活和遭际有关。这也是大部分俄侨作家和诗人的祖国主题创作的共同特点之一。但无论在异邦经历怎样的困苦和艰辛，安黛森的诗歌语调始终充满温和、平缓、抒情，表达出淡淡的忧伤、无力和绝望。

第三节　他国漂流诗（1956—1969）

1956年夏，新婚后的安黛森跟随法国丈夫离开上海，开启了跟随丈夫工作地的变换而漂流世界各地（香港、马尼拉、斯里兰卡、越南西贡、新加坡、塔希提、埃及等）的人生旅途。尽管不停变化的地点和需要调整适应的环境，让安黛森几乎无暇顾及写作，但她仍旧时不时地随性而发写下一些诗歌，记载了她在这些国家和地区漂流时的生活和情感，这些诗可以称为他国漂流诗。目前公开出版的这类诗歌数量不多，但这些诗歌仍旧保留了中国流亡诗的基本语言风格特点，比如简洁、温和、平缓。但与中国流亡诗的情绪氛围相比，女诗人由

[①] Андерсен Л.Н. Одна на мосту: Стихотворения. Воспоминания.Письма / Сост., вступ. ст. и примеч. Т.Н. Калиберовой.Москва: Русский путь; Библиотека-фонд «Русское Зарубежье», 2006.C. 141.

于婚后有保障的稳定生活，不再书写抒情主人公的不安全感和忧伤情绪，更多的是怀着感恩和温暖的笔调书写在他国漂流期间的惊喜和发现。

塔希提风情

塔希提是安黛森他国漂流诗中涉及最多的异国之邦。"除了阳光灿烂、天堂般的塔希提岛，也许再没有其他一个异邦之国让拉里萨·安黛森感觉如此舒适和融为一体。"[①] 塔希提岛是法属波利尼西亚向风群岛中的最大岛屿，位于南太平洋。这里四季如春、物产丰富，有"最接近天堂的地方"之称。[②] 在拉里萨·安黛森的个人文集《一个人在桥上》中，至少有八首诗直接或间接与塔希提有关，且这些诗歌形成了主题完整的系列，基本涵盖安黛森在那里的全部足迹：乘轮船到塔希提——在岛上生活——告别塔希提——怀念塔希提。

《轮船》（Пароход）一诗是安黛森开启塔希提之旅的开山之作。诗歌主要表达了女诗人对海洋生活的喜悦与快乐：

Который-то день, утонувший в тумане.	在淹没于迷雾中的一天。
Который-то вовсе утерянный час.	在完全迷失方向的时刻。
И сами мы где-то… в большом океане.	我们也不知在大洋的什么地方。
И волны несут и баюкают нас.	海浪摇晃着我们，哼唱着睡眠小曲。
И все хорошо, словно не было горя,	一切很好，仿佛没有痛苦，
И даже не страшно, что будет потом.	甚至不用担心未来会发生什么。
Наш дом — пароход. Наша улица — море,	我们的家——是轮船。我们的街道——是海洋。
И плещется лунная ночь за бортом.	船舷外悠闲的月夜哗啦啦响。

---

① Цмыкал О. Е.Художественный мир Лариссы Андерсен: автореферат дис. ... кандидата филологических наук. Москва, 2021. С.41.

② 参见百度百科"塔希提岛"。

И шепчет… И сердце в уюте каюты	还私语……心儿在舒适的摇晃中
Уснуло, свернувшись клубочком, как кот…	入睡，像猫儿一样缩成一团……
Не надо Манилы, не надо Калькутты,	不需要马尼拉，不需要加尔各答，
Пусть наш пароход все плывет и плывет…	就让我们的轮船一直漂啊漂……
Не надо земли — только б море да море!	不需要陆地——只需要大海！
Не надо базаров, и войн, и газет!	不需要市场，不需要战争和报纸！
Лишь море — и в этом туманном просторе	只需要大海——在这雾气朦胧的辽阔之中
Лишь этот чудесный магический свет.[①]	只需要这个神奇魔幻的世界。

　　根据诗中的信息可以判断，该诗写于安黛森与丈夫前往塔希提工作期间。诗歌中的抒情女主人公已习惯轮船上的生活，且以此为乐。对她来说，海浪的摇晃像催眠，悠闲的月夜像私语。在这种静谧和舒适的环境中，她也像猫儿一样甜蜜如梦。相比陆地上的喧闹、纷争，她更喜欢这种自由自在、无忧无虑的生活，并把这种世界视为充满奇迹和魔力的世界。为此她甚至觉得在菲律宾马尼拉和印度加尔各答度过的时光都相形见绌。

　　在另一首诗歌《睡吧，睡吧，睡吧》（Спать, спать, спать...）中，诗人同样表达了在轮船上怡然自得、悠然入眠的幸福：

Спать, спать, спать…	睡吧，睡吧，睡吧……
Усыпить, укачать, убаюкать…	催眠、摇晃、唱催眠曲……
Пароход — рад стараться – кряхтит, стучит…	轮船——乐此不疲，而我的船舱
И, лениво качаясь, моя каюта.	慵懒地发出哼哼声和敲击声。
Словно старая люлька, скрипит в ночи.	就像旧式摇篮，在深夜咯吱咯吱响。
За бортом – ни звезды.	船舷外———颗星星也没有。

① Андерсен Л.Н. Одна на мосту: Стихотворения. Воспоминания.Письма / Сост., вступ. ст. и примеч. Т.Н. Калиберовой.Москва: Русский путь; Библиотека-фонд «Русское Зарубежье», 2006.С. 143.

Темнота в океане.	大海一片漆黑。
Темнота... Пустота...	漆黑⋯⋯空旷⋯⋯
Безграничная даль...	无边无际的远方⋯⋯
Спать, спать, спать...	睡吧，睡吧，睡吧⋯⋯
Раствориться в ночи, в тумане.	融化在黑夜中，在浓雾中。
Темнота, пустота...	漆黑，空旷⋯⋯
Ничего не жаль.[①]	一切不足为惜。

　　这首诗描写了抒情女主人公夜晚在轮船上航行的生活。虽然海上是无边无际的黑暗和浓雾，但抒情女主人公很享受这种生活：轮船前进的声音和摇晃，被她当做催眠曲和摇篮，她沉迷于这种慵懒和静谧的幸福之中。

　　与丈夫在塔希提岛上生活的两年多期间，安黛森丝毫不觉孤独，反而享受孤岛上万籁俱寂的宁静。比如在《莫阿娜和我》（Моана и я）一诗中，女诗人就描写了在孤岛上听雨的惬意和联想：

Вот и дождь! — нерешительно топчутся капли по крыше.	下雨啦! ——雨滴犹豫地在屋檐上发出滴答滴答声。
Хорошо мне дышать, приобщаясь к дыханью земли!	与大地同呼吸，我感觉真好!
За дощатой стеной несговорчивый ветер бунтует	乖张的风在木板墙后造反，
И, покорно клонясь, терпеливо вздыхает сосна.	松树温顺地倾斜身子，隐忍地叹息。
Вдалеке, под откосом, волнуются гибкие пальмы,	远处的斜坡下，灵活的棕榈树摇晃，
Обнимаясь, ропща и роняя кокосы на пляж,	它们相互拥抱，抱怨着把椰果丢落海滨，
А за пляжем — лагуна. А дальше, в туманном просторе,	海滨的尽头是礁湖。远处朦朦又空旷。
Неуемно и гневно кипит и гудит океан.	大海狂劲而愤怒地翻腾、咆哮。

① Андерсен Л.Н. Одна на мосту: Стихотворения. Воспоминания.Письма / Сост., вступ. ст. и примеч. Т.Н. Калиберовой.Москва: Русский путь; Библиотека-фонд «Русское Зарубежье», 2006.С. 155.

Бесприютные тучи снуют и — бездумно, бездомно,　无处安身的乌云四处奔跑——

无忧无虑、无家可归，

Отягченные влагой, сникают в бреду и в тоске.　被湿气拽住后，坠入谵语和忧伤。

И промокшие звезды мигают в прорывах и гаснут,　被打湿的星星在缝隙处闪烁、

熄灭，

И тяжелые, зыбкие недра вздымают валы...　沉重而晃动的地心将土堤掀起……

Там — ни зла, ни добра, только плещущий хаос творенья,　那里——没有恶，也没有

善，只有造物飞舞的混乱，

Непреложный, настойчивый, яростный пульс бытия.　只有不可更改、坚持不懈、愤

怒的存在之脉搏。

Но, разбившись о риф, проливаясь в ладони лагуны,　但被珊瑚礁撞碎，溅入礁湖的

掌心，

Успокоено глядя затихшей водою песок,　安静下来的水浪平静地抚摸着沙子，

Вздох соленых глубин исторгает великий Моана　伟大的莫阿娜吐出吞入的咸水

И приносит на землю свою первозданную дань.　并将自己原创的恩赐带到地面。

Вот сюда, на случайный потерянный остров, где ветер　带到这里，偶然丢失的岛屿。

Хлопотливо ерошит загривки напуганных пальм,　忙碌的风吹乱了被吓坏的棕榈

脖颈，

Треплет плети лиан, и швыряет цветы по откосу,　摇晃着藤曼的枝条，花儿飘落

斜坡，

И внезапно, сердито — кидается на гору к нам,　突然又生气地——扑向山上的我们，

Где сосна так пушисто шумит, так послушно кивает,　这里繁茂的松树正沙沙响，

顺从地摇着头，

Где за тонкой стеной я вдыхаю дыханье всего...　我在薄薄的墙壁后吸入一切……

Где мне так хорошо...[1]　我感觉如此美妙……

这首诗描绘了女诗人在波利尼西亚一座孤岛上的小屋内听雨声、观海景的画面。安黛森在这首诗中，将波利尼西亚神话人物莫阿娜融入自

① Андерсен Л.Н. Одна на мосту: Стихотворения. Воспоминания.Письма / Сост., вступ. ст. и примеч. Т.Н. Калиберовой.Москва: Русский путь; Библиотека-фонд «Русское Зарубежье», 2006.C. 145.

己的想象中。莫阿娜是海洋之神,她的名字在波利尼西亚语中表示"海洋"之义。这是一个古老的充满魔力的女神,同时性格易怒、难以控制。因此,虽然这首诗是写景诗,但充满了神秘动态之美。海洋上的一切似乎具有与人一样的生命力。风儿、海浪、珊瑚、棕榈、沙滩、松树、地心、乌云、星星等天地上的一切,都在下雨天联动起来。抒情女主人公也不是作为旁观者静观一切,而是参与其中,在一墙之隔的屋内"与大地同呼吸"。显然,孤岛上的一切虽然狂野,但没有给抒情女主人公带来任何恐惧感,反而让她内心深处涌起美好的感觉,觉得自己和莫阿娜共同感受着海洋的奇迹。

在另一首诗《魔力》(Колдовство) 中,抒情女主人公即使夜晚失眠,也觉得是一种美好,而不是折磨:

Я не знаю, отчего я не спала,	*不知为何,我无法入眠,*
Ночь мерцала, и звенела, и текла…	*是夜晚在发光,在响,在流动……*
Или это розовый закат	*还是粉色夕阳*
Над прозрачною лагуной виноват?	*在透明的礁湖上作祟?*
Или это месяц остророгий,	*抑或是弯弯的月亮,*
Что скользнул серебряной пирогой,	*像银色馅饼滑过,*
Натворил каких-то ловких дел	*制造了什么巧事*
И меня тихонечко задел?	*悄悄地把我惊醒?*
Мне казалось, что я вовсе не одна…	*我觉得,我根本不是一个人……*
Тупапау, что ли, рыскал у окна?	*是幻影在窗边飘忽吗?*
Шелестели пальмы в тишине —	*棕榈在寂静中沙沙响——*
Мне казалось, совещались обо мне.	*我觉得,大家都在讨论我。*
И прибой мне не давал покоя:	*拍岸浪不让我安宁:*
Колдовал, нашептывал такое,	*施魔法,说耳语,*
Словно я должна идти, идти, идти,	*仿佛我应该走啊,走啊,走,*
По воде, по лунному пути…	*沿着水边,沿着月光之路……*
Чей-то зов ко мне в ночи проник,	*有人呼唤我的声音渗入深夜,*

Чей-то взор пробрался в мой тайник,　　有人窥视我的目光钻进我隐秘的内心，

Я лежала, словно в доме из стекла,　　我躺着，仿佛从屋内的玻璃上，

Ночь мерцала, и звенела, и текла…[①]　夜晚在发光，在响，在流动……

　　这首抒情诗把失眠写成了如诗如画的场景，其中充满了光亮、声音和动作。在抒情女主人公看来，她失眠不是因为烦心事，而是大自然的造物在施展自己的魔法，从而在夜里惊动了她。失眠后的她没有焦虑，反而很开心，因为在万籁俱寂的深夜，她听到了各种美妙的声音，看到了白天不可能看到的美景，感觉到万物都聚在一起讨论她，拍岸浪对她施魔法、说耳语，还有呼唤她的声音和窥视她的目光。这里，女诗人再次运用惯常的拟人手法，赋予大自然万物以生命力，展现大自然与人共鸣、共情的魔幻场景。

　　在另一首直接以《失眠》（Бессонница）为标题的诗歌中，女诗人更加直接表明，失眠没有让她感到焦躁不安，反而带给她平静和力量：

Непрочен счастья панцирь тонкий…　幸福的精致盔甲不稳固……

Бунтарь, бродяга и бандит —　不安分者，流浪者和匪徒——

Весенний ветер, всадник звонкий,　快乐的风，响亮的骑士，

Мне снова сердце бередит.　把我的心再次触动。

И ни молитвой, ни слезами,　没有祈祷，没有眼泪，

Ни этой каменной стеной…　也没有这石墙……

А ночи строгими глазами,　夜晚用它严厉的双眼，

Как сторожа, следят за мной.　像看守人一样，盯着我。

Вершат обход свой непреложный,　同时进行着自己不变的巡逻，

Листвой под окнами шурша,　将窗户下的叶子弄得沙沙响，

---

① Андерсен Л.Н. Одна на мосту: Стихотворения. Воспоминания.Письма / Сост., вступ. ст. и примеч. Т.Н. Калиберовой.Москва: Русский путь; Библиотека-фонд «Русское Зарубежье», 2006.С. 144.

И замедляют шаг тревожно,	同时惊恐地放慢脚步，
И замирают, не дыша...	僵在原地，屏住呼吸……
И отступают, и бледнеют...	后退几步，脸色苍白……
И исчезают на глазах.	最后消失在视野中。
И только ветер, ветер веет	只剩下风儿
В опустошенных небесах.	在空旷的天空吹拂。
Там нет чудес и нет участья...	那里没有奇迹，也没有不幸……
И встанет новый день во зле...	新的一天在恶中同样会升起……
Но жить, но быть какой-то частью	但要活着，要成为一部分
Тут, на затоптанной земле!...	在那里，在有人迹的大地！
Я поднимусь, лицо умою,	我会起床，洗净脸，
Чтоб встретить утро, как всегда...	像平常那样迎接清晨……
И посмеется надо мною	而且总有年轻的水流
Извечно юная вода.[①]	嘲笑我。

  诗歌中习惯了漂泊和流亡的抒情女主人公，厌倦了被保护得很好的幸福日子，天性中的不安分因素再次觉醒，想让她放弃这种幸福与宁静。但经过与夜晚这魔幻般的精灵的对抗和较量后，不安分的灵魂平息，抒情女主人公决定继续平常的尘世生活，成为大地的一份子。

  1969 年 9 月 23 日，安黛森按照计划要与调回法国工作的丈夫离开塔希提，到法国定居。但安黛森对未来的巴黎生活并不向往，反而对塔希提充满依依不舍之情。在打包期间，她给侨居巴西的别列列申写信倾诉："我为布置房子和花园付出了多少劳动啊，我原以为，我们要在这里待四年，或者至少三年。现在我带着要死的心（如法国人所言），准备开始令人厌恶的乱七八糟的打包工作，我对此极其害怕，可

---

① Андерсен Л.Н. Одна на мосту: Стихотворения. Воспоминания.Письма / Сост., вступ. ст. и примеч. Т.Н. Калиберовой.Москва: Русский путь; Библиотека-фонд «Русское Зарубежье», 2006.C. 148.

马上就要离开这个神奇的地方了，尤其是塔希提。"① 在《告别塔希提》（Прощание с Таити）一诗中，诗人回忆自己当初离开塔希提时的依依不舍之情：

Дыханье на миг затаить… — и   呼吸屏住……——然后
В эту лазурную воду,   朝蔚蓝的海水中，
В эту ажурную пену   朝透孔的白沫中
Бросить, прощаясь, цветы —   抛出告别的花朵——
Тогда я вернусь на Таити!   总有一天我会重返塔希提！

Их надо бросать с парохода,   应该从轮船上抛下花朵，
Надо бросать непременно   一定要在礁湖开始的地方
В самом начале лагуны,   毫不犹豫地抛下，
Где сумасбродят буруны —   那里的浪花最恣意——
У пенистой, белой черты.   在充满白色泡沫的边界。
Тогда я вернусь на Таити!   总有一天我会重返塔希提！

Смотри, чаровница — вода,   瞧，女巫是——水，
Вы — истомленные пляжи,   您——是疲惫的海滨，
Где струи рокочут, как струны,   那里水流轰鸣，如琴弦一般，
Вы — колдовские высоты,   您——是迷人的高地，
Черных камней чехарда,   是迭次更换的黑石，
Подземных горячек миражи —   是地下发热的一切构成的海市蜃楼——
Тайно бурлящая страсть,   是暗中沸腾的激情，
Камни, хранящие власть   是有着黑色魔力
Магических темных наитий!   保持权力的巨石！

---

① Письмо В.Ф. Перелешину. 31 июля 1969. Таити. // Андерсен Л.Н. Одна на мосту: Стихотворения. Воспоминания.Письма / Сост., вступ. ст. и примеч. Т.Н. Калиберовой.Москва: Русский путь; Библиотека-фонд «Русское Зарубежье», 2006.С. 355.

Я ритуал исполняю,	我完成仪式，
Слезы с цветами роняю.	留下彩色的泪水。
Верните меня на Таити![①]	请让我重返塔希提。

　　诗歌书写了抒情女主人公离开塔希提时面对大海完成的告别仪式。在她眼中，伴随她在这里生活了两年的大海，已然成为她最割舍不掉的朋友。海水、海滨、浪花、礁石、高地、巨石，不仅都具有人一样的生命力和感知力，而且具有魔幻力量。正因为如此，女诗人含泪抛洒花朵告别，而且发誓要重返塔希提。为了表达这种强烈的愿望和决心，诗人在三个诗段的最后一行都使用重复句型"重返塔希提"。

　　但现实是，女诗人没能实现这个决心和愿望。因此，在另一首诗歌《难道真需要塔希提吗？》（Что ж, Таити, может быть, так нужно?）中，当女诗人明白重返塔希提只是一个可望而不可即的梦时，她只能选择遗忘：

Что ж, Таити, может быть, так нужно?	难道真需要塔希提吗？
Лучше позабыть тебя скорей…	最好尽快把你遗忘……
Будь себе изнеженной, жемчужной,	即使你很温柔，像明珠一样璀璨，
Смуглая красавица морей!	大海黝黑的美女啊！
Мне под стать совсем другие страны —	适合我的完全是另外一些国家——
Снег и холод, зимняя тоска…	冰天雪地，天寒地冻，冬日忧伤……
Мне близки и серые туманы,	让我感觉亲近的是灰蒙蒙的雾气，
И весна невнятная близка.	还有不清不楚的春天。
И когда с оглядкою, в смятенье	当它怯懦地走向我，
Робко подойдет она ко мне —	东张西望、心慌意乱——
Я забуду это наваждение	我将忘记魔幻黑石

---

① Андерсен Л.Н. Одна на мосту: Стихотворения. Воспоминания.Письма / Сост., вступ. ст. и примеч. Т.Н. Калиберовой.Москва: Русский путь; Библиотека-фонд «Русское Зарубежье», 2006.С. 149.

Черных заколдованных камней.　　施加的魔法。

Я скажу суровым, бледным людям:　　我将对神情严肃、脸色苍白的人们说：

–Вот весна. Откроем же окно!　　——瞧，春天来了。打开窗户！

И давайте прошлое забудем,　　让我们忘记过去，

*Каково бы ни было оно.*①　　不管它曾经如何。

从诗歌内容可以判断，这首诗写于诗人离开塔希提之后，表达的是对塔希提的怀念。由于无法实现自己重返塔希提的愿望，因此她不得不忍痛割爱，决定忘记在塔希提的一切。但越是想忘记却越忘不掉，诗歌开篇对塔希提的赞美已然表明诗人的情感指向：塔希提像一个温柔美丽的海洋美女，至今还留在她的心底。尽管女诗人嘴上说自己亲近的是其他国家和其他景观，但"灰蒙蒙的雾气""不清不楚的春天"展示出的是没有美感的画面。因此，诗人注定不可能忘记塔希提。

印度风情

1959—1961 年间，安黛森跟随丈夫工作的变动到印度生活了近三年。从她与哈因德罗娃②、奥多耶夫采娃③等俄侨友人的书信可以看出，尽管这个亚洲国家在安黛森眼中很穷，但她喜欢那里的自然风光和异国文化，尤其是佛教和瑜伽文化。因此，印度风情也成为安黛森他国流亡诗中的重要内容。

---

① Андерсен Л.Н. Одна на мосту: Стихотворения. Воспоминания.Письма / Сост., вступ. ст. и примеч. Т.Н. Калиберовой.Москва: Русский путь; Библиотека-фонд «Русское Зарубежье», 2006.С. 150.

② Андерсен Л.Н. Одна на мосту: Стихотворения. Воспоминания.Письма / Сост., вступ. ст. и примеч. Т.Н. Калиберовой.Москва: Русский путь; Библиотека-фонд «Русское Зарубежье», 2006. С. 362.

③ Андерсен Л.Н. Одна на мосту: Стихотворения. Воспоминания.Письма / Сост., вступ. ст. и примеч. Т.Н. Калиберовой.Москва: Русский путь; Библиотека-фонд «Русское Зарубежье», 2006.С. 400-403.

比如在诗歌《一封信》（Письмо）中，安黛森以写给侨居美国阿拉斯加的俄侨女友维拉·雷奇科娃的书信形式，描绘了印度锡兰别具一格的异国风情：

Прилетай ко мне на Цейлон!　到我们的锡兰来吧！

Тут в баньянах шалят обезьяны,　这里的菩提树上有淘气猴子在嬉戏，

Под баньянами шествует слон,　菩提树下有大象在游行，

Головой задевая баньяны…　时不时地用头顶一顶菩提树……

Прилетай ко мне на Цейлон!　到我们的锡兰来吧！

Тут растет знаменитейший чай,　这里有最著名的茶叶，

Он доходит до вашей Аляски!　它甚至被传到你们的阿拉斯加！

Не сиди там в снегу, не скучай,　不要坐在冰天雪地里，不要忧伤，

Здесь так ярки, так солнечны краски!　这里如此明亮，如此阳光灿烂！

Тут на склонах прохладных высот　在阴凉高地的半坡上

Чай цейлонский, прославленный — Липтон,　长着著名的锡兰茶——立顿，

А повыше — фут на пару сот —　更高处——两百英尺左右的地方

Дышат мудростью эвкалипты.　桉树正呼吸着智慧的气息。

Тут топазы, рубин, бирюза…　这里还有黄玉，红宝石，绿松石……

Туг танцуют священные змеи,　这里的圣蛇会跳舞，

Тут у женщин газельи глаза　这里女人的大眼睛含情脉脉，

И змеистые руки и шеи.　手臂和脖子又细又长。

А в сапфирах тут звезды горят!　星星在蓝宝石中发光！

Я купила один у факира —　我在一个江湖术士那里买了一颗——

Это мой талисман, говорят.　据说，这是我的护身符。

Нет другого такого сапфира.　再也没有那样的蓝宝石了。

Тут составят тебе гороскоп:　这里还会给你编制占星术：

Числа, камни, и дни, и планеты,　数字，石头，日子，星球，

И на пляже горячим песком　海滨上滚烫的沙子

Ты засыпешь все прошлые беды.　可以让你将过去的苦难埋葬。

Как зажженные солнцем костры,　像被太阳点燃的篝火一样，

Тут пылают, цветут фламбуньянты…　　这里到处绽放着火焰般的红鹳花……

А в горах, говорят, есть шатры,　　据说，山里还有帐幕，

Где живут и поныне гиганты…　　里面至今还住着巨人……

А на самой высокой из гор,　　而最高的一座山，

Что в Цейлоне видна отовсюду,　　在锡兰任何地方都能看见，

След ступни с незапамятных пор:　　上面有远古时代留下的足迹：

Это — Вишну, Адам или Будда　　可能是——维什努，亚当或佛祖

(в общем, кто-то большой и святой…)　　（总之，是某个大圣人……）

Так и выбрал: уж если не рай,　　那时他的选择不是天堂，

То, конечно, Цейлон, не Аляску,　　也不是阿拉斯加，而是锡兰，

А потом он уехал в Китай　　然后他去了中国。

По делам… Прилетай, моя сказка!　　因为有事情……来吧，我亲爱的朋友！

Ты увидишь почетных коров　　你会看到令人尊敬的奶牛。

В бубенцах, с голубыми рогами,　　戴着铃铛，长着蓝色牛角，

По рисунку бухарских ковров　　就像波斯地毯上的画那样，

Погуляешь босыми ногами.　　你可以光着脚散步。

Купишь на ногу звонкий браслет　　可以给脚买一个叮当作响的脚链，

В нос — кольцо. И пойдешь　　给鼻子买一个鼻环。你迈步行走

— Золотая Кумари, —　　——就是金色的库玛丽女神，——

Лишь завьется по ветру вослед　　金缕纱丽那长长的边缘

Долгий край златотканого сари.　　会随风飘逸。

Величайший майсурский раджа　　最伟大的马苏里王公

Поведет заволоченным глазом,　　会眨一眨蛊惑的眼睛，

И, жасминовым духом дыша,　　呼吸着茉莉的香气，

Все сапфиры отдаст тебе разом.　　把所有的蓝宝石全部给你。

А потом озарят небосклон　　然后天穹闪耀，

Две звезды удивительным светом:　　两颗星星发出令人吃惊的光芒：

Он отправится в храм на поклон,　　他将去庙宇朝拜，

К астрологу пойдет за советом…　　去占星家那里寻求建议……

Прилетай ко мне на Цейлон![①]　到我们的锡兰来吧!

　　诗人以邀请友人来锡兰游玩的书信形式，用平实亲切的口吻，将当地充满异国情调的生活习俗和风土人情娓娓道来。各种独具特色的植物（菩提树、桉树、茶叶、红鹳花、茉莉）、动物（猴子、大象、圣蛇）、人（婀娜多姿、含情脉脉的印度女人，充满魔力的江湖术士，古老传说中的维什努、亚当、佛祖等圣人和库玛丽女神，帅气多金的马苏里王公，深山中的巨人）、物品（护身符、各种宝石、山顶帐幕、波斯地毯、鼻环、脚链、金缕纱丽、铃铛、牛角）、场景（海滨、沙滩、篝火、庙宇）等一应俱全地出现在短诗中，展示出抒情女主人公对印度锡兰民俗生活的热爱。

　　总之可以说，"印度和印度文化被拉里萨·安黛森更多地理解为融各种艳丽色彩、声音、香味、感觉于一体的审美综合体，对抒情女主人公极具诱惑力"[②]。

第四节　法国定居诗（1970—2012）

　　1970年，拉里萨跟随丈夫结束流浪世界的"旅行"，回到法国定居。在法国安定下来的最初日子，安黛森沉迷于丈夫和自己的新家，沉迷于自己作为妻子、儿媳以及女主人的角色，因此又有一段时间停止创作。然而，缪斯女神的呼唤，终于把即将淹没于琐碎日常生活的诗人唤醒，使她再次焕发出新的创造力，创作了大量诗歌。这些诗歌在数量上仅次于女诗人在中国流亡期的创作，在质量上则更高，能看到女诗人不再像

---

① Андерсен Л.Н. Одна на мосту: Стихотворения. Воспоминания.Письма / Сост., вступ. ст. и примеч. Т.Н. Калиберовой.Москва: Русский путь; Библиотека-фонд «Русское Зарубежье», 2006.C. 153.

② Цмыкал О. Е.Художественный мир Лариссы Андерсен: автореферат дис. ... кандидата филологических наук. Москва, 2021.С.62.

早期诗歌中那样仅仅关注个人生活和内心世界，而是将目光投向外部，
投向世界，表达对工业文明的反思，缅怀中国俄侨友人，阐述关于创作、
幸福、孤独等人生哲理。

反思工业文明

20世纪70年代初安黛森和丈夫回到法国后，先在首都巴黎待了一
年左右。安黛森在这里结识了不少巴黎俄侨圈的文化名流，而且正是与
他们的交往，再次唤醒了安黛森的创作热情。但安黛森并不喜欢巴黎，
尤其不喜欢那里的工业文明。她在1970年6月23日写给定居澳大利亚
的中国俄侨友人诺拉·克鲁克的信中，表达了对巴黎生活的正反两面评
价：一方面这里有很多朋友、剧院、各种生活娱乐，另一方面这里像
一锅粥，到处都是新建的高楼大厦、汽车、喧闹声和臭味。① 而在1970
年12月15日写给定居巴拉圭的中国俄侨友人伊琳娜·列斯娜娅的信中，
她倾诉了自己对巴黎生活的失望：那里虽然可以参观卢浮宫和画展，但
巴黎生活远远没有她期待的那样美好，每天都在拥挤的地铁里看各种广
告；而且她与巴黎俄侨文学圈的联系并不成功，因为年长一代所剩不多
且因为年老或各种操心事所累，年轻一代已经完全被法国化。

对法国巴黎的失望，同样反映在安黛森的一系列诗歌中。比如，女
诗人在初到巴黎写成的诗歌《埃菲尔的心灵会原谅我》中，就表达了对
巴黎的失望，对工业文明的不适应：

Да простит меня Эйфеля душа,　　埃菲尔的心灵会原谅我，

башня-то мне и не нравится.　　铁塔我不喜欢。

Может быть, техника хороша, но...　　也许，技术不错，但……

совсем не красавица.　　根本不美。

① Андерсен Л.Н. Одна на мосту: Стихотворения. Воспоминания.Письма / Сост.,
вступ. ст. и примеч. Т.Н. Калиберовой.Москва: Русский путь; Библиотека-фонд
«Русское Зарубежье», 2006.С. 347-348.

Просто отметился век,　　只是记载了一个世纪，

очень печальный к тому же.　而且是忧伤的世纪。

Лучшее принес человек　　人类把好东西拿来

в жертву тому, что хуже.　牺牲给更糟的东西。

С легким сердцем башню отдам　我愿意轻松地交出铁塔，

(и все небоскребы Парижа) —　（以及巴黎所有的摩天大楼）

За старую Нотр-Дам,　　换取旧的巴黎圣母院，

*хотя она и пониже.*①　尽管它更低矮一些。

　　埃菲尔铁塔以及巴黎的摩天大楼是西欧发达资本主义文明的标志，但对于热爱大自然之美的安黛森来说，这种用工业技术造就的铁塔一点都不美。她更喜欢代表法国传统文化和宗教信仰的巴黎圣母院。

　　与巴黎工业文明相比，安黛森更喜欢丈夫故乡小镇伊桑若远离都市文明的生活。她在诗歌《法国腹地》（Глубина Франции）中，就表达了这样的倾向：

Вот наконец мы прибыли. С котом.　我们终于到了。带着猫咪。

Кот с нами всюду путешествовал.　猫咪和我们四处旅行。

Большой, добротный старый дом　宽敞结实的老屋

Многоголосо нас приветствовал.　热闹地欢迎我们。

Спустилась и моя свекровь　我的公婆也下楼

И благосклонно улыбается,　赞许地微笑，

А я-то, я забыла вновь　而我又忘了

Весь лексикон, что полагается.　所有该掌握的词汇。

Сказала лишь «мерси», «бонжур», —　只说了"谢谢"和"你好"，——

---

① Андерсен Л.Н. Одна на мосту: Стихотворения. Воспоминания.Письма / Сост., вступ. ст. и примеч. Т.Н. Калиберовой.Москва: Русский путь; Библиотека-фонд «Русское Зарубежье», 2006.C. 156.

На этом как-то и поладили,　　但好像就够了，

А кот сказал свое «мур-мур»,　　而猫咪叫着自己的"喵呜 - 喵呜"声，

Когда они его погладили.　　当它被抚摸的时候。

Большая комната нас ждет, —　　等候我们的是一个大房间，——

Все комнаты, как встарь, с каминами.　　所有的房间，都像古时候那样，带着壁炉。

Кровать на «трех»: муж, я и кот,　　床可以睡"三人"：丈夫、我和猫咪，

И рядом ваза с георгинами.　　旁边还有一个插满天竺牡丹的花瓶。

...　　……

Огромных елей целый ряд,　　好多大枞树，

Старик-каштан уже сутулится:　　老醋栗树已弯腰驼背：

Стволом суется невпопад　　树干不合时宜地伸出，

Через забор и прямо в улицу.　　穿过栅栏直接到街上。

Тут кот с хвостом наперевес —　　突然猫咪斜翘着尾巴——

Нарушив правила обители,　　打破当地居民的规则，

На ствол воинственно залез,　　斗志昂扬地爬到树干上，

Чтоб покорить и здешних жителей.　　为了折服当地居民。

Напротив — дом. В окне — народ.　　对面是——房子。窗户里——是人。

А улица такая узкая!　　而街道如此狭窄！

Вполне доволен этим кот,　　猫咪很满足，

А я ловлю слова французские:　　我却捕捉到了几句法语：

– Смотрите, новый кот! Она!　　"瞧，一只新来的猫咪！还有一个女士！"

С котом приехать — вот фантазия!　　带着猫咪来了——简直不敢想象！

– А кто она? — Да новая жена!　　"她是谁？""是新妻子！"

Китайская жена. Из Азии.　　中国妻子。来自亚洲。

Такой переполох — беда!　　如此忙乱——真是灾难！

Я смущена. Но все же — весело!　　我很窘迫。但依然——很开心！

Я — дома! Не «туда-сюда»,　　我在自己家中！不再"东奔西跑"，

И платья в гардероб развесила.　　我把裙子挂在衣橱。

Закончив с честью свой парад,　　光荣地结束了庆祝仪式，

Кот тоже смотрит, как устроиться,　　猫咪也观察了安置地。

Влюблен, как я, и в дом, и в сад,　　它像我一样，爱上了房子和花园。

Поел, попил и лапкой моется.　　吃饱喝足后，用爪子洗了洗脸。

Гостиная. Тут мебель «Луи Сэз»,　　客厅里，是路易十六时代的家具，

Слегка продавленная поколеньями.　　被几代人轻微压坏。

Кот благодушно на диван залез,　　猫咪安详地爬上沙发，

Устроившись меж нашими коленями.　　躺在我们的膝盖之间。

Бормочет радио. О чем-то... Где-то там...　　广播在响。播报着什么……在某地……

Кто слушает, кто шелестит страницами...　　有人在听，有人哗啦啦地翻动书页……

Все женщины, готовясь к холодам,　　所有的女人，都在准备过冬的衣物，

Самозабвенно вертят спицами.　　忘我地针织东西。

Тоска? Ничуть. Зимой тут будет снег!　　忧伤吗？一点也不。这里冬天也有雪！

Лес будет сказкой, в детстве недосказанной...　　森林像童话，童年时代没有讲完的
　　童话……

Камин... Мой кот в приятном полусне,　　壁炉……我的猫咪愉快地半梦半醒，

И я в роскошной шали, мною связанной.　　我也披着自己编制的华丽披巾。

Глубинка Франции, в свой дом,　　法国腹地，我往自己的家，

В свою наследственную горницу,　　往自己继承而来的正房，

Впустила, да еще с котом,　　放进了一个积习很深的流浪儿，

(И очень вежливо притом)　　（而且彬彬有礼）

Заядлейшую беспризорницу. 　还带着猫咪。

Но… память с болью теребя, 　但是……记忆纠缠着痛苦，

Хоть ты смогла мне так понравиться, 　尽管你能让我如此欢喜，

Смогу ли я ЛЮБИТЬ тебя, 　但我能否爱上你，

Глубинка Франции, 　法国腹地，

О мачеха моя! Красавица.[①] 　哎，我的后母啊！美貌如花。

　　这首诗算得上是上首诗歌《埃菲尔的心灵会原谅我》的延续，但与之形成鲜明对比。如果说抒情女主人公不喜欢上首诗中法国巴黎的都市文明，那么远离都市文明的法国腹地却深受她的喜爱。诗中的公婆家是保持着古朴遗风的传统之家，这不仅从婆媳相见时隆重的欢迎仪式、彬彬有礼的"微笑"等礼节看出，还可以从"宽敞结实的老屋""路易十六时代的家具"等可以看出。尽管这个家由于长期缺乏看管和照料显得有些荒芜，但环绕四周的巨大枞树、古老的栗子树、木栅栏等，都深受抒情女主人公的喜欢，让她这样的"流浪儿"有了家的归宿感。但即使这样，新家也让她不由自主想起自己的祖国，诗歌最后几行意味深长地传达出了这样的心境："但……记忆纠缠着痛苦，/ 尽管你能让我如此欢喜，/ 但我能否爱上你，/ 法国腹地，/ 哎，我的后妈啊！美貌如花。"显然，诗人此时的心情是复杂的。一方面她非常喜欢这个被她视为"后妈"的地方，另一方面她在内心深处怀疑"后妈"（法国）无法像"亲妈"（俄罗斯）那样真正让她爱上，尽管"后妈"比"亲妈"漂亮发达。

反思创作

　　在丈夫故乡小镇定居后，安黛森真正开始进入妻子、儿媳以及家庭女主人的角色。这样的生活一方面稳定舒适，另一方面也意味着失去创

---

① Андерсен Л.Н. Одна на мосту: Стихотворения. Воспоминания.Письма / Сост., вступ. ст. и примеч. Т.Н. Калиберовой.Москва: Русский путь; Библиотека-фонд «Русское Зарубежье», 2006.С. 157.

作的动力和激情，因此女诗人有时不免也会怅然。在诗歌《我生活如何？
完全不赖》中，就表达了这样的心境：

Как я живу? Совсем неплохо,	我生活如何？完全不赖。
Да только можно бы умней!	只是原本可以更聪明一些！
Но спасибо и за кроху,	但谢谢小孩，
Выпадающую мне.	她降临于我。
Часто много хуже было,	经常有不少坏事，
Только время — вот злодей!	但只怪时间——这个凶手！
Танцы я всегда любила,	跳舞我一直喜欢，
Да еще и лошадей.	还有骑马。
А теперь вожусь с цветами,	现在我还养花，
Много всех домашних дел,	各种家务事很多，
И порой — поймите сами –	有时——您明白的——
Проклинаю свой удел.	我诅咒自己的命运。
Ну а кто всегда доволен,	但谁能总是满意，
Кто не любит поворчать?	谁不爱抱怨？
Было б только в нашей воле	只希望一切如我们所愿
Все по-новому начать...①	有新的开始……

这首诗以女诗人给友人回信的形式，描述了自己在法国小镇定居后
的生存状态和心态。在诗人的笔下，她过着不好不坏的生活。婚后她依
旧保持着以前的爱好，比如跳舞、骑马，但每天要操劳各种家务，因此
有时她对自己的命运也有些许抱怨和不满。但女诗人明白，没有一个人
的生活是完美的，因此她默默忍受生活中的各种不如意和不完美，期待
未来有更好的开始。

---

① Андерсен Л.Н. Одна на мосту: Стихотворения. Воспоминания.Письма / Сост.,
вступ. ст. и примеч. Т.Н. Калиберовой.Москва: Русский путь; Библиотека-фонд
«Русское Зарубежье», 2006.С. 160.

在平凡琐碎的家庭生活中，女诗人经常无暇顾及诗歌创作，这让她很无奈，有时甚至悲哀和难过。诗歌《缪斯和我》（Муза и я）就表达了她的这种心情：

«Пиши сама!» — сказала Муза, —	"你自己写吧！" 缪斯说，——
И отвернулась от меня.	然后转头不看我。
И цепи нашего союза	于是我们之间的联盟链条
Упали, жалобно звеня.	叮当一声，可怜地断了。
И пусть, прощай, спокойной ночи!	就这样吧，再见，晚安！
И я посплю еще хоть час.	我还想再睡哪怕一小时。
Не то мне голову морочит	否则会被你对诗歌的狂喜
Твой поэтический экстаз.	弄得神魂颠倒。
Ведь я совсем не успеваю	因为我根本来不及
Прожить как следует хоть день.	好好度过完整的一天。
И вдохновенно лишь зеваю,	我精神抖擞地打着哈欠，
И за тобой брожу как тень.	像影子一样追随你。
Вот так скажи и Аполлону,	你去和阿波罗说一声，
Чтоб ночью не будил меня:	让他夜晚不要惊醒我。
Я обойдусь без Пантеона	我不需要万神
И без священного огня.	不需要圣火也能行。
Мне надо дать коту лекарство,	我时而要给人喂药，
Кормить собак и лошадей,	时而要喂狗和喂马，
Надеть замки, чтоб в наше царство	时而要去锁上我们的城堡，以防止
Не влез какой-нибудь злодей.	恶棍爬进我们的帝国。
Прогнать козу из огорода	时而要把山羊赶出菜园
И чью-то телку со двора.	或者把牛犊赶出院子。
Смотреть «тиви», какая мода,	还要看 "TV"，关注时尚，
Et cetera, et cetera.	如此等等。
Одеться следует нарядно,	需要穿戴漂亮，
Не то — «неряха» говорят.	否则别人会说我是 "邋遢人"

И «делать jogeen» беспощадно,　　还要无情地进行"健康跑",

Чтоб влезть в желаемый наряд.　　以便能穿上喜欢的衣裙。

А все домашние заботы,　　还有所有家务的操劳,

И кулинарная возня,　　以及厨房的忙碌,

Базар, и сад, да что ты, что ты…　　市场,花园,瞧瞧……

Я не могу — оставь меня!　　我做不到——放了我吧!

Но вот приходит вечер хмурый,　　但忧郁的傍晚经过,

Я чую Музы легкий след.　　我感受到缪斯轻轻的踪迹。

И слышу вздох: «С такою дурой　　还听到一声叹息:"我竟然跟这样的傻女人

я провозилась столько лет!»①　　纠缠了这么多年!"

诗歌以抒情女主人公深夜与缪斯女神对话的形式,描写了抒情女主人公因操劳家务琐事而无暇顾及诗歌创作的羞愧和难过。虽然抒情女主人公内心深处没有放弃诗歌创作,甚至在夜深人静时打着哈欠想继续追随缪斯,但无奈白天的忙碌(伺候病人,喂养牲畜,看家护院,买菜做饭,收拾自己,身材管理,追随时尚等)让她筋疲力尽。因此,她只能放弃写作。但听到缪斯的召唤,她又感到羞愧和难过。最后一句诗行,看似是缪斯对她的责骂,实则是她内心的自省和自责。

然而,缪斯的召唤最终唤醒了诗人快要沉沦的诗才,她最终决定放弃家庭琐事,重新开始诗歌创作。在《该写诗了》一诗中,女诗人表达了自己的决定:

Надо писать стихи.　　该写诗了。

Надо прощать грехи.　　该原谅罪孽了。

В духовке сгорел пирог —　　烤箱里的馅饼糊了——

Хлебца пошлет нам Бог.　　上帝会给我们发送面包。

① Андерсен Л.Н. Одна на мосту: Стихотворения. Воспоминания.Письма / Сост., вступ. ст. и примеч. Т.Н. Калиберовой.Москва: Русский путь; Библиотека-фонд «Русское Зарубежье», 2006.С. 161.

Платья пестрого нет –	花花绿绿的裙子没了——
Пустяшнейшая из бед.	这是最微不足道的灾难。
Не постелила кровать —	没有整理床铺——
Стоит ли горевать?	这值得悲伤吗？
В саду засыхают цветы —	花园里的花儿枯萎了——
Совсем никакой беды.	这根本不算什么事儿。
На базар не могла пойти?	不能去市场？
Забыла — прости, прости.	就说忘记了——对不起，对不起。
Муж из дому сбежал?	丈夫离家出走？
Это, конечно, жаль.	这当然很遗憾。
Но будет новый стишок —	但会有新的诗歌——
Поэт всегда одинок.[①]	诗人总是孤独的。

这首诗表达了抒情女主人公在日常生活和诗歌创作两者之间进行权衡后，决定放弃前者，选择后者。这不是简单的生活方式选择，而是价值观和人生观的选择。因为她此时明白了自己内心的真正需求和向往：她并不喜欢世俗的日常生活和价值观，而更看重精神追求。所以她决定为了精神而抛弃物质，尽管她明白为此需要付出的代价——孤独。

反思人生

走过充满艰辛和忙碌的一生后，晚年的安黛森对人生、幸福有了自己独特的感悟。她也把这些感悟写进了晚年的诗歌中，从而成就了晚年的哲理诗。

忙碌和漂泊了一生的女诗人，在晚年首先意识到忙碌人生没有意义。她在《鸟儿曾对我们歌唱——我们却没听》一诗中，就表达了这样的人生观：

[①] Андерсен Л.Н. Одна на мосту: Стихотворения. Воспоминания.Письма / Сост., вступ. ст. и примеч. Т.Н. Калиберовой.Москва: Русский путь; Библиотека-фонд «Русское Зарубежье», 2006.С. 163.

Нам пели птицы — мы не слушали.　　鸟儿曾对我们歌唱——我们却没听。

К нам рвался ветер — не проник.　　风儿曾向我们奔来——却进不了门。

Теперь засушенными душами　　如今我们怀着干枯的心灵

Мы ищем высохший родник.　　寻找已经干涸的泉源。

Хлопочем, рыщем, спотыкаемся,　　忙忙碌碌，东奔西跑，跌跌撞撞，

А нажить — грузом на плечах!　　结果积攒了——满肩的负荷！

Шутя грешим, небрежно каемся　　半开玩笑地说自己有罪，漫不经心地忏悔

И утопаем в мелочах.　　我们淹没在琐事中。

Еще манит земля весенняя,　　春天的大地依然诱人，

Зовет кукушка за рекой,　　河对岸的布谷鸟还在召唤，

Но нам дороже воскресения　　但我们却更珍惜复活

Наш озабоченный покой.[①]　　我们那操劳而来的安息。

这首诗讽刺了人们忙忙碌碌但其实毫无意义的生活。由于忙碌，人们对大自然赐予的最简单、最唾手可得的幸福视而不见、听而不闻。但人们穷其一生追求的东西，本身是最简单的存在，只是我们没有珍惜罢了。"如今我们怀着干枯的心灵 / 寻找已经干涸的泉源"就是对这种毫无意义的忙碌的最大反讽。此外，诗歌用了很多矛盾和对比的修辞格，凸显生活本身赐予人类的美好与人类舍本逐末的矛盾，比如"春天的大地依然诱人 / 河对岸的布谷鸟还在召唤，/ 但我们却更珍惜复活 / 我们那操劳而来的安息"。

安黛森在晚年回首一生时，意识到幸福同样是最简单的事。它可能就隐藏在每个人在青年时代经历的小事中，甚至隐藏在人们认为的不幸中。在《幸福》（Счастье）一诗中，她就表达了这样的幸福观：

① Андерсен Л.Н. Одна на мосту: Стихотворения. Воспоминания.Письма / Сост., вступ. ст. и примеч. Т.Н. Калиберовой.Москва: Русский путь; Библиотека-фонд «Русское Зарубежье», 2006.С. 163.

Росистым звонким утром, на заре,	在沾满露珠、嘹亮的清晨，在朝霞中，
На розовом лугу, покуда в доме спали,	在粉色的草地上，当人们还在屋内沉睡，
Гнедко и я в безудержной игре	戈尼德克和我就在不可遏制的游戏中
Встречали жизнь без страха и печали.	毫无恐惧和忧伤地迎接生活。
Перчинка страха все-таки была	像胡椒粉一样的恐惧还是有的
(Но без нее у счастья вкуса мало),	（没有它幸福就会少了味道），
В рубашке, босиком и без седла,	穿着衬衣，光着脚，没有马鞍，
Вцепившись в гриву, я едва дышала.	紧紧抓住鬃毛，我勉强呼吸。
По кочкам, по ухабам что есть сил	不管走土墩还是坑洼，都有力气
Гнедко берег меня. И Бог берег обоих…	戈尼德克都护着我。上帝也护着我俩……
А вот недавно ты меня спросил,	前不久你问我，
Когда была довольна я судьбою?	什么时候我才会对命运满足？
Вот вспомнилось: я прыгаю в окно,	于是情不自禁想起：我跳到窗外，
Сверкает луг, какой-то птицы пенье,	草地闪亮，小鸟歌唱，
И радостного ржанья нетерпенье…	还有马儿急不可耐的嘶吼……
То было счастье! И полным-полно!	那就是幸福！完完全全的幸福！
Но благодарны были мы едва ли,	但那时我们未必会感恩，
*Гнедко и я, — о счастье мы не знали.*①	戈尼德克和我，——我们并不知道幸福。

　　这首诗是安黛森对自己青年时代的坐骑戈尼德克的回忆。那时她和自己心爱的马儿一起度过颠沛流离的中国流亡岁月。虽然生活很苦，但她们同甘共苦，一起在大自然中徜徉、飞奔，互相保护对方。这就是一种最自然的幸福。然而，那时年轻的女诗人，由于年轻无知，并不知道那就是幸福。等到晚年回首，才明白那时最幸福。

　　衰老和孤独是每个老人都要面临的问题，晚年的安黛森也不例外。与法国丈夫的结合和共同生活，本身就要克服很多文化障碍。丈夫死后，

---

① Андерсен Л.Н. Одна на мосту: Стихотворения. Воспоминания.Письма / Сост., вступ. ст. и примеч. Т.Н. Калиберовой.Москва: Русский путь; Библиотека-фонд «Русское Зарубежье», 2006.C. 187.

她更是体验到无法克服的孤独。

但晚年的安黛森只能依靠对年轻时代的回忆来克服孤独和恐惧，就像她在《像世上的一切那样老去》（И стариться, как все на свете）一诗中所写的那样：

И стариться, как все на свете,　　像世上的一切那样老去，
Любить уютную кровать.　　爱着舒适的床。
Проснувшись ночью, слушать ветер,　　夜晚醒来后，听着风声
И вспоминать, и вспоминать…①　　并回忆，回忆……

当岁月流逝，青春不再，回首一生经历的坎坷与喜悦，尤其是青春与爱情，此时诗人才明白人生中哪些东西最值得珍惜。在《那时是春天。世界也很新鲜》（Была весна. И мир был нов）一诗中，诗人就流露出年轻时错失幸福的忧伤和感怀：

Была весна. И мир был нов,　　那时是春天。世界也很新鲜，
И кровь бродила в жилах,　　鲜血在血管奔流，
И я, колдунья, силой слов　　我，像一个女巫，用语言的力量
Тебя приворожила.　　将你吸引。
И силой слов, и силой слез,　　用语言的力量，眼泪的力量，
И тайной женской властью,　　用神秘的女性权力，
И ты к ногам моим принес　　而你跪倒在我的石榴裙下
Доверчивое счастье.　　奉献上信任和幸福。
И дождь весенний окропил　　春雨浇洒着
Большой любви зачатье,　　伟大爱情的产儿，
И месяц клятву закрепил　　月亮用银色的忧郁

① Андерсен Л.Н. Одна на мосту: Стихотворения. Воспоминания.Письма / Сост., вступ. ст. и примеч. Т.Н. Калиберовой.Москва: Русский путь; Библиотека-фонд «Русское Зарубежье», 2006.С. 222.

Серебряной печатью.	使誓言更稳固。
Но дни прошли… И я сама,	但日子流逝……我本人
Сама я все сломала.	把一切摧毁。
Мне счастье было как тюрьма,	幸福曾被我视为监狱，
Мне счастья было мало.	幸福曾在我眼里太少。
И дни прошли. И жизнь прошла,	日子流逝。生命流逝，
Еще томят надежды,	希望还在折磨着我，
Но силы нет… И зеркала	但已无力量……镜子
Не ласковы, как прежде.[①]	也不像从前那样温柔。

显然，诗中的抒情女主人公在年轻时错失了一份真正的爱情，而迟暮之年回忆起来时充满懊悔与忧伤。爱情、青春、幸福主题在诗中显而易见，因为诗人运用了一系列意象来表达青春和爱情。比如，"春天""新鲜""鲜血""奔流"等代表着青春的活力。"语言的力量""眼泪的力量""神秘的女性权力""女巫"等，象征女性对男性产生的吸引力。"跪倒""奉献""信任""幸福""爱情的产儿""誓言"等，则表示男性被女性征服后的爱与忠贞。然而，"监狱""摧毁"等词则暗示这段爱情最终无疾而终，甚至被抒情女主人公亲手摧毁。最后诗行中的"折磨""无力量""镜子"等词汇则暗示美人迟暮、青春已逝。全诗用这些充满意象和象征的词汇表达了爱情滋生又失去的整个过程。而诗行中部与最后都使用重复字眼"日子流逝"，形成回环气势贯穿全诗，凸显出女诗人对一去不复返的青春和爱情的感伤。

在另一首诗歌《黄昏时分》（В сумерках）中，诗人更是将老年的孤独用"黄昏"的意象展示出来：

---

① Андерсен Л.Н. Одна на мосту: Стихотворения. Воспоминания.Письма / Сост., вступ. ст. и примеч. Т.Н. Калиберовой.Москва: Русский путь; Библиотека-фонд «Русское Зарубежье», 2006.С. 189.

Так туманно небо, так тиха земля —	天空如此迷蒙，大地如此寂静——
Белая дорога, белые поля.	苍茫的道路，苍茫的田野。
Разве что ворона прыгнет на пенек	除了一只乌鸦跳上树桩
Да в окне забрезжит чей-то огонек.	以及窗户里不知谁家的灯光点点。
Слабый, одинокий, сквозь туман и лед	虚弱，孤独，透过迷雾和冰川
Кто его заметит, кто его найдет?	谁会注意到它，谁会发现它？
И кому на радость он блеснет вдали	它又为了让谁高兴而在远处闪烁
В этом белом поле на краю земли?[①]	在大地边缘苍茫的田野上闪烁？

诗歌很短，但同样充满意象。"迷蒙""寂静""苍茫""虚弱""孤独""边缘""迷雾""冰川"等名称和形容词，都营造出灰暗、忧郁、孤独、冰冷的氛围。全诗没有出现"衰老"一词，但能让人毫不费力地通过这些意象和氛围感受到衰老。

而在《夜》（Ночь）这首诗中，孤独主题再次凸显：

...	……
Ночью стало страшно спать:	夜晚开始害怕睡觉：
Тишина, и темнота,	寂静，黑暗，
И часов тревожный стук,	钟表发出令人惊恐的敲击声，
И подушка, и кровать	还有枕头和床
Стали недругами вдруг.	突然开始变得不友好。
Пусто, тихо и темно...	空虚，寂静，黑暗……
Вы зажжете жалкий свет,	您点燃可怜的灯光，
Вы раскроете окно	您打开窗户
И стоите у окна.	伫立在窗前。
И молчите. И в ответ —	您沉默不语。回应您的——

① Андерсен Л.Н. Одна на мосту: Стихотворения. Воспоминания.Письма / Сост., вступ. ст. и примеч. Т.Н. Калиберовой.Москва: Русский путь; Библиотека-фонд «Русское Зарубежье», 2006.С. 174.

Вам такая тишина…	*是寂静……*
И над всем такая ночь!	*以及笼罩一切的黑夜!*
Еле видны, далеки,	*只能勉强可见,很远*
И бессильны вам помочь,	*您无力帮助,*
И рассеять темноту,	*驱散黑暗,*
Дрогнут звезды. У реки,	*星星在颤抖。在河边,*
На ветру, меж двух дорог,	*迎着风,在两条马路中间,*
Пригвожденный ко кресту,	*被钉十字架,*
Обнажен и одинок,	*光着身子,孑然一人,*
Тщетно смотрит в небеса,	*徒然地望着天穹,*
Тщетно молится за нас,	*徒然地为我们,*
За поля, луга, леса,	*为田野、为草地、为森林祷告,*
У мирая каждый час,	*每小时都在逐渐死掉,*
Наш забытый детский Бог.[①]	*我们那被遗忘的童年上帝。*

　　这首诗歌描写了抒情主人公半夜无眠,起身观看窗外黑夜时的忧思。
开篇先描写黑夜的反面——白天,虽然其中也让人感到了无生气,但毕竟
有光,让人感觉到生命在继续。而到了夜晚,生命仿佛停止,周围除了时
钟令人恐惧的敲击声,其他一切都如死亡般寂静。推开窗户,看到的天穹
也是漆黑一片。眺望远处,看到的则是墓地和十字架。于是抒情主人公突
然想起童年时就被遗忘的上帝,内心想象被钉十字架的耶稣为我们祈祷。
然而这一切都是枉然,周围依然只有死亡一般的空虚和黑暗。总之,整首
诗把深夜失眠的抒情主人公内心的空虚、孤独、黑暗、无助淋漓尽致地表
达出来。对比诗人以前与丈夫在轮船和孤岛上的那些失眠诗,其中充满对
寂静黑夜的美好享受,而这里体验的是无法解决的孤独和空虚。

　　然而,我们并不能据此就说女诗人的晚年生活凄凉,实际上,她依

---

① Андерсен Л.Н. Одна на мосту: Стихотворения. Воспоминания.Письма / Сост.,
вступ. ст. и примеч. Т.Н. Калиберовой.Москва: Русский путь; Библиотека-фонд
«Русское Зарубежье», 2006.С. 181.

然对生活充满热爱，正如她在《我热爱生活吗？当然！》（Люблю ли я жизнь? Ну конечно!）一诗中写道：

Люблю ли я жизнь? Ну конечно!	我热爱生活吗？当然！
И как! Вот эти деревья, вот эта река —	而且非常热爱！瞧这些树，瞧这条河——
А больше всего я люблю синеву,	而我最喜欢的是这一抹天蓝，
И тучи, и дождик, и эту траву.	还有乌云，雨水，和这小草。
Босыми ногами в зеленом ковре!	就像赤脚在绿色的地毯上行走！
Отнимутся ноги — я буду смотреть.	腿脚瘫痪——我会用眼看。
Глаза помутятся — дотронусь рукой.	眼睛浑浊——我会用手摸。
Вот так — неотступной любовью такой.[①]	这就是——永远不变的热爱。

诗人以自问自答的形式，在垂暮之年思考自己对生活的态度。扪心自问后，发现自己依然对生活、对自然中的一切充满爱。而且想象自己即使双脚瘫痪、双眼浑浊的时候，也依然会尽自己所能去热爱生活，拥抱生活。

在晚年的孤独和对死亡的恐惧中，女诗人最终找回了"被童年时代遗忘的上帝"，通过信仰克服了对死亡的恐惧。抒情诗《祷告》（Молитва）就表达了通过祷告可以得到拯救的哲理：

Знаю — бывает тяжко,	我知道——有时候很艰难，
Страшно за каждый шаг…	惧怕迈出每一步……
А вот одна монашка	而一个修女
Мне говорила так:	对我说：
Надо молиться Богу,	应该向上帝祷告，
Чтобы рассеять страх…	以此驱散恐惧，

---

① Андерсен Л.Н. Одна на мосту: Стихотворения. Воспоминания.Письма / Сост., вступ. ст. и примеч. Т.Н. Калиберовой.Москва: Русский путь; Библиотека-фонд «Русское Зарубежье», 2006.С. 192.

С Богом найдешь дорогу,　　与上帝一起找到

Что с фонарем впотьмах.　　黑暗中有灯的路。

Надо молиться много,　　应该多祷告，

Долго и не спеша.　　久久地、不慌不忙地祷告。

Чтоб добралась до Бога,　　为了抵达上帝，

Как ручеек, душа…　　就像小溪，心灵……

Надо молиться часто,　　应该经常祷告，

Чтоб не нарушить связь,　　为了不破坏联系，

Чтоб ручеек несчастный　　为了避免不幸的小溪

Не превратился в грязь…　　变成脏泥……

Надо молиться сильно —　　应该努力地祷告——

Вырваться из тисков,　　从泥潭中挣脱，

Чтоб он рекой обильной　　为了溪流像涨满水的小河

Вышел из берегов!　　冲破河岸！

Надо молиться страстно,　　应该充满激情地祷告，

А не зевать кругом —　　不打哈欠——

Не бормотать напрасно,　　不要口中念念有词，

Думая о другом.　　心想其他。

Надо молиться строго,　　应该严肃地祷告，

Не потакать себе,　　不要纵容自我，

Не торговаться с Богом　　不要与上帝讨价还价

Лишь о своей судьбе.　　仅为了自己的命运。

Надо молиться чисто,　　应该纯粹地祷告，

Радуясь и любя,　　快乐地去爱，

Так, чтобы круг лучистый　　以便神圣光环

Вырос вокруг тебя…　　在你周围环绕……

Чтобы такой кольчугой　　以便你给心灵

Сердце облечь ты смог　　穿上铠甲

Вот… И тогда, как чудо,　　瞧……那时，就像奇迹，

В нем засияет Бог.[①]　　上帝就会在心中闪耀。

诗歌表达了抒情女主人公在越来越孤独的晚年生活中，听从一个修女的劝告，开始笃信上帝。诗中不断重复的字眼"应该……祷告"，表达对上帝信仰应该认真、坚定、纯粹、恒久，这样才能摆脱生活的泥潭和恐惧，才能满怀爱和快乐。

缅怀友情

20 世纪 80 年代，拉里萨·安黛森在法国伊桑若小镇过上安定的生活并重新拾笔创作，她不仅给曾经一起流亡中国、后来流散世界各地的俄侨友人写了大量的书信，而且还以献诗的形式表达对昔日共同流亡经历和友情的纪念。

《忧伤的红酒》（Печальное вино）就是拉里萨·安黛森献给俄罗斯著名歌唱家亚历山大·韦尔京斯基的一首抒情献诗：

Это было давным-давно,　　很久很久以前，

Мы сидели, пили вино.　　我们坐在一起，喝着红酒。

Не шумели, не пели, нет —　　没有喧闹，没有歌声，这些都没有——

У гасал предвечерний свет.　　傍晚来临前的光亮逐渐消失。

И такая цвела весна,　　春天如此绽放，

Что пьянила и без вина.　　以至于不用喝酒都心醉沉迷。

Темнота подошла тайком,　　黑夜悄悄走进，

...　　　　　　……

И, я знаю, никто из нас　　我知道，我们谁也

Не забыл тот прощальный час,　　没有忘记那个告别的时刻，

Что когда-то сгорел дотла...　　它最后燃烧殆尽……

---

① Андерсен Л.Н. Одна на мосту: Стихотворения. Воспоминания.Письма / Сост., вступ. ст. и примеч. Т.Н. Калиберовой.Москва: Русский путь; Библиотека-фонд «Русское Зарубежье», 2006.С. 197.

Так прекрасна печаль была,	多么美好的忧伤，
Так звенела в ночной тиши,	它曾在夜晚的寂静中发出那么好听的声音，
Так светилась на дне души.[①]	曾在心底散发出那么美好的光芒。

    亚历山大·韦尔京斯基于 1935 年来到上海，并在这里居住到 1943 年回国。作为大名鼎鼎的苏联歌唱家，他的到来在中国俄侨界引起轰动，并在几年里用自己的歌声和社交丰富了上海俄侨的文化生活。韦尔京斯基刚抵达上海不久，就在一次俄侨诗人朗诵会上首次聆听了拉里萨·安黛森朗诵的自创诗歌《秋天》。安黛森的诗才和美貌同时震撼了韦尔京斯基，之后他不仅以友人的身份倾力帮助她出版首部诗集《沿着尘世的草地》，而且对她产生了超越友人的情愫。安黛森虽然崇拜韦尔京斯基的歌唱才华，但对他没有爱情的感觉。这段感情最终无疾而终，但两人的友情却保持了一生。早在《沿着尘世的草地》出版前，韦尔京斯基就阅读了其中的全部诗歌，他对她的诗歌大加赞赏的同时，认为安黛森为自己诗集拟定的标题有些寡淡，建议她换成更具文学性的名称"忧伤的红酒"，但安黛森坚持原来的名称。这本诗集的出版，给安黛森带了巨大的名气，也使女诗人终身不忘韦尔京斯基的帮助和支持。献诗《忧伤的红酒》正是对韦尔京斯基的感激和怀念。诗歌的内容如同标题一样，整体基调是"忧伤"。诗中的抒情男女主人公，似恋人却没有发展成爱情，是朋友却超越了友情。正是在这种朦朦胧胧的情感中，两人告别，但这种情感却留存在两人心底多年。尤其是晚年孑然一身时，抒情女主人公在深夜回首当年的情感经历，那时的忧伤如今也变得无限美好，成为她孤独心灵里的一束光芒。

    老一辈俄侨诗人阿列克谢·阿列克谢耶维奇·阿恰伊尔在拉里萨·安黛森的心中有着不容置疑的权威。正是在他的指导下，她才迈进了诗歌

---

① Андерсен Л.Н. Одна на мосту: Стихотворения. Воспоминания.Письма / Сост., вступ. ст. и примеч. Т.Н. Калиберовой.Москва: Русский путь; Библиотека-фонд «Русское Зарубежье», 2006. С. 202.

的大门；正是在他的鼓励下，她才开始了真正意义上的诗歌创作；正是
在他的帮助下，她最早的几首试笔诗歌被收入俄侨文集《七人文集》；
正是在他创建的文学小组"青年丘拉耶夫卡"中，她读完了生活的大学。
当晚年回忆起自己的恩师，安黛森因为他曾经的帮助和支持而充满感激，
同时又因为辜负了导师的鼓励和期望而愧疚。正是在这种矛盾的心情中，
她创作了献给他的诗歌《未完成的誓言》(Невыполненный обет)：

Всем я рада, и все мне рады:	我对所有人感到开心，所有人对我也感到开心：
И домашние, и друзья.	不管是家人，还是友人。
Я для каждого то, что надо:	对每个人而言，我都正好是必须：
Вот кто я, а совсем не я.	这就是我，但又完全不是我。
Для усталого я — подушка,	对于疲倦的人而言，我是——枕头，
Для обиженного — жилет,	对于委屈的人而言，我是——救生衣，
Развлечение — для подружки,	对于女友而言，我是——消遣，
Для поэта — слегка поэт.	对于诗人而言，我是——小小的诗人。
Для животных — защита в драке	对于动物而言，我是——打斗时的保护
И все вкусное, что дают:	以及能端上来的一切美食：
Суп и косточка для собаки.	狗喜欢的汤和骨头。
Для кота — молочко, уют.	猫喜欢的牛奶和舒适。
Я бесформенна и безмерна,	我无形、无边，
Как вода — разольюсь во всем!	像水一样——到处流洒！
Даже лошадь и та, наверно,	甚至那匹马，或许
Сочетает меня с овсом.	也把我与燕麦等同。
Так и есть. Я ничто иное.	的确如此。我不是其他。
Я лишь то, что им надо взять.	我只是它们需要拿去的东西。
Вот…	这就是全部……
А ночью, в тиши, за мною,	但在夜里，在寂静时刻，我知道，
Знаю, кто-то придет опять!	我的身后，有人会再次来临！
И послышится шепот строгий,	并响起严厉的耳语，
Словно шелест незримых крыл:	似乎还有看不见的翅膀飞起来的哗啦声：

— Ты свернула с своей дороги,　　你偏离了自己的路，

Той, что я для тебя открыл.　　那条我为你开创的路。

Расточая свои щедроты,　　你沉迷于忙碌，

Опьяненная суетой,　　浪费了自己的天赋，

Ты небрежно забыла, кто ты,　　你不小心忘记了，你是谁，

Чьи светились в тебе высоты,　　谁的高度在你内心闪耀，

Кем доверенная мечта! —　　谁的梦想委托给了你！——

И в отчаянье, чуть не плача,　　于是在绝望中，几乎流着泪，

Я взмолюсь: — Кто же ты, мой бред?　　我恳切地问：你是谁，是我的谵语吗？

Или я — твоя неудача,　　抑或我是——你的失败，

Твой невыполненный обет?...　　你未完成的誓言？……

Всем я рада, и все мне рады,　　我对所有人感到开心，所有人对我也感到开心，

Но укор твой стоит стеной.　　但你的责备如山。

Помоги же сломать преграды　　请帮我破除障碍

И вернуться к себе самой!①　　让我回归自我！

可以推测，该诗创作于安黛森定居法国丈夫故乡小镇之后。诗歌前半部分写了抒情女主人公乐于帮助和照看家里的所有人和动植物，而所有的人和动植物也都乐于接受她的帮助和照料，甚至将她看成自己的依靠。然而，正是在这种为了他人的忙碌和操劳中，她忘记了自己的诗人使命。诗歌后半部分写导师在一个寂静的深夜来到她身边，对她进行严厉的训诫，警告她误入歧途、毫无作为地消蚀了自己的天赋和才华。诗人沉睡的创作意识被导师的训诫唤醒，想再次将自己的精力和时间奉献给诗歌，却无力冲破生活的各种障碍，因此她在绝望中呼喊："请帮我破除障碍/让我回归自我！"显然，这首诗歌看似是安黛森给导师的献词，其实表达了她决心重返诗歌创作的决心。

---

① Андерсен Л.Н. Одна на мосту: Стихотворения. Воспоминания.Письма / Сост., вступ. ст. и примеч. Т.Н. Калиберовой.Москва: Русский путь; Библиотека-фонд «Русское Зарубежье», 2006.С. 205.

扬科夫斯基一家人在拉里萨·安黛森的中国流亡生涯中也具有举足轻重的地位。这个家庭的兄妹三人——阿尔谢尼·扬科夫斯基，瓦列里·扬科夫斯基，维克托利娅·扬科夫斯卡娅都是与女诗人一起经历过中国流亡岁月的挚友。瓦列里·扬科夫斯基和维克托利娅·扬科夫斯卡娅后来从上海辗转到朝鲜后，安黛森也没有中断和他们的联系，甚至跟随舞蹈团出国巡演期间还曾到朝鲜拜访过他们。女诗人对于三兄妹的情感分别写在了三首献诗中。

抒情诗《篝火》（Костёр）就献给阿尔谢尼·扬科夫斯基，写于对方去世之后：

Трещал и жмурился костер,	篝火眯起眼噼噼啪啪响，
И речка ворковала,	小溪咕咚咕咚响，
И синий сумрак распростер	蓝色的夜幕张开
Над нами покрывало.	将我们的上方遮盖。
И даже полная луна взошла апофеозно,	满月甚至也庄重地升起，
Конечно, было не до сна,	当然，不是在睡前，
А к ужину — и поздно.	而是在晚饭前——且不太晚。
...	……
Ночная птица неспроста	深夜的鸟儿在森林放开歌喉
В лесу заголосила:	并非无缘无故：
Бывают странные места,	总有一些奇怪的地方，
Таинственная сила...	神秘的力量……
Нет, мы не так уж влюблены,	不，我们没有恋爱，
Мы невзначай попались!	我们只是偶然相遇！
Но в эту ночь в лучах луны	但在这个月光沉浸的夜晚
Немножко целовались.	我们温柔地相吻。
Мы просто заплатили дань	我们只是把敬意
Луне и всем красотам!..	赠予月亮和所有的奇妙！……
...	……

Костер давно угас… Но след　　篝火早已熄灭……但痕迹

На дне души ютится.　　　　　在心底留存。

И след костра, и голос птицы,　　有篝火的痕迹，有鸟儿的歌声，

И наши девятнадцать лет.[①]　　还有我们的十九岁。

　　诗人在诗中回忆了十九岁时与扬科夫斯基兄妹三人一起去山中旅游时，夜里围坐篝火旁的美好。诗中动静结合，既有静态的蓝色天幕、天穹的满月，也有动态的篝火燃烧声、小溪的流水声、小鸟的歌唱声，它们共同营造了神奇美妙的世界，以至于这些没有恋爱的青年男女像恋人一样相互亲吻。这种美好的感觉，即使在多年后，当阿尔谢尼·扬科夫斯基去世后，都还留在诗人的心底。

　　另一首诗歌《朝鲜》(Корея) 则献给维克托利娅·扬科夫斯卡娅：

Почему не в Корею? В Корею — не надо.　　为什么不来朝鲜？来朝鲜——没必要。

Вдруг — огромный отель на скале водопада,　　突然——大宾馆出现在瀑布的悬崖边，

Наведен современный безжалостный лоск:　　而且具有现代化奢靡气派：

Освещенье, рекламы, витрины, киоск?…　　灯光，广告，橱窗，报亭？……

Вдруг — и наша дорога асфальтом лоснится,　　突然——马路散发出柏油的亮光，

Та дорога, что нам незатоптанной снится…　　是那条我们梦中还未踩踏过的马路……

Вдруг — столбы с проводами торчат у дороги,　　突然——路旁出现缠着线缆的电线杆，

Где когда-то в припляс отпечатали ноги　　那里曾经留下了我们连蹦带跳的脚印

Под напевы играющей, звонкой воды　　伴着叮咚的流水声

На камнях, на песке молодые следы.　　石头上、沙子上的年轻脚印。

Где кто жив и кто умер — встречаются вновь,　　那里活着的和死去的人——还会再见，

Где ночами, наверно, блуждает любовь…　　那里晚上一定有迷醉的爱情……

Пусть же снится, как было: суровые горы,　　就让过去在梦中重现：威严的山，

---

① Андерсен Л.Н. Одна на мосту: Стихотворения. Воспоминания.Письма / Сост., вступ. ст. и примеч. Т.Н. Калиберовой.Москва: Русский путь; Библиотека-фонд «Русское Зарубежье», 2006.С. 208.

Гроздь ночных огоньков, дружелюбные взоры	夜晚的光，友爱的眼神，
Керосиновых ламп в аметистовый час	煤油灯造就的紫晶时刻
Да реки бесконечный волшебный рассказ.	以及小河无穷无尽的魔幻故事。
Это было. Мы этим навечно богаты.	这发生在过去。我们因它们而永远富有。
Разве можно отнять то, что было когда-то?	难道可以夺走曾经拥有过的东西吗？
Ничего, что от прошлого «рожки да ножки».	过去"所剩无几"中什么也夺不走。
Вот в альбоме засушен цветок таволожки	瞧相册中干枯的杜鹃花
В знак того, что Корея не сказка, а быль.	证明朝鲜不是童话，的确存在过。
Только трогать нельзя — превращается в пыль.[①]	只是不能触碰——否则会化成灰。

诗人在诗中想象她曾经和扬科夫斯基兄妹三人在朝鲜游玩过的地方，如今经历了现代化文明改造后的变化。但实际上，诗歌的目的并非写现在，而是写过去，写他们青春时代在山野里共同见证过的瀑布、人迹罕至的小路、河流、石头、沙子、山脉、月夜、杜鹃花等等。但一切都已经成为回忆，唯一可以见证过去的，是相册中夹杂的一只干花。

在献给瓦列里·扬科夫斯基的诗歌《温暖的印迹》（Тёплый след）中，安黛森再次回忆了她的朝鲜之旅期间在扬科夫斯基家度过的备受关怀的温馨与美好：

...	……
Но как тепла твоя забота:	但你的关怀多么温暖：
Пушистый плед, вязанка дров!	一条暖绒绒的毛毯，一捆劈柴！
И: «Ты не ужинала что-то…	还有："你晚饭什么也没吃……
Вот яблочко… Приятных снов…»	给你一个苹果……祝你好梦……"
И поцелуй благопристойный.	然后是一个正派的吻。
Совет: закройся на засов!	还有建议：锁上门栓！

① Андерсен Л.Н. Одна на мосту: Стихотворения. Воспоминания.Письма / Сост., вступ. ст. и примеч. Т.Н. Калиберовой.Москва: Русский путь; Библиотека-фонд «Русское Зарубежье», 2006. С. 214.

У шел… Шаги… И все спокойно,	你走了……脚步声响起……一片寂静,
Лишь слышно тиканье часов.	只听见滴答滴答的钟声。
Переодевшись в рубашонку,	我换上睡衣,
Ныряю с яблоком в кровать	拿着苹果钻进被窝
(Воздушный поцелуй вдогонку).	（空气中飘散着亲吻的气息）
Как хорошо! Но… скоро уезжать.	多么美好！但是……很快就要走了。
Туда, где шум, толпа и спешка,	回到处处是嘈杂、人群、忙碌的地方,
Где каждый бьется за успех.	那里每个人都拼尽力气想成功。
Где я — лишь выгодная пешка	那里我——只是一颗被利用的棋子
Чужих расчетов и потех.	供别人算计和娱乐。
Где покупается «веселье»:	那里兜售"开心"。
Скабрезный смех, бокалов звон…	粗俗的笑声，碰杯的声音……
Где мой партнер, в чаду похмелья,	那里我的舞伴，在醉酒的乌烟瘴气中,
Не помнит, с кем танцует он.	不记得他在和谁跳舞。
Где утром я проснусь — скорее	那里清晨我醒来——立刻会
Развеять мой зловещий бред:	驱走自己充满凶兆的谵语:
Случилось что-то там, в Корее,	朝鲜那边好像出事了,
Тебя в Корее больше нет!	你再也不会出现在朝鲜了！
И наконец дождаться вести,	终于等来了消息,
Что для «отечественных благ»	说为了"祖国的福祉"
Тебя с отцом и братом вместе	你和父亲、兄弟
У прятали в «родной ГУЛАГ».	被藏到"亲爱的古拉格"。
Прошли года… У шли надежды	很多年过去了……希望消逝
Вернуться снова в милый край,	再也回不到那个可爱的地方,
Где речка та шумит, как прежде:	小河还像从前那样叮咚流淌。
Хоть ты живи, хоть умирай.	不管你是死还是活。
Мы живы. Врозь. С судьбой не споря,	我们活着。天各一方。不要与命运抗争,
Но греет память теплый след:	但温暖的印迹使记忆留存。
— А помнишь тот закат у моря	——你还记得半个世纪前

334

Тому назад с полсотни лет?...[①]　　大海边的那抹落日吗？……

诗人详细描写了扬科夫斯基对她温暖的关怀，比如给她取暖的毛毯、木柴、充饥的苹果，以及临睡前的叮咛和祝福。而且这一切发生在冬天的深夜，充满了宁静与温馨。与扬科夫斯基不求回报的关怀形成强烈对照的是，她即将返回的流亡地充满喧嚣、忙碌甚至乌烟瘴气，而她为了生存不得不跳舞卖笑，成为供别人娱乐和赚钱的棋子。诗歌最后则以诗人充满凶兆的梦，交代了扬科夫斯基一家的悲剧命运：兄弟俩和父亲一起被关进古拉格。实际上这不是梦幻，而是现实中发生在扬科夫斯基一家的悲剧，但女诗人仍旧用温暖的回忆鼓励他们坚强活下去。诗歌充满悲剧色彩，是一代俄侨真实命运的写照。

在与安黛森一起流亡中国的俄侨友人中，女诗人尤斯京娜·克鲁森施腾-彼得列茨与安黛森保持了一生的友谊。尤斯京娜是中国俄侨诗人克鲁森施腾-彼得列茨的遗孀，克鲁森施腾-彼得列茨于 1944 年因肺炎在上海去世后，尤斯京娜独自在上海生活到 60 年代，然后辗转乌拉圭等国家和地区，最终定居美国加利福尼亚州圣马特奥市。尤斯京娜在美国安顿下来后，与拉里萨·安黛森保持着不间断的书信往来，她们互相鼓励好好活着并坚持创作。1986 年尤斯京娜在美国病逝后，安黛森写了《一切逐渐成灰，一切美好地……》（Все распыляется, все мимо…）献诗，表达了对中国俄侨友人的深情回忆和缅怀：

Все распыляется, все мимо,	一切逐渐成灰，一切美好地
Вдогонку планам и мечтам,	追随着计划和梦想，
А жизнь бежит неумолимо,	可生活不可挽回地往前奔跑，
Усталость оставляя нам.	留给我们的只有疲倦。

---

① Андерсен Л.Н. Одна на мосту: Стихотворения. Воспоминания.Письма / Сост., вступ. ст. и примеч. Т.Н. Калиберовой.Москва: Русский путь; Библиотека-фонд «Русское Зарубежье», 2006.С. 215.

Храню я Ваш подарок — платье,　　我保存着您的礼物——裙子，

Дань женской праздности земной.　　这是供尘世女人欢愉的恩赐。

Хотела карточку послать я,　　我想寄一张卡给您，

Но адрес Ваш теперь иной.　　但如今您的地址已变更。

Там — Боже, помоги неверью!... —　　在那里——神啊，请帮帮不信神的人！……

...　　……

Колючка с нежною душой,　　带着一颗温柔的心，

Я в новом платье тонкой ткани　　我穿着精致的新裙

К Вам прилечу на бал большой!　　飞到您那里参加大型舞会！

Несутся дни, летят недели,　　时光如梭，日复一日，

И, остывая в их золе,　　灰烬已冷，

Мы не смогли, мы не успели　　我们没来得及

Помочь друг другу на земле.　　在尘世相互帮助。

Но ненадолго разделенье,　　但分离不会长久，

Теперь, быть может, легче мне　　现在，可能我能更容易

Услышать Ваши повеленья　　听到您的嘱咐

И чаще видеть Вас во сне.　　并在梦中经常见到您。

Не знаю — Вы уйти хотели　　我不知道——是您自己想离开

Иль час был свыше предрешен?...　　还是上帝的旨意？……

Пока что в том же бренном теле　　而我暂时带着易朽的躯体

Я остаюсь.　　留在这里。

Ваш «Ларишон».[①]　　您亲爱的"拉里松"。

　　诗歌以给友人书信的形式，诉说了抒情女主人公对已在天堂的女友的宽慰和相思。在抒情女主人公看来，在尘世受尽磨难和屈辱的女友如今在天堂终于可以得到休息，不再需要忍受尘世的委屈和贫穷。同时，

---

① Андерсен Л.Н. Одна на мосту: Стихотворения. Воспоминания.Письма / Сост., вступ. ст. и примеч. Т.Н. Калиберовой.Москва: Русский путь; Библиотека-фонд «Русское Зарубежье», 2006.C. 218.

抒情女主人公对女友曾经给予她的友谊心存感激，幻想自己穿着女友赠予的裙子去她那里参加舞会。但她明白这一切只是幻影，因此只能乞求上帝保佑并不信神的女友，并相信自己终将会在某一天与她在天堂相会。

伊琳娜·列斯娜娅也是与拉里萨·安黛森经历过中国流亡岁月的俄侨友人。她与丈夫定居巴拉圭后，也一直与安黛森保持通信到最后岁月。《头巾》（Платочек）一诗就献给她，其中诗人回忆了在车站送别女友的一幕：

Вопреки гримасам быта	不管日常如何变换丑态
Дружба детства не забыта.	童年的友谊永志不忘。
И порой во сне нет-нет	梦里不常出现，
Вдруг забрезжит нежный свет.	但突然会闪现温柔之光。
Да и днем в нежданный час	而且白天不经意的时刻
Память вдруг ласкает нас.	记忆也会突然温柔地光顾我们。

Вот когда-то на вокзале	我们曾经在车站
Мы подружку провожали,	送别女友，
Паровоз набрался сил,	蒸汽机积聚力量，
зашипел, заголосил…	嘶吼着……
На подножке ты стояла	你站在踏板上
И платочком нам махала,	向我们挥舞头巾，
Но не думалось тогда,	但那时没想到，
Что прощанье навсегда.	这将是永别。
Мы б ушли без проволочек,	我们不带任何联系就离开，
Если бы не твой платочек,	假如不是你的头巾，
Он от ветра, что ли, вдруг	它不知是不是突然被风
Взял и вырвался из рук.	从你的手中吹走。
Полетел, как мотылек,	开始像一只蛾子飞舞、
Покружился и залег	旋转，然后掉落

Возле нас, у самых ног.　　在我们身旁，就在脚下。

Поезд скрылся, мы стояли　　火车消失，我们站着

И еще чего-то ждали,　　还在等待什么，

Глядя на последний след　　望着岁月消失的

У летевших в Лету лет.　　最后踪影。

Нас по миру раскидало,　　我们被抛向世界各方，

И в живых осталось мало.　　活在世上的已不多。

Твой платочек, память детства.　　你的头巾，作为童年的记忆，

Перешел в мое наследство.　　成为我继承的财富。

Он лежит в твоем письме,　　它保存在你寄给

Адресованном не мне.[①]　　我的来信中。

　　从诗中可以看出，抒情女主人公与自己的女友不仅是童年好友，而且一起经历过流亡岁月。之后各奔东西的时候，抒情女主人公到车站送别女友，但没想到这将是永别，甚至当时都没有准备告别的纪念品。然而女友在火车踏板上挥舞的头巾，突然被风吹到抒情女主人公的脚下，成为唯一的纪念。抒情女主人公非常珍惜关于女友的记忆，因此将它与女友的来信放在一起，像宝藏一样收藏。显然，诗歌表达了女诗人对经历过风雨和考验的友谊的珍惜。

　　相比于女性献诗，拉里萨·安黛森的男性献诗很少。但 1934 年死于哈尔滨的日本宾馆的俄侨诗人格里高利·格拉宁却成为其中的一位。关于他的死亡，曾在哈尔滨俄侨界引起各种猜疑和说法，其中一种说法是：他因为得不到拉里萨·安黛森的爱情而自杀。不管真相如何，他对安黛森的爱的确存在过，女诗人晚年献给他的诗歌《我将永远从这里离开》（Я отсюда уйду навсегда）似乎是一种证明：

---

① Андерсен Л.Н. Одна на мосту: Стихотворения. Воспоминания.Письма / Сост., вступ. ст. и примеч. Т.Н. Калиберовой.Москва: Русский путь; Библиотека-фонд «Русское Зарубежье», 2006.С. 227.

Я отсюда уйду навсегда,　　我将永远从这里离开，

За собой не оставив следа,　　不留任何痕迹，

Ни в родимой земле… и нигде,　　不管在出生地……还是其他地方，

Только всплеск да круги по воде.　　只在水面留下闪光和光圈。

Я плясала, писала стихи.　　我跳过舞，写过诗。

Я грешила, прощала грехи.　　我有过罪，也原谅过罪。

Я жалела людей и зверей,　　我悲悯过人和动物，

Даже, может быть, стала добрей.　　我甚至变得更善良。

...　　……

Я тебе благодарна, земля.　　我感谢你，大地。

И за радость житейских утех,　　感谢生活带来的快乐，

За друзей, за пирушки, за смех…　　感谢朋友，感谢盛宴，感谢欢笑……

И за ту тишину, ту печаль,　　感谢这寂静，感谢这忧伤，

Что зовет в необъятную даль.　　感谢无边无际的远方对我的召唤。

Только вот: я о ком-то забыла,　　只是有一点：我好像把什么人忘记了，

Не прислушалась, мимо прошла,　　没有聆听，擦肩而过，

Осени же, Пресветлая Сила,　　至圣的力量啊，请你庇护

Тех, кого я так плохо любила…①　　所有我不曾好好爱过的人吧……

　　诗歌以独白忏悔的形式写成。抒情女主人公感觉自己将在不久后不带痕迹地离开尘世。在回顾自己一生经历的人和事时，她对生活充满了感激，同时也充满宗教式的罪恶感和忏悔之情。她尤其对自己不曾好好爱过的人充满忏悔之情，认为自己没有好好倾听过他们的心声，从而导致不可饶恕的罪，并怀着极其虔诚的心灵乞求上帝庇护这些人。从这首诗中，能明显感受到女诗人的善良和自省。

---

① Андерсен Л.Н. Одна на мосту: Стихотворения. Воспоминания.Письма / Сост., вступ. ст. и примеч. Т.Н. Калиберовой.Москва: Русский путь; Библиотека-фонд «Русское Зарубежье», 2006.С. 231.

总之，致友人献诗大部分是拉里萨·安黛森写给有过共同的中国流亡经历的同胞的诗歌，而且这些诗歌大都是女诗人晚年以回忆的形式写成。其中或者用书信，或者用自白，或者以忏悔的形式娓娓道来，讲述了自己与友人们一起经历的苦与乐，表达了对友人们真挚的友情和深切的怀念。从这些诗歌也不难看出拉里萨·安黛森的善良、慈悲、重情重义等性格特征。

第五节　诗歌的美学特征

一、简洁、清晰、自然的语言

拉里萨·安黛森诗歌语言的最大特点是简洁、清晰、自然，没有故意制造的晦涩，没有难以读懂的暗示，也没有丝毫的矫揉造作。

早在 20 世纪 30 年代，韦尔京斯基首次读到拉里萨·安黛森的诗歌时就曾这样概括其诗歌语言特点："您在语言上、形象上、色彩上都吝于用笔——而这是诗人极大的尊严。"[1]40 年代，拉里萨·安黛森的首部个人诗集《沿着尘世的草地》出版后，韦尔京斯基在《上海柴拉报》上发表文章，再次赞扬她的诗歌语言："简单，严肃，吝啬。吝啬表现在，像大艺术家那样智慧地节约用词。"[2]

与拉里萨·安黛森有过共同中国流亡经历的俄侨诗人和友人瓦列里·别列列申，也注意到其诗歌这一看起来"简单"的技巧，说它们仿佛是一气呵成的一样。[3]

---

[1] Андерсен Л.Н. Одна на мосту: Стихотворения. Воспоминания.Письма / Сост., вступ. ст. и примеч. Т.Н. Калиберовой.Москва: Русский путь; Библиотека-фонд «Русское Зарубежье», 2006.C. 380.

[2] Вертинский Александр. Ларисса Андерсен.// Шанхайская заря. 21 апр. 1940.

[3] Андерсен Л.Н. Одна на мосту: Стихотворения. Воспоминания.Письма / Сост., вступ. ст. и примеч. Т.Н. Калиберовой.Москва: Русский путь; Библиотека-фонд «Русское Зарубежье», 2006. C. 41.

20 世纪 70 年代，安黛森在塔希提岛结识的俄侨画家格赖斯也曾高度赞扬其朴实鲜活的诗歌语言："她不知道，她那鲜活的诗歌多么感动平民老百姓呀。"[①]

二、安静、温和、柔美的语调

拉里萨·安黛森的诗歌语调像她本人的外表一样安静、温和、柔美。与同时代的俄罗斯女性诗人相比，她的诗歌语调没有安娜·阿赫玛托娃那样炽热，也没有玛丽娜·茨维塔耶娃那样强硬。韦尔京斯基就曾将她的诗歌声音与阿赫玛托娃进行了形象且准确的比较："拉里萨·安黛森——有自己的声音。如果说阿赫玛托娃——声音炽热，燃烧着痛苦爱情的火焰，则拉里萨·安黛森的声音安静、温顺，是疲倦的神甫说话的那种声音，是妈妈边摇孩子边讲故事的那种声音。"[②]

如果将拉里萨·安黛森的诗歌声音与另一位同时代俄侨女作家娜塔利娅·伊里因娜的散文声音进行对比，就会发现：同样写流亡中国的俄侨经历和命运，娜塔利娅·伊里因娜在《回归》《道路与命运》《另一种视角——上海生活特写》等作品中，表达的是对流亡地的不满，对异族人民的鄙视，对异族文化的排斥，甚至对流亡同胞的讽刺；而拉里萨·安黛森在大多数诗歌中表达的是对给她提供栖息之所的流亡地的感激，对当地居民的欣赏，对异族文化的尊重，对流亡同胞的宽容。这种差别不仅因为两人的性格不同，主要源于两人对待生活及周围人的态度不同。拉里萨·安黛森曾在回忆录《娜塔莎·伊里因娜》一文中，毫不忌讳地多次坦诚她和娜塔利娅·伊里因娜不是真正的朋友。她也曾当着顺便来

① Андерсен Л.Н. Одна на мосту: Стихотворения. Воспоминания.Письма / Сост., вступ. ст. и примеч. Т.Н. Калиберовой.Москва: Русский путь; Библиотека-фонд «Русское Зарубежье», 2006.С. 381.

② Андерсен Л.Н. Одна на мосту: Стихотворения. Воспоминания.Письма / Сост., вступ. ст. и примеч. Т.Н. Калиберовой.Москва: Русский путь; Библиотека-фонд «Русское Зарубежье», 2006.С. 422.

法国看望她的娜塔利娅·伊里因娜的面，表达自己不认同其长篇小说《回归》中对流亡中国的俄侨同胞的负面书写，她说："怎么能在侨民中度过这么多年后，在全书中全部写的是负面形象呢……而且没有展示出对人的一丝尊敬或一点同情？"①

拉里萨·安黛森诗歌中的声音特点，固然与她的个人性格、对待生活和周围人的态度有关，更与她在诗歌中融入书信、童话、自白、对话等各种不同叙事形式有关。

书信，尤其是个人书信，本来就因为隐私性而特别容易营造亲密氛围。俄罗斯诗人叶赛宁就因为将书信体融入诗歌而留下朗朗上口的千古名篇《致母亲信》。拉里萨·安黛森也将这种叙事形式融入诗歌，取得了意想不到的效果。比如诗歌《一封信》，就以写给女友维拉·雷奇科娃的书信形式，描绘了印度锡兰的异国风情，同时表达了思念女友的心情。诗歌开头和结尾都重复使用命令式句 "Прилетай ко мне на Цейлон!"（到我们的锡兰来吧！），既表达了对女友的殷勤邀请，又赋予原本高雅的诗歌语体以口语色彩，从而营造出温馨平和的氛围。

童话体在拉里萨·安黛森的诗歌尤其是早期诗歌中大量使用。它既体现了少女时代的安黛森的童稚和纯洁，也体现了她初涉生活时的懵懂与迷惑。比如，《占卜》借助童话故事中灰姑娘和白马王子的爱情故事，展现抒情女主人公的爱情憧憬。《通往必然的路没有那么漫长！》借助童话故事中的公主形象，展现抒情女主人公失恋后的悲观情绪。《摇篮曲》采用小女孩临睡前听妈妈讲童话的故事，展现流亡母女既静谧美好又忧伤的日常。《咒语》则采用挪威童话故事中的咒语，展现被爱情重伤的姑娘对伤害她的人的报复。总之，童话故事中的王子、公主、仙女、女巫、上帝、天使等人物，智慧树、星星、花儿、露珠等动植物，以及森林、大海等地理空间，都使拉里萨·安黛森的诗歌充满童话般的美好

① Андерсен Л.Н. Одна на мосту: Стихотворения. Воспоминания.Письма / Сост., вступ. ст. и примеч. Т.Н. Калиберовой.Москва: Русский путь; Библиотека-фонд «Русское Зарубежье», 2006. С. 282.

和稚趣，也让其诗歌充满温和的声音。

对话体在拉里萨·安黛森的诗歌中也非常醒目。但这种对话不是你问我答式的显性对话，而是诗人想象的与人或动植物的精神交流，所以更像是诗人的喃喃自语。对话体在女诗人的献友人诗中最常见，比如献给尤斯京娜·克鲁森施腾-彼得列茨的《一切逐渐成灰，一切美好地……》，献给伊琳娜·列斯娜娅的《头巾》，献给阿尔谢尼·扬科夫斯基的《篝火》，献给维克托利娅·扬科夫斯卡娅的《朝鲜》，献给瓦列里·扬科夫斯基的《温暖的印迹》，献给格里高利·格拉宁的《我将永远从这里离开》。女诗人的献诗，是与被献对象的对话。无论被献对象活着还是已在天堂，献诗都展现了女诗人对他们共同经历的流亡岁月的回忆，对他们友情的感谢，对他们命运的同情和参与，因此充满温情。另外值得一提的是，女诗人与友人的对话中，经常出现她与上帝、天使、魔鬼、女巫、神话人物乃至花草树木的对话。因为在她眼里，天地万物都具有灵性，可以与人共情，这也赋予诗歌以温情。

三、多样、自由、灵活的格律

拉里萨·安黛森在 20 世纪 70 年代写给别列列申的一封信中，曾这样谈及自己诗歌的节奏和韵律："以前——韵脚和韵律首先自己奔涌而出，然后意义几乎不知从何处无意识地飞出。不过，诗歌本来就应该是'潜意识的'，没有道理的，不是吗？我想说的是，'道理'应该以坦白和无意识形式出现。"[①] 显然，拉里萨·安黛森认为自己诗歌的节奏和韵律完全是一种无意识的表达。正是这种无意识的创作，使她的诗歌出现了多样化的节奏和韵律。正如俄罗斯研究者所言，拉里萨·安黛森的诗歌格律相当多样化，其中有重音音节节奏（双音节诗和三音节诗），

---

① Кузнецова О.Ф. «Лучшие песни мои со мной...». Из писем Лариссы Андерсен Валерию Перелешину // Звезда. 2011. № 11.

有三音节音步变异诗（дольники），有不同音步诗（логаэды），也有杂糅格律诗。①

以诗人的首部诗集《沿着尘世的草地》为例。"书中的 52 首诗歌，有 4 首为四音步扬抑格，9 首为五音步扬抑格，5 首为四音步抑扬格，4 首为五音步抑扬格，4 首抑抑扬格 (其中 4 首三音步，一首加长诗歌)，4 首扬抑抑格 (其中三首两音步，一首三音步，1 首抑扬抑格，6 首不同音步诗，6 首三音节音步变异诗)"②。拉里萨·安黛森的首部诗集就体现出格律多样化的特点，但她最喜欢扬抑格（共 13 首），其次是抑扬格（9 首），最后是不同音步诗和三音节音步变异诗（各 6 首）。

即使是最喜欢的格律，拉里萨·安黛森对其的使用也几乎是随心而为，格律与诗歌的主题或内容之间没有必然的联系。比如，诗歌《流浪者》（Бродяга，1930)，《天上的星星疲倦地闭上了眼睑》(Наверху смыкают веки утомлённых звёзд глаза，1928) 都运用了四音步扬抑格，但主题完全不同：前者书写没有希望、永无止境的流亡，后者书写对自由的渴望。再比如，诗歌《金色的丝线》（Золотая нить，1929 ）、《关于春天的记忆》（Память о весне，1931 ）、《梅花屋》（Трефовый дом，1937 ）都出现了四音步抑扬格，但三首诗的主题分别是友谊、未实现的爱情、对家的向往。

但三音节音步变异诗和不同音步诗的使用有迹可循。当诗歌的情感浓度高到无法用严整的重音音节格律来表达时，诗人就会采用它们，此时完全没有形式主义，只剩下心灵的坦诚。③ 比如，诗歌《摇篮曲》就运用了三音节音步变异格律，而《因为春天或肖像画》(От весны или

---

① Цмыкал О. Е.Художественный мир Лариссы Андерсен: автореферат дис. ... кандидата филологических наук. Москва, 2021.С.132.

② Цмыкал О. Е.Художественный мир Лариссы Андерсен: автореферат дис. ... кандидата филологических наук. Москва, 2021.С.134.

③ Кузнецова О.Ф. «Лучшие песни мои со мной...». Из писем Лариссы Андерсен Валерию Перелешину // Звезда. 2011. № 11.

от портрета，1933) 和《来自教堂》(Из церкви，1939 ）就运用了不同音步格律。

　　有时在同一首诗中，诗人也会杂糅使用各种格律。比如在《秋千》一诗中，开篇前四行使用四音步扬抑格和阴韵，但从第五行开始逐渐转变成半音步 (полстопы)，最终走向三音步和阳韵。

　　拉里萨·安黛森的诗歌不仅格律自由，而且从诗句到诗节都长短不一。她的大部分诗歌只有一个诗节，给人一气呵成的感觉。即使有多个诗节的诗歌，其中的诗行数量和长短也不一。比如，《头巾》一诗由 3 个诗节构成，其中第一和第三诗节分别有 6 行，第二个诗节有 19 行，而且第四行被诗人以与众不同的格式（词尾对齐）排列。

　　拉里萨·安黛森不受格律限制的作诗法，并没有使她的诗歌丧失诗歌的美，反而赋予其诗歌无穷的魅力。正如搜集和出版女诗人个人文集《一个人在桥上》的俄罗斯学者卡利别罗娃所言："真正的诗歌有点像魔力。安黛森诗歌的魔力在于其各种不同的韵律、独特的旋律和结尾诗行深刻的意义。"①

四、鲜明、生动的诗歌形象

　　在拉里萨·安黛森的诗歌中，出现了不少鲜明生动的诗歌形象，而且它们大部分贯穿女诗人一生创作的各个阶段，具有比较稳定的内涵。

　　道路（дорога/путь）是安黛森诗歌中的第一大重要形象。在俄罗斯语言文化图景中，道路观念具有重要的意义。正如俄罗斯语言学家阿鲁秋诺娃所言："对于我们的国家来说……道路在语义、隐喻、象征、文学创作中具有特别大的作用（比其他欧洲文化要大得多）。它决定人生和人的思维方式。也许还可以说，道路是被抛入自然力和混乱之动荡海洋中独特的最后救赎希望。道路，即反自然力、反混乱、反意志、反

---

① Андерсен Л.Н. Одна на мосту: Стихотворения. Воспоминания.Письма / Сост., вступ. ст. и примеч. Т.Н. Калиберовой.Москва: Русский путь; Библиотека-фонд «Русское Зарубежье», 2006.С. 16.

任性，它不仅在铺设交通运输之意义上重要，对于人生之路的前行也很重要。"①

安黛森各个阶段的诗歌中都出现了道路形象。有时就指某条具体的小道或马路，比如《小屋》《黄昏时分》《蜜》《在金色的、发红的八月》《通往必然的路没有那么漫长！》《朝鲜》等诗歌中的道路形象。这类诗歌对道路的描写多运用寂静、漫长、空旷、苍茫、漆黑等修饰语，给人以艰难、不安、寂寞、孤独之感。但安黛森诗歌中的道路更多是指尘世生活和生命之旅，尤其象征女诗人的流亡之旅，比如《铃铛的铜胸叮当响》《苹果树花开》《我沉默是因为……》《路上的预感》《向导》《圣地》等诗歌中的道路形象。这类意义显然是女诗人对 19 世纪俄罗斯诗人莱蒙托夫笔下道路形象的继承，抒发的是女诗人对人生的哲理性思考。

安黛森诗歌中与道路形象紧密相关的是草地（луг）形象，这一形象主要被女诗人用来泛指尘世生活。早在 1940 年，安黛森将自己的首部个人诗集冠名为"沿着尘世的草地"时，就赋予这一形象以尘世生活的意义，且这一内涵在其之后的诗歌创作中始终保持不变。但与道路形象不同的是，草地形象在安黛森诗歌中是轻松的、明快的、芳香的、愉悦的。比如，在诗歌《沿着傍晚的路》中，抒情女主人公在夏天的傍晚，沿着洒满露水、如蜜芬芳的草地，跟在上帝身后，行向光明的远方。在诗歌《在金色的、发红的八月》中，抒情女主人公怀着少女的甜蜜与喜悦，在长满薄荷的草地上悄悄等待心上人来幽会。在诗歌《幸福》中，抒情女主人公与自己的爱马一起，在被朝霞映照成粉色的草地上嬉戏。在诗歌《夏天像燕子般飞过》中，友人劝慰抒情女主人公耐心度过冬季风霜雪雨，然后一起在春天的草地上散步。总之，草地形象折射出安黛森对自由和浪漫的向往。"如果说道路是一个有起点、终点、固定方向

① Арутюнова Н.Д. Путь по дороге и бездорожью // Логический анализ языка. Языки динамического мира / Отв. ред. Н.Д. Арутюнова, И.Б. Шатуновский. Дубна, 1999. С. 3.

以及空间限制的概念，则尘世的草地形象在安黛森笔下没有空间限制，它无边无际、无所不包，像头顶的天空。"①

大海（море/океан）也是安黛森诗歌中一个非常鲜明突出的形象。这不仅因为她的塔希提系列诗歌几乎全都有大海形象，而且在早年中国时期和晚年法国时期的诗歌中都有大海形象。但这个形象的内涵处于发展变化之中。比如，中国时期创作的诗歌《大海》中，仅仅把大海视为将流亡者送达城市的介质，因此大海在诗中的形象是一条细细的线，有着蓝绿色的海浪，其他特征几乎没有。中国时期的另一首歌《轮船疯了，轮船醉了》中，也只是把大海描写为波涛汹涌、风力强劲，使帆船失去平衡的自然存在。而在塔希提系列诗歌中，大海开始获得灵性，可以像妈妈一样摇晃抒情女主人公、给她唱催眠曲（比如《轮船》），可以是抒情女主人公夜晚失眠时在窗外兴风作浪、制造各种奇迹的魔幻女神（比如诗歌《莫阿娜和我》《魔力》《失眠》），甚至是抒情女主人公离开塔希提时恋恋不舍的迷人美女（比如《告别塔希提》）。而且，大海在这些诗歌中的空间也得到拓展，成了辽阔无边、雾气朦胧、气势磅礴的空间形象，但它丝毫没有让抒情女主人公感到恐惧、迷失和孤独，反而给予她幸福感和归宿感。大海甚至成了抒情女主人公心目中的家（比如《轮船》）。但在诗人定居法国后的诗歌创作中，大海丧失了塔希提系列诗中的迷人色彩，成了诗人关于那段漂流生活的记忆，而且这种记忆在诗人看来是一种与世隔绝、没有传统、没有未来的生存状态。正如诗歌《只有大海、大海……》（Только море и море...）中所写："除了大海，还是大海／我们今天所在的地方／与明天脱离，也与昨天迷失……"② 显然，大海形象的变化，与女诗人的生存状态变化有关。这是一个代表现实的

---

① Цмыкал О. Е.Художественный мир Лариссы Андерсен: автореферат дис. ... кандидата филологических наук. Москва, 2021.С.89.

② Андерсен Л.Н. Одна на мосту: Стихотворения. Воспоминания.Письма / Сост., вступ. ст. и примеч. Т.Н. Калиберовой.Москва: Русский путь; Библиотека-фонд «Русское Зарубежье», 2006.С. 217.

形象，而不是诗人心中的浪漫幻想。

家 (дом) 的形象也是安黛森诗歌中无法忽视的重要形象，甚至好几首诗歌都直接命名为"家"。如果说道路、草地、大海在安黛森的笔下是充满变幻色彩的动态形象，而家在安黛森的笔下则是恒久不变的静态形象。与此同时，家在女诗人的笔下是一个外表实体和内在精神相悖的存在：它古旧却可爱（比如《向导》），狭小却温暖（比如《蜜》），寂静严肃却充满芳香（比如《毒药》）。家与舒适（比如《家》）、幸福（比如《秋天》）、亲人（比如《秋千》）、内心的宁静（比如《轮船》）联系在一起，同时它永远在雪地中、在梦中（比如《开春前》），永远在期待中（比如《睡吧，我的朋友。快到一点了。一片寂静……》），经常勾起忧伤回忆（比如《侨民的白桦》）。总之，家在安黛森的诗歌中不仅仅是一个提供栖身之所的物质存在，还是一个安放灵魂的精神存在。这个层面的意义没有超越传统，但另一层面的意义却是传统中不曾有的，即原本每个人应该与生俱来就有的栖身之所，却成了流亡者难以企及的梦想，成了他们心底难以抚平的创伤。

祖国 (Родина) 几乎是每个俄侨作家和诗人必定涉及的形象，安黛森也不例外，而且她多首诗歌都涉及祖国形象，比如《我原以为，俄罗斯——就是书籍》《醉酒的、残酷的、狂妄的……》《我沉默是因为……》《马尼拉，亚得里亚，格林纳达》《侨民的白桦》《秋千》《杯中的苏打水珠在跳舞……》《在桥上》《我勉强穿行在狭窄的小路上》（Я едва пробиваюсь тропинкою узкой）《在法国阁楼里》（На французском чердаке）。然而，如果说祖国在很多作家和诗人笔下是令人向往和思念的形象，是作家和诗人们始终保持爱、忠贞和赞美的形象，则安黛森笔下的祖国形象是矛盾的，她对祖国的情感也是复杂的。一方面，她深爱着自己的祖国，记得童年时代在祖国度过的无忧无虑的童年时光（比如《秋千》），红菜汤、薄饼、馅饼、毡毯等典型的俄式日常（比如《我原以为，俄罗斯——就是书籍》）、白桦、杨树、苹果树、矢车菊等常见的树木花草（比如《侨民的白桦》《小路在等着，篱笆也在痛苦地等着》《苹果树花开》《在故乡的庄园》）、教堂圆顶、教堂钟声、圣像画、祷告等宗教元素（比如《我原以为，俄罗斯——就是书籍……》《铃铛的铜胸叮当响》《祷告》）。另一方面，诗人眼中的祖国是一个狂醉不醒、狂妄自大且贫穷落后、满目疮痍、重病在身的形象（比如《醉酒的、残酷的、狂妄的……》），是一个到处是寒冷、死亡、流血牺牲和痛苦的形象（比如《马尼拉，亚得里亚，格林纳达》），是一个让流亡者们充满哀怨和屈辱感的形象（比如《杯中的苏打水珠在跳舞》）。因此说，安黛森对祖国怀有留在血液里的爱，同时又怀有恨铁不成钢式的恨；祖国对她而言，是一个无法割舍掉的记忆，同时又是一个回不去的过去。这种矛盾的情感在安黛森晚年从法国回俄罗斯探亲时所写的《在桥上》一诗淋漓尽致地体现了出来。

五、印象主义风格

拉里萨·安黛森的诗歌风格别具一格。其中有现实主义甚至纪实主义特色，因为从其诗歌中可以窥见她一生走过的足迹（流亡中国——流散他国——定居法国），也可以窥见其一生经历的重大事件和情感（流亡生活、友情、爱情、家庭、创作），甚至可以窥见与她同时代流散中国乃至世界各地的俄侨的命运（比如阿列克谢·阿恰伊尔、亚历山大·韦尔京斯基、尤斯京娜·克鲁森施腾-彼得列茨、伊琳娜·列斯娜娅、扬科夫斯基三兄妹、格里高利·格拉宁、瓦列里·别列列申等）。但其诗歌又不是纯粹意义的现实，而是经过女诗人的主观意识和想象过滤后的文学现实，加上其中对现实中的光色、声音等主观处理，使她的诗歌具有印象主义风格。

印象主义这个术语最早指的是19世纪末法国的一种绘画艺术形式，后来波及音乐、文学等艺术。印象主义开辟了一种理解现实的新方式。与集中传达典型形象的现实主义不同的是，印象主义集中在艺术家个人的主观视觉。①印象主义艺术家宣扬第一印象的价值,通常喜欢破坏严格的叙事逻辑,依靠出其不意的联想,诉诸暗示、不说透等手法,将自然和人的生活中每个瞬间记载下来。印象主义还特别注重对人的心理状态的描写,尤其是对潜意识的、流动的、很难捕捉的情绪和情感的描写。作者立场通常表现在能够洞察和欣赏一切存在的快乐,首先是对光线、太阳、大地、海洋、天空等自然的欣赏。印象主义艺术家高超地掌握了色彩、光影,善于传达五光十色的生活和存在,记载周围变幻世界的光彩瞬间和整体状态。

安黛森的印象主义诗风首先体现在,用颜色和光影来捕捉对环境的主观感受。这非常符合文学印象主义的特点,正如一位论者所言:"印象是真实地再现现实和生活的主要媒介,印象是可靠的,但印象主义作家却要转向瞬间的现实,通过特定环境下的光影来捕捉印象。"②身在漂泊路,女诗人写下了大量记录自己路上"风景"的诗歌,其中通过各种颜色和光影词汇来展现自己的情绪、感受和思考。仅从诗歌《温柔地与蓝眼睛五月告别后》《在金色的、发红的八月》《冷却的晚霞消失了》《大地变红了》《透过彩色玻璃》《水的蓝色忧郁》《枝条在黑色的空中受煎熬》《雪白的稠李花绽放》《我知道,我看见了蓝色的天空》等诗歌标题,就能看出各种颜色,而诗行中的字里行间更是充斥着各种表示颜色的形容词、名词、动词等,而且不同的颜色传达出的抒情主人公的心情和感受也不尽相同。

安黛森诗歌中使用频率最多的颜色词汇是蓝色类词汇(голубой, голубеть, азоревый, лазурь, синий, синева),它们通常传达美好、愉悦、神秘、浪漫的情绪和氛围。比如,《透过彩色玻璃》中"蓝色的玻

---

① Борев Ю. Импрессионизм: утонченная, лиричная, впечатлительная личность, способная наслаждаться красотой // Теория литературы. Т. IV. Литературный процесс. Москва: Наследие, 2001. С. 240.

② 简功友:《美国印象主义文学思想三维解析》,《国外文学》,2022 年第 2 期,第 45 页。

璃"(лазоревое стекло)、《北方部落》中"蓝色的天堂"(голубой рай)、《致我的马儿》中"湛蓝无边的秋天"(бездонно синий осенний день)、《摇篮曲》中"天蓝天蓝的双眼"(синие, сини глаза)、《一封信》中"蓝色的牛角"(голубые рога)、《夜》中"蓝色的天空"(сини небеса)、《篝火》中"蓝色的夜幕"(синий сумрак)、《告别塔希提》中"蔚蓝的海水"(лазурная вода)、《大海》中"卷起的蓝绿色海浪"(сине-зеленый шуршащий свиток)、《占卜》中"蓝色的镜子"(голубые зеркала)、《帆》中"蓝色的帆"(голубеющий парус)、《爱情》中"帝王般蓝色的重负"(груз царственно-голубой)以及"蓝色的海市蜃楼"(голубой марево)、《摇篮曲》中"蓝色的幽灵"(синий мрак)。

除了蓝色类词汇，在安黛森诗歌中经常出现的还有白色、银色、金色、绿色、粉色、黄色、黑色类词汇。其中，白色表达的是纯洁与洁净，比如：《苹果树花开》中的"白色花瓣"(белые лепестки)、《家》中的"白色桌布"(белая скатерть)、《帆》中的"白色海鸥"(белые чайки)等。银色表达的是富贵，比如：《占卜》中"银色的马车"(серебристая карета)、《魔力》中的"银色馅饼"(серебряная пирога)等。金色表达的是成熟和美好，比如：《在金色的、发红的八月》中的"金色的八月"(золотистый август)、《金丝线》中的"金色太阳般的笑容"(улыбка солнца золотого)、《一封信》中的"金色库玛丽女神"(золотая Кумари)。绿色表达的是生机和活力，比如：《在金色的、发红的八月》中的"绿色的夏天"(лето зеленое)、《我热爱生活吗……》中的"绿色地毯"(зеленый ковёр)等。粉色表达的是浪漫和幸福，比如：《幸福》中的"粉色的草地"(розовый луг)。各类黑色(черный/тёмный)表达恐怖和不安，比如：《焦孔达》中的"黑帽子"(шляпа черная)、《我原以为，俄罗斯——就是书籍》中的"黑色的圣像画"(темные иконы)、《告别塔希提》中的"黑暗灵感"(темное наитие)等。黄色则表达死亡和悲伤，比如：《家》中的"黄色视线"(желтый взор)。各种颜色类词汇有时甚至会出现在同一首诗中，形成印象主义的画面。比如在《摇篮曲》一诗中，既有直接表示颜色的形容词"蓝色的""黑压压的""苍白的""深色的""浅色的"等，也有传达出颜色意象的词汇，比如传达白色的"霜"，传达绿色的"草原"，传达金色的"金刚石"，传达黑色的"阴郁"等名词。它们共同营造出既恐怖神秘又充满童稚活力的氛围，因为其中"黑压压的""苍白的""深色的""霜""阴郁"都代表着魔鬼般的恐怖神秘力量，而"蓝色的""浅色的""草原""金刚石"则代表着孩童、天使、上帝带来的美好和正义力量。

安黛森的印象主义诗风还体现在其诗歌具极强的音乐性，这一点也与文学印象主义的特点吻合，正如文学评论家吉连索松所言："文学印象主义是音乐性和暗示的诗学。"① 早在 1935 年，刚抵达上海不久的著名苏联歌唱家韦尔京斯基第一次听到安黛森朗诵她自己的诗歌时，就感受到"拉里萨·安黛森的诗歌与他的曲调惊人地吻合：具有音乐性和真情实感"②。1988 年，美国学者艾玛努伊·施泰因在搜集出版中国俄侨诗集《安黛森之岛》过程中，也"非常珍视她诗歌中独一无二的声音、音乐视觉和独特的魅力"③。

造成安黛森诗歌音乐性的第一大因素，也许在于其诗歌中重复、排比等修辞手法的大量运用。以诗歌《告别塔希提》为例。整首诗由三个诗节构成，每个诗节最后一句都出现重复句"总有一天我会重返塔希提！"（Тогда я вернусь на Таити!），既从整体结构上给人环环相扣、彼此呼应的感觉，也从整体氛围上给人营造出喋喋不休、念念不忘的感

---

① Гиленсон Б.А. История зарубежной литературы конца XIX – начала XX веков: учеб. пособие для студ.филол.фак.высш. пед. учеб. заведений. Москва: Академия. 2006.С.11.

② Калиберова Т.Н. Лариса Андерсен: миф и судьба // Андерсен Л.Н. Одна на мосту: Стихотворения. Воспоминания.Письма / Сост., вступ. ст. и примеч. Т.Н. Калиберовой. Москва: Русский путь; Библиотека-фонд «Русское Зарубежье», 2006. С. 13.

③ Андерсен Л.Н. Одна на мосту: Стихотворения. Воспоминания.Письма / Сост., вступ. ст. и примеч. Т.Н. Калиберовой.Москва: Русский путь; Библиотека-фонд «Русское Зарубежье», 2006.С. 41.

觉，从而凸显出抒情主人公告别塔希提时的依依不舍。而第二诗节中的"朝蔚蓝的海水中"（В эту лазурную воду）、"朝透孔的白沫中"（В эту ажурную пену）形成排比；第三诗节中的"您——是疲惫的海滨"（Вы — истомленные пляжи）、"您——是迷人的高地"（Вы — колдовские высоты）也形成排比。它们不仅以恢弘的气势展现了塔希提丰富多样的美景，而且读起来朗朗上口，颇具节奏感。这样的重复、排比句型和结构还出现在女诗人大量的其他诗歌中，比如《占卜》《在金色的、发红的八月》《雨滴》《北方部落》《致我的马儿》《在高高的拱形树荫下听风琴》《我原以为，俄罗斯——就是书籍》《我沉默是因为……》《轮船》《睡吧，睡吧，睡吧》《莫阿娜和我》《失眠》《一封信》《祷告》《未完成的誓言》《我将永远从这里离开》《侨民的白桦》等。这些诗歌虽然主题各个不同，但都属于抒发情感而非讲述事件的诗歌，因此能以重复、排比的修辞手段加强抒情主人公情感的宣泄，同时营造出萦绕不断的音乐感。

安黛森诗歌特别注重抒发对自然和现实的主观感受，这一点也属于印象主义美学属性，因为"对存在的主观性评价权——是包括印象主义文学在内的印象主义最重要的特征之一"[①]。安黛森主要通过拟人手法，赋予自然中的万事万物（风、大海、灯光、水、星星、夜晚、月亮、太阳等）以神奇力量，让它们做出人的动作和表情，具有人的情感和心理，甚至获得与抒情女主人公共情和互动的能力，从而传达抒情主人公对自然环境的主观感受。比如，在《秋天》一诗中，用"沙啦啦响"（шуршать）、"冻僵"（зябнуть）、"蜷缩"（ёжиться）等动词描写秋天的动作；用"蠕动"（копошиться）、"编织"（свивать）、"颤抖"（вздрогнуть）、"退后"（попятиться）、"落在"（залечь）、"躲进"（спрятаться）等动词描写黑暗的动作，用"钻入"（лезть）描写星星的动作，用"凝视"（уставиться）

---

① Захарова В.Т. Импрессионизм в русской прозе Серебряного века. Нижний Новгород: НГПУ им. К. Минина, 2012. С.25.

描写窗户的动作，用"眯起眼睛"(зажмурить)描写窗盖的动作。这些动词不仅赋予大自然万物以人的动态特征，同时使描写静态自然景观的诗歌具有了动态化的声响，赋予诗歌音乐性。

拉里萨·安黛森还经常利用宗教、民间神话、象征符号等元素赋予诗歌神秘主义色彩，从而使抒情主人公对自然和存在的主观感受变得非同寻常。很多印象主义作家和诗人的创作都充满神秘主义色彩。比如，俄罗斯学者分析白银时代俄罗斯经典作家布宁小说的印象主义风格时，就注意到其小说中的神秘主义氛围及其营造手段："古代传说和神话，宗教故事和迷信，活着的和已经石化的过去痕迹，都像大自然，像那些他漫游过的边疆日常一样，滋养着布宁的诗歌……它们与古代庙宇废墟一样，都能让作家感受到本源和强大的基原。布宁的观点——首先是一个画家的观点，他能够看见并记载周围世界变幻无穷的色彩。"①

安黛森首先以占卜、巫术、魔力等主题营造诗歌的神秘主义氛围，比如《女巫》《占卜》《诅咒》《在算命先生那里》《您在圣诞节期间占卜了吗？》《巫术》等。而她更多的诗歌则借助俄罗斯、中国、印度、波利尼西亚等各国宗教、神灵等营造神秘主义色彩。比如，俄罗斯东正教中的上帝形象多次出现在安黛森的诗歌中，或帮助抒情女主人公惩罚玩弄其情感的男子(《咒语》)，或在夜晚带给抒情女主人公宁静与平和(《摇篮曲》)，或倾听抒情女主人公的"赎罪的祷告"(《铃铛的铜胸在叮当响》)，或给抒情女主人公发送面包（《该写诗了》），或保护抒情女主人公和她的马儿(《幸福》)，或与抒情女主人公一起寻找迷失的路(《祷告》)，或按照抒情女主人公的祈祷保佑其生活艰辛的女友（《一切逐渐成灰，一切美好地……》），或按照抒情女主人公的祈祷保佑其不曾好好爱过、如今已在天堂的男同胞（《我将永远从这里离开》）。波利尼西亚神话传说中的海洋女神莫阿娜形象则出现在诗歌《莫阿娜和我》中，以变幻

① Захарова В.Т. Импрессионизм в русской прозе Серебряного века. Нижний Новгород: НГПУ им. К. Минина, 2012. С.25.

无穷的魔力对抒情女主人公到来表示欢迎。印度民间文化中的江湖术士，远古时代的维什努人和佛祖，随风飘移的库玛丽女神，权力和财富显赫到魔幻的马苏里王公，传说中生活在大山里的巨人等形形色色的神秘力量和形象，出现在《一封信》中并赋予诗歌神秘主义色彩。总之，"安黛森的艺术世界充满神话、神秘主义和古风，具有深刻的印象主义和泛神论色彩。"①

---

① Цмыкал О. Е. Художественный мир Лариссы Андерсен: автореферат дис. ... кандидата филологических наук. Москва, 2021. C.79.

结　语

　　十月革命后流亡中国的俄罗斯侨民，在沪上不仅形成了自己独特的文化圈，而且产生了众多文学家。他们的创作不仅记录下了俄侨对祖国俄罗斯的集体记忆，而且展现了对流亡地上海的多元化印象，同时反映了他们对中国文化的态度和认知，投射出他们的身份认同。本书正是从这些方面出发，尝试对上海俄罗斯侨民文学进行研究。

　　本书包含上、下两篇。上篇是对上海俄侨文学的整体研究，其中包含第一至第五章。第一章首先介绍上海俄侨文学的形成和发展史，其中包括介绍上海俄侨的来源，俄侨的物质生活、文化和文学生活，分类概括了俄侨文学家，同时概述了他们创作的文体风格。第二章研究上海俄侨文学中的俄罗斯记忆。其中，对十月革命与国内战争的创伤记忆，对旧俄生活的美好回忆，对包括语言、民族习俗、宗教信仰、艺术、历史、文学在内的俄罗斯传统文化的永恒记忆，成为上海俄侨对俄罗斯祖国的集体记忆，也确定了他们共同的旧俄身份认同。第三章分析上海俄侨文学中的上海印象。俄侨自踏上来沪旅途直到离开上海多年后，都曾在创作中书写他们对上海的多元印象，在上海经历的艰难生活和变幻时局。从上海俄侨的上海书写可以看出，他们在异国他乡的主要感受是不适应、艰辛、孤独和异己感，这从反面促使他们坚持自己的旧俄身份认同。第四章分析上海俄侨文学中的中国书写。俄侨在适应中国本土文化过程中必定与中国文化产生碰撞。而俄侨诗人对中国文化元素、生活现象和社会现象的书写，反映了他们对中国文化的态度和认知。除了个别懂汉语且有极强探究欲的俄侨能够理解中国现象并发自内心尊重中国文化，大部分俄侨不理解中国文化本质，尽管他们不乏对这种奇异的东方文化的好奇心，由此导致俄侨整体生活在自我的封闭文化圈内，没有发生与中国文化的真正融合。第五章阐释上海俄侨文学中表达出的身份认同。20世纪 30 年代中期之前，上海俄侨由于深刻的俄罗斯记忆，加上流亡地的艰难生活和文化的不适应，使他们始终怀念俄罗斯祖国，保持着旧俄身份认同。30 年代中期之后，上海动荡不安的局势和恶化的生存条件与高速发展且成就斐然的苏联形成鲜明对比，一些俄侨开始怀疑是否值得流亡。而苏联在第二次世界大战中实施的侨民政策给了中国俄侨结束流亡生活的机会，因此他们选择苏联国籍和苏联公民身份，回归故土。但有近一半的俄侨仍旧不接受苏维埃政权而选择继续流亡，他们在异国他乡仍旧保持着旧俄身份认同。

本书下篇是对俄侨文学的个体化研究，包括第六至第八章。我们选择了上海俄侨文学中最具代表性的四种体裁（小说、诗歌、传记、特写）和三位代表性的作家（巴维尔·谢维尔内、娜塔利娅·伊里因娜、拉里萨·安黛森），具体深入地解读和阐释了他们的创作体裁、题材、风格等。

上海俄侨文学创作总体基调属于现实主义。首先，他们大都以自己的人生经历和周围同胞的流亡现实为基础，书写革命与战争、祖国与家园、侨居城市、流亡生活、中国文化、俄侨群体的身份困惑和人生道路选择等。其次，俄侨大都传承的是普希金、屠格涅夫、托尔斯泰、契诃夫等俄罗斯黄金时代的经典文学传统，因此现实主义手法成为他们的创作主基调。但与此同时，我们从不少文学文本中能强烈地感受到，俄侨文学具有现代主义文学的特点，强调人物的主观感受和内心世界，同时还经常采取象征、隐喻等手法，营造出抽象虚幻的镜像。上海俄侨文学创作还具有鲜明的中国印记，因为许多俄侨由于长期居住在中国，对中国的日常生活和风俗习惯有一定的了解，有不少人甚至掌握了一定的汉语和汉文化。

上海俄侨文学创作，既是对俄罗斯文化的一种传承，也是对中国文化另一种视角的书写和阐释，因而成为俄罗斯文学史上一种独特的文学书写。文学家们在创作中所描绘的流亡心理和日常生活，不仅为了解 20 世纪前半叶俄罗斯历史打开了新的一扇窗户，而且为了解 20 世纪前半叶上海乃至中国的社会现状提供了另一种视角。此外，上海俄侨作家的创作也具有重要的审美意义，因为"俄罗斯侨民作家和各国流亡作家一样，他们的文化身份和文化环境，都使得他们的文学活动具有某种'边缘性'。这种'边缘性'决定了他们同时具有某些优势和劣势。特殊的生活经历和独特的情感体验使他们的生活视野、创作素材、感受方式等既与本土作家不同，又和侨居国的作家有别。由于拥有在两个或两个以上国家生活的亲身体验，侨民作家对生活的艺术把握还获得了更多的参照。于是，他们的作品便带上了一种独特的'异域情调'，这无论对于本土的读者，还是对于侨居国的读者来说，都是新鲜而具有吸引力的，常常使得侨民作家的作品拥有范围广大的读者群。"[①] 遗憾的是，到今天为止，这些作品大部分都没有被翻译成中文。

俄侨在上海近半个世纪的生活和创作，给上海这座城市注入了新的文化和活力。他们在音乐、绘画、舞蹈、建筑、教育等各个方面都对上海产生过重要影响，且这种影响至今还有留存。他们作为外来人口，对上海的城市建设和发展都做出过自己的贡献。因此，正如俄侨离开上海后对上海乃至整个中国充满了感激之情，上海人民也应该感谢这些历经沧桑仍顽强生存的流亡俄侨。

---

① 汪介之：俄罗斯侨民文学与本土文学关系初探，《外国文学评论》，2004 年第4 期，第 117 页。

参考文献

一、中文部分

〔德〕阿莱达·阿斯曼：《记忆还是遗忘：如何走出共同的暴力历史？》，王小米译，《国外理论动态》，2016 年第 6 期。

〔美〕保罗·康纳顿：《社会如何记忆》，纳日碧力戈译，上海：上海人民出版社，2000 年。

〔奥〕弗洛伊德：《精神分析引论》，高觉敷译，北京：商务印书馆，2015 年。

谷羽：别列列申：《对中国文化的依恋与传播》，《国际汉学》，2016 年第 1 期。

谷羽：《在漂泊中吟唱——俄罗斯侨民诗选〈松花江晨曲〉》，《俄罗斯文艺》，2002 年第 6 期。

简功友：《美国印象主义文学思想三维解析》，《国外文学》，2022 年第 2 期。

雷文彪、陈翔：《西方"记忆理论"研究及其对我国少数民族记忆研究的启示》，《广西科技师范学院学报》，2020 年第 2 期。

李萌：《别列列申十四行诗创作的艺术特色》，《国外文学》，2013 年第 4 期。

李新梅：《娜塔利娅·伊里因娜笔下的上海俄侨生活》，《俄罗斯文艺》，2014 年第 4 期。

李新梅：《中国俄侨作家巴维尔·谢维尔内中短篇小说创作论》，《俄罗斯文艺》，2017 年第 4 期。

李延龄：《世界文学园地里的一簇奇葩——〈中国俄罗斯侨民文学丛书〉总序》，《俄罗斯文艺》，2002 年第 6 期。

李延龄：《再论哈尔滨批判现实主义》，《俄罗斯文艺》，2012 年第 1 期。

李艳菊、苗慧：《中国俄罗斯侨民文学中儒释道文化研究》，《齐齐哈尔大学学报》(哲学社会科学版)，2012年第4期。

李英男：《俄国诗人的"中国声调"》，《俄语语言文学研究》(文学卷)第二辑，北京：人民文学出版社，2003年。

李英男编：《黄浦江涛声》(中国俄罗斯侨民文学丛书俄文版10卷本·第五卷/李延龄主编)，北京：中国青年出版社，2005年。

凌建侯：《哈尔滨俄侨文学初探》，《国外文学》，2002年第2期。

刘文飞：《俄侨文学四人谈》，《俄罗斯文艺》，2003年第1期。

苗慧：《论中国俄罗斯侨民诗歌题材》，《俄罗斯文艺》，2002年第6期。

［法］莫里斯·哈布瓦赫：《论集体记忆》，毕然、郭金华译，上海：上海人民出版社，2002年。

穆馨：《俄罗斯侨民文学在哈尔滨》，《黑龙江社会科学》，2004年第4期。

荣洁：《俄罗斯侨民文学》，《中国俄语教学》，2004年第1期。

《申报》，1928年3月10日。

《申报》，1948年7月1日。

石国雄：《值得关注的文学——读〈兴安岭奏鸣曲〉的一点印象》，《俄罗斯文艺》，2002年第6期。

时晓：《当代德国记忆理论流变》，《上海理工大学学报》(社会科学版)，2016年第2期。

唐戈：《分立与交流：哈尔滨俄罗斯文化与中国文化的关系——一项历史人类学的研究》，《俄罗斯文艺》，2002年第6期。

汪介之：《俄罗斯侨民文学与本土文学关系初探》，《外国文学评论》，2004年第4期。

汪介之：《20世纪俄罗斯侨民文学的文化观照》，《南京师范大学文学院学报》，2004年第1期。

王霞：《西方文学中的创伤书写研究》，北京：中国社会科学出版社，2023 年。

王亚民：《中国现代文学与俄侨文学中的上海——以 20 世纪 20—30 年代为中心》，《兰州学刊》，2015 年第 8 期。

王亚民：《中国现代文学中的俄罗斯侨民文学》，《上海师范大学学报》(哲学社会科学版)，2010 年第 6 期。

汪之成：《近代上海俄国侨民生活》，上海：上海辞书出版社，2008 年。

张建华：《俄国史》，北京：人民出版社，2004 年。

郑永旺：《试论俄侨在"满洲"地区的精神遗产》，《东北亚外语研究》，2013 年第 3 期。

朱红琼：《20 世纪俄罗斯侨民文学观照》，《社会科学家》，2010 年第 6 期。

二、外文部分

Александрова Людмила. Жизнь и судьба Павла Северного // Парламентская газета на Дальнем Востоке, 2012, № 5 (324).

Андерсен Л.Н. Одна на мосту: Стихотворения. Воспоминания. Письма / Сост., вступ. ст. и примеч. Т.Н. Калиберовой.Москва: Русский путь; Библиотека-фонд «Русское Зарубежье», 2006.

Ачаир А. Предисловие к сборнику «Семеро» // Семеро. Лит.-худ. сборник. Харбин : Изд-во ХСМЛ. 1931.

Борев Ю. Импрессионизм: утонченная, лиричная, впечатлительная личность, способная наслаждаться красотой // Теория литературы. Т. IV. Литературный процесс. Москва: Наследие, 2001.

Волгин П.И.Родные Напевы. Шанхай: Издание автора, 1932.

Гиленсон Б.А. История зарубежной литературы конца XIX – начала XX веков: учеб.пособие для студ.филол.фак.высш. пед. учеб. заведений. Москва: Академия. 2006.

Глебова Н.Г. Когнитивные признаки концепта «русскость» в национальной концептосфере и его объективация в русском языке. Дис. канд.филол… наук. Н-Новгород. 2018.

Гродекова Н.И. Одиночество в раме. Судьба и творчество Бориса Беты // Словесница искусств. 2010. № 1(25).

Забияко Анна. Николай Щеголев: харбинский поэт-одиночка // Новый журнал. 2009. № 256.

Захарова В.Т. Импрессионизм в русской прозе Серебряного века. Нижний Новгород: НГПУ им. К. Минина, 2012.

Ильина Н.И. Дороги и судьбы. Москва: АСТ: Астрель, 2012.

Ильина Н. И. Иными глазами: Очерки шанхайской жизни. Б.м.: Salamandra P.V.V., 2013.

Колосова Марианна. Вспомнить, нельзя забыть. Барнаул: Алтайский дом печати, 2011.

Крейд В. П., Бакич О М. Русская поэзия Китая: Антология. Москва: Время, 2001.

Крузенштерн-Петерец Ю.В.Чураевский питомник // Возрождение. 1968. № 204.

Кузнецова О.Ф. «Лучшие песни мои со мной…». Из писем Лариссы Андерсен Валерию Перелешину // Звезда. 2011. № 11.

Лихачёва А., Макаров И. Национальная идентичность и будущее России. Доклад Международного дискуссионного клуба «Валдай». Москва, февраль 2014.

Остров Лариссы: Сб. стихов. США: Изд. «Антиквариат», 1988.

Перелешин В. П. В час последний: Стихотворения и поэмы. Том 2, книга 2. Москва: Престиж Бук, 2018.

Петров В. Шанхай на Вампу. США: Вашингтон, 1985.

Рачинская Е. Калейдоскоп жизни. Париж: YMCA-Press, 1990.

Русский поэт в гостях у Китая, 1920-1952: Сборник стихотворений / Валерий Перелешин. The Hague: Leuxenhoff, 1989. XXXIX.

Семеро:Сб. стихов. Харбин:Изд. Молодаяя Чураевка, 1931.

Скопиченко Ольга. Рассказы и стихи. США: Сан-франциско, 1994.

Слободчиков В.А. О судьбе изгнанников печальной... Харбин. Шанхай. Москва: Центрполиграф, 2005.

Слово. 11 декабря 1935 г.

Стихи о Родине. Шанхай, 1941.

Хаиндрова Л.Ю. Сердце поэта. Калуга: Издательство «Полиграф-Информ», 2003.

Цмыкал О. Е.Художественный мир Лариссы Андерсен: автореферат дис. ... кандидата филологических наук. Москва, 2021.

Шанхайская заря. 9 мая. 1930 г.

Шанхайская заря. № 1343. 06.04.1930.

Шаронова В. Г. История русской эмиграции в Восточном Китае в первой половине XX века. М.; СПб.: Центр гуманитарных инициатив, Университетская книга, 2015.

Щеголев Н. А. Памяти Андрея Белого // Чураевка. 1934. № 11 (5).

Щеголев Н. А. Победное отчаянье. Собрание сочинений. Москва: Водолей, 2014.

Языков Николай. Стихи о самоваре. Москва: Эксмо-Пресс, 1998.

Якимова С.И. Всеволод Никанорович Иванов: писатель, мыслитель, журналист. Хабаровск : Изд-во Тихоокеан. гос. ун-та, 2013.

Vezey M A. Moongate in my Wall: Collected Poems of Maria Custis Vezey. New York: Peter Lang, 2005.

附录 俄侨及研究者译名对照表

阿达莫维奇, 格里高利·维克托罗维奇 Адамович, Георгий Викторович (1892—1972)

阿黛松, 尼古拉·米哈伊洛维奇 Адерсон Николай Михайлович(1882—1961)

阿尔塔杜科夫, 伊斯梅尔·穆萨耶维奇 Алтадуков Измаил Муссаевич (1892—?)

阿格诺索夫, 弗拉基米尔·韦尼阿米诺维奇 Агеносов Владимир Вениаминович (1942—)

阿利亚比耶夫, 尼古拉·加夫里洛维奇 Алябьев Николай Гаврилович (1902—?)

阿诺尔多夫, 米哈伊尔 Арнольдов Михаил (? —?)

阿普列列夫, 鲍里斯·彼特罗维奇 Апрелев Борис Петрович (1888—1851)

阿恰伊尔, 阿列克谢·阿列克谢耶维奇 Ачаир Алексей Алексеевич (真姓 Грызов, 1896—1960)

阿维尔琴科, 阿尔卡吉·季莫费耶维奇 Аверченко Аркадий Тимофеевич (1881—1925)

阿尤波夫, 萨拉瓦特 Аюпов Салават (1958—)

埃芬季耶娃, 加林娜·弗拉基米罗夫娜 Эфендиева Галина Владимировна (1978—)

安黛森, 拉里萨·尼古拉耶夫娜 Андерсен Лариса Николаевна (真姓 Адерсон, 1911—2012)

安德烈耶娃, 塔玛拉 Андреева Тамара П. (? —?)

奥布霍夫, 瓦西里·康斯坦丁诺维奇 Обухов Василий Константинович (1905—1949)

奥多耶夫采娃，伊琳娜·弗拉基米罗夫娜 Одоевцева Ирина Владимировна (1895—1990)

奥尔洛娃，伊兹达(伊兹多拉)·托马舍夫娜 Орлова Изида (Изидора) Томашевна（?—?）

巴基奇，奥尔嘉·米哈伊洛夫娜 Бакич Ольга Михайловна（1938—）

巴图林，基里尔·维克托罗维奇 Батурин Кирилл Викторович（1903—1971）

巴依科夫，尼古拉·阿波洛诺维奇 Байков Николай Аполлонович (1872–1958)

贝塔，鲍里斯 Бета Борис（真姓名 Буткевич Борис Васильевич, 1895—1931）

比比克，叶甫盖尼娅·叶甫盖尼耶夫娜 Бибик Евгения Евгеньевна （?—）

彼得列茨，尼古拉·弗拉基米罗维奇 Петерец Николай Владимирович (1907—1944）

彼特罗夫，阿列克谢·弗拉基米罗维奇 Петров Алексей Владимирович (1909—?)

彼特罗夫，维克托·波尔菲列维奇 Петров Виктор Порфирьевич (1907—2000）

别列列申，瓦列里·弗兰采维奇 Перелешин Валерий Францевич (真姓名 Салатко-Петрище, 1913—1992)

别洛祖波娃，娜塔利娅·因诺肯季耶夫娜 Белозубова Наталья Иннокентьевна（?—）

波德古尔斯基，维克托·斯捷潘诺维奇 Подгурский Виктор Степанович（1893—1969）

波麦兰采夫，弗拉基米尔·尼古拉耶维奇 Померанцев Владимир Николаевич (1914—1985）

布祖耶夫，奥列格·亚历山德罗维奇 Бузуев Олег Александрович

（1958—）

楚科夫斯基，科尔涅伊·伊万诺维奇 Чуковский Корней Иванович (1882—1969)

达里，叶连娜 Даль Елена (真姓 Плаксеева, ?—?)

德罗兹多娃，利季娅·卡尔洛夫娜 Дроздова Лидия Карловна(? —?)

菲利莫诺夫，鲍里斯·鲍里索维奇 Филимонов Борис Борисович （1901—1952）

格德罗伊茨，叶连娜·康斯坦丁诺夫娜 Гедройц Елена Константиновна (1890—?)

格拉宁，格里高利·伊万诺维奇 Гранин Георий Иванович (真姓名 Сапрыкин Георгий Иванович, 1913—1934）

格赖斯，谢尔盖·阿纳托利耶维奇 Грэс Сергей Анатольевич (1899—1970)

格罗津，尼古拉·尼古拉耶维奇 Грозин Николай Николаевич (?—?)

格罗谢，列夫·维克托罗维奇 Гроссе Лев Викторович (1906—1950）

哈因德罗娃，丽吉娅·尤里安诺夫娜 Хаиндрова Лидия Юлиановна (真姓 Хаиндрава，笔名 Олег Южанин, 1910—1986）

黑多克，阿里夫列德·彼得罗维奇 Хейдок Альфред Петрович （1892—1990）

基里洛娃，叶连娜·奥列戈夫娜 Кириллова Елена Олеговна （? —）

佳布金，伊戈尔·阿纳托利耶维奇 Дябкин Игорь Анатольевич （1987—）

卡利别罗娃，塔马拉·尼古拉耶夫娜 Калиберова Тамара Николаевна (1958—)

卡佩尔，弗拉基米尔·奥斯卡罗维奇 Каппель Владимир Оскарович (1883 — 1920)

科丘罗夫，格尔曼·鲍里索维奇 Кочуров Герман Борисович（? —?）

科尔纳科娃，卡捷琳娜·伊万诺夫娜 Корнакова Катерина Ивановна
（1895—1956）

克赖德，瓦吉姆·普罗科皮耶维奇 Крейд Вадим Прокопьевич
（1936— ）

克鲁克，诺拉 Крук Нора（真姓名 Кулеш Нора Мариановна, 1920—
2021）

克鲁森施藤 - 彼得列茨，尤斯京娜·弗拉基米罗夫娜 Крузенштерн-
Петерец Юстина Владимировна（1903—1983）

克罗斯托维茨，玛丽娅·帕夫洛夫娜 Коростовец Мария Павловна
（1899—1975）

科洛索娃，玛利安娜 Колосова Марианна（真姓名 Виноградова
Римма Ивановна, 1903—1964）

科佩托娃，加林娜·维克托罗夫娜 Копытова Галина Викторовна
（? — ）

拉琴斯卡娅，伊丽莎白·尼古拉耶夫娜 Рачинская Елизавета
Николаевна（1904—1993）

雷奇科娃，维拉 Рычкова Вера（? —? ）

利霍诺斯，雅科夫·卢基奇 Лихонос Яков Лукич（1891 —1942）

连比奇，梅奇斯拉夫·斯坦尼斯拉沃维奇 Лембич Мечислав
Станиславович (1890—1932）

列夫琴克，亚历山大·阿列克谢耶维奇 Левченко Александр Алексеевич
（1955—2022）

列斯娜娅，伊琳娜 Лесная Ирина(真姓名 Лесевицкая Ирина Игоревна,
1913—1997）

列兹尼克娃，娜塔利娅·谢苗诺夫娜 Резникова Наталия Семёновна
(1911—1994）

林尼克，尤里·弗拉基米罗维奇 Линник Юрий Владимирович
（1944— ）

马尔特，维涅季克特 Март Венедикт (真姓 Матвеев, 1896—1937)

梅里霍夫，格奥尔吉·瓦西里耶维奇 Мелихов Георгий Васильевич (1930—)

梅沙洛娃，吉安娜·维克托罗夫娜 Мышалова Диана Викторовна (？—)

米勒，伊万 Миллер Иван（？—？）

莫斯科维基娜，斯维特兰娜·帕夫洛夫娜 Москвитина Светлана Павловна（？—）

尼鲁斯，叶甫盖尼·赫里萨诺维奇 Нилус Евгений Хрисанфович (1888–?)

涅捷利茨卡娅，叶连娜·尼古拉耶夫娜 Недельская Елена Николаевна (1912—1980)

涅斯梅洛夫，阿尔谢尼 Несмелов Арсений (真姓名 Митропольский Арсений Иванович, 1889—1945)

帕尔卡乌，亚历山德拉·彼特罗夫娜 Паркау Александра Петровна (1887—1954)

斯科皮琴科，奥尔嘉·阿列克谢耶夫娜 Скопиченко Ольга Алексеевна (1908—1997)

斯洛博奇科夫，弗拉基米尔·亚历山德罗维奇 Слободчиков Владимир Александрович (1913—2007)

斯普尔戈特，米哈伊尔·采扎列维奇 Спургот Михаил Цезаревич (1901—1993)

斯塔尔克，格奥尔吉·卡尔洛维奇 Старк Георгий Карлович（1878—1950)

斯维特洛夫，尼古拉 Светлов Николай(真姓 Свиньин, 假名 Ваня-Сибиряк, 1908—197？)

沙霍夫斯卡娅，季娜伊达·阿列克谢耶夫娜 Шаховская Зинаида Алексеевна (1906—2001)

沙克列因，维克托·米哈伊洛维奇 Шаклеин Виктор Михайлович
（1946—）

什库尔金，巴维尔·瓦西里耶维奇 Шкуркин Павел Васильевич (1868
— 1943)

施梅谢尔，米哈伊尔·彼特罗维奇 Шмейссер Михаил Петрович
（1909—1986）

施泰因，艾玛努伊（艾杜阿尔特）Штейн Эммануил（Эдуард）
（1934—1999）

舒什林，弗拉基米尔·格里高利耶维奇 Шушлин Владимир
Григорьевич（1896—1978）

索科利斯基，尼古拉·米哈伊洛维奇 Сокольский Николай
Михайлович（1889—？）

索洛德卡娅，玛格丽特·鲍里索夫娜 Солодкая, Маргарита Борисовна
（？—）

索洛维约娃，塔吉雅娜·米哈伊洛夫娜 Соловьёва Татьяна
Михайловна（？—）

塔斯金娜，叶连娜·彼特罗夫娜 Таскина Елена Петровна（1927—
2020）

瓦尔，瓦连京·谢尔盖耶维奇 Валь Валентин Сергеевич（真姓
Присяжников，1903—1970）

韦尔京斯基，亚历山大·尼古拉耶维奇 Вертинский Александр
Николаевич（1889—1957）

薇姿，玛丽娅 Визи, Мария（1904—1994）

沃尔金，巴维尔 Волгин Павел（？—?）

沃林，米哈伊尔·尼古拉耶维奇 Волин Михаил Николаевич（真姓
名 Володченко Михаил Николаевич, 1914—1997）

沃依科娃，叶卡捷琳娜·德米特里耶夫娜 Воейкова Екатерина
Дмитриевна (1887—1965)

乌瓦罗夫，鲍里斯·格里戈里耶维奇 Уваров Борис Григорьевич
（1896—1975）

西多罗娃，薇拉·孔德拉托维奇 Сидорова Вера Кондратович（？—？）

希洛夫，尼古拉·迪奥尼希耶维奇 Шилов Николай Дионисьевич
（？—1936）

谢尔巴科夫，米哈伊尔·瓦西里耶维奇 Щербаков Михаил Васильевич
（1890—1956）

谢戈廖夫，尼古拉·亚历山德罗维奇 Щёголев Николай Александрович
(1910—1975）

谢利金娜，吉安娜·格里戈里耶夫娜 Селькина Дина Григорьевна
（？—）

谢维尔内，巴维尔·亚历山德罗维奇 Северный Павел Александрович
（1900—1981）

亚古博维奇，米哈伊尔 Якубович Михаил（？—？）

亚济科夫，尼古拉·尼古拉耶维奇 Языков Николай Николаевич
（1904—1962）

亚基莫娃，斯韦特兰娜·伊万诺夫娜 Якимова Светлана Ивановна
（？—）

亚龙，亚历山大·伊万诺维奇 Ярон Александр Иванович (1874—1935)

亚什诺夫，叶甫盖尼·叶甫盖尼耶维奇 Яшнов Евгений Евгеньевич
（1881—1943）

扬科夫斯基，阿尔谢尼·尤里耶维奇 Янковский Арсений Юрьевич
(1914—1978)

扬科夫斯基，瓦列里·尤里耶维奇 Янковский Валерий Юрьевич
（1911—2010）

扬科夫斯卡娅，维克托利娅·尤里耶夫娜 Янковская Виктория
Юрьевна (1909—1996）

叶欣, 列昂尼德·叶夫谢耶维奇 Ещин Леонид Евсеевич（1897—1930）

伊利沃夫, 鲍里斯·雅科夫列维奇 Ильвов Борис Яковлевич（1889—1945）

伊万诺夫, 弗谢沃洛德·尼卡诺罗维奇 Иванов Всеволод Никанорович（1888—1971）

伊叶芙列娃, 瓦尔瓦拉·尼古拉耶夫娜 Иевлева Варвара Николаевна（1900—1960）

伊利涅克, 尼娜 Ильнек Нина（？—？）

伊里因娜, 娜塔利娅·约瑟福夫娜 Ильина Наталия Иосифовна（1914—1994）

尤里斯基, 鲍里斯·米哈伊洛维奇 Юльский Борис Михайлович (1911—1950)

扎比亚科, 安娜·阿纳托利耶夫娜 Забияко Анна Анатольевна（？—）

扎伊采夫, 鲍里斯·康斯坦丁诺维奇 Зайцев Борис Константинович (1881—1972)

后 记

时光荏苒，光阴如梭，转眼间十余年飞逝而过。这部在本人主持的上海市教委科创重点项目的基础上写成的专著终于经历了长久的"难产"后面世。原来的结项成果为十万字左右的研究报告，我一直有将其扩充成专著出版的愿望，无奈在此期间我的其他科研任务、教学工作、行政琐事，以及高龄产子的母亲责任，使得这个心愿如今才得以实现。

虽然这本书摆在我的面前，但我仍旧诚惶诚恐。在大量的被历史尘封和淹没的俄侨文献之中，本书所谈及的问题仅仅只是冰山一角且浮光掠影。当结束完本书的时候，我似乎才真正发现俄侨文学的宝藏，才误打误撞地摸到了宝藏的门口。这种感觉非常地不好，让我觉得自己是一个失败者，而不是凯旋者。但转念一想，这又有什么？只要我的拙著能够指引更多研究者直接来到宝藏的大门口，我也算是为学界做出了贡献。

在此我要特别感谢我的硕士开门弟子何忞。正是这个文弱娴静、聪慧可爱的上海囡囡，和我共同开启了这项旷日持久的研究。从2012年暑假开始，她就在我的指导下，蜗居上海徐家汇藏书楼，查阅和检索几尽成灰的俄侨文献。在三年读研期间，她经常与我一起讨论俄侨作家和作品，可以说正是在她的牵引和助力下，我从其他科研工作中转移了部分时间和注意力到这个项目上来。本书中不少内容都得益于她和我的讨论，以及她最终的硕士学位论文。尽管她硕士毕业后直接参加工作，不再从事研究工作，但我相信她依然清晰记得她在藏书楼里查过的资料，读过的书籍，以及亲自走过无数次的淮海中路（曾经的"霞飞路"）。

如今每次漫步淮海中路，我都情不自禁想起昔日的俄侨，想象他们一个世纪前在这里的生活和工作。作为一个来自他乡的新上海人，我特别能理解那些在上海漂泊过的俄侨，能理解他们生存的艰难、内心的困惑、精神上的漂泊感和不安全感。也许他们曾经想把这里当成最终的归宿，无奈一切变幻无常，迫使他们重启流浪的历程，最终飘零世界各方。

在内心深处，我无比同情这些被时代洪流抛向命运底层的人，同时又敬佩他们不屈服于命运、不放弃思考和写作的坚韧！

感谢上海三联书店冯征编辑和郑秀艳副主任对本书出版的辛勤付出和支持！几年前我就与素不相识的冯编辑签订了该书的出版合同，当我写完书稿再次联系冯编辑时，他将该书的编辑和出版事宜全权委托给郑秀艳副主任。他的责任感让我肃然起敬，而郑主任在编辑和出版书稿过程中的高效更让我吃惊。两位编辑和领导，让我对原本就十分敬畏的上海三联书店产生了无比的信赖感！正是这样的出版社，才保证了我们的学术长青！

李新梅

2024 年 6 月 28 日写于复旦大学外文楼

图书在版编目（CIP）数据

上海俄侨文学研究 / 李新梅著. -- 上海：上海三
联书店，2024. 9. -- ISBN 978-7-5426-8650-3

Ⅰ. I512. 06

中国国家版本馆CIP数据核字第20241SH396号

上海俄侨文学研究

著　　者 / 李新梅
责任编辑 / 郑秀艳
装帧设计 / 一本好书
监　　制 / 姚　军
责任校对 / 王凌霄

出版发行 / 上海三联书店
　　　　　（200041）中国上海市静安区威海路755号30楼
邮　　箱 / sdxsanlian@sina.com
联系电话 / 编辑部：021-22895517
　　　　　　发行部：021-22895559
印　　刷 / 上海惠敦印务科技有限公司

版　　次 / 2024年9月第1版
印　　次 / 2024年9月第1次印刷
开　　本 / 655mm×960mm　1/16
字　　数 / 320千字
印　　张 / 24
书　　号 / ISBN 978-7-5426-8650-3 / I·1904
定　　价 / 80.00元

敬启读者，如本书有印装质量问题，请与印刷厂联系021-63779028